AURORA SQUAD

ÉPISODE_01

AMIE KAUFMAN
JAY KRISTOFF

Traduit de l'anglais (Australie)
par Emmanuel Gros

casterman

Si tu as eu du mal à trouver ton escadron,
ou si tu le cherches encore,
alors celui-ci est pour toi.

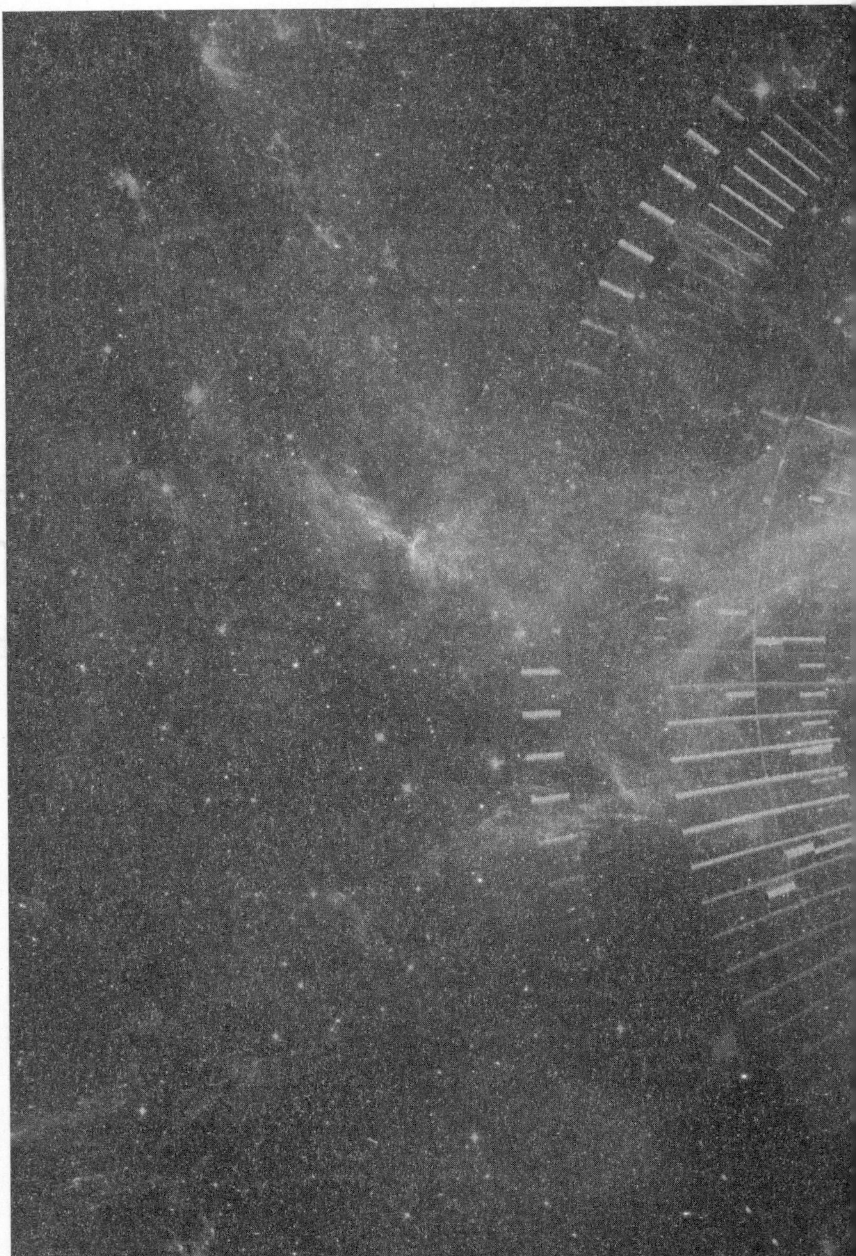

PARTIE 1

LA FILLE HORS DU TEMPS

1

TYLER

Je vais rater l'Affectation.

Autour de moi, le *Hadfield* part en morceaux. Des gerbes noires de foudre quantique sont en train de faire fondre la coque du vaisseau, qui sera bientôt réduite à un amas de résidus métalliques. Dix-sept alarmes de ma combinaison spatiale retentissent, le sas de cette fichue capsule cryogénique refuse toujours de s'ouvrir… pourtant je ne pense qu'à *ça*. Je ne me dis pas que j'aurais dû rester dans ma couchette et profiter d'une bonne nuit de sommeil. Ni que j'aurais mieux fait d'ignorer ce satané appel de détresse et rentrer à l'académie Aurora. Ni que c'est vraiment une façon débile de mourir.

Non… Face à la mort, Tyler Jones, chef d'escadron, mention « très bien », ne pense qu'à une chose.

Je vais rater l'Affectation.

Évidemment, quand vous avez travaillé toute votre vie pour atteindre un objectif, il passe en priorité. Normal. Mais quand vous êtes sur le point de vous faire désintégrer dans un vaisseau spatial à l'abandon, en général, vous ne vous préoccupez pas de votre avenir scolaire.

Je jette un œil à la fille dans la cryocapsule en dessous de moi. Cheveux noirs courts, sillonnés d'une étrange mèche blanche. Taches de rousseur. Combinaison intégrale grise. Elle dégage une impression de bonheur qu'on ne trouve que chez les bébés, et chez les cryogénisés.

Je me demande comment elle s'appelle.

Je me demande comment elle réagirait si elle savait que j'étais prêt à mourir pour elle.

Alors je marmonne par-dessus les alarmes de ma combinaison, tandis que le vaisseau se désagrège en un million de débris incandescents.

— Elle a intérêt à en valoir la peine, Jones.

. . . . .

Revenons un peu en arrière.

Quatre heures plus tôt, pour être exact. Je sais que quand on raconte une histoire, il faut commencer par le moment le plus palpitant. Mais vous avez besoin d'une petite remise en contexte pour que ma désintégration vous intéresse. Parce que ça ne serait vraiment pas cool que je me fasse désintégrer, figurez-vous.

Donc. Quatre heures plus tôt, je suis dans mon dortoir. Le regard scotché sur le sommier de Björkman au-dessus de moi, je prie le Créateur pour que nos responsables de formation déclenchent une panne gravitationnelle ou un exercice incendie. C'est peu probable. La nuit qui précède l'Affectation, ils vont sans doute nous laisser nous reposer. Mais je prie quand même, parce que :

a) Björkman, qui d'habitude ne ronfle pas, s'est mis à ronfler, et je n'arrive pas à dormir.
b) J'aimerais tellement que mon père soit là pour me voir demain, et je n'arrive pas à dormir.
c) C'est la nuit qui précède l'Affectation, et JE. N'ARRIVE. PAS. À. DORMIR.

Pourquoi je suis nerveux comme ça ? Je devrais garder la tête froide. J'ai réussi haut la main chaque examen. Fini premier dans la plupart des matières. Je suis dans le 99ᵉ centile supérieur au classement des cadets de l'académie.

Jones, Tyler, chef d'escadron, mention « très bien ».

Goldenboy. C'est mon surnom pour les autres Alphas. Certains l'utilisent sur le ton de l'insulte, mais je le prends comme un compliment. Jamais personne n'a bossé autant que moi pour en arriver là. Jamais personne n'a bossé autant que moi une fois arrivé là. Et ce travail est sur le point de porter ses fruits : l'Affectation a lieu demain et j'ai décroché quatre des cinq meilleurs éléments de l'école pour mon escadron. Je vais diriger le fleuron de l'académie Aurora.

Alors pourquoi est-ce que je n'arrive pas à dormir ?

Avec un long soupir, je quitte mon lit. Je tire sur mon uniforme, passe la main dans mes cheveux blonds. Tout en fusillant Björkman du regard, car j'ai envie de l'étrangler – ou au moins de le faire taire –, je mets un grand coup dans le tableau de commande de la porte et je sors.

Il est tôt. 2 h 17, à l'heure de la station. Les lumières sont tamisées pour simuler la nuit. Au sol, les bandes fluorescentes éclairent le couloir que j'emprunte en traînant des pieds. Je contacte ma sœur Scarlett sur mon unicom, mais elle ne me répond pas. J'hésite à joindre Cat, qui doit être endormie. Comme je suis censé l'être.

Je déambule en suivant une longue baie vitrée en plasteel, les yeux rivés sur Aurora. L'étoile ardente projette une lueur pâle et dorée sur l'encadrement de la vitre. Dans l'ancienne mythologie terrienne, Aurore annonçait le lever du jour, la fin de la nuit. Elle était la déesse de l'aube. Quelqu'un a donné ce nom à cette étoile, et à son tour l'étoile a donné son nom à l'académie qui tourne en orbite autour d'elle, et à la Légion à laquelle je consacre ma vie.

Cinq ans que je suis ici. Engagé le jour de mes treize ans, avec ma sœur jumelle. Sur la station New Gettysburg, le recruteur se souvenait de notre père. Il nous a dit qu'il était désolé. Il a promis qu'on ferait payer ces salopards. Que le sacrifice de papa – le sacrifice de nos soldats – ne serait pas vain.

Je me demande si j'y crois encore.

Je devrais être en train de dormir.

Je ne sais pas où je vais.

En fait, je sais *exactement* où je vais.

Je me dirige d'un pas raide au bout du couloir qui mène à l'aire d'amarrage.

Les mâchoires crispées.

Les mains dans les poches pour cacher mes poings serrés.

. . . . .

Quatre heures plus tard, ces mêmes poings s'acharnent de toutes leurs forces contre l'armature de la cryocapsule.

La vaste salle en contient une centaine. La glace qui recouvre les verrous se fissure, sans que la porte s'ouvre pour autant. Mon unicom tente de pirater à distance le mécanisme de fermeture, mais il est trop lent. Si je ne sors pas d'ici en vitesse, je vais mourir.

Une nouvelle onde de choc frappe le *Hadfield*, ébranlant le vaisseau. La gravité est nulle ici, impossible de tomber à la renverse. Mais, accroché à la cryocapsule, je suis secoué comme un jouet. Le casque de ma combinaison s'écrase contre une poutre. Une nouvelle alarme se déclenche, en plus des dix-sept qui me hurlent déjà dans les oreilles.

ALERTE : RUPTURE D'ÉTANCHÉITÉ DE LA COMBINAISON. RÉSERVOIR D'H_2O HORS D'USAGE.

Oh oh...

La fille à l'intérieur de la cryocapsule fronce les sourcils dans son sommeil, à croire qu'elle fait un mauvais rêve. En une fraction de seconde, j'envisage les conséquences pour elle si on s'en sort vivants.

Soudain, je sens quelque chose d'humide à la base de mon crâne. À l'intérieur de mon casque. Quand je tourne la tête pour identifier le problème, la sensation de moiteur se répand sur mon cou, comme collée à ma peau. Je comprends que le tube qui me permet de boire est sectionné. Mes réservoirs d'eau sont en train de se vider dans mon casque. Même si je survis à cette tempête cosmique, dans sept minutes environ, il sera rempli d'eau et je serai, à ma connaissance, le premier homme à se noyer dans l'espace.

Si on s'en sort vivants ?

— Aucune chance, me dis-je à voix basse.

. . . . .

— Aucune chance, m'assène le lieutenant.

Nous sommes trois heures et demie plus tôt, au centre de contrôle des vols de l'académie Aurora. Le lieutenant en question s'appelle Lexington. Elle est responsable de la rampe de lancement, et elle n'a que deux ans de plus que moi. Il y a quelques mois, à la soirée d'anniversaire de l'école, elle m'a confié qu'elle aimait bien mon sourire. D'accord, elle avait bu quelques verres de trop, mais depuis ce jour-là, je lui en fais profiter le plus souvent possible.

Mes fossettes sont craquantes, à ce qu'il paraît, alors autant m'en servir.

Même à cette heure-ci, la zone d'embarquement grouille d'activité. Depuis la mezzanine, j'aperçois un gros-porteur du secteur de Trask en plein déchargement. Le vaisseau, énorme et pataud, pend à l'aile de la station. Sa carlingue, cabossée et rafistolée, porte les traces des milliards de kilomètres parcourus. À proximité, des drones de manutention vont et viennent dans un bourdonnement métallique.

Je me tourne vers le lieutenant. Mode sourire enclenché.

— Juste une heure, Lex, je supplie.

Lexington fronce ses sourcils sombres.

— Vous ne voulez pas plutôt dire « Juste une heure, madame », cadet Jones ?

Oups. J'ai abusé.

— Oui, madame. (Je lui fais mon plus beau salut.) Mes excuses, madame.

— Vous ne devriez pas être en train de vous reposer ?

— Impossible de dormir, madame.

— Stressé à cause de l'Affectation de demain ?

— Peut-être bien, madame.

Elle secoue la tête, avant de sourire enfin.

— Il paraît que vous récupérez quatre des cinq meilleurs élèves de l'école. Vous êtes major de la promotion des Alphas. Qu'est-ce qui vous tracasse ?

— C'est juste un trop-plein d'énergie, je crois. (Je fais un signe de tête en direction des Phantoms amarrés au quai numéro 12. Ils ont le profil élancé des vaisseaux de reconnaissance. En forme de larmes. Noirs comme le vide intersidéral au-dehors.) Je pourrais le mettre à profit en passant un peu de temps dans l'Ellipse.

Son sourire s'évanouit.

— Négatif. Les cadets n'ont pas le droit d'accéder à l'Ellipse sans être accompagnés, Jones.

— J'ai une super appréciation de mon instructeur de vol, madame. Cinq étoiles. Et je suis officiellement légionnaire à partir de demain. Je ne dépasserai pas un quart de parsec.

Je me penche vers elle. Zygomatiques activés.

— Franchement, je vous mentirais, madame ?

Alors, millimètre par millimètre, je regarde son sourire réapparaître.

Le pouvoir de ces fossettes m'étonnera toujours.

Dix minutes plus tard, je suis dans le cockpit d'un Phantom, à pointer ma check-list prévol. Les moteurs s'allument, les systèmes d'amarrage déposent mon vaisseau de reconnaissance au fond du tube de lancement, et dans une détonation muette, je m'envole dans la nuit. À travers les vitres blindées, une kyrielle d'étoiles scintillent dans l'obscurité sans fin. Derrière moi, la station Aurora brille de mille feux. Des croiseurs à grande vitesse et de lourds vaisseaux capitaux sont amarrés à ses quais. D'autres déchirent le ciel d'encre. Je change de cap et soudain le vertige s'empare de moi. Passé l'enceinte de la station, la gravité laisse place à l'apesanteur.

La porte de l'Ellipse se dessine droit devant, à environ cinq mille kils du nez de la station. Énorme. Hexagonale. Des balises vertes clignotent le long de ses pylônes. À l'intérieur miroite une surface criblée d'une multitude de points de lumière.

Une voix crépite dans mon casque.

— Phantom 151, ici le centre de contrôle des vols d'Aurora. Vous êtes autorisé à pénétrer dans l'Ellipse, à vous.

— Bien reçu, Aurora.

Je pousse la manette pleins gaz. L'accélération me plaque au fond de mon siège très haute vitesse. Le pilote automatique se verrouille, la porte de l'Ellipse resplendit, plus brillante que le soleil. Sans un bruit, je plonge vers elle. Ébloui par la blancheur du ciel.

Un milliard d'étoiles sont là pour m'accueillir. L'Ellipse s'ouvre grand pour m'avaler. À ce moment précis, le rugissement de mes propulseurs et les signaux de mon ordinateur de vol s'estompent. Comme mes craintes au sujet de l'Ellipse, et les souvenirs de mon père.

Pendant un bref instant, la Voie lactée tout entière fait silence.

Je n'entends plus rien.

. . . . .

Je n'entends plus rien.

Pile quand je parviens à déverrouiller la cryocapsule, l'eau atteint mes tempes. Elle inonde mes oreilles. Le bruit des alarmes de ma combinaison s'étouffe. J'ai beau secouer la tête, le liquide glisse sur ma peau et une grosse bille s'infiltre dans l'orbite de mon œil gauche, m'aveuglant à moitié. Me retenant de jurer, je fais sauter les joints hermétiques de la cryocapsule et j'arrache la porte de ses gonds.

Ici, dans l'Ellipse, le spectre des couleurs est monochrome. Réduit à des nuances de noir et de blanc. En voyant la capsule s'assombrir, je me demande à quelle teinte correspond ce nouvel éclairage, quand soudain…

ALERTE ROUGE. STABILITÉ INTERROMPUE. CAPSULE 7173 ENDOMMAGÉE. ALERTE ROUGE.

Le message envahit les écrans. Je viens de plonger les mains dans le gel visqueux. Le froid qui traverse la couche isolante de ma combinaison me fait tressaillir. Je n'ai aucune idée des risques que je fais courir à cette fille en la sortant d'ici prématurément, mais une chose est sûre : elle mourra si je la laisse au milieu de cette tempête cosmique. D'ailleurs, si je ne fais pas vite, ce sera la fin pour moi aussi.

Et encore une fois, ça ne serait pas cool du tout.

Bonne nouvelle : il y a un trou dans la coque du *Hadfield*. Et il n'a pas l'air de dater d'hier. Donc, pas d'atmosphère qui pomperait ce qu'il reste de chaleur corporelle à cette fille. Mauvaise nouvelle : sans atmosphère, pas d'air pour respirer. Par chance, les médocs qu'ils lui ont administrés avant de la congeler ont dû ralentir son métabolisme. Assez pour lui permettre de survivre quelques minutes sans oxygène. Avec mes réserves de H_2O qui continuent de se déverser dans mon casque, je croise les doigts pour qu'il en soit de même pour moi.

La fille flotte en apesanteur au-dessus de la capsule. Elle est retenue par ses perfusions, encore recouverte d'une couche de cryogel glacial. Le *Hadfield* se remet à trembler et je suis bien content de ne pas entendre les dégâts que la tempête est en train d'infliger à la coque. Un éclair noir transperce la paroi, faisant fondre le métal. Chaque seconde, l'eau dans mon casque avance un peu plus insidieusement vers mon nez et ma bouche. Je dégage à pleines mains la matière gluante qui recouvre le visage de la fille ; la substance gicle à travers la pièce et éclabousse d'autres cryocapsules. Des rangées et des rangées de cryocapsules. Chacune pleine de ce même gel glacé. Chacune avec un corps humain sans vie, desséché, en lévitation à l'intérieur.

Ils sont tous morts. Des centaines. Des milliers.

La totalité des personnes dans ce vaisseau ont succombé, sauf elle.

Quelque chose clignote sur l'écran de mon casque, alors qu'un éclair liquéfie un autre pan de la coque. C'est un message provenant de l'ordinateur de bord de mon Phantom.

ALERTE : INTENSITÉ TEMPÊTE ACCRUE. DÉPART IMMÉDIAT CONSEILLÉ. JE RÉPÈTE : DÉPART IMMÉDIAT CONSEILLÉ.

Super, merci pour le tuyau.

Je devrais la laisser ici. Personne ne me le reprocherait. Quand je pense à la galaxie dans laquelle cette fille va se réveiller… Bon sang, peut-être qu'elle me remercierait si je l'abandonnais dans la tempête. Mais, autour de moi, tous ces cadavres dans les autres capsules… Ces gens ont quitté la Terre des années plus tôt, en s'endormant avec la promesse d'un avenir nouveau, pour ne jamais se réveiller.

Je ne peux pas la laisser mourir ici.

Ce vaisseau contient déjà trop de fantômes.

. . . . .

Mon père nous racontait souvent des histoires de fantômes qui se déroulaient dans l'Ellipse.

Ces récits ont bercé notre enfance, à ma sœur et moi. Papa restait tard dans la nuit à nous parler de cette époque où l'humanité faisait ses premiers pas loin de la Terre. C'est en ce temps-là qu'on a découvert cet espace dans l'espace, où le tissu de l'univers n'était pas complètement cousu de la même manière. Et comme nous avons une imagination débordante, nous autres les Terriens, nous avons donné à cet endroit magique un nom mystique.

L'Ellipse.

Donc. Prenez une feuille de papier. Imaginez qu'elle représente l'ensemble de la Voie lactée, notre galaxie. Pas facile, je sais, mais faites-moi confiance. Ensuite, imaginez que l'un des coins de la feuille correspond au lieu où vous vous trouvez, et que l'angle opposé est looooin de l'autre côté. Même en filant à la vitesse de la lumière, il vous faudrait une centaine de milliers d'années pour parcourir une telle distance.

Mais que se passe-t-il si vous pliez la feuille en deux ? Maintenant les coins se touchent, n'est-ce pas ? Ce qui était à l'origine un périple long de mille siècles devient une simple promenade au bout de la rue. Grâce à l'Ellipse, l'impossible est devenu possible.

Le truc, c'est que l'impossible a toujours un prix.

Papa nous racontait des choses terrifiantes à propos de l'Ellipse. Les tempêtes, surgies de nulle part, qui condamnaient des régions entières de l'espace. Les premiers vaisseaux d'exploration disparus sans laisser de traces. Cette impression que quelqu'un vous souffle dans le cou, que vous n'êtes jamais vraiment seul.

Les effets sur les êtres sensibles empirent avec l'âge. C'est pourquoi on déconseille à toute personne de plus de vingt-cinq ans d'emprunter l'Ellipse, à moins de se faire congeler au préalable. Après mes sept années de service dans la Légion, je finirai ma carrière à un poste administratif.

Mais aujourd'hui, je suis dans mon Phantom. Retour à il y a un peu plus d'une heure. Je traverse les mers interstellaires, plus rapide que la lumière, en profitant du spectacle. Ces astres flous dans le cosmos ondoyant… Les distances deviennent insignifiantes. Néanmoins, je commence à la ressentir, cette impression que quelqu'un me souffle dans le cou. Je commence à les entendre, ces voix presque inaudibles. Hors de portée.

J'ai passé assez de temps là-dedans.

Demain, c'est l'Affectation.

Je devrais être au lit.

Bon sang, qu'est-ce que je fais là ?

Je m'apprête à rebrousser chemin en direction d'Aurora quand un message se met à clignoter sur mon écran de contrôle. En boucle. Automatique.

SOS.

Trois lettres et mon estomac se noue. D'après la charte de la Légion d'Aurora, les vaisseaux ont pour devoir de porter secours à un appel de détresse, mais le signal m'indique une tempête au point d'origine, situé à des millions de kils d'ici.

Ça y est, mon ordinateur a traduit le code d'identification du SOS.

IDENT. : VAISSEAU TERRIEN, DE CLASSE ARK.

NOM : *HADFIELD*.

– C'est pas possible..., je souffle.

Tout le monde connaît la catastrophe qui a frappé le *Hadfield*. Aux premiers jours de la conquête spatiale terrienne, il a disparu dans l'Ellipse. La tragédie a mis fin à l'ère de l'exploration commerciale de l'espace. Près de dix milliers de colons ont perdu la vie dans l'accident.

Un nouveau message s'affiche sur mon viseur :

ALERTE : TRACES DE VIE DÉTECTÉES. UNE SEULE SURVIVANTE.

JE RÉPÈTE : UNE SEULE SURVIVANTE.

– Par le souffle du Créateur..., dis-je dans un murmure.

. . . . .

– Par le souffle du Créateur !

Un nouvel éclair quantique déchire la coque du *Hadfield*, à seulement quelques mètres de ma tête. Puisqu'il n'y a pas d'atmosphère et que mes oreilles baignent dans l'eau, je n'entends pas le métal se désintégrer. Mais j'ai la boule au ventre. Cette flotte dans mon casque a un goût de sel. Désormais, ma bouche est immergée – seuls mon œil droit et mon nez restent hors de l'eau.

Il m'a fallu un sacré bout de temps pour la trouver. J'ai sondé les entrailles ténébreuses du *Hadfield* alors que l'ouragan cosmique s'approchait à vive allure. J'ai dû passer en revue des milliers de cryocapsules, remplies d'autant de cadavres. Comment avaient-ils été anéantis et pourquoi une fille, seule, avait-elle gardé la vie sauve ? Mystère. Mais j'ai fini par la repérer. Elle était là, recroquevillée dans sa capsule, les yeux fermés, comme si elle s'était assoupie.

D'ailleurs, elle dort encore en ce moment.

Une secousse me projette contre la paroi, si fort que mon souffle se coupe net. L'eau clapote dans mon casque, je bois la tasse et je m'étouffe, je suffoque. Il me reste peut-être deux minutes avant de mourir noyé. Alors, dans un dernier sursaut, j'arrache le tube respiratoire de sa gorge, les perfusions de ses bras. Les gouttes de sang se cristallisent dans le vide. Pendant ce temps, la fille demeure immobile. Elle garde seulement le front plissé, comme si ce mauvais rêve ne la quittait pas.

Je commence à connaître le topo.

Mes deux yeux baignent à présent dans l'eau, je dois plisser les paupières pour y voir quelque chose. Je serre la fille contre moi et je balance un grand coup de pied dans la cloison. On est en apesanteur, mais entre les secousses du *Hadfield* et l'eau qui m'aveugle, c'est presque impossible de contrôler notre trajectoire. On percute de plein fouet un bloc de capsules, pleines de corps depuis longtemps sans vie.

Je me demande combien d'entre eux elle connaissait.

Je rebondis contre le mur du fond. Mes doigts cherchent une prise. Le ventre de ce vaisseau est un vrai labyrinthe. Des centaines et des centaines de pièces, remplies de capsules. Mais j'ai réussi l'examen du parcours d'orientation en apesanteur. Je sais où aller pour rejoindre le quai d'embarquement du *Hadfield*, où m'attend mon Phantom.

Sauf qu'à cet instant, l'eau pénètre dans mon nez.

Plus possible de respirer.

Ce qui est légèrement flippant…

OK, soyons honnêtes : c'est mal barré.

D'un autre côté, si je ne peux plus respirer, ça veut dire que je n'ai plus besoin de mes réserves d'oxygène. Je m'engage dans le couloir, hors du secteur des cryogénisés. Là, dans le dos de ma combinaison, je mets la main sur les tubes en question. Je les arrache d'un coup sec. L'O_2 s'échappe dans une explosion et, comme propulsés par un moteur à réaction, nous volons.

Je tiens la fille plaquée contre ma poitrine. De ma main libre, je nous guide le long du plafond, les yeux à peine entrouverts. Mes poumons me brûlent. Le besoin de respirer est irrépressible. Un trait de foudre traverse la paroi, découpant le titane comme du beurre. Le vaisseau s'ébranle, nous rebondissons contre les murs, contre les consoles. Mes bottes donnent des coups de pied. Pourtant, sans savoir comment, je parviens à garder la bonne direction.

Vers l'extérieur.

Loin d'ici.

Nous sommes arrivés dans la zone d'embarquement. Mon Phantom, sombre, aux contours flous, est parqué au fond de cet immense espace. De vastes tourbillons de nuages formés par la tempête nous attendent juste derrière les portes du quai. Des éclairs noirs dans l'air. Des points noirs dans mes yeux. La galaxie entière sous l'eau. Je suis presque sourd. Presque aveugle. Une phrase dans ma tête.

On est encore trop loin du vaisseau.

À deux cents mètres au moins. D'une seconde à l'autre, mon réflexe respiratoire va s'activer. Je vais inhaler cette flotte à pleins poumons et à quelques mètres seulement de mon salut, je vais mourir.

Nous allons tous les deux mourir.

Que le Créateur nous vienne en aide.

La foudre tombe. Mes poumons hurlent. Mon cœur hurle. La Voie lactée hurle. Je ferme les yeux. Je pense à ma sœur. Je prie pour qu'elle aille bien. Le vertige s'empare de moi. Et, à cet instant précis, je le sens sous ma main. Ce métal si familier.

Qu'est-ce que… ?

J'ouvre les yeux. Nous sommes juste à côté de mon Phantom. La trappe d'entrée est au bout de mes doigts.

C'est impossible. Comment est-ce que j'ai pu…

Pas le temps de réfléchir, Tyler.

Je tire sur la trappe comme un dégénéré, puis je nous projette à l'intérieur et je la claque derrière nous. Tandis que le minuscule sas se remplit d'O_2, j'arrache mon casque et j'en expulse l'eau. J'ai l'impression que mes poumons explosent.

Alors, ratatiné sur moi-même, flottant, haletant, je prends de grandes bouffées d'air qui soulèvent ma poitrine. Des points noirs crépitent dans mes yeux. Le *Hadfield* tangue et vacille, secouant mon Phantom dans ses rails d'amarrage.

Il faut filer d'ici, Tyler.

FILE, BON SANG.

J'ouvre le sas, puis je me traîne jusqu'au siège du pilote. Les poumons encore à vif, le visage baigné de larmes. J'envoie un grand coup dans les commandes de lancement, je pousse la manette des gaz avant même que les coupleurs soient détachés, et je m'arrache au ventre du *Hadfield* comme si j'avais l'arrière-train en feu.

Derrière nous, la tempête enfle et ondule. Mes capteurs sont au rouge. La poussée me plaque au fond de mon siège et la gravité m'écrase la poitrine de plus en plus fort au fur et à mesure que nous accélérons. Déjà en manque d'oxygène, c'est plus que ce que je suis capable de supporter.

Je parviens à activer mon signal de détresse d'une main tremblante. Puis je chute. Dans la nuit blanche au fond de mes orbites. De la même couleur que les astres qui scintillent au-dehors, sur cette toile noire sans fin.

Ma dernière pensée avant de m'évanouir ?

Je ne me dis pas que j'ai sauvé la vie de quelqu'un. Je ne me demande pas par quel miracle on a réussi à rejoindre le sas de mon Phantom. Je ne me répète pas non plus qu'on devrait être morts tous les deux.

Non, ma dernière pensée, c'est que je vais rater l'Affectation.

2

AURI

Mes membres sont en béton. Impossible de contracter le moindre muscle. J'ai l'impression que mon corps a été taillé dans un bloc de pierre.

Je suis incapable de bouger. Et c'est tout ce que je sais.

J'ignore comment je m'appelle. Où je suis. Pourquoi je ne vois rien, pourquoi je n'entends rien. Pourquoi aucun de mes sens ne fonctionne. Ni le goût, ni l'odorat, ni le toucher.

Et puis soudain… je ressens quelque chose. Mais c'est comme si je tombais : je ne peux pas déterminer où est le haut, où est le bas. Ou comme si on m'aspergeait avec un jet d'eau hyper puissant et qu'on me demandait s'il était chaud ou froid. Est-ce mon ouïe qui se réactive ? Ma vue ? Mon toucher ? Bon, quoi que ce soit, il y a du neuf. Hâte de découvrir la suite.

— S'il vous plaît, madame, laissez-moi juste mon unicom. J'ai besoin de me connecter, c'est pour l'Affectation. Avec un peu de chance, je suis encore dans les temps pour les dernières sessions, même si je ne…

La voix est celle d'un jeune homme. Je capte les mots à la volée – pas leur sens, mais ça suffit pour que mon pouls s'accélère, car il a l'air vraiment désespéré.

— Vous devez comprendre à quel point c'est important.

. . . . .

— Tu dois comprendre à quel point c'est important, Aurora.

C'est la voix de ma mère. Elle est derrière moi et me prend dans ses bras.

— Ça va tout changer.

Derrière l'épaisse baie vitrée, des nuages de pollution se forment et se déforment. Lorsque j'appuie mon front contre la vitre, je comprends où je suis. Je reconnais la minuscule tache verdâtre, en bas. Central Park. On dirait une mosaïque aux mille nuances de marron, avec les toits des bidonvilles, les petits champs contigus à chaque habitation et les reflets gris-brun de l'eau juste à côté.

Nous sommes sur la 89e Rue Ouest, au siège d'Ad Astra Incorporated, la société qui emploie mes parents. C'est le lancement de l'expédition Octavia III. Mes parents tenaient à nous expliquer la raison de leur départ. Pourquoi nous allions passer une année en internat, et nos vacances chez des amis. C'était environ deux mois avant que ma mère apprenne qu'elle était renvoyée de la mission.

Avant que mon père lui annonce qu'il partait sans elle.

Mais voilà que, sous mes yeux, les arbres de Central Park se mettent à grandir à vitesse grand V. On se croirait dans *Jack et le Haricot magique*. En quelques secondes, ils sont aussi hauts que les gratte-ciel alentour. Leurs branches défient la gravité pour venir s'enrouler autour de notre bâtiment, comme si quelqu'un avait appuyé sur « avance rapide ». Elles l'enserrent comme des boas constrictors, et autour de nous les murs en plâtre commencent à se craqueler. Une fine poussière tombe du plafond.

Le ciel s'emplit de pollen bleu, qui ressemble à de la neige.

Sauf que cette partie-là de mon souvenir n'a jamais eu lieu. Et que ces images provoquent en moi une sensation désagréable. Malvenue. Douloureuse, même. Sans que j'arrive à m'expliquer pourquoi. Je les chasse tant bien que mal de ma tête pour retrouver mes esprits.

Pour revenir à la lumière.

. . . . . .

Quand je réintègre mon corps, la lumière est vive et le jeune homme toujours en train de parler. Au même moment, mon nom me revient. Je m'appelle Aurora Jie-Lin O'Malley.

Non... Auri O'Malley, plutôt. C'est mieux. Là, c'est moi.

J'ai bien un corps, donc. Bonne nouvelle. On progresse.

Mon goût et mon odorat sont redevenus fonctionnels, mais je le regrette dans la seconde qui suit. La vache, j'ai l'impression d'avoir un cafard en décomposition dans la bouche.

Je perçois maintenant une voix de femme, un peu plus loin.

— Votre sœur va bientôt arriver, soyez patient.

— Scarlett arrive ? s'exclame le jeune homme. Bon sang, ça veut dire que la remise des diplômes est déjà finie ? Par le Créateur ! Combien de temps je vais encore devoir attendre ici ?

. . . . .

Combien de temps je vais encore devoir attendre ici ?

Je suis en visioconférence avec mon père et la question tourne en boucle dans ma tête. J'ai les nerfs en boule à cause de la vidéo qui saccade. Je dois patienter une à deux minutes avant que mes réponses ne lui parviennent sur Octavia, et autant pour recevoir les siennes.

Patrice est assise à côté de lui et je ne vois pas pourquoi elle serait là si ce n'est pour m'apprendre la nouvelle en personne. Je crois apercevoir enfin le bout de ces deux années passées dans l'expectative. Mes efforts sont sur le point de porter leur fruit, car on va m'annoncer que je suis sur la liste des participants à la troisième mission pour Octavia.

Je fête mes dix-sept ans aujourd'hui, ce serait le plus beau cadeau.

Pourtant, Patrice n'a encore rien dit et mon père me parle d'autre chose, en arborant un sourire débile comme s'il venait de toucher ses dividendes en Megastakes. Sa tente a disparu : derrière eux, il y a un mur, avec une fenêtre sur l'extérieur. J'en déduis que la colonie progresse vraiment. Sur ses genoux est assis l'un des chimpanzés qu'il étudie dans le cadre de ses recherches en biologie. Quand on fait des bêtises, ma sœur et moi, il nous taquine en nous comparant à eux. Il les surnomme ses « petits chouchous ».

— Mes bébés se portent à merveille, ajoute-t-il en caressant l'animal. Mais j'ai tellement hâte d'avoir au moins une de mes filles ici en personne.

— C'est pour bientôt ? je demande, incapable d'attendre une minute de plus.

Et là, je crois devenir folle, car la vidéo se bloque de nouveau et je dois me résigner à patienter encore quatre minutes pour avoir la réponse. Mais quand ma question leur parvient, mon cœur se serre. Mon père sourit toujours, mais Patrice me paraît... nerveuse. Inquiète, même.

— C'est pour bientôt, Jie-Lin, promet mon père. Mais... Ce n'est pas pour ça que nous t'appelons aujourd'hui.

Aurait-il pensé à mon anniversaire ?!

Un rictus au coin des lèvres, il lève la main devant la caméra.

Nom d'un flan, il tient celle de Patrice...

— Patrice et moi, on a passé beaucoup de temps ensemble dernièrement, m'explique-t-il. Et on a décidé que le temps était venu d'officialiser les choses et d'emménager sous le même toit. On sera donc tous les trois quand tu nous auras rejoints. (Il continue de parler, mais je ne l'écoute plus.) J'ai pensé que tu pourrais apporter de la farine de riz et de l'amidon de tapioca. On pourrait faire un repas non synthétique pour fêter nos retrouvailles. Je cuisinerai des nouilles de riz.

Il me faut un bon moment pour m'apercevoir qu'il attend maintenant ma réponse. Je les observe, leurs mains entrelacées, le sourire ému de mon père et celui peiné de Patrice. Je pense à ma mère et j'imagine ce que cela implique pour elle.

— C'est une blague ? je rétorque enfin. Vous voulez que je vous félicite, peut-être ?

Difficile de débattre quand chaque phrase vous parvient avec quatre minutes de retard, je parle donc sans m'arrêter et sans leur laisser l'occasion de répondre.

— Désolée de t'infliger ça, Patrice, mais papa aurait dû m'en toucher un mot en privé. (Je me tourne vers mon père, le doigt sur le bouton de transmission, enfoncé si fort que l'articulation vire au blanc.) D'abord, merci pour tes vœux d'anniversaire, papa. Merci de m'avoir félicitée pour ma nouvelle victoire au championnat inter-États. Merci d'avoir pensé à envoyer un message à Callie pour son récital. D'ailleurs, elle a fait des étincelles. Mais surtout, merci pour *ça*. Si je comprends bien, comme maman n'a pas eu l'autorisation de venir sur Octavia, tu l'as tout simplement… *remplacée* ? Bon sang, vous n'êtes même pas encore divorcés !

Je n'attends pas leur réponse. Je refuse d'entendre à nouveau les mêmes excuses. D'un grand coup dans l'interrupteur, je mets fin à la communication. Mais avant que je ne me lève de mon siège, leur image tremblote pendant quelques instants.

Et il y a un éclair de lumière.

Il est d'une telle intensité que le monde entier vire au blanc. Je plisse les yeux, plaque une main devant mon visage, mais rien à faire : je suis aveuglée.

Je ne vois plus rien.

. . . . .

Mes yeux fonctionnent.

Allongée sur le dos, je vois le plafond. Blanc, parcouru de câbles. Une puissante lumière m'éblouit. Comme dans mon songe, je place mes mains devant mes yeux, presque étonnée de voir mes doigts.

Rêves étranges mis à part, j'ai un nom désormais. Et je me souviens de ma famille. Je faisais partie de la troisième embarcation de colons en route pour Octavia III. On progresse !

Si ça se trouve, je suis sur Octavia, en phase de réveil post-cryogénique ?

Mes yeux mi-clos fixent le plafond. Autour de moi, des souvenirs flottent timidement à distance. Peut-être que si je regarde ailleurs, ils s'approcheront. Et alors je pourrai leur sauter dessus comme une bête féroce.

Allons-y. Je me concentre sur autre chose et j'essaie de tourner la tête. À gauche, puisque la voix du jeune homme semble venir de là-bas. J'ai l'impression d'être un de ces gros costauds qui tractent des drones de chargement d'une seule main. Chacun de mes atomes se bat contre l'inertie. C'est une sensation vraiment bizarre. J'y mets toute mon énergie.

Heureusement, mes efforts sont récompensés quand j'aperçois une paroi vitrée, au verre dépoli jusqu'à hauteur de taille. De l'autre côté, le jeune homme fait les cent pas comme un lion en cage.

Là, mon cerveau disjoncte. Trop d'informations à traiter en même temps.

Nouvelle donnée : il est très mignon. Un visage fin et ciselé, des cheveux blonds en pagaille, un regard sombre avec une petite cicatrice trop craquante juste au-dessus de l'œil droit. Ma-gni-fique. Cette donnée monopolise presque à elle seule la place disponible dans mon cerveau.

Nouvelle donnée : monsieur est torse nu. Une information prioritaire et de très haute importance.

Peu importe ce qui m'arrive, où je me trouve.

Peu importe le reste.

Mais… Attendez… Mais oui ! Mesdames et messieurs, je crois que nous avons un candidat pour le prix de la meilleure découverte du siècle, toutes catégories confondues.

Nouvelle donnée : en dépit du verre dépoli qui obscurcit les détails intéressants, le doute n'est plus permis – mon mystérieux inconnu est nu comme un ver.

Cette journée est en train de prendre une tournure réjouissante.

– Ça n'en finira donc jamais ! s'écrie-t-il en fronçant son beau sourcil orné d'une balafre.

. . . . .

– Ça n'en finira donc jamais !

L'homme devant moi dans la file d'attente ne cesse de râler tandis que nous patientons pour entrer en salle de cryogénisation. Une odeur d'eau de Javel empeste l'air. J'ai le ventre noué, non pas d'angoisse, mais d'excitation. Car je me suis entraînée pendant des années pour en arriver là. Je me suis battue bec et ongles pour être prise en apprentissage. Cet instant, je le mérite.

Hier, j'ai dit au revoir à ma mère et à ma petite sœur, Callie. C'était de loin la partie la plus difficile du départ. Je n'ai pas reparlé à papa depuis notre dispute à propos de Patrice, et je ne sais pas ce que l'on va se raconter quand on se retrouvera. Patrice s'est bien comportée – elle m'a envoyé des documents qu'elle veut que je potasse, et elle a gardé un ton amical et professionnel avec moi. Mais quand même, il a fallu que mon père choisisse de se taper ma responsable. Franchement…

Merci encore, papa.

La file avance un peu. Bientôt, ce sera mon tour de passer à la douche. Il faudra me frotter jusqu'à l'os. Ensuite, je revêtirai une fine combinaison grise et je prendrai place dans la capsule. Ils nous endormiront, avant de nous poser les sondes qui nous permettront de respirer et de nous alimenter.

La fille derrière moi dans la file doit avoir à peu près mon âge. Elle a l'air complètement flippée. Elle parcourt la pièce des yeux en clignant des paupières, comme si son regard ricochait chaque fois qu'il essayait de se poser.

— Coucou, je lance en esquissant un sourire.

— Coucou, répond-elle en tordant la bouche sans vraiment parvenir à m'imiter.

— Tu pars en apprentissage ? (J'essaie de nous changer les idées.)

— Oui, en Météorologie, explique-t-elle, un peu penaude. J'adore étudier le temps qu'il fait, c'est ma passion. Pas étonnant, vu que j'ai grandi en Floride. Niveau météo, on est gâtés là-bas.

— Moi, ce sera Explorations et Cartographie. Découvrir des contrées où personne n'a encore posé le pied, ce genre de chose. Mais je serai souvent au camp principal. On devrait essayer de se voir.

Elle penche la tête comme si j'avais dit quelque chose d'étonnant. La pièce commence à trembler et une lumière vive se met à clignoter comme un stroboscope. La fille ferme les paupières, éblouie, et quand elle les rouvre, son œil droit n'est plus pareil. La pupille et le bord noir de l'iris n'ont pas changé, mais à l'endroit où l'œil gauche reste marron, le droit, en revanche, est devenu tout blanc.

— Eshvaren, chuchote-t-elle en me fixant comme si elle ne me voyait pas.

— Quoi ?…

L'homme de petite taille derrière elle souffle le mot à son tour.

— E-E-Eshvaren.

Son œil droit a viré au blanc, lui aussi.

— Qu'est-ce que ça signifie ?

Mais ni l'un ni l'autre ne me répond. Ils se contentent de répéter à voix basse ce mot, qui se répand à travers la file comme un feu de forêt.

— Eshvaren.

— Eshvaren.

— Eshvaren.

L'œil luisant, la fille tend une main tremblante pour toucher mon visage.

. . . . .

Oh tiens, bonjour toucher. Je vois que tu as décidé de te joindre à nous. Quel plaisir de découvrir que chaque partie de mon corps souffre le martyre.

Une nouvelle vague de douleur me submerge, balayant les dernières images de cet étrange souvenir qui n'en était pas un. Je reprends conscience de mon corps, en vrac, comme ma tête. J'en suis réduite à haleter, la gorge à vif. Mon corps se met en veille jusqu'à ce que la douleur finisse par s'atténuer. Mais avec la souffrance et le toucher vient le mouvement. Je bouge. Et je parviens à me relever sur mes coudes pour chercher des yeux le jeune homme au loin.

Le bas de son corps est devenu gris foncé. Flûte, pas de chance. Il a dû enfiler un pantalon.

Décidément, ce n'est pas mon jour.

Tiens, à propos de pantalon : je me demande bien ce que je porte. Je jette un œil sous le léger drap argenté qui me recouvre. Réponse : rien du tout. Mmh.

Je me tourne à nouveau vers le jeune homme pile au moment où il regarde dans ma direction. Voyant que je suis réveillée, il écarquille les yeux. Je prends une grande inspiration pour lui parler, mais ma gorge me pique comme si on m'avait arraché les cordes vocales une par une.

— Ça va ?

— Est-ce que c'est Octavia ? je couine.

Il secoue la tête et ses yeux bleus plongent dans les miens.

— Comment t'appelles-tu ?

— Aurora. Auri.

— Moi, c'est Tyler.

Je devrais lui demander où je suis. Si on est toujours sur le *Hadfield*. Si j'ai été réveillée prématurément. À moins que la mission n'ait été annulée et que je sois restée sur Terre ? Mais quelque chose dans son regard m'en dissuade.

Il pose son front contre la vitre. Comme je l'ai fait devant la baie vitrée de ce gratte-ciel sur la 89e Rue. Le souvenir me prend au dépourvu et voilà que je meurs d'envie d'appeler ma maman. Ce jeune homme semble aussi paumé que moi.

— Toi, ça va ? je questionne à voix basse.

— Je l'ai ratée, répond-il. J'ai raté l'Affectation. C'est fichu.

L'Affectation ? De quoi il parle ? Ça a l'air d'être important pour lui, en tout cas.

— Tu étais occupé ailleurs ?

Il hoche la tête en soupirant.

— Oui, j'étais en train de te secourir.

De me secourir.

Mauvais signe.

— Maintenant, va savoir qui je vais me récupérer, marmonne-t-il en changeant de sujet. J'étais sûr d'avoir la crème de la crème des légionnaires de l'école pour mon escadron. Résultat : je vais récolter les pires cas sociaux de la galaxie. C'est pas juste, j'ai suivi à la lettre le réglem…

— Ça pourrait être pire, Ty.

Un doux ronronnement l'interrompt, hors de mon champ de vision. Une voix de fille.

Tyler se détourne et j'ai l'impression de ne plus exister. Il se recroqueville contre la vitre.

— Scarlett.

Doucement, j'essaie de me tourner pour voir qui a parlé. Opération délicate, puisque mon corps refuse le moindre mouvement non anticipé.

Enfin, je les aperçois. Deux filles en uniforme. Leur tenue est de la même couleur gris-bleu que le pantalon du jeune homme. La première a une chevelure flamboyante. Orange pétant. Jolie teinture, avec une coupe au carré asymétrique – son coiffeur a fait du beau boulot. Et j'adore son menton ciselé. C'est le même que celui du jeune homme. Elle a aussi les mêmes lèvres épaisses, les mêmes sourcils fournis. Une jupe hyper courte. Elle est grande, élancée. Bref, un physique de rêve. Ce doit être Scarlett.

La seconde fille a un visage fin et un tatouage représentant un phénix dépasse de son col pour recouvrir une bonne partie de sa gorge (aïe, ça a dû faire mal). Des cheveux noirs rasés de près sur les côtés, une petite crête au milieu. On devine qu'elle doit avoir un immense sourire à fossettes. Sauf que là, on a plutôt l'impression qu'elle vient d'enterrer sa grand-mère.

— Cat ? s'étonne Tyler, d'une voix grave, plaintive.

— Ketchett a essayé de me recruter, déclare Cat. Et il n'est pas le seul. Je leur ai dit que j'avais déjà un Alpha, mais qu'il n'avait pas pu venir.

— Bien sûr… Ketchett respire encore, au moins ?

— Oui, acquiesce la fille avec un petit air suffisant. Mais la prochaine fois que tu entreras dans une chapelle, fais une prière en mémoire de ses bijoux de famille.

Ty pousse un soupir de soulagement. Il s'appuie contre la vitre et Cat pose sa main en face de la sienne.

La fille aux cheveux orange les observe d'un air moqueur.

— Moi, je n'ai pas eu besoin d'insister autant. Je ne peux pas te laisser te débrouiller seul : si je n'étais pas là pour te tirer d'affaire, tu finirais par te faire tuer, bébé frangin.

La fille aux tatouages retrousse les manches de son uniforme, révélant des bras couverts d'encre.

— En parlant de te faire tuer, tu veux bien nous expliquer ce que tu faisais seul dans l'Ellipse ? T'as encore réfléchi avec tes pieds ?

Scarlett acquiesce.

— Sauver des damoiselles en détresse, c'est tellement vingt-deuxième siècle, Ty.

… Hein, quoi ?

Ty lève les mains, l'air de dire « Qu'est-ce que vous me voulez ? » tandis que les filles font volte-face vers mon lit et se mettent à m'observer. Elles me scrutent. Me toisent du regard.

— J'aime bien ses cheveux, déclare Scarlett.

Puis, comme si elle se souvenait soudain que j'étais une personne en chair et en os, elle s'adresse à moi, d'une voix lente et forte :

— J'aime bien tes cheveux.

Sa complice renifle, à l'évidence moins impressionnée.

— Tu lui as annoncé la mauvaise nouvelle à propos de ses livres empruntés à sa bibliothèque ?

— Cat ! s'écrient les deux autres en chœur.

Une voix d'adulte les interrompt :

— Légionnaire Jones, votre quarantaine prend fin, vous pouvez disposer.

Ty se tourne vers moi et nos regards se croisent. Il hésite.

Tu lui as annoncé la mauvaise nouvelle ?

— Vous pouvez appeler demain matin pour connaître les horaires de visite, ajoute la voix.

La porte de l'enclos de confinement s'ouvre. Ty hoche la tête, et le trio me jette un dernier regard avant de s'en aller.

— Eh ! Je peux avoir un tee-shirt ? demande Tyler en disparaissant au loin.

Où suis-je ? Qui sont ces gens ? Pourquoi sont-ils en uniforme ? C'est une caserne militaire ? Si c'est le cas, qu'est-ce que je fais ici ? Suis-je en sécurité ? Je tente de formuler une question, mais ma voix y renonce. Et de toute façon, il n'y a plus personne.

Une laissée-pour-compte, seule face au silence, voilà ce que je suis. Mes nerfs et mon cœur palpitent à l'unisson, ma tête déborde de questions floues et sans réponses. Je lutte contre l'étourdissement, conséquence – je l'ignorais – de la cryogénie.

. . . . .

J'ignore combien de temps s'est écoulé lorsque des voix se font entendre. Je nage en plein délire. Cette fois-ci, je rêve d'un paysage terne et poussiéreux, peuplé de plantes rampantes verdâtres, avec des flocons bleus qui tombent du ciel. Quelqu'un s'adresse à moi.

— Aurora, tu m'entends ?

Je m'efforce de revenir à la réalité et tourne la tête. J'ai dû m'assoupir, car une femme a pris place à mon chevet. Elle aussi porte l'uniforme gris-bleu.

Sa peau est d'une blancheur immaculée. Et je ne dis pas ça parce que j'ai du sang chinois, non : je n'ai jamais vu une pigmentation pareille. Blanche comme neige. Ses yeux – pas seulement les iris, mais les globes oculaires tout entiers – sont gris pâle et anormalement volumineux. Ses cheveux blancs sont attachés en queue-de-cheval.

— Je m'appelle Danil de Verra de Stoy. Je suis générale en chef de la Grande Alliance Militaire Armée. (Elle marque une pause, pour me laisser le temps de digérer.) Ravie de te rencontrer, Aurora.

Générale en chef de la Grande Alliance… hein ?

— Mmmh…, je couine, sans me risquer à tenter un autre bruit.

Personne ne m'appelle Aurora, sauf quand quelque chose ne tourne pas rond.

— Tu dois avoir plein de questions à me poser, poursuit-elle sans attendre de réponse.

Je hoche la tête en prenant soin de rester concentrée sur l'instant présent.

— Malheureusement, j'ai de mauvaises nouvelles, continue-t-elle. Je vais être directe avec toi, car je ne vois pas d'autre façon de t'annoncer les choses. Voilà : ton vaisseau a subi un accident alors qu'il se rendait à Lei Gong.

— On était en route pour Octavia, je prononce avec difficulté.

Mais je sais que ce n'est pas le problème. Son ton prudent et réservé me laisse penser que quelque chose de bien plus grave m'attend. L'atmosphère est lourde, comme pendant les minutes qui précèdent une tempête.

— Tu as été arrachée à ta cryocapsule, c'est pour ça que tu es chamboulée. Ça ira mieux bientôt. Le *Hadfield* a subi un accident dans l'Ellipse, Aurora.

— C'est Auri, je chuchote en cherchant à temporiser.

Un accident dans l'Ellipse.

— Auri.

— Quel genre d'accident ?

— Tu es restée à la dérive pendant un bout de temps. Tu as sans doute remarqué que je ne te ressemble pas.

— Ma mère m'a toujours répété que c'était malpoli de pointer du doigt ce genre de chose.

Sa bouche esquisse un sourire triste.

— Je suis une Traskienne. Il s'agit de l'une des nombreuses espèces extraterrestres que les Terriens ont rencontrées depuis que tu es montée à bord du *Hadfield*.

Dans ma tête, un long *BIIIIIIIIIIIIIIIIIIIIP* retentit… C'est mon activité cérébrale qui s'éteint.

Des espèces extraterrestres ?

Nombreuses ?

Erreur : calcul impossible, redémarrage.

— Mmh.

Je reste prudente. Mon cerveau dresse la liste des explications possibles, en vain. Et si ces gens étaient des conspirationnistes ? Des psychopathes, qui m'auraient kidnappée ? À moins que ce ne soient des agents secrets qui essaient de me soutirer des informations ?

— Ce doit être compliqué pour toi à admettre.

— On a rencontré des extraterrestres ?

— Je crains que oui.

— Mais le voyage jusqu'à Octavia ne devait pas durer plus d'une semaine ! On n'est même pas arrivés jusque là-bas, ça signifie qu'on est partis il y a quelques jours à peine, pas vrai ?

— Je crains que non.

Quelque chose s'approche de mon champ de vision. On dirait de l'eau. Mais une eau phosphorescente, constellée d'une myriade de points lumineux couleur turquoise. Je la chasse pour me concentrer sur la femme à mon chevet.

— Depuis combien... (La gorge serrée, je parviens tout juste à murmurer la question.) Depuis combien de temps est-ce que je suis partie ?

— Je suis désolée, Aurora. Auri.

— Depuis combien de *temps* ?

— ... Deux cent vingt ans.

— Quoi ? Non, mais c'est une blague ! C'est complètement... (Je ne trouve pas d'adjectif approprié.) Qu'est-ce que vous racontez ?

— J'imagine que ce doit être difficile, reprend-elle avec prudence.

Difficile ?

Difficile ?

J'ai besoin de parler à quelqu'un de sensé. Mon cœur cherche à bondir hors de ma poitrine, mon pouls tambourine à l'intérieur de mes tempes. Je me redresse en tirant vers moi les draps argentés. La pièce se met à tourner. Mais je parviens à balancer mes jambes au bord du lit et à me lever en m'enveloppant dans le drap comme dans une toge.

— Aurora…

— Je veux parler à quelqu'un de chez Ad Astra, à quelqu'un de l'expédition Octavia. Je veux parler à ma mère, ou à mon père.

— Aurora, s'il te plaît.

Je fais quelques pas chancelants et l'inertie m'entraîne jusqu'à la porte qui s'ouvre en coulissant devant moi. Deux femmes en uniformes bleu-gris se retournent, et l'une s'avance dans ma direction.

J'essaie de l'éviter, mais je manque de tomber et elle m'attrape par les épaules. Comme j'ai les mains prises à cause du drap, je la frappe du pied, en plein dans le genou. La femme hurle et ses doigts se plantent dans ma chair.

— Laissez-la passer.

C'est la générale en chef Visage Pâle qui l'ordonne dans mon dos. Sa voix est en contraste total avec mon niveau de panique. Elle semble calme. Presque résignée.

La femme me relâche et j'avance en titubant sur mes jambes tremblantes, la gorge serrée, comme si quelqu'un essayait de m'étrangler.

C'est alors que j'aperçois la baie vitrée de l'autre côté du couloir. Et, au-delà, le spectacle qui s'offre à mes yeux.

Des étoiles.

Mon cerveau, qui cherche à comprendre, passe en revue les différents scénarios possibles, les écartant l'un après l'autre à la vitesse de l'éclair. Ce que je vois dehors n'est pas un mur. Ce n'est pas un bâtiment. C'est une énorme structure métallique incurvée, parsemée de points de lumière éclatants, qui s'étend à perte de vue.

Des vaisseaux filent à vive allure de part et d'autre, comme un banc de minuscules poissons autour d'un requin.

C'est une station spatiale. Je suis dans l'espace. Ce truc est invraisemblable – à côté, la base de lancement de Cid, où le *Hadfield* a pris son envol, ressemble à une station essence perdue en pleine cambrousse.

Ce truc est invraisemblable.

À moins que cette femme ne soit réellement une extraterrestre.

À moins que je ne sois dans l'espace.

À moins que nous ne soyons dans le futur.

BIIIIIIIIIIIIIIIIIIIIIIIIIIP.

Erreur : calcul impossible, redémarrage.

J'ai 237 ans.

Toutes les personnes que je connaissais sont mortes.

Mes parents sont morts.

Ma sœur est morte.

Mes amis sont morts.

Ma maison est partie en fumée.

Mes proches sont partis en fumée.

C'est impossible.

La vision revient à la charge.

Mais cette fois-ci je laisse l'eau chatoyante m'inonder le cerveau.

Et je me laisse couler.

3

SCARLETT

C'est la lose intersidérale.

Voilà ce que pense mon petit frère. Je le lis sur son visage. Il ne dira rien, pourtant. Tyler Jones, chef d'escadron, légionnaire d'élite, n'est pas du genre à s'épancher. De même qu'il ne boit pas, qu'il ne prend jamais de drogue, qu'il n'a pas les mêmes plaisirs, les mêmes divertissements que nous autres, simples mortels. Mais si j'ai appris quelque chose après dix-huit années passées dans cette étrange petite galaxie, c'est ceci : on peut être complètement flippé et le garder pour soi.

Nous sommes assis dans la mezzanine de l'arboretum… Du moins, Cat et moi. Tyler, lui, tourne en rond. Ses cinq années d'étude viennent de finir au fond d'un recycleur et quelqu'un a tiré la chasse. Il essaie de se faire à l'idée. Quand il défile devant moi pour la sept centième fois en passant sa main dans ses cheveux dorés, je remarque une petite trace de saleté sur ses bottes, d'habitude impeccables.

Cette histoire d'Affectation est vraiment dure pour lui.

À travers le dôme transparent, la lumière d'un milliard d'astres lointains nous parvient. Dans le jardin en contrebas, il y a des végétaux des quatre coins de la galaxie. Des vignes de verre de Rigel, des fleurs du couchant de Pangée et du cristal chantant de la mer placide d'Artémis IV. L'arboretum est mon endroit préféré ici, à l'académie. Mais en ce moment, mon petit frère se fiche de ces splendeurs.

Difficile de lui en vouloir.

— C'est pas la fin de la galaxie, Ty, je lance pour le consoler.

— Nan, mais admets quand même qu'il y a de quoi être dégoûté, rétorque Cat.

Je lui souris, l'air de dire : « Ferme-la ».

— Il faut voir le bon côté des choses, je réplique, les dents serrées.

— Tu rigoles, Scar ? C'est de l'arnaque. Tout le monde le sait. Ty est l'Alpha le plus décoré de la promo. Et maintenant il récolte les cancres, les ratés qui ont été recalés par les autres chefs d'escadron.

— Essaie de ne pas trop prendre le melon, je rétorque avec un soupir, mais tu es la meilleure As de l'académie. Je ne crois pas qu'on puisse te considérer comme une cancre, encore moins comme une ratée.

— C'est gentil. Mais je parlais de toi et des autres.

— Stop, mon cœur saigne ! je m'exclame, en portant mes mains à ma poitrine.

— Oh… Câlin ?

— Bisou.

— Sans la langue cette fois-ci.

Catherine Brannock et moi partageons la même chambre à l'académie Aurora. Elle est le yin de mon yang. La moitié vide de mon verre à moitié plein. Le morceau de chocolat dans ma glace à la framboise. C'est aussi notre plus vieille amie, à Tyler et à moi. Leur rencontre remonte à notre premier jour de crèche. Ty a renversé Cat, qui s'est vengée en lui cassant une chaise sur la tête. Mon bébé de frangin s'en est sorti avec une adorable petite cicatrice au sourcil droit (qui sublime ses jolies fossettes). Au passage, il a aussi gagné une amie d'une loyauté sans faille.

Et elle n'est pas à fond sur lui, au cas où vous vous poseriez la question.

— En sauvant cette fille, cette O'Malley, Ty s'est comporté en héros, poursuit Cat. Bon sang, ça faisait deux cents ans qu'elle dérivait dans l'Ellipse. Il devrait être décoré ! Au lieu de ça, il se retrouve avec un escadron de moins que rien.

— De moins que rien ? Attention, je pourrais me vexer.

Cat me fusille du regard.

— La Légion d'Aurora est garante de la paix dans cette galaxie. Comment veux-tu qu'on se rende utiles si on n'a que des cinglés, des cas sociaux et des lèche-burnes dans notre escadron ?

— Des lèche-burnes ? Sérieux ?

— J'ai entendu dire que certaines personnes…

— Beurk.

— Elle a raison, admet Tyler.

Nous redressons toutes deux la tête. Mon frère ne tourne plus en rond. Immobile, il a les yeux rivés sur le jardin au niveau inférieur. L'espace d'un instant, il me fait penser à notre père. Moi qui cherche toujours à passer pour une fille froide et insensible, je dois admettre qu'en le voyant réagir comme ça, les larmes me montent aux yeux.

— Elle a raison à cent pour cent.

— Évidemment, que j'ai raison, grogne Cat. Il faut qu'on aille parler avec de Stoy. Qu'on dépose une réclamation officielle. Tu t'es battu pour avoir ces points, Ty, ce n'est pas juste…

— Non, Scarlett a raison, corrige Tyler.

— … Scarlett ?

— … J'ai raison ?

Ty se retourne et s'adosse au garde-fou, bras croisés.

— Je n'aurais pas dû m'aventurer dans l'Ellipse. C'est ma faute.

— Ty, tu as risqué ta…

— Non Cat, coupe-t-il en regardant sa meilleure amie droit dans les yeux. Écoute, tu as décidé de rester avec moi alors que tu avais le choix, et ça, je ne l'oublierai jamais. Je te dois une fière chandelle. Mais pour ce qui est de l'Affectation, c'est foutu. Ce serait injuste de réclamer un traitement particulier. Je dois suivre la voie.

Soupir.

Connaître la voie.

Montrer la voie.

Suivre la voie.

Selon notre père, le grand Jericho Jones, ce doit être la devise de tout chef qui se respecte. Et Ty en a fait une philosophie de vie. Voilà pourquoi il passe son temps à veiller sur les autres, y compris moi. Et pourquoi il a rejoint la Légion d'Aurora en premier lieu. En général, j'ai envie de lui mettre une claque quand je l'entends débiter ces niaiseries. Mais de temps en temps, ça me rappelle à quel point je l'aime, ce petit con intergalactique.

Tyler inspire profondément et opine du chef avant de poursuivre :

— La Légion d'Aurora mène des actions concrètes. Des gens ont besoin de nous. Mais on n'aide personne en restant là à s'apitoyer sur notre sort. Il faut voir le bon côté des choses : quoi qu'il arrive, je peux déjà compter sur la meilleure pilote de la Légion. C'est un bon début, non ?

Cat fait mine d'ôter une casquette invisible.

— Ce n'est pas moi qui te contredirai.

— Et ma Négociatrice n'est pas incompétente non plus, ajoute Ty en m'adressant un clin d'œil.

— Respecte ton aînée, petit frère chéri.

— Tu es née trois minutes avant moi, Scarlett.

— Trois minutes et trente-sept virgule quatre secondes, bébé frangin.

— Tu sais que je déteste quand tu m'appelles comme ça.

— Pourquoi je le fais, à ton avis ?

Je me lève pour le saluer.

— Légionnaire Scarlett Isobel Jones, à vos ordres, chef.

Tyler me salue en retour, et je lève les yeux au ciel.

— Un Alpha major de promotion, une As du pilotage, la crème de la crème des Négociatrices, énumère-t-il. Ça commence à ressembler à un escadron. Et puis… N'oublions pas qu'on appartient à une école militaire d'élite. Ce sont les meilleurs éléments de la galaxie qui sortent d'ici. Ne vous en faites pas, nos autres coéquipiers seront à la hauteur. Vous ne croyez pas ?

Cat et moi échangeons un regard gêné.

— Mouais, d'ailleurs, en parlant de ça…

. . . . .

— Cette fille est une psychopathe, affirme Tyler.

— Techniquement, c'est plutôt une sociopathe.

— Tu as lu son dossier disciplinaire, Scarlett ?

— C'est moi qui t'ai préparé le résumé, Ty. De rien, au fait…

Il est très tôt, mais il y a déjà foule sur la Promenade C que Cat, Tyler et moi empruntons. L'endroit grouille d'activité, on dirait une fourmilière. Aujourd'hui, il y a encore plus de monde que d'habitude, car les nouveaux escadrons rejoignent leur vaisseau pour accomplir leur première mission. Ce sont des Traskiens et des Terriens pour la plupart, tous militaires, tous affublés de l'uniforme scandaleusement laid de la Légion.

C'est sûr, le type qui l'a dessiné devait être dépressif. À choisir, je préférerais masser les pieds du Grand Ultrasaure d'Abraaxis IV plutôt que de devoir le porter. La coupe passe encore – ajustée au niveau de la taille, carrée aux épaules. Mais la couleur… Comment dire ? C'est un affreux mélange de bleu et de gris, avec le logo pétant de la L.A., la Légion d'Aurora, plaqué dessus. La couleur des manchettes et des bandeaux sur les épaules signale la division à laquelle on appartient :

Du bleu pour les officiers.

Du blanc pour les As comme Cat.

Du vert pour les Cellules Grises de la division scientifique.

Du violet pour les Mécanos.

Du rouge pour les Gros Bras.

Et pour le corps des Négociateurs, un jaune vif qui se marie à merveille avec mon teint radieux.

J'ai quand même apporté quelques ajustements à mon uniforme, histoire de le rendre un peu moins moche. Par exemple, j'ai retroussé les ourlets cinq centimètres au-dessus de la hauteur réglementaire. Et je précise que je porte des soutifs qui défient la loi universelle de la gravitation de Newton. Mais attention : pas d'abus, sinon on risque de se prendre un blâme. Pas cool. Même si j'en ai déjà récolté un paquet.

Vingt-quatre heures se sont écoulées depuis que Tyler est parti jouer au superhéros dans l'Ellipse. Ensuite, il a été débriefé par de Stoy – la générale en chef – et l'amiral Adams. Depuis, rien de nouveau sous la photosphère, mis à part cette orpheline vieille de deux cents ans qui a survécu au plus grand désastre de l'histoire spatiale terrienne. La routine a repris son cours. Heure après heure, les différents escadrons partent en mission. Plus vite on rencontrera nos trois derniers coéquipiers, plus vite on filera dans l'espace. Ça fait cinq ans qu'on cravache dur pour ça. J'en ai assez de cet endroit. L'académie me file la nausée. Mais l'école est finie, désormais.

Tyler consulte le dossier qu'il a entre les mains.

— Zila Madran. Terrienne. Âge : dix-huit ans. Scientifique.

— Elle est futée, dis-je. Parcours académique sans faute.

— Elle a quand même reçu trente-deux avertissements officiels ces deux dernières années…

— Eh bien, tout le monde n'est pas parfait, petit frère.

— Parle pour toi, moi je n'ai rien à me reprocher ! lance Cat en s'administrant une grande claque sur les fesses.

Concentré sur l'unicom qu'il tient entre les mains, Tyler semble perplexe.

— C'est écrit là-dedans qu'elle a enfermé deux cadets dans une salle de biologie avant de les exposer au virus Itreya. Elle voulait tester un sérum qu'elle avait mis au point.

— En tout cas, le sérum a fonctionné. Ils ne sont pas devenus aveugles.

— Elle a aussi tiré sur sa coloc' avec un disrupteur.

— La charge était paramétrée pour l'assommer.

— À de multiples reprises…

— Peut-être que la coloc' ne s'est pas laissé faire ? avance Cat.

— Cette fille a l'air d'être une réincarnation de Brutus, conclut Tyler.

Nous croisons un instructeur, que nous saluons, puis nous esquivons un groupe de jeunes cadets (en admiration devant le célèbre Tyler Jones) avant de monter dans l'ascenseur qui mène aux salles de briefing. Derrière la baie vitrée en plasteel, la station tourne sur elle-même. Sans se laisser déconcentrer par le brouhaha de la foule, Tyler passe au coéquipier suivant.

— Finian de Karran de Seel. Traskien. Âge : dix-neuf ans. Mécano.

— Il est intelligent, je fais observer. Pour info, il est classé dans le 90e centile supérieur. Pas mal, non ?

— Je vois aussi qu'il porte une exocombi, poursuit Tyler.

— Oui, il a le système nerveux endommagé et les muscles défaillants depuis qu'il a été contaminé par l'épidémie de

Lysergia. Sa mobilité est réduite. L'exocombi lui permet de compenser.

— Très bien, acquiesce Tyler. Mais s'il est si malin, pourquoi est-ce qu'il a raté l'épreuve de dynamiques de l'Ellipse ?

— L'examen final était un exercice de groupe.

— Et alors ?

— Et alors, vous allez voir, soupire Cat.

Les portes de l'ascenseur s'ouvrent et nous nous frayons un chemin à travers la foule jusqu'à la salle de briefing. À l'intérieur, les murs sont couverts d'écrans – des cartes du ciel représentant les différents territoires de la galaxie, un résumé des derniers rebondissements dans la guerre civile qui touche les Syldrathis, des images de la vague de réfugiés amassés à la frontière de l'espace terrien. Une table interactive domine la pièce. Dessus est projeté le sceau de l'académie Aurora, avec notre devise.

Nous sommes la Légion
La lumière
Un feu brûlant dans la nuit.

Et, assis au fond de la salle, deux de nos nouveaux compagnons d'escadron nous font face.

Zila Madran est une Terrienne. Encore plus petite que Cat, elle a la peau mate, de longues bouclettes noires et une bande verte sur chaque épaule. Elle ne transpire pas la joie de vivre, mais elle est sacrément mignonne. En revanche, elle a ce regard vitreux... À croire qu'il n'y a personne derrière ses yeux sombres. Au moins, aujourd'hui, elle ne se balade pas avec un pistolet disrupteur dans les mains…

Notre deuxième coéquipier est très différent. Comme les autres Traskiens, il a la peau aussi blanche qu'un os décapé à la Javel. Seule touche de couleur : les bandes violettes sur son uniforme, au niveau des épaules – l'insigne des Mécanos. Ses gros yeux arborent des lentilles de protection d'un noir opaque. Il est longiligne, finement bâti. C'est ce qui arrive quand on grandit dans un environnement où la gravité est nulle, et c'est ce qui fait sa particularité. Les Traskiens adorent voyager, mais ils grandissent presque tous sur leur planète, Trask. Le dossier de Finian indique qu'il a passé une bonne partie de son enfance sur des stations spatiales. Ses cheveux courts ont l'air décoiffés, mais on ne me la fait pas : il utilise un produit pour les faire tenir.

Sa principale particularité ? L'exocombi mentionnée dans son dossier. Légère, gris métal, équipée d'une sorte de coque dans le dos. Ses bras, mains et jambes sont recouverts de manches, gants et bottes articulés. Le top du top de la technologie. Ses mouvements sont fluides. C'est à peine si on l'entend bouger. Mais pas besoin de lire sa fiche pour deviner que c'est sa combinaison qui fait les efforts à sa place.

Tyler les dévisage à tour de rôle avant de leur adresser un salut impeccable.

– Bonjour, légionnaires.

L'un et l'autre l'observent attentivement. Zila semble compter un par un les atomes qui le composent ; quant à Finian, on dirait qu'on vient de lui servir un plat qui n'a rien à voir avec la jolie photo sur le menu. C'est quand même lui qui fait le premier pas : il rend son salut à Tyler, quoique avec beaucoup moins de conviction.

— Chef.

Le ton qu'il prend est limite déplaisant.

Zila ne lâche pas Ty des yeux. Lorsqu'elle se décide enfin à parler, elle le fait d'une voix calme. Polie, même.

— Bonjour.

Tyler se tourne vers moi, sourcils froncés.

— Il ne manque pas quelqu'un ?

— Bien vu, très cher frère.

— Il va rater le briefing.

— Attends un peu, je réponds. (Je fais semblant de me concentrer.) Mmh... Mais oui, je sais : je m'en tamponne le coquillard !

Remarque : j'adore mon frère et je suis au courant qu'il passe une sale journée. Mais j'ai dû me coucher hyper tard hier pour finir son satané dossier et je n'ai pas encore eu ma dose de caféine. D'habitude, je ne suis pas aussi mauvaise avec lui.

Je plaisante... Bien sûr que si.

Ty grimace et revient à ses moutons.

— Bien, d'abord, mes excuses pour vous accueillir dans ces circonstances inhabituelles. Je ne sais pas si vous avez suivi le déroulement de l'Affectation, mais quoi qu'il en soit on va devoir travailler ensemble. Officiellement, pour les hautes autorités de la Légion, nous serons l'Escadron 312. Je m'appelle Tyler Jones. Je suis l'Alpha de cet escadron. Voici notre Négociatrice, Scarlett Jones, et notre As, Cat Brannock.

— Appelez-moi Zéro, précise Cat, vautrée dans son fauteuil.

— Comme dans « Zéro chance de réussir » ? lance Finian d'un air innocent.

— Pour te donner une idée, rebondit Tyler, la plupart des pilotes cadets manquent douze à quinze pour cent de leurs cibles au cours de l'examen final…

— Devine combien j'en ai raté, Gringalet.

Cat a le sourire aux lèvres.

Celui qu'elle vient d'appeler Gringalet s'étire et sa combinaison émet un bruit sourd accompagné d'une série de petits cliquetis.

— Finian de Karran de Seel. Les plus paresseux peuvent m'appeler Finn. Je suis Mécano. Mon job, c'est de réparer ce que vous cassez. Je ne peux pas vous promettre un taux de réussite de cent pour cent, mais ne faites pas trop les difficiles.

Je le salue avant de me tourner vers la fille. Elle est recroquevillée sur sa chaise, le menton entre les genoux. Son regard est toujours aussi énigmatique. L'idée de devoir se présenter en public ne la réjouit clairement pas, et je la comprends. C'est parfois difficile de rencontrer de nouvelles personnes. D'autant qu'elle n'était pas le premier choix de Tyler, ni le cinquième, ni même le dernier. Et qu'elle le sait très bien.

— Zila Madran, lâche-t-elle enfin. Agent scientifique.

— J'adore tes boucles d'oreilles, je lance pour la mettre à l'aise.

À l'évidence, ma remarque ne la laisse pas indifférente. Elle braque ses yeux sur moi en cachant ses boucles en or dans ses mains.

Mmh. Quand on porte des bijoux, c'est en général pour être admiré. Pourtant, elle n'a pas l'air d'aimer les compliments. Intéressant…

— Je dois avouer que je suis impressionné, Goldenboy ! s'exclame Finian en s'adressant à Tyler. Les paris allaient bon train : tout le monde se demandait combien de temps tu resterais dans ton lit à te lamenter après l'annonce des résultats. Je vais être honnête, j'ai parié que tu attendrais demain matin pour nous faire ton petit discours.

Il tâte le terrain, joue avec ses nerfs.

— Combien tu as misé ? demande mon frère.

— Cinquante crédits.

— Le règlement de l'académie interdit les paris, pointe Tyler.

— Et il faut être l'idiot de la galaxie pour ne pas miser sur Tyler Jones, ajoute Cat.

Finian dévisage tour à tour Ty, puis Cat.

— C'est ton petit copain, ou quoi ?

Aïe. Pas bon.

Les pupilles de Cat se dilatent un peu. Elle se lève lentement et attrape son fauteuil.

— Du calme, légionnaire Brannock, l'avertit Tyler.

Finian ne paraît pas troublé. Pas sûr qu'il soit au courant des dommages que Cat est capable d'infliger avec un fauteuil. À sa place, je me protégerais les parties. Heureusement pour lui, Tyler est désormais le supérieur hiérarchique de Cat, il a donc autorité sur elle. Voilà pourquoi cette dernière se rassoit sans broncher. Non sans lancer à notre Mécano un regard furax qui pourrait faire fondre du plasteel.

— Alors, c'est vrai ce qu'on raconte à propos de toi ?

Finn toise Tyler avec un petit sourire en coin.

— Probablement pas, lui répond Tyler en soupirant. Qu'est-ce qu'on raconte ?

— Que tu as manqué l'Affectation parce que tu étais dans l'Ellipse en train de sauver une civile ?

— C'est top secret. Je n'ai pas le droit de parler de ça.

— Donc, c'est vrai, ricane Finian. Ça ne m'étonne pas. Tu es un brave petit… comment vous dites, vous autres, les Terriens ? Un « scout ». C'est ça : un brave petit scout.

De son côté, Zila s'ennuie ferme. Elle sort son unicom et commence à faire glisser son doigt sur l'écran, puis à le tapoter. À l'évidence, elle se fiche de ce qui se raconte. Malgré mon manque de sommeil et de caféine, j'ai de la peine pour Ty. Une chose est sûre : ces deux-là n'ont rien à voir avec des recrues de premier choix.

Mais mon frère ne se laisse pas déstabiliser.

— Je me souviens de toi, lance Tyler à Finn. Tu es le cadet qui a irradié le labo de propulsion pour échapper à l'examen de dynamiques cosmiques.

— Techniquement, tout le monde a échappé à l'examen.

— Tu avais à ce point peur d'échouer ?

— J'ai l'impression qu'on va bien s'entendre, toi et moi, hein ?

— C'est aussi toi qui manges toujours seul à la cantine.

Tyler se tourne alors vers Zila.

— Quant à toi, je ne te connais pas. Mais que ça vous plaise ou non, c'est moi votre chef de corps dorénavant. On va devoir vivre ensemble pendant les douze prochains mois. Donc, il y a deux possibilités : soit vous attachez vos ceintures et vous profitez du voyage, soit vous passez un an à être de corvée. Le choix est entre vos mains, légionnaires.

Boum ! Gros ultimatum. Bien joué, frangin.

Finian soutient son regard pendant quelques secondes, juste assez longtemps pour ne pas perdre la face. Mais il est à court de repartie et il le sait. Le plus négligemment du monde, il salue son Alpha.

— Chef, oui chef.

— Et toi, légionnaire Unicom ? s'enquiert Tyler.

Zila lève les yeux de son écran. Elle incline la tête et cligne une fois des cils.

— Compris, chef.

Tyler acquiesce, le visage grave.

— Très bien. Je ne sais pas où est passé notre Gros Bras, mais j'ai des rapports à rédiger. Rendez-vous demain à 8 heures pour le briefing de notre première mission. Soyez ponctuels. Vous pouvez disposer.

Tyler se lève et, d'un clin d'œil, je lui fais savoir qu'il a assuré. Il n'est pas aussi fin psychologue que moi, mais peu de personnes le sont. Je ne sais pas encore quoi penser de Zila Madran. Quant à de Seel, j'en ai rencontré des milliers comme lui. Il est susceptible. C'est le genre de type qui pourrait se mettre à dos la Voie lactée entière.

Il va nous donner du fil à retordre.

Une fois dans le couloir, Cat demande à Tyler s'il connaît le secteur qui nous a été attribué pour la mission de demain. Zila et Finian nous suivent en silence. C'est moi qui ouvre la marche. Je suis en train de chercher à joindre notre coéquipier manquant sur mon unicom quand soudain un malabar couvert de sang d'une centaine de kilos me percute de plein fouet.

— Scar ! s'écrie Tyler.

Nous tombons au sol et le type se retrouve étalé sur moi de tout son poids dans une position ridicule. À cet instant précis, je regrette les cinq centimètres d'ourlet qui manquent à mon pantalon.

— Aïe !

Ty se jette sur le type pour le dégager, mais ce dernier s'est déjà relevé. Il rejoint en courant la gigantesque bagarre d'où il a surgi.

— Tu vas me le payer, Pixieboy, grogne-t-il.

Ils sont cinq ados à se battre à l'autre bout du couloir. Ce sont des Gros Bras – leurs uniformes sont barrés de rouge. Quatre d'entre eux sont des Terriens. Le genre d'armoires à glace qu'on s'attend à trouver dans les unités de combat de l'académie. Le cinquième est plus grand encore, plus agile. Il a la peau couleur olive et de longues oreilles taillées en pointes. Ses cheveux argentés sont attachés en cinq longues nattes qui tombent sur ses épaules. Ses yeux sont violets, comme dans les récits de science-fiction, et ses pommettes sont si saillantes qu'on dirait deux pics à glace. Je me rends compte qu'il serait beau s'il n'avait pas le visage et les poings tachés de sang.

Un Syldrathi.

Il ne me faut pas longtemps pour le remarquer, car ils ne sont pas nombreux à l'académie.

— *Ne'lada vo esh !* déclare-t-il calmement en levant ses mains ensanglantées.

— Parle terrien, Pixieboy !

On essaie de lui décocher un coup de poing et je m'aperçois alors que le Syldrathi se bat à un contre quatre. Il attrape le bras de son adversaire et le tord jusqu'à ce qu'on entende son coude craquer. Le bruit me fiche des frissons. Puis il le balance contre une fille qui a la carrure d'un cargo blindé.

— *Esh !* lance-t-il en reculant d'un pas. *Esh ta.*

— Eh ! Arrêtez ! ordonne Tyler.

Sa voix en impose, mais personne ne l'écoute pour autant. Le Syldrathi encaisse une frappe en pleine mâchoire avant de saisir son assaillant à la gorge. Puis il lui plante son pied dans l'entrejambe avec une exceptionnelle précision. Même Cat est impressionnée. L'autre lâche un cri suraigu. Pourtant ce n'est pas fini. Le Syldrathi se baisse pour esquiver un nouveau coup et enchaîne en éclatant le genou du cadet suivant. Tout va si vite que je n'ai pas le temps de compter les points, puis je réalise…

— Par le souffle du Créateur…, murmure Cat. Il est en train de les écrabouiller.

Le Syldrathi se fait plaquer au mur et du sang violet se met à couler de l'entaille qui lui barre l'arcade. Il réplique et se défile dans une chorégraphie d'arts martiaux, avec ses longues nattes argentées qui volent dans son dos.

— Arrêtez ! répète Tyler en se jetant sur eux.

Il retient l'un des Terriens, en sang. Cat, jamais en reste quand il s'agit de se battre, se joint à la mêlée pendant que Finian m'aide à me relever.

— C'est rassurant de savoir que la sécurité de la station fait son travail, commente-t-il, sourire aux lèvres.

La bagarre se poursuit. Les coups pleuvent et les insultes volent dans les deux langues. Le Syldrathi fait tomber le dernier Terrien en lui assénant une série d'attaques au visage, à la poitrine et dans les côtes. Une fois le type au sol, Tyler s'interpose en posant une main sur l'épaule du colosse. Grave erreur de la part de mon bébé frangin (c'est rare !), car les Syldrathi détestent qu'on les touche sans leur avoir demandé la permission.

— Calme-toi, maintenant !

À cet instant précis, trois choses se produisent presque en même temps.

Premièrement, la sécurité débarque. (Pas trop tôt !) Un groupe de Musclors équipés de gilets de protection en alu et armés de matraques électriques (qu'on surnomme affectueusement « dégobi-gourdins », car en général celui qui s'en prend un coup vomit ses tripes dans la seconde qui suit).

Deuxièmement, le Syldrathi cogne Tyler en pleine face. Mon frère écarquille les yeux de surprise. Aussitôt, il plaque le Syldrathi au sol en représailles. Ils se débattent, le Syldrathi essaie d'assommer mon frère, qui crie : « Repos ! Par le Créateur ! Repos ! »

Et troisièmement, en dépit du sang, je finis par reconnaître le visage du Syldrathi.

— Oups, pas bon…, dis-je à voix basse.

— De mon point de vue, il n'est pas mauvais, au contraire, lâche Finian avec un sourire narquois.

— Oh, je t'en prie…, je grommelle en levant les yeux au ciel.

Les agents de sécurité se mettent à frapper à grands coups de dégobi-gourdins. S'ensuivent une vague de haut-le-cœur et des gerbes de vomi. Pendant que Cat proteste en s'égosillant, les fauteurs de troubles sont maîtrisés. Finian reste figé à côté de moi. Zila se cache derrière nous. Elle observe la scène sans broncher. L'équipe de sécurité s'apprête maintenant à embarquer tout le monde.

Une main sur mon flanc douloureux, je m'approche en souriant, histoire de calmer le jeu. J'ai toujours été attentive en cours de diplomatie. (Contrairement aux cours d'astrométrique, où je piquais souvent du nez après manger.)

— Bonjour, monsieur Sanderson.

Le chef de la sécurité, en train de menotter Tyler, lève les yeux.

— *Lieutenant* Sanderson, je me reprends, en forçant sur mes zygomatiques.

— Tiens donc. Scarlett Jones. J'aurais dû me douter que vous étiez mêlée à ça.

— Vous me prenez pour une agitatrice, lieutenant ? je fais mine de m'étonner, une main sur la hanche et la bouche en cœur. Vous me vexez.

Pas de panique, ce n'est pas ce que vous croyez.

Mais alors pas du tout. Beurk.

— Comment va Jaime ? je demande.

— Bien. Il est sur Terre avec sa mère.

(Jaime Sanderson. Ex-petit copain n° 37. Point fort : expert en roulage de pelle. Point faible : écoute du jazz.)

— Passez-lui le bonjour de ma part.

— Ce sera fait.

— Écoutez, Tyler n'est pas responsable de ce bazar. Il voulait juste mettre fin à la bagarre. Pourquoi vous l'embarquez ?

— C'est la procédure standard. L'incident a été filmé, on va visionner les vidéos. Si ce que vous dites est vrai, le commandant Jones ici présent sera libre avant ce soir.

— Mais enfin, lieutenant..., je commence, en lui faisant les yeux doux.

— Lâche l'affaire, Scar, grogne Tyler. Ne t'inquiète pas pour moi.

Les agents de sécurité relèvent les agitateurs en prenant soin de ne pas salir leurs uniformes, car il y a du vomi partout. Le cadet au bras cassé gémit de douleur, celui aux bonbons fracassés est dans les pommes. Au moment où le lieutenant Sanderson le menotte, je vois le sang violacé luire sur le beau visage du Syldrathi. Ses poings sont rouge vif, maculés d'hémoglobine – celle de Tyler.

— C'était pas très fair-play, pointe mon frère.

Le Syldrathi ne répond rien. Il reste glacial, sa coiffure parfaitement en place.

Je les fixe tour à tour avec un faux sourire.

— *Aam'na delnii*, crache le Syldrathi pour seule réponse.

— Heu... Il y a comme un petit souci, je couine en gardant mon sourire forcé.

— Comment ça ?

— En fait...

Je fixe le Syldrathi avec insistance.

— Non..., souffle Tyler.

— J'ai bien peur que si.

— Noooooon.

— Commandant Tyler Jones, je reprends en consultant l'écran de mon unicom, je te présente notre Gros Bras, le légionnaire Kaliis Idraban Gilwraeth, fils aîné de Laeleth Iriltari Idraban Gilwraeth, du clan des Belliqueux.

Le Syldrathi dévisage mon frère. La fureur se lit derrière ses beaux yeux mauves.

Puis, d'une voix douce comme du chocolat fondu, il lance :

— Vous pouvez m'appeler Kal.

4

ZILA

Mmh.

Actuellement, s'il fallait décrire ma situation, je dirais…

… sous-optimale.

5

AURI

Un hurlement.

Tout près de moi.

Soudain mes paupières s'ouvrent. Je me lève péniblement, en emportant les draps avec moi.

Il y a un homme debout au milieu de la pièce. De son regard hargneux, il fixe le mur dans mon dos comme s'il essayait d'y mettre le feu. Ses cheveux argentés sont attachés en cinq longues nattes. Il doit avoir plus ou moins mon âge, mais me fait penser à un elfe de la Terre du Milieu, avec ses oreilles pointues, ses beaux yeux mauves, sa carrure et sa grâce hors du commun. Son front est orné d'une sorte de petit tatouage.

— *Cho'taa*, s'écrie-t-il. Ça n'a rien à voir avec mon sang !

— Heu… pardon ? dis-je en tremblant.

J'entends un bruit sourd, un crissement métallique strident. Une voix glaciale.

— On se retrouvera dans le Grand Vide, Belliqueux.

Un éclair d'énergie traverse la pièce, violet comme la couleur de ses pupilles. Le jeune homme hurle et tombe.

Je sens quelque chose de chaud sur mes mains et quand je baisse les yeux, je m'aperçois qu'elles sont couvertes de sang.

Du sang mauve.

Un cri d'horreur cherche à s'échapper de ma gorge, mais l'instant d'après il se dissipe. De même que mes précédentes hallucinations. Malgré mon cœur qui bat à cent à l'heure, mon estomac noué, je comprends que c'est exactement de ça qu'il s'agit : encore une vision de quelque chose que je n'ai jamais vu.

Pendant que mon pouls retrouve un rythme normal, mes yeux restent vissés sur l'endroit où se trouvait le type.

— Qu'est-ce qui m'arrive, bon sang ?...

Combien de temps encore vont durer ces visions ?

Peut-être que mon cerveau a besoin de se recalibrer, après les dommages qu'il a subis ?

Je me frotte les yeux pour faire disparaître l'image, en attendant que mon cœur se calme. Un autre symptôme de ma cryogénisation longue durée ?

Suis-je en train de perdre la tête ?

Je jette un œil autour de moi. Ce n'est pas la même pièce qu'hier. Les cloisons vitrées ont disparu. À la place, quatre murs ternes. Leur couleur est assortie au gris de la moquette et du plafond. Ma nouvelle chambre est exiguë. Une faible lumière s'infiltre par de petites ouvertures entre les murs et le plafond.

Mes souvenirs sont comme les pièces d'un puzzle : je revois des médecins qui courent dans tous les sens, et aussi un repas complètement normal. La seule chose de normale de cette journée, en fait. Car je suis dans le *futur*.

J'ai deux cents ans. J'ai des visions. Et il y a des extraterrestres ici – peu importe où je me trouve.

Dites, je peux me révanouir, s'il vous plaît ?

Enveloppée dans les draps blancs soyeux, je me redresse. J'ai l'impression que ça va un peu mieux. Mon cœur tambourine toujours aussi fort dans ma poitrine, mais je n'ai plus de vertiges et j'ai les idées un peu plus claires. Et là, miracle : juste au pied de mon lit, je remarque une pile de vêtements gris soigneusement pliés.

Quand je me penche pour m'en emparer, deux taches rouges se forment sur le blanc impeccable de la literie.

Du sang.

Je porte la main à mon nez et elle se macule de rouge. Dans un coin de la pièce, je découvre un miroir au-dessus d'un petit évier. Je m'y traîne, les jambes tremblantes, pour me nettoyer. L'hémoglobine étalée sur ma lèvre supérieure dessine une affreuse moustache, et…

… nom d'un flan, qu'est-ce qui est arrivé à mes cheveux ?

Ma coupe n'a pas changé – même chevelure courte en bataille – mais en me regardant dans la glace je remarque une large mèche blanche dans ma frange. Je passe mes doigts dedans. Encore un effet secondaire de la cryogénie ? Je suis peut-être malade ? Je ferais sans doute mieux d'en parler à quelqu'un. Cela dit, c'est déjà un miracle que je m'en sois tirée sans autre séquelle qu'un saignement de nez et quelques cheveux blancs.

Enfin, et aussi des hallucinations…

Je fais un brin de toilette, puis je prends le temps de m'habiller. Je troque mon pyjama blanc pour une sorte d'uniforme scolaire qui ressemble à un survêt. Il y a aussi des sous-vêtements, dont un soutien-gorge trop grand pour moi, des collants et une robe à manches longues avec un logo que je n'ai jamais vu, brodé sur la poitrine.

Près de la porte, je repère une paire de bottes et, juste à côté, une petite lumière rouge attire mon attention. Je prends une minute pour me demander si c'est le signe que je suis enfermée, et si cette information vaut la peine d'être confirmée.

Pas vraiment. Où est-ce que j'irais, de toute façon ?

Il y a une autre petite lumière rouge dans un coin de la pièce. Sans doute une caméra. Tandis que je la fixe, quelqu'un frappe à la porte. Elle s'ouvre et voilà qu'entre le Commandant Beau Gosse en personne – le jeune homme qui m'a sauvée du *Hadfield*. Il est vêtu du même uniforme que moi. Le même aussi que mon visiteur imaginaire qui était là un peu plus tôt. Je remarque un léger bleu sur sa mâchoire, à peine une ombre. Il porte un paquet rouge sous le bras. C'est d'ailleurs la seule touche de couleur de la pièce, si l'on fait abstraction des gouttes de sang sur mes draps.

En voyant le cadeau, je me dis que les hallucinations me reprennent. La situation me paraît tellement improbable… Je me demande si j'aurai le temps de découvrir ce qu'il y a à l'intérieur du paquet avant que la vision disparaisse.

— Je peux entrer ?

Voyant que je ne réponds pas, le jeune homme s'avance jusqu'au lit. Par politesse, il laisse une certaine distance entre nous quand il s'assoit. Nous nous observons un instant. Il semble un peu inquiet. Je sens mon pouls dans ma gorge. Il faut que je me calme, je suis à deux doigts de paniquer.

Décidément, ces visions sont de plus en plus fréquentes. De plus en plus réalistes, aussi.

– Est-ce que ça va ? me questionne le jeune homme. C'est Tyler, tu te souviens ?

– Je me souviens, j'acquiesce. Tu vas disparaître ?

Il plisse le front et se tourne pour jeter un œil en direction de la porte.

– Heu, disparaître ? répète-t-il après avoir constaté que c'est bien à lui que je m'adresse.

Là, je m'aperçois que le matelas est enfoncé sous son poids.

Attends, il est réel ?

Je décide de lui mettre un coup de poing dans la poitrine pour en avoir le cœur net. La vache ! C'est du solide. Perplexe, je cherche une explication. Pourvu que je n'aie plus le nez barbouillé de sang, façon « moustache de cannibale ».

– T'as planqué un bloc de béton sous ta chemise ou quoi ?

Oh non, c'est pas vrai… J'ai quand même pas dit ça ?

– Je t'ai apporté un cadeau, déclare-t-il en me le tendant juste à temps avant que je me ridiculise pour de bon. J'ai pensé que ça te remonterait un peu le moral.

Je défais l'emballage – c'est adorable de sa part d'avoir pris la peine de faire un paquet cadeau – et dévoile une plaque de verre trempé extra-fine, environ grande comme ma main et aux bords arrondis.

Je l'observe sous tous les angles, puis je la place sous la lumière pour regarder au travers.

– Je vais avoir besoin d'un mode d'emploi.

— C'est un unicom. Un ordinateur portable relié au réseau de la station, explique-t-il en me prenant l'appareil des mains. Je vais le placer devant tes yeux pour qu'il t'enregistre. Tu es son nouveau propriétaire.

Il place l'objet devant mon visage et je fixe l'écran. Une fine ligne rouge le traverse dans le sens de la longueur, puis un message indique :

BALAYAGE RÉTINIEN TERMINÉ.

L'appareil se met à étinceler comme si quelqu'un avait fait tomber une allumette dans une boîte de feux d'artifice. Des hologrammes surgissent, des menus se déroulent. Sur l'écran, des données défilent, des images apparaissent puis disparaissent, jusqu'à ce que tout s'arrête. Alors, une sorte de menu s'affiche en bas :

RÉPERTOIRE	STOCKAGE	RÉSEAU
MESSAGERIE	CARTE	CALENDRIER

— Joyeux anniversaire ! s'écrie le jeune homme. (Il m'adresse un sourire crispé et deux magnifiques fossettes se dessinent de part et d'autre de sa bouche.) Tant pis si ce n'est pas la bonne date, j'ai pensé que tu méritais un cadeau. Mine de rien, tu en as manqué quelques-uns.

Mon anniversaire.

Mon père a oublié de me le fêter.

C'est la dernière chose que je lui aie dite. En gros, je lui ai balancé qu'il était le pire des pères et je lui ai raccroché au nez.

Et maintenant il est…

Mais il est trop tôt pour penser à ça – à ce que j'ai perdu. J'ai déjà assez de soucis. Alors, je balaie aussitôt ces sombres pensées et je prends l'appareil sur la paume de ma main. Le menu s'oriente automatiquement pour me faire face.

Je décide d'appuyer sur le champ CARTE, qui est éclairé, car quand on est une geek de la cartographie, on le reste pour toujours.

Aussitôt, un hologramme ultra haute définition jaillit au-dessus de l'écran. Il représente les étages au-dessus et en dessous de moi. Un point rouge clignotant indique mon emplacement dans la station. Une petite icône me demande : DESTINATION ?

Le niveau de détails de la carte est bluffant. J'avais déjà vu des prototypes d'appareils comme celui-ci quand j'accompagnais mon père sur des salons de nouvelles technologies à Shanghai, mais cela revient à comparer un tricycle à côté d'une Harley.

— Waouh. Merci.

L'appareil émet trois « bips » consécutifs.

— VOUS N'AVEZ ENCORE RIEN VU.

De surprise, je le lâche et je jongle un moment avec avant de le rattraper. Je me retiens à peine de hurler : « Je rêve ou ce machin vient de me parler ?! »

Auri, tu es l'ambassadrice de ton époque et ce jeune homme doit te prendre pour une véritable plouc. Ressaisis-toi.

— Ce truc a l'air plus intelligent que moi...

— OH, NE VOUS DÉVALORISEZ PAS, BOSS. VOUS N'ÊTES QU'UNE HUMAINE !

— Ce n'est pas à toi que je parlais.

— JE SUIS UN UNICOM DERNIÈRE GÉNÉRATION, DOTÉ D'UNE TECHNOLOGIE DE POINTE DISPONIBLE UNIQUEMENT AU SEIN DE L'ACADÉMIE. JE SUIS DIX-SEPT FOIS PLUS INTELLIGENT QUE LUI. ET TROIS FOIS PLUS BEAU AUSSI. C'EST À MOI QUE VOUS DEVRIEZ PARLER.

— Mode silencieux, ordonne Tyler.

L'unicom se tait et je me tourne vers le jeune homme assit au bout de mon lit.

— C'était mon ancien unicom, m'explique-t-il avec un sourire qui tue. Il n'a accès qu'aux archives de l'académie, mais c'est mieux que rien.

— C'est incroyable, dis-je. Est-ce qu'ils parlent tous comme ça ?

— Pas exactement comme ça. La matrice des anciens modèles était équipée d'une sorte de personnalité. Ils ne font plus ça, car les techniciens ne sont jamais arrivés à un résultat satisfaisant. Donc, je te préviens, ces modèles ont parfois de petits bugs. Et ils sont… un peu bavards, disons.

— Je suis sûr qu'on va bien s'entendre. Merci beaucoup, c'est très gentil.

Recevoir un tel cadeau alors qu'on est seule au monde, c'est comme tomber sur une oasis en plein désert. Hésitant, le jeune homme se mordille la lèvre.

— Alors, comment tu te sens avec tout ça ?

Je plonge les yeux dans mon unicom, sur le champ clignotant qui indique DESTINATION ?

— Ça va, je réponds finalement.

Je décide de ne pas trop m'étaler côté sentiments. On ne se connaît pas encore assez pour les confessions du genre : *Je me sens seule, je suis en flip total, et comme si ma vie n'était pas assez galère dans la réalité, mon cerveau a décidé de se fabriquer sa propre version des choses et je n'arrive pas à différencier le vrai du faux.*

Il me semble qu'il vaut mieux attendre la troisième ou la quatrième rencontre avant d'avouer ce genre de trucs, non ?

— Je suis un peu faible, je reprends en m'asseyant sur le lit à ses côtés. Fatiguée. J'ai passé tellement de temps dans le *Hadfield* que personne ne sait comment je suis censée réagir. Je ne sais pas si c'est toujours le cas, mais à mon époque, c'était dangereux de trop rester dans l'Ellipse. On risquait d'avoir des hallucinations, de devenir paranoïaque…

Je m'arrête là, car évidemment, les hallucinations, c'est bien ce qui m'arrive.

Est-ce la paranoïa qui m'attend ensuite ?

— C'est toujours dangereux, acquiesce Tyler. Mais il se trouve que l'Ellipse affecte moins les jeunes esprits. Notre technologie est un peu différente de ton époque, aussi. Quand le *Hadfield* a quitté la Terre, les humains ne savaient emprunter que des portes naturelles pour rejoindre l'Ellipse. Aujourd'hui, on sait créer nos propres points d'entrée et de sortie où on veut. D'ailleurs, il y a une porte juste devant cette station.

— J'ai vu… (Je secoue la tête alors que l'image de la station, au moment où je suis sortie de ma chambre, me revient en tête.) Alors… Si les humains peuvent aller n'importe où, on est où, là ?

— C'est drôle que tu me demandes ça, fait remarquer Tyler en recommençant à se mordiller la lèvre.

— Pourquoi ?

— Tu as déjà entendu parler d'une constellation qui s'appelle Aurora ?

Je cligne des yeux.

— Tu te moques de moi ?

— Nous sommes en orbite autour de Gamma Aurorae, la troisième étoile de cet amas stellaire, annonce-t-il en écartant les bras. Aurora O'Malley, bienvenue à l'académie Aurora, le centre d'entraînement de la Légion d'Aurora.

— Quoi ? Il y a une légion qui porte mon nom ?

Il hausse les épaules en souriant à nouveau. Je ne sais pas si je dois être sous le charme, bouche bée ou en panique totale.

— J'ai changé seize fois d'école. Dans toutes les classes où j'ai été, il y avait toujours une autre fille qui s'appelait Aurora. Et maintenant, je dois partager mon nom avec une étoile ?

— Et avec un centre d'entraînement spatial.

Je secoue la tête et la première image qui me traverse l'esprit est celle de…

— Ma mère aurait pensé que c'était le destin.

— Il faut croire que le Créateur a gardé un œil sur toi, acquiesce Ty.

Je pince les lèvres. Il me faut continuer à chercher des réponses, plutôt que des questions.

— Donc, les humains ont colonisé plusieurs planètes. Et… On a aussi rencontré des extraterrestres, comme celle que j'ai vue cette nuit. Elle m'a dit qu'elle était à la tête de quelque chose ?

— Ouais, c'est de Stoy, la générale en chef. C'est une Traskienne : elle vient de Trask, une planète du système belinarien. Les Traskiens passent l'essentiel de leur temps sous terre. Du coup, ils ne synthétisent pas la vitamine D, contrairement à nous, et ils ont des carences en mélanine. C'est pour ça qu'ils portent des lentilles de contact. À part ça, nos caractéristiques biologiques sont assez similaires. C'est la première espèce extraterrestre que l'humanité a découverte. Il y a de ça deux cents ans, on était en guerre contre eux. Mais ce n'est plus le cas depuis plusieurs générations. Aujourd'hui, ce sont nos principaux alliés.

Je repense au jeune homme qui m'est apparu en rêve. Le beau gosse aux oreilles pointues et aux longs cheveux argentés, qui avait l'air énervé.

— Est-ce qu'il y a d'autres, heu... d'autres espèces sur la station ? Peut-être avec des...

Je pointe du doigt mes propres oreilles pour ne pas le dire à haute voix, de peur de passer pour une idiote si c'est encore mon imagination qui m'a joué des tours.

— Tu veux parler des Syldrathis. On a aussi été en guerre contre eux pendant une vingtaine d'années. La paix date d'il y a deux ans à peine.

Son sourire s'est effacé. En parlant, il attrape la chaîne qu'il porte autour du cou et la sort de son col. J'aperçois un anneau, qu'il dissimule aussitôt dans son poing.

Il retrouve son sourire, quoique moins éclatant.

— Mais ce n'est pas le moment de te donner une leçon d'histoire. Pour répondre à ta question, on a effectivement découvert beaucoup d'autres espèces. On est en bons termes avec certaines, en moins bons termes avec d'autres.

— Et toi, qu'est-ce que tu fais ici ?

À part me faire fondre avec ton beau sourire à fossettes.

— Je suis légionnaire. Tu te souviens peut-être d'une organisation qui s'appelait les Nations unies, à ton époque ?

Je fais oui de la tête.

— C'est vous ?

— Plus ou moins. Nous sommes la Légion d'Aurora. Une coalition composée de Terriens (ou d'humains, si tu préfères) et de Traskiens. Certains Syldrathis nous ont rejoints il y a deux ans, à la fin de la guerre. Nous sommes des soldats de la paix. Et une légion indépendante. On peut servir de médiateur en cas de conflit frontalier, on surveille les zones neutres de la galaxie. J'aime bien dire qu'on est des humanitaires. Sauf qu'il n'y a pas que des humains parmi nous !

Il sourit maintenant jusqu'aux oreilles.

— Il s'est passé quelque chose hier, avec les… « cadets » ? J'ai entendu les infirmières qui parlaient d'escadrons ?

À peine ai-je prononcé ces mots que la joie disparaît de son visage. *Adieu, jolies fossettes. Vous me manquez déjà.*

— Au cours de notre dernière année de formation, on est répartis en escadrons. Six légionnaires, chacun issu de l'une des six spécialités enseignées à l'académie. Hier, c'était un grand jour. C'était l'Affectation. Le moment où sont composés les escadrons.

— Un grand jour ? Pourtant, à voir la tête que tu fais, on pourrait croire que ton chat vient de passer sous une voiture.

Ma tentative d'humour lui arrache un petit rictus.

— Les Alphas recrutent les membres de leur équipe lors de l'Affectation. Et ceux qui ont les meilleurs résultats aux examens ont la priorité.

— Sauf que tu l'as raté parce que tu étais en train de me sauver… (Mon cœur se serre quand tout s'explique soudain.) Je suis désolée, Tyler.

Il secoue aussitôt la tête.

— Non, rétorque-t-il d'une voix ferme. Ne sois pas désolée. J'ai fait ce que n'importe quel légionnaire aurait fait à ma place. Et si c'était à refaire, je le referais. Je suis heureux que tu sois là, Aurora.

— Auri, je chuchote.

— Auri, répète-t-il plus doucement.

Nous restons muets un instant, car cette histoire de sauvetage a créé une sorte de lien entre nous. Nous sursautons un peu plus que nous le devrions quand la porte s'ouvre et qu'une infirmière au visage bougon entre dans la pièce.

— Ça suffit pour aujourd'hui, légionnaire Jones, décrète-t-elle.

Ty hésite un instant, puis il se lève.

— Est-ce que je peux…

— Vous pourrez revenir demain, l'interrompt l'infirmière.

— Je pars aujourd'hui, madame.

— Tu t'en vas ? je m'exclame, paniquée.

— Je reviendrai, ne t'en fais pas, m'assure-t-il en souriant. On m'a confié l'une de ces missions humanitaires dont je t'ai parlé. J'ai rendez-vous avec mon escadron dans vingt minutes pour notre premier briefing.

— Dans ce cas, vous feriez mieux de ne pas traîner, légionnaire, lance l'infirmière.

Son ton est pragmatique, ses gestes brusques. Tyler lui adresse un salut rapide, avant de me rassurer avec une autre salve de fossettes.

— Je reviendrai te voir dès mon retour, me promet-il. Est-ce que ça va aller ?

— Oui…

En vérité, ça ne va pas aller du tout.

Un dernier au revoir de la main et le Commandant Beau Gosse disparaît dans le couloir.

Autour de moi, l'infirmière s'active. Pendant qu'elle manipule différents instruments mystérieux, je replie le drap blanc pour éviter qu'elle n'aperçoive les taches de sang. Ensuite, j'attends patiemment qu'elle ait fini. Je me répète que je suis dans une station spatiale à des milliards d'années-lumière de la Terre. Totalement seule.

Comment ai-je pu en arriver là ?

Pourquoi suis-je en vie alors que les dix mille personnes qui étaient avec moi dans le *Hadfield* ont péri ?

L'infirmière s'en va enfin et je me retrouve face à moi-même. Je suis perdue. Maintenant qu'il n'y a plus rien pour me distraire, la réalité m'écrase.

Même en imaginant que mes parents aient fait le deuil de ma disparition et qu'ils aient vécu encore longtemps par la suite, ils sont morts depuis plus d'un siècle. Je ne les reverrai jamais. Ni eux ni ma sœur Callie. Ma famille, mes amis ont disparu. Ma maison et mes affaires aussi.

C'est inimaginable. Vertigineux. Je tourne la situation dans tous les sens et j'ai l'impression de jouer avec une dent de lait jusqu'à la faire tomber. La moindre chose me rend triste. Je revois mes chaussures de course à pied. Mes médailles. Je pense à mes séries préférées dont je ne connaîtrai jamais la fin.

Mon regard se pose sur le cadeau de Tyler, toujours dans ma main. Un message clignote à l'écran.

DONNEZ UN NOM À VOTRE APPAREIL.

Il ne me faut pas longtemps pour en trouver un.

MAGELLAN.

Pourquoi ? Eh bien, c'était un explorateur génial… si on fait abstraction du fait qu'il est mort loin de chez lui, dans d'atroces souffrances. Mais avant cela, il a vu bien des choses. C'est pour cette raison que j'ai choisi de devenir exploratrice. Parce que je veux *tout* voir.

Peut-être que c'est ce qui va se passer. Et honnêtement, les talents du Grand Magellan pourraient s'avérer utiles.

Après quelques secondes de réflexion, l'appareil s'allume et s'adresse à moi.

— BONJOUR BOSS ! BESOIN DE QUELQUE CHOSE ?

Mon cerveau se réveille peu à peu.

— Oui. Tu peux faire une recherche pour moi ?

— VOS DÉSIRS SONT DES ORDRES.

Quand j'aurai visionné ces images, il ne me sera plus possible de revenir en arrière. Je le sais. Mais je n'ai pas le choix. Si je ne prends pas les devants, je l'apprendrai un jour par quelqu'un d'autre.

— La colonie vers laquelle le *Hadfield* se dirigeait..., je commence, en me souvenant que la générale en chef de Stoy l'a appelée différemment. Est-ce que tu peux m'en parler ?

— PAS DE PROBLÈME, gazouille Magellan avec un petit « bip » pour marquer la ponctuation. LA COLONIE LEI GONG, ÇA ARRIVE TOUT DE SUITE.

Oui, c'est comme ça qu'elle l'a désignée. Le nom a dû changer...

Magellan projette une représentation en 3D d'un système solaire, avec des planètes en orbite autour d'une étoile centrale. Mais je fronce les sourcils.

— Attends un peu, Magellan. Ce n'est pas Octavia.

— NON. C'EST LEI GONG.

— D'accord. Est-ce que tu disposes de quelque chose sur le système Octavia dans ta base de données ? je demande.

Magellan affiche un nouveau système solaire, que je reconnais aussitôt cette fois-ci. Je pointe du doigt la troisième planète.

— Zoome sur celle-ci. Tourne.

Et voilà. Je distingue le littoral, dont les méandres me sont familiers, ainsi que l'endroit à l'intérieur des terres, en amont de la rivière, où le camp Butler a été installé. Là où j'étais supposée me rendre.

— SANS VOULOIR CASSER L'AMBIANCE, intervient Magellan, qui semble au contraire très content de le faire, IL N'Y A JAMAIS EU DE CAMP SUR AUCUNE PLANÈTE DE CE SYSTÈME. IL EST FRAPPÉ D'UNE INTERDICTION.

— Quelle interdiction ?...

— L'ENTRÉE DU SYSTÈME EST TOTALEMENT INTERDITE. LES SYSTÈMES INTERDITS PRÉSENTENT UN RISQUE POUR AU MOINS VINGT-CINQ ESPÈCES SENSIBLES ET SONT MARQUÉS D'UN SIGNAL LUMINEUX D'AVERTISSEMENT. LES PÉNALITÉS EN CAS DE VIOLATION DE L'INTERDICTION NE SONT VRAIMENT PAS MARRANTES.

— Mais tout allait bien sur Octavia.

— FAUX, rétorque Magellan. LA PLANÈTE A ÉTÉ DÉCLARÉE NOCIVE POUR LES FORMES DE VIE COMPOSÉES DE CARBONE, ET AUCUNE COLONIE N'A JAMAIS ÉTÉ ÉTABLIE LÀ-BAS. DÉSIREZ-VOUS DES INFORMATIONS SUR LE MODÈLE COMMERCIAL DE LEI GONG, OU SUR LA SAISON DES FESTIVALS ?

Mon ventre se noue, mais je me force à poser la question :

— Est-ce que tu peux chercher dans les archives de la colonie ? J'aimerais savoir ce qui est arrivé à Zhang Ji. Né en 2125. C'était mon père.

L'attente est interminable, mais, d'une certaine façon, c'est beaucoup, beaucoup trop tôt lorsque Magellan émet un bip, comme s'il s'éclaircissait la voix avant de donner une réponse.

— Il n'y a aucune archive correspondant à ce nom dans aucune des bases de données coloniales terriennes.

Ma gorge se serre et ma respiration s'accélère à nouveau.

Peut-être qu'il y a erreur ?

Mais avant que je puisse aller plus loin, quelqu'un frappe à la porte. C'est de Stoy, la générale en chef traskienne. Elle porte un uniforme bleu-gris qui ressemble à celui de Ty, mais en beaucoup plus guindé.

— Bonjour, Aurora, me salue-t-elle en refermant la porte.

Elle jette un rapide coup d'œil à la caméra avant de venir s'asseoir sur le lit à côté de moi.

— Je suis contente que tu aies pu te lever et t'habiller. Je vois que tu t'es procuré un unicom.

Magellan a la présence d'esprit de ne pas ramener sa fraise. Je le glisse discrètement sous mon oreiller.

— Oui..., je confirme en essayant de paraître calme.

Si je lui donne l'impression d'être triste, de ne pas maîtriser mes émotions, elle va me considérer comme une gamine. Or, je déteste qu'on décide des choses à ma place. Et je dois comprendre ce qui s'est passé.

— Comment te sens-tu ?

— Ça va...

— Il est fréquent de ressentir des effets secondaires après une exposition prolongée à l'Ellipse.

Elle se tourne et je remarque quelque chose d'étrange dans son regard terne et vide.

— Les conséquences peuvent être graves, poursuit-elle. Même sur un jeune cerveau comme le tien. Il te faudra sans doute du temps avant de retrouver le moral et tes souvenirs.

Est-ce que je lui dis que j'ai saigné du nez ? Qu'une mèche de mes cheveux a viré au blanc ? Que j'ai des hallucinations ?

Pourquoi est-ce que je ne le lui en parle pas ?

À la place, je l'interroge, pour mettre à l'épreuve sa sincérité :

— J'étais en train d'essayer de chercher ce qui était arrivé à… (Je laisse ma voix s'érailler.) À mon père. Mais on dirait que les archives coloniales ont changé. Et les archives de mon père ont été… perdues.

Un si petit mot, pour une si grande tragédie.

Le silence avant qu'elle ne réponde s'étire un peu trop à mon goût.

— Vraiment ?

— Oui. Et ça m'ennuie beaucoup, parce que j'aimerais savoir ce qu'il est arrivé à mes proches.

— Bien sûr, affirme-t-elle. Nous allons demander à quelqu'un de se renseigner.

Pipeau total.

— Quand ça ? j'insiste. Ce n'est pas comme si c'était des vieux papiers que quelqu'un avait égarés. Ces informations doivent être enregistrées quelque part, non ?

— Je pense que oui, acquiesce-t-elle. En attendant, j'ai une bonne nouvelle pour toi. Le gouvernement terrien t'envoie un vaisseau. En priorité absolue. C'est une décision qui émane de l'Agence mondiale de renseignement.

Leurs agents sont en route. Ils viennent te chercher, puis ils t'escorteront jusque chez toi en toute sécurité.

En toute sécurité ? Pas très rassurant. Pourquoi est-ce que je ne serais pas en sécurité ?

Et puis, qu'entend-elle par « chez moi » ? Ma maison doit avoir disparu depuis longtemps et je ne connais plus personne sur Terre. Je ne sais même plus ce que « chez moi » signifie.

À cet instant, je me rends compte que de Stoy tourne le dos à la caméra. Et que, très lentement, de façon presque imperceptible, elle secoue la tête en parlant.

Comme pour contredire ses propos.

— D-d'accord, je bégaye, la frustration se dissipant tandis qu'un frisson me traverse. Donc, je devrais les suivre ?

— Absolument, affirme-t-elle en me tendant la main. Les agents de l'AMR ne vont pas tarder. Tu seras mieux sur la planète qui t'a vu naître.

En retirant ses doigts, elle me fait passer discrètement un minuscule bout de papier, que je m'empresse de cacher dans mon poing.

— Compris.

Mon cœur bat à deux cents à l'heure. Elle cherche à m'avertir de quelque chose. Mais de quoi ? Que dois-je faire ?

— C'était un plaisir de faire ta connaissance, conclut-elle en se levant. Bonne chance, Aurora O'Malley. Je te le souhaite de tout mon cœur.

Et, avec une précision militaire, elle met fin à l'entretien. Dès que la porte se referme derrière elle, je sors Magellan de sous mon oreiller et je m'écroule sur mon lit. Puis, en essayant de rester naturelle, je me recroqueville, dos à la caméra.

Je compte jusqu'à trente sans bouger. Ensuite seulement, et avec la plus grande prudence, je déplie le morceau de papier caché dans ma main. Dessus, il est écrit :

Port d'embarquement 4513 – C. Mot de passe : 77981-002.

Je consulte Magellan. Le menu en bas de l'écran est toujours actif.

CARTE

DESTINATION ?

Mes doigts se referment autour du papier. Je jette un bref coup d'œil en direction de la porte et… La petite lumière au-dessus de la serrure n'est plus rouge.

Elle est passée au vert.

On me ment et je ne sais à qui me fier. Mais je détiens une source d'information que je peux essayer d'approfondir.

— Magellan ?

— HELLO, BOSS. VOUS AUSSI, VOUS M'AVEZ MANQUÉ ! QUOI DE NEUF ?

— Je veux que tu me dises ce que tu sais sur la station sur laquelle je me trouve. Commence par l'essentiel.

Et au moment où il se met à parler, je suis presque arrivée à la porte.

Les escadrons de la Légion d'Aurora

▶ Les membres d'un escadron

▼ Spécialités

Au cours de leur troisième année de formation, les cadets sont répartis en unités d'entraînement qui se préparent à l'une des spécialités détaillées ci-dessous. Composés chacun de six spécialistes, les escadrons peuvent à tout moment être déployés dans la galaxie. Leur polyvalence permet à la Légion d'Aurora (L.A.) de mener à bien n'importe quels types de missions, sans exception.

Les Alphas : À la tête de leur escadron, gèrent les aspects tactiques de la mission.

Les Négociateurs : Se chargent de la diplomatie et des pourparlers en tout genre.

Les As : Sont garants du pilotage et du transport.

Les Mécanos : Assurent les réparations, les opérations de maintenance et les travaux mécaniques.

Les Gros Bras : Sont responsables des combats tactiques et des stratégies d'engagement.

Les Cellules Grises : Remplissent les tâches scientifiques et médicales.

6

CAT

– « Engagez-vous dans l'académie Aurora », qu'ils disaient…

– Cat…, soupire Tyler.

– « Vous verrez de la galaxie », qu'ils disaient…

– *Cat*.

Nous sommes installés sur le pont de notre Arbalète flambant neuve. Nouvel escadron, nouvelles combinaisons. Les sièges sont disposés autour d'une large console circulaire qui contient différentes sortes d'écrans de contrôle et d'instruments lumineux. Actuellement, c'est la vue de notre caméra avant qui est projetée sous forme d'hologramme au-dessus de la console – on voit le très long tube de lancement, et un petit point noir au bout.

Scarlett et Finian sont assis en face de moi. À ma droite, il y a Zila et notre coéquipier syldrathi, le spécialiste en combat rapproché. Kaliis Jesaisplusquoi, fils aîné de Chéplukinonplu. Je remarque de jolis hématomes sur son visage, consécutifs à la baston d'hier, et une lueur de haine dans son beau regard mauve. Il n'a pas ouvert la bouche depuis qu'on l'a sorti de cellule ce matin. D'ailleurs, quand j'y pense, Zila n'a pas pipé mot non plus.

Au moins, tout le monde se tait.

Depuis le siège de pilotage principal, je jette un œil à mon copilote, sur ma gauche. Tyler étudie ses écrans. Cheveux en pagaille, azur au fond des yeux, un sourcil barré par la cicatrice qui date de quand on était gamins. Par le Créateur, même épuisé, il me fait toujours autant d'effet...

— Check-list prévol terminée, annonce-t-il. Paré au lancement, légionnaire Brannock.

— Si j'peux me permettre, patron, je marmonne, tout ça est une perte de temps intersidérale.

Ma remarque interpelle Finian, qui lève la tête et fixe Tyler avec des pupilles vides.

— Je suis bien d'accord avec la petite comique. Patron.

— On ne te demande pas ton avis, de Seel, je grogne, agacée.

— Marrant, on me le répète souvent.

Fichu escadron. Foutue mission. Frustrée, je fusille Tyler du regard. Après cinq ans de formation à l'académie, toutes ces heures, tout ce dur labeur, on vient de nous assigner notre première tâche ce matin : un approvisionnement. Je n'en reviens pas. Je suis le meilleur pilote de l'académie et on me relègue à un poste de coursier. Un drone automatique pourrait faire le travail à notre place. Tyler le sait. Je le sais. Tout le monde dans ce fichu vaisseau le sait.

Mais notre Alpha se contente de me regarder, concentré comme jamais.

— Les ordres sont les ordres, lâche-t-il. On a signé pour ça.

— Parle pour toi. Moi, je n'ai pas trimé pendant six ans pour livrer des médocs à des réfugiés à l'autre bout de la galaxie.

— D'accord avec elle, renchérit Finian. J'avoue que ça me laisse un peu perplexe...

— La ferme, de Seel.

— Écoutez... Une mission est une mission, insiste Tyler en nous dévisageant tour à tour. On espérait autre chose, certes. Mais on ne peut pas sauver la Voie lactée dès notre première sortie dans l'espace. Ce n'est pas une mission de premier ordre, je vous l'accorde, mais ces gens ont besoin de nous.

— Je comprends, chef, j'acquiesce. Mais tu ne trouves pas que c'est du gâchis que la Légion d'Aurora utilise mon popotin surentraîné et mes talents de pilote pour un boulot de livreuse ?

— Honteux détournement des ressources de la Légion, commente Scarlett avec un sourire.

J'ai toujours les yeux rivés sur Tyler.

— J'aurais pu choisir n'importe quel autre escadron...

— Et j'aime t'avoir à mes côtés. Tu le sais, non ?

Mmh.

Serait-ce un sous-entendu ?

Préférant faire la sourde oreille, je sors Shamrock de ma combinaison pour l'installer sur le tableau de bord. Sa fourrure verte est si douce... Il faut vraiment que je trouve le temps de le raccommoder, car la couture est éventrée et la mousse commence à dépasser.

— Qu'est-ce que c'est que cette chose ? me lance Finian.

— C'est un dragon. Un cadeau de ma mère. Ça porte chance.

— C'est une peluche, comment veux-tu que…

— La ferme, de Seel.

— C'est une technique de drague ? Tu me fais du charme, c'est ça ?

— Si tu l'ouvres encore une fois, je vais te…

— Légionnaire de Seel, boucle-la, intervient calmement Tyler. Brannock, encore une fois, la check-list prévol est terminée. Je t'en prie, voudrais-tu *s'il te plaît* avoir l'amabilité de nous faire décoller ? Merci.

Il me supplie du regard, avec ses sourcils hauts, sa petite cicatrice en travers et son légendaire sourire. Alors, sans que je m'en aperçoive, mes lèvres imitent les siennes.

— Amis pour la vie, pas vrai ? ajoute-t-il.

Et, aussi vite qu'il est apparu, mon sourire s'évanouit. J'échange un regard avec Scar, puis me tourne face à la console et active la commande de démarrage. Notre Arbalète se met à ronronner comme un chaton. La vibration des moteurs se propage jusque dans nos sièges. L'espace d'un instant, je parviens même à oublier mon envie de flanquer mon poing dans les fossettes de Ty.

« On a signé pour ça », mon œil.

Je tapote mon micro.

— Centre de contrôle des vols d'Aurora, ici escadron 312, demandons autorisation de lancement, à vous.

— Lancement autorisé, 312. Bon vol.

Je me tourne vers les membres de mon escadron.

— Accrochez-vous à votre slip, les enfants !

Les propulseurs s'embrasent. Immédiatement, nous sommes plaqués au fond de nos sièges. La paroi du tube de lancement défile à une vitesse hallucinante et nous sommes projetés dans le noir sidéral. Dans cette obscurité pailletée de minuscules points blancs. Soudain, cette mission de mes deux, cet escadron de mes deux, ce boulot que même un plouc pourrait faire, n'ont plus la moindre espèce d'importance. Parce que je suis chez moi.

Alors que nous nous éloignons de la station, je jette un œil à la caméra arrière. Une dizaine d'Arbalètes grises et pointues comme des lances percent la nuit. L'académie, dans toute sa splendeur : une ville, un port, avec des immeubles aux toits lisses et aux formes invraisemblables, flottant au milieu de rien. La force gravitationnelle nous empêche de ressentir l'apesanteur, mais je la devine derrière la paroi de notre Arbalète. Le Grand Vide. Là où je suis la meilleure.

— Escadron 312, le radar vous a identifié. Vous êtes autorisé à pénétrer dans l'Ellipse.

— Bien reçu, Aurora. Commandez-moi un shooter, je serai de retour pour la dernière tournée.

Mes doigts survolent les commandes. Le vaisseau file droit sur le gigantesque hexagone suspendu dans l'espace, en périphérie de l'académie. L'Ellipse. Elle m'attend. Je vois les pylônes de la porte qui clignotent. Au milieu, un magnifique océan de noir, constellé de milliards d'astres minuscules. La vitesse est grisante. Je me laisse aller, je ne fais plus qu'un avec le vaisseau qui tranche le vide comme une lame.

— Cap programmé, annonce Tyler. Saisi dans l'ordinateur de vol.

Sa voix me ramène à la réalité. Brusquement, je me rappelle qui nous sommes.

Où nous allons.

D'où nous venons.

Amis pour la vie, pas vrai ?

Nous franchissons l'horizon de la porte pour pénétrer dans l'abîme terne de l'Ellipse. Le vaisseau commence à trembler, les distances deviennent inconcevables. Les couleurs virent au noir et blanc. Ma visière est saturée de signaux lumineux. Ils représentent les milliers de portes clignotantes. Comme si nous étions dans une salle dotée d'une infinité d'issues hexagonales, ouvertes chacune sur un nouveau soleil.

Une carte 3D se dessine en tremblotant sur la console centrale au-dessus de nous. Des données et des paramètres de vol défilent. Un petit point rouge indique notre position.

— Horizon dégagé, j'annonce. Aucune tempête cosmique détectée. Ça devrait être calme jusqu'à Juno. L'ordinateur prévoit… six heures et trente-trois minutes de vol.

— Reçu. C'est ce qui s'appelle une promenade de santé.

Tyler défait son harnais de sécurité. Il se lève et laisse son blouson de vol derrière le siège du copilote. Un tatouage dépasse de son tee-shirt. C'est celui de la division des Alphas, sur la bosse de son biceps droit. En plus des dragons et des papillons qui recouvrent mon bras, du faucon sur mes omoplates et du phénix sur ma gorge (oui, j'ai souffert), j'en ai un dans le même genre. Le sceau des Pilotes, évidemment. Mais on se l'est fait tatouer au même endroit. Et en même temps.

Je me rappelle la nuit où j'ai réussi à persuader Tyler de se faire tatouer avec moi. C'était au cours d'une permission à terre sur Cohen IV. La dernière fois que je l'ai vu prendre un verre. Le tatouage brûlant sur nos bras, l'alcool dans nos veines, le frisson de savoir qu'on était admis en dernière année. Juste toi et moi, Tyler. Les yeux dans les yeux à la table du bar. Avec ces verres vides entre nous.

Amis pour la vie, pas vrai ?

Autour de nous, les couleurs sont monochromes. Phénomène caractéristique de l'Ellipse. Les iris bleus de Tyler ont viré au gris. Il fixe l'écran principal et je me rends compte qu'il fait une drôle de tête.

Il doit repenser à la dernière fois où il est passé par là.

À cette fille à la dérive au milieu du néant.

Mignonne, en plus...

— Allez, on récapitule la mission, dit-il.

Finian soupire et son exocombi grince quand il lève les mains pour se masser les tempes.

— On a déjà tout passé en revue, chef. C'était le but du briefing de ce matin, non ?

Tyler lorgne en direction de Pixieboy.

— Le légionnaire Gilwraeth n'a pas pu participer à ce briefing, car il était entre les mains des équipes de sécurité de l'académie. Donc on va reprendre ensemble depuis le début.

— Et nous, on ne peut pas y couper, chef ?

À bout de nerfs, je croise les bras et une question m'échappe :

— T'es un boulet confirmé, ou quoi ?

— Mmh, non, amateur seulement, réplique le Traskien. Mais j'espère passer pro la saison prochaine.

Il sourit bêtement, en attendant ma prochaine repartie. Avec sa peau blanche et ses yeux noirs, Finian est le seul d'entre nous qui ne change pas dans l'Ellipse. Je ne dis rien, mais au fond de moi je suis aussi blasée que le Mécano. Quand je pense que l'escadron de Ketchett a été envoyé à Beta Fushicho pour démanteler une flotte pirate. Et il paraît que celui de Troile escorte un convoi d'ambassadeurs pour les négociations de paix de Sentanni. Pfff… Cette mission n'est vraiment pas à la hauteur d'un Alpha comme Tyler. Cet escadron n'est rien. Pourtant, comme toujours, il reste professionnel. Il est doué.

Sauf en matière de jolies filles.

— Encore six heures et vingt-deux minutes de vol, légionnaire de Seel, lance Tyler d'un ton ferme. Tu peux les passer à astiquer le sol des toilettes jusqu'à te voir dedans, ou tu peux les consacrer à notre mission. C'est toi qui vois.

Le Traskien pince les lèvres.

— Si tu le prends comme ça…

— C'est le cas.

Tyler tape une série de commandes sur sa console et la carte miniature de l'Ellipse disparaît, laissant place à un hologramme d'un énorme rocher flottant au milieu d'autres énormes rochers. Un astéroïde. L'astéroïde le plus laid que l'univers ait engendré.

Ma visière m'indique qu'il se trouve à environ mille kils de notre position. Criblé de cratères, il me fait penser à une grosse pomme de terre infestée de vers. J'aperçois les voûtes et les pylônes d'une gigantesque usine accrochée à sa surface comme une moule à son rocher.

– C'est la station Sagan, dans le système Juno, nous explique Tyler. Une ancienne plate-forme de traitement des minerais qui appartenait à la Jupiter Mining Corporation, une société qui a été abandonnée en 2263. Des flux de réfugiés syldrathis l'occupent depuis que leur peuple est entré en guerre civile, il y a un an. Les hautes autorités de la L.A. estiment qu'ils sont environ sept mille.

Tandis que Tyler parle, j'observe du coin de l'œil notre nouveau coéquipier syldrathi. Mais Pixieboy ne laisse rien transparaître. Son regard est perçant, glacial. Il donne l'impression d'être hautain, comme tous les Syldrathis. Du genre « Je suis meilleur que vous et c'est prouvé scientifiquement ». Mais sa coiffure est impeccable, son visage pourrait sortir d'un magazine de mode, et malgré les hématomes qui enlaidissent un peu son visage, Scar a raison. Je le garderais dans mon lit même s'il ronflait.

– L'étoile Juno est située en zone neutre, poursuit Tyler. Étant donné que les gouvernements terrien et traskien refusent toujours d'accueillir les réfugiés syldrathis, c'est la Légion d'Aurora qui est chargée de s'occuper d'eux.

– Je ne pige pas..., intervient Scarlett.

– On est une organisation de secours neutre, Scar. On est censés...

Scar lève les yeux au ciel.

– Oui, je sais ce qu'est la Légion d'Aurora, merci bébé frangin ! Ce que je ne comprends pas, c'est pourquoi les gouvernements terrien et traskien n'acceptent pas d'ouvrir leurs frontières et de venir en aide à ces personnes.

Elles ont été dépossédées de leur planète par l'un de leurs propres Archons. Comment la Terre et Trask peuvent-ils les abandonner ?

— C'est la guerre, lâche Finian avec un haussement d'épaules. S'ils ouvrent leurs frontières à ces réfugiés, qu'est-ce qui leur garantit que ces derniers ne seront pas une menace ?

— Tu penses avec tes pieds, de Seel.

— Je ne dis pas que je suis d'accord avec eux, je t'explique leur raisonnement.

— Donc, on va laisser ces gens pourrir sur cet astéroïde ? s'agace Scarlett.

— Justement, non, répond Tyler. On a des médicaments et du matériel médical pour eux, plein notre soute.

Là-dessus, Scar insiste que ça ne suffit pas, puis de Seel s'en mêle, car il doit absolument donner son avis, et le pont se transforme en foire d'empoigne, jusqu'à ce qu'une voix à la fois grave et douce mette fin au brouhaha général.

— Ils ont peur.

Le silence s'abat dans l'Arbalète et tous les regards se tournent vers Kaliis Machinchose, fils aîné de... Bref.

— Vos gouvernements, reprend-il. Ils ont peur du Tueur d'étoiles.

Nous échangeons des regards embarrassés. Comme si le fait de prononcer son nom lui conférait encore plus d'autorité.

— Et ils ont raison d'avoir peur, poursuit Kal. Le Tueur d'étoiles a déclaré que les Syldrathis libres étaient ses ennemis. De même que ceux qui leur portent assistance.

Tyler fait face à Kal, et même notre illustre chef a l'air un peu mal à l'aise.

— Puisque tu n'étais pas là pour notre premier briefing, légionnaire Gilwraeth, j'aimerais avoir ton avis maintenant. Ce sont tes compatriotes que nous nous apprêtons à aider. Qu'as-tu à nous dire à leur sujet ?

— Je croyais que vous connaissiez les Syldrathis, patron. Étant donné ce qui est arrivé à votre père.

Scarlett fronce les sourcils.

— Et que penses-tu savoir sur mon père, légionnaire Gilwraeth ? objecte Tyler d'un ton ferme.

— Je sais que, pendant la guerre, il s'est comporté en héros. Il était sénateur et il a lutté pour la paix aux côtés de mon peuple bien avant la fin des hostilités. Il est mort en combattant les Syldrathis dans l'Incursion d'Orion.

— Souviens-toi d'Orion, je murmure en portant la main à l'emblème du Créateur autour de mon cou – et à l'autre bout de la table, je vois Finian reproduire le même geste.

— *Del'nai*, répond Kal en braquant sur moi ses yeux étincelants.

— Je ne parle pas syldrathi, Pixieboy.

— Ça veut dire « Pour toujours », intervient Scarlett. « Pour toujours et à jamais. »

Pixieboy acquiesce d'un signe de tête avant de se tourner vers Tyler.

— Je connais le grand Jericho Jones. Je sais comment il est mort. Je vous présente mes excuses, patron. J'imagine que la présence d'un Syldrathi dans votre escadron est… malvenue.

— C'est comme ça que tu me vois ? rétorque Tyler. Tu crois vraiment que je suis le genre de personne qui décide de haïr une espèce entière sous prétexte qu'un de ses congénères a tué son père ?

— Étant donné les circonstances dans lesquelles se sont déroulées les attaques d'Orion, j'imagine que la plupart des humains doivent nous voir d'un mauvais œil, en effet.

Tyler fixe Pixieboy droit dans les yeux.

— Eh bien, tu as de la chance que je ne sois pas comme la plupart des humains.

Kal soutient son regard en dégageant des ondes de cette arrogance furieuse. Un Syldrathi peut vivre plusieurs siècles, et bien que Kal n'ait que dix-neuf ans, il nous considère comme si nous n'étions que des parasites éphémères. Ici aujourd'hui, disparus demain. Je remarque la trace de son coup de poing foudroyant sur la joue de Tyler. Les bleus et les entailles qu'il s'est faits hier, pendant la bagarre avec les cadets. Tous des Terriens. À quatre contre un, et il leur a quand même botté les fesses.

Souviens-toi d'Orion…

De la tête, Kal désigne l'hologramme de la station Sagan.

— Les Syldrathis sont un peuple fier, précise-t-il. Les réfugiés vont se méfier, ils ne nous feront pas confiance.

Tyler observe sa sœur.

— Scar parle syldrathi couramment. À vous deux, je suis sûr que vous arriverez à les convaincre que notre unique but est de les aider.

Kal cligne des yeux.

— Quoi ? Vous envisagez de m'envoyer à bord ?

— Pourquoi pas ?

Kal pointe du doigt le tatouage sur son front. Trois lames entrecroisées.

— J'imagine que vous reconnaissez ce sigle, patron.

— C'est un glyf. Il indique ton appartenance à l'un des cinq clans syldrathis.

Kal hoche la tête.

— Celui que je porte est le glyf du clan des Belliqueux.

— Et alors ?

— À votre avis, pourquoi suis-je le dernier cadet à avoir été sélectionné à l'issue de l'Affectation ? Pourquoi est-ce que même les autres Syldrathis ne voulaient pas de moi dans leur escadron ? (Kal nous dévisage l'un après l'autre.) Parce que le Tueur d'étoiles est un Belliqueux. De même que ses Templiers. Et que ses Adeptes…

— Les Syldrathis du clan des Belliqueux n'ont pas tous rallié le Tueur d'étoiles, objecte Tyler. Vous n'êtes pas tous responsables de ses crimes.

Kal contemple un instant Tyler d'un air de dédain.

— Je ne doute pas que les Syldrathis réfugiés dans cette station, en proie à la faim et au désespoir, laisseront un Terrien leur expliquer ça.

— Mmh, excusez-moi ! interrompt Finian en levant la main. Il me semble qu'avec la rouquine et moi, cet escadron a déjà sa dose de sarcasme.

— Exact, fait Scarlett. Par ailleurs, petit rappel : c'est moi la Négociatrice en uniforme. Kal, je te suggère de te limiter à ton rôle, qui est de cogner sur les gens. D'autant que tu as l'air très doué pour ça.

Puis, à l'intention de son frère, elle ajoute :

— Ça va le faire, patron.

— Bien, dit Tyler. Certes, le Tueur d'étoiles et sa flotte poursuivent les Syldrathis qui n'ont pas prêté allégeance à son nouvel ordre universel, mais la station Sagan est un grain de sable dans le désert. Elle n'attirera pas leur attention. C'est sans doute ce qui a poussé les réfugiés à s'y cacher. Il y a très peu de chances que quelqu'un interfère dans notre mission.

— Approximativement une chance sur huit mille sept cent vingt-cinq.

Un silence stupéfait s'abat dans la navette. C'est Zila qui a parlé. J'avais presque oublié qu'elle était avec nous sur le pont. Assise à son poste, elle mordille une mèche de ses cheveux bouclés couleur charbon. La lumière des écrans illumine sa peau mate tandis que ses doigts survolent le clavier.

— Une chance sur huit mille sept cent vingt-cinq ? je répète.

— Approximativement, confirme-t-elle sans lever la tête.

— Comment tu sais ça ? lui demande de Seel.

— Grâce à mon cerveau, rétorque Zila en pointant son crâne du doigt.

S'ensuit un silence gêné. Tyler s'éclaircit la gorge.

— OK, lance-t-il. Quoi qu'il en soit, j'attends de vous que vous soyez sur le pied de guerre. On doit faire nos preuves avec cette première mission. Donc, si comme certains vous pensez qu'on mérite mieux qu'un simple boulot de livreur… (Ty me regarde à ces mots.) Le moment est venu de le montrer. Nos gouvernements n'osent pas s'attaquer au Tueur d'étoiles ? Peu importe ! Nous, on est la Légion d'Aurora. On ne plie pas sous le joug des tyrans, et on ne recule jamais devant l'ennemi.

Bien que le spectre de couleur soit monochrome, je devine la flamme qui se consume au fond des pupilles de Tyler. L'ardeur dans sa voix me fiche la chair de poule. En dépit de nos prises de tête, de tout ce chaos, quand je l'écoute parler, je me rappelle pourquoi il a fini major de sa promo d'Alphas. Et pourquoi, ce soir-là, au bar, autour de cette table jonchée de verres vides, j'ai envisagé qu'il pourrait se passer quelque chose entre nous.

– Escadron 312, ici le centre de contrôle des vols d'Aurora, à vous.

– Ici l'escadron 312, à vous.

– La générale en chef souhaiterait s'entretenir avec votre Alpha, 312, à vous.

Surprise, je me tourne vers Tyler, qui active sa radio.

– Ici le légionnaire Jones.

Un hologramme de la générale en chef de Stoy se matérialise au-dessus de notre console de vol. Elle est en uniforme, les cheveux soigneusement attachés en queue-de-cheval. À côté, l'amiral Adams porte la même tenue qu'elle. Ses bras cybernétiques sont croisés devant sa très large poitrine criblée de médailles, rendues noires, blanches et grises par l'Ellipse.

Adams et Ty se connaissent depuis longtemps. Lui et le père de Ty étaient meilleurs amis quand ils étaient pilotes pour la Force de défense terrienne. Adams a pris Ty et Scar sous son aile quand leur vieux a été tué. Ty et lui se rendent ensemble à la chapelle chaque week-end, et Adams a toujours accordé un peu plus d'attention à Tyler qu'aux autres cadets.

Et pourtant, quand je regarde dans les yeux de mon chef, je me rends compte qu'il est aussi perplexe que moi.

— Bonjour, légionnaires, nous salue Adams.

Nous murmurons chacun un rapide salut, puis de Stoy prend la parole.

— Nous voulons vous souhaiter bonne chance, à vous et à votre équipe, légionnaire Jones.

— Merci, madame…, répond Tyler.

— Il s'agit là d'une première étape vers quelque chose de beaucoup plus grand, enchaîne Adams. Les défis qui vous attendent ne sont peut-être pas ceux que vous imaginiez. Mais vous avez notre confiance. Quoi qu'il advienne. Vous devez aller jusqu'au bout. (Adams fixe Ty droit dans les yeux.) Vous devez y croire.

Cette scène a quelque chose d'étrange. Même si Adams et Ty se connaissent, d'habitude, les hauts gradés ne prennent pas la peine de s'adresser à de simples légionnaires comme nous. Sans parler de cette mission, qui compte pour du beurre. Et pourtant, on a droit à un beau discours de la part des deux commandants de l'académie, comme si on était un escadron de première classe, comme si le sort de la galaxie reposait sur nos épaules.

Adams se tourne ensuite vers moi pour invoquer la devise de l'académie.

— Nous sommes la Légion. La lumière. Un feu brûlant dans la nuit.

— Chef, oui chef !

— Soyez lumineux, légionnaires, ajoute de Stoy. Votre chargement est plus précieux que vous le croyez.

— Que le Créateur soit avec vous, conclut Adams.

— Heu… Merci, amiral. Générale.

Leurs images projetées flottent encore quelques instants, comme s'ils cherchaient à s'incruster dans notre mémoire. Franchement, je ne saisis pas bien ce qui se passe. Après un dernier salut, leur hologramme est remplacé par celui de la station Sagan. Nous restons bouche bée. Puis un silence accablant s'installe. C'est Zila Madran qui y met fin en résumant d'un simple mot ce que chacun de nous ressent :

— Chelou…

Tyler se rassoit, déjà focalisé sur la mission, même si je sais qu'il doit se poser les mêmes questions que moi.

— Bien, lance-t-il en se baissant pour nettoyer une tache imaginaire sur sa botte pourtant impeccable. Kal, j'ai besoin d'un plan d'attaque au cas où on croiserait des Syldrathis hostiles sur notre route. Scar, je veux des solutions diplomatiques avec les réfugiés. Madran et de Seel, vous allez étudier en détail les systèmes de Sagan. On a six heures. Au boulot.

— Et moi ? je demande.

Tyler plisse le front et ses lèvres se soulèvent dans un sourire dont lui seul a le secret.

— Conduis-nous là-bas, Zéro.

Juste toi et moi, Tyler.

À la table de ce bar, les yeux dans les yeux, avec ces verres vides entre nous.

Dire qu'on se connaît depuis qu'on a cinq ans.

Je reprends les commandes de l'Arbalète et je corrige le cap.

— Chef, oui chef, j'acquiesce avec un soupir.

Amis pour la vie, pas vrai ?

Les escadrons de la Légion d'Aurora

▶ **Les membres d'un escadron**

▼ **Les Gros Bras**

Ils sont costauds, pas commodes et ils savent frapper là où ça fait mal. Les Gros Bras sont les membres de la **Légion d'Aurora (L.A.)** formés à cogner et le pire, c'est qu'ils aiment ça.

Les Gros Bras passent leur vie à la salle de sport, au dojo ou au stand de tir. La perfection physique est leur ultime objectif. Ils frappent/tirent toujours en premier et laissent leur **Négociateur** poser les questions ensuite.

Ces experts en **arts martiaux** savent s'adapter à la force gravitationnelle de la planète où ils se trouvent. Ils possèdent en outre une connaissance approfondie de l'**anatomie** d'une multitude d'espèces, ont développé une haute tolérance à la douleur et adorent faire souffrir les **petits êtres sans défense**.

INSIGNE DES GROS BRAS

7

KAL

C'est toujours la même rengaine.

Cela fait deux heures que nous avons franchi la porte délabrée de l'Ellipse à proximité de la station Sagan pour regagner l'espace réel, dix-neuf minutes que les négociations ont commencé à bord avec les réfugiés, une minute que Scarlett Jones leur a annoncé la présence d'un membre du clan des Belliqueux sur notre vaisseau et dix secondes que Sagan a braqué ses missiles sur nous.

Les humains sont vraiment des crétins.

Des crétins bien intentionnés, parfois.

Mais des crétins quand même.

— … et je respecte votre point de vue, monsieur, affirme Scarlett Jones. (En dépit du message qui clignote en grosses lettres sur tous nos instruments : « MISSILE VERROUILLÉ ».) Mais le légionnaire Gilwraeth est notre spécialiste de la sécurité. Si nous voulons inspecter votre système de défense…

— Aucun membre du clan des Belliqueux ne posera le pied sur cette station tant que j'en serai le Premier Marcheur ! Par les esprits du Grand Vide, je le jure !

Je scrute l'hologramme avec lequel Scarlett communique. Taneth Lirael Ammar est un ancien – il a au moins deux siècles, à en juger par son physique. Sa peau est légèrement ridée et ses cheveux aux reflets argentés, plaqués en arrière, révèlent le petit sceau du clan des Marcheurs de Galaxie gravé sur son front. Ce glyf me rappelle ma mère, et à quel point je suis loin de chez moi.

Ou plutôt : des vestiges de chez moi...

Les autres espèces considèrent que nous autres, les Syldrathis, sommes arrogants et froids. Que nous dissimulons nos sentiments derrière des murs de glace et des regards de pierre. Taneth, lui, est très visibilement outré par ma présence. Ses yeux violets lancent des éclairs tandis qu'il parle, et la colère fait rougir le bout de ses oreilles pointues.

Tyler Jones lève les mains en signe de supplication, pour tenter de le calmer.

– Écoutez, Premier Taneth, le légionnaire Gilwraeth appartient à la Légion d'Aurora et je peux vous ass...

– C'est un Belliqueux ! Il n'est *pas* le bienvenu ici !

Mon regard croise celui de mon chef d'escadron. *Je vous avais prévenu.*

Cela fait deux ans que la guerre entre Syldra et la Terre a pris fin. Vingt mois que j'ai intégré la Légion d'Aurora dans le but de me forger un nouvel avenir, contre l'avis de ma mère. J'ai étudié parmi les Terriens. Vécu, travaillé, combattu à leurs côtés. Et pourtant je n'arrive toujours pas à les comprendre.

On dirait des enfants. Pas étonnant que ce soit l'espèce la plus jeune de toute la galaxie. Leur autosuffisance les rend inconscients. Ils sont fermement convaincus de pouvoir résoudre n'importe quel problème en priant le Créateur, en travaillant dur ou, si aucune des deux premières solutions ne fonctionne, en brandissant leurs armes.

Mais ils n'ont pas vu leur étoile s'éteindre.

Leur peuple brûler.

Leur monde expirer.

Et ils ne savent pas, du moins pas encore, que certaines crises sont sans issue.

— Et si on essayait de trouver un compromis ? tente Scarlett Jones en passant une main dans ses cheveux flamboyants. Vous laissez le légionnaire Gilwraeth accéder à votre soute, et pendant qu'il vous livre les médicaments, le reste de notre escadron examine les systèmes à bord de la station ?

Mmh.

J'observe la fille qui s'exprime à ma place.

Une personne pleine de sagesse.

Pour seule réponse, Premier Taneth se gratte le sourcil.

— Plus vite on aura fini, plus vite on vous laissera tranquille, lui assure Tyler Jones. Je vous donne ma parole que le légionnaire Gilwraeth respectera les protocoles de la L.A. quand il sera à bord de la station Sagan.

J'étudie le jeune homme qui dirige mon escadron.

Une personne pleine de confiance.

Quelles que soient les garanties que lui offre notre Négociatrice, je ne pense pas que Taneth acceptera le marché. Le peuple syldrathi est noble et ancien. Les guerriers qui ont suivi le Tueur d'étoiles, qui ont refusé la paix avec les Terriens, dans leur orgueil démesuré, se sont fait appeler les Invaincus. Même ceux d'entre nous qui ont accepté la paix ont vu leur fierté piétinée par le traité. Bien que nous,

Syldrathis, ayons été déchus de ce que nous représentions autrefois, nous n'acceptons pas la charité des autres. Surtout pas celle de ceux qui ont fait leurs premiers pas hésitants dans l'Ellipse il y a quelques siècles à peine.

C'est pourquoi ma surprise est immense quand je le vois pincer les lèvres, puis s'incliner en signe de consentement. Les poches sombres sous ses yeux et ses traits désespérés trahissent la difficulté de sa situation. Ce doit être pire que ce que j'imaginais.

Ici, les apparences sont trompeuses.

. . . . .

Le sas de notre Arbalète s'ouvre en chuintant. Aussitôt, une odeur d'oxygène viciée et de transpiration me pique le nez. Dans la soute, sous la lumière clignotante d'un néon en fin de vie, six Syldrathis nous attendent. Ils arborent la tunique traditionnelle, longue et flottante, ornée du glyf du clan des Marcheurs de Galaxie, et un collier de cristaux autour du cou. Ils sont grands et gracieux. Mais aussi maigres. Épuisés. Je remarque de nombreux vieillards. La plus jeune porte un coutelas laser à sa ceinture, mais sinon aucun d'entre eux n'est armé.

Chez les miens, le contact physique est quelque chose d'intime. Les Syldrathis ne toucheront jamais un inconnu, même si je sais que les Terriens ont pour coutume de se serrer la main pour se saluer. C'est donc avec surprise que j'observe Scarlett Jones s'avancer vers Taneth, et placer les deux mains devant ses yeux, puis devant ses lèvres et enfin, devant son cœur en signe de salutation. Le Premier Marcheur l'imite avec un sourire discret, étonné et satisfait de voir une Terrienne se plier à nos usages.

Ensuite, notre Négociatrice lui présente les autres membres de l'escadron :

— Tyler Jones, notre commandant. Zila Madran, notre agent scientifique. Finian de Seel, notre ingénieur. Cat Brannock, notre pilote. Et enfin Kaliis Idraban Gilwraeth, notre spécialiste de la sécurité.

L'un après l'autre, les Syldrathis me tournent le dos. Seul Taneth reste de face, sans pour autant daigner me regarder.

— Vous cinq êtes les bienvenus à bord, déclare-t-il à l'intention des autres. Nous sommes reconnaissants à la Légion d'Aurora pour son aide.

Tyler Jones examine la soute, remarque que la tension électrique est instable, que des pans entiers de murs sont arrachés, que certains câbles électriques sont à nu, que l'air est malsain. Comme moi, il constate la détresse dans laquelle se trouvent ces Syldrathis. Cette station a été abandonnée il y a des années. Sans argent ni entretien, elle est presque tombée en ruine. Ces gens sont dans le besoin, c'est évident. Pourtant, une partie de moi est attristée de voir mes congénères accepter de l'aide avec autant d'avidité. Reculer tels des mendiants devant des enfants.

Autrefois, nous traversions l'obscurité qui sépare les étoiles et nous n'avions pas d'égal.

Que sommes-nous devenus ?

— Où est le reste de vos compatriotes ?

— Le reste ? s'étonne Taneth.

— D'après nos informations, environ sept mille réfugiés sont présents sur cette station.

— Nous ne sommes pas plus de cent, jeune Terrien.

Je vois Tyler Jones échanger un regard gêné avec sa sœur. Zila Madran, elle, cligne des paupières – elle me fait penser à un processeur qui stockerait des données pour les exploiter plus tard. En revanche, dans les grands yeux noirs du légionnaire de Seel comme dans ceux de Brannock, je devine une question. Une question que je me pose moi aussi.

Pourquoi être venu de si loin, avoir pris autant de risques, pour si peu de gens ?

— Vous avez un centre de contrôle ? s'enquiert Tyler Jones. On a besoin d'examiner vos systèmes pour planifier les réparations.

— Et une chapelle peut-être ? marmonne Cat Brannock en observant la soute. Pour demander au Créateur ce que c'est que ce trou à rats ?

— Nous disposons d'un centre de contrôle, en effet, répond Taneth. Veuillez me suivre.

Il se tourne vers la plus jeune des Syldrathis – la femme avec le coutelas à la ceinture.

— Aedra, je te laisse superviser la livraison du matériel médical. Et ne quitte pas des yeux… ça… (Il me désigne de la tête.) Sois prudente.

La femme me toise avec une haine non dissimulée.

— Votre voix, mes mains, Premier Taneth, acquiesce-t-elle.

Tyler Jones me questionne du regard. Je hoche la tête pour lui faire comprendre que tout ira bien. Alors les membres de mon escadron suivent les Marcheurs de Galaxie dans un ascenseur plus vieux que Taneth lui-même. Deux fois plus décrépit aussi.

— Soyez sage, les enfants, nous lance Finian en souriant.

Dans un bruit sourd de métal, l'ascenseur s'élève vers les niveaux supérieurs. Brutalement, il s'arrête, sans raison apparente, et de Seel doit appuyer sur le bouton pour le faire repartir. Mon escadron disparaît.

Je me retrouve seul avec la femme.

Elle est grande et élancée. Sa peau est hâlée, ses cheveux argentés attachés en arrière tombent en ondulant sur ses épaules. Maintenant que nous sommes hors de vue des Terriens, elle me montre plus ouvertement le dédain que je lui inspire. Elle fait la moue et la haine luit dans ses yeux. Je sais qu'elle me sonde par télépathie – ma mère appartenait aussi au clan des Marcheurs de Galaxie, et elle m'a appris à reconnaître les signes. Je ressens la douce pression de l'esprit d'Aedra sur le mien tandis qu'elle effleure la surface de mes pensées.

Mon regard s'arrête sur sa main qui tient le coutelas laser. Je repère un glyf autour de son index. Elle me paraît trop jeune pour avoir cédé à l'Attraction. Et pourtant le cercle ne contient qu'une larme : cela signifie que son bien-aimé a déjà rejoint le Grand Vide.

— Puissent les esprits l'aider à trouver le chemin de chez lui, je murmure.

Elle bondit, vive comme un rayon de soleil. Un halo d'énergie psychique jaillit de sa lame ; mauve, crépitant, il se reflète dans ses yeux quand elle lève le coutelas devant ma gorge.

Quelque chose se soulève au plus profond de mon être alors qu'elle brandit son arme.

L'appel dans mon sang.

L'Ennemi intérieur.

Mais je le repousse. Je me force à rester calme.

— Peu importe que tu aies déçu tes camarades : j'ai lu ton âme. La violence est en toi depuis ta naissance. Tu t'abreuves du sang de notre monde. Comme tous ceux de ta race.

Je connais le refrain. Tous les cadets syldrathis de l'académie me le chantent. De même que tous les Syldrathis que j'ai rencontrés depuis que notre étoile a été réduite en cendres. Pas le temps d'ouvrir la bouche que le glyf sur mon front a déjà trahi mes origines. Tant pis. Je vais quand même engager le dialogue avec cette femme. En espérant que la musique soit différente, cette fois-ci.

— Je ne suis pas un Invaincu, dis-je. Le Tueur d'étoiles nous a trahis en détruisant notre planète bien-aimée. Mon cœur saigne autant que le tien.

— Pas encore, Belliqueux, crache-t-elle. Mais adresse-moi encore une fois la parole et ce sera le cas.

Je la regarde dans les yeux en contenant mon envie de répondre à la rage par la rage. De succomber à ce que mon éducation a voulu faire de moi. L'appel est puissant, la colère si réelle qu'on dirait une flamme dans ma poitrine. Menaçant de me brûler vif. Hurlant qu'on la libère.

À la place, je m'incline, les paumes tournées vers le ciel. Alors, plus prudemment encore, elle baisse sa lame. Après ça, je rejoins d'un pas lourd le sas de l'Arbalète, où je m'attelle à décharger le matériel médical.

Je ne lui en veux pas de me haïr.

Chaque fois, j'essaie d'engager le dialogue.

Mais c'est toujours la même musique.

. . . . .

— Kal, ici Tyler, tu me reçois ?

Je suis dans la soute en train de déposer la cinquante-troisième boîte de médicaments sur la rampe de chargement quand la voix crépite dans mon unicom. Ces caisses sont énormes, presque trop lourdes pour moi. Le travail irait deux fois plus vite si Aedra voulait bien m'aider. Mais au lieu de ça, elle me suit à distance sans me quitter des yeux, une main sur la poignée de son coutelas laser.

— Ici Kal, je vous entends, chef.

— Comment ça se passe dans la soute ?

Je jette un œil en direction d'Aedra, qui fait semblant de ne pas m'entendre. Elle grimace en m'entendant appeler un Terrien « chef ».

— Ça avance lentement.

— Prends ton temps, on va rester ici un moment. Zila est en train de réinitialiser leur système de survie. Finian et Cat inspectent l'arsenal défensif.

— La vache, il est en sale état ! s'écrie Cat Brannock.

— C'est pas le nec plus ultra de la technologie, renchérit de Seel. Ils ont improvisé un système de défense depuis leurs vaisseaux. La bonne nouvelle, c'est que même s'ils avaient voulu nous descendre, ils n'auraient probablement pas réussi. Mais du coup, c'est aussi une mauvaise nouvelle. Heureusement, les radars à courte portée devraient se rallumer d'une seconde à l'autre.

— J'aurai fini de décharger d'ici une heure, je reprends.

— Entendu, répond Jones. Si tu as besoin de quoi que ce soit, tu n'as qu'à nous siffler.

— Je peux vous poser une question, patron ?

— Tu veux savoir comment on fait les bébés ? demande Scarlett Jones.

— Non...

— Tôt ou tard, il faudra bien qu'on te l'explique, mon mignon.

Je suppose qu'elle essaie de faire de l'humour...

— Depuis que Syldra a été détruite, des millions de réfugiés syldrathis se sont exilés aux quatre coins de la galaxie. Ils ont désespérément besoin d'aide. Besoin d'un toit, aussi.

— Je n'ai pas entendu de question, légionnaire.

— Pourquoi est-ce que la Légion a choisi de nous envoyer ici ? Pourquoi cette station à l'abandon, loin de tout ? Il n'y a pas plus d'une centaine de personnes à bord !

Silence radio. J'en déduis que je ne suis pas le seul à m'interroger. Certes, nous sommes les brebis galeuses de l'académie Aurora. Ceux dont personne ne veut. Mais avec cette mission, on croirait que nous avons été punis pour une erreur que nous n'avons pas encore commise.

— Je n'ai pas la réponse, légionnaire Gilwraeth. En revanche, ce que je sais, c'est qu'on a prêté serment en s'engageant dans la Légion. On a juré de venir en aide aux personnes sans défense. De secourir la veuve et l'orphelin, quoi qu'il advienne. Et même si le...

— Heu, chef ? le coupe de Seel. On a un problème.

— Tu veux dire, en dehors du fait que tu as interrompu un discours que j'ai mis une heure à préparer et qui allait être mémorable ?

— Vous ne pouvez pas savoir à quel point ça m'attriste, chef, mais comme prévu les radars se sont rallumés et...

Vous vous souvenez quand le légionnaire Madran a calculé la probabilité pour que les Invaincus nous barrent la route ? Une chance sur huit mille, je crois...

— Une chance sur huit mille sept cent vingt-cinq, corrige Madran. Approximativement.

— Alors on ne doit pas avoir la même définition du mot « approximativement ». Parce qu'un croiseur de guerre syldrathi vient de franchir la porte de l'Ellipse. Lourdement armé. Il arbore les couleurs des Invaincus. Et il avance dans notre direction.

À l'autre bout de la soute, Aedra me décoche un regard plein de hargne.

— Heu, aucun rapport, mais est-ce que quelqu'un aurait un sous-vêtement de rechange ? demande Scarlett Jones.

— Moi j'en ai un, lui lance de Seel. Par contre, désolé, mais je vais en avoir besoin.

— Taisez-vous, gronde Tyler Jones. Cat, je veux que tu regagnes l'Arbalète illico. Tu décolles et tu restes hors visuel, sans trop t'éloigner. Finian, fais-moi chauffer ces missiles. Zila, tu prends en charge les communications. Kal, rejoins-nous sur-le-champ. Allez !

Je sens l'adrénaline gonfler mes veines. Sans traîner, je dépose ma caisse sur la pile. Il doit nous rester une dizaine de minutes à peine avant l'arrivée de ce vaisseau. Il s'agit d'un petit croiseur syldrathi, prévu pour accueillir vingt-sept membres d'équipage. C'est peu, mais suffisant pour que nous soyons en infériorité numérique avec notre Arbalète. Et surpassés en puissance de feu, étant donné l'état de délabrement des systèmes de défense de cette station. La promesse de violence fourmille dans mes veines.

L'Ennemi intérieur se réveille.

Les poings serrés, Aedra me regarde toujours avec des yeux furibonds.

— C'est *ta* faute, éructe-t-elle.

Incrédule, je me tourne vers elle.

— Quoi ?

— Ça fait six mois qu'on est cachés ici. Personne ne nous a jamais repérés. Tu te pointes, et à peine une heure plus tard, les Invaincus arrivent ?

— Je ne suis certainement pas le seul à savoir que vous êtes là. Les hautes autorités de la Légion d'Aurora, pour commencer, sont au courant. Et ton premier réflexe est de penser que je vous ai trahis ?

— Tu es un Belliqueux, siffle-t-elle.

Je fais mon possible pour me retenir de répondre, mais l'Ennemi finit par prendre le dessus.

— Et toi, tu es une imbécile, je gronde.

Les yeux d'Aedra s'écarquillent, elle dégaine son coutelas laser en poussant un grognement féroce. Mais elle a beau être agile, rapide, éblouissante même, elle n'est pas à la hauteur.

Moi, je suis né avec le goût du sang dans la bouche.

Je suis né avec les poings serrés.

Je suis né pour combattre.

La violence lovée au fond de moi se déploie dans toute sa dimension, chaude et battante. La chose qu'on a voulu faire de moi prend le contrôle. Mon esprit et mes mouvements ne font plus qu'un. Après avoir esquivé son coup, je la frappe à la gorge, main tendue. Vif comme l'argent. Solide comme l'acier. C'est si simple. Son bras s'immobilise et elle s'effondre en renversant la pile de médicaments. L'instant d'après, les loquets de la plus grosse boîte sautent. Un claquement métallique retentit.

Et de la boîte surgit une fille.

Fine comme un arbre du Lias. À la chevelure aussi sombre que la nuit, traversée par une traînée blanche comme la lueur d'un astre. Sa peau est légèrement hâlée, et les taches de rousseur sur ses joues forment des constellations parfaites. Elle traverse la passerelle en haletant d'un souffle rare et éprouvé qui me fait l'effet d'une mélodie. Et tandis que j'observe son visage, j'ai l'impression de me prendre en plein cœur un coup de poignard. Ou un tesson de verre tranchant.

Ce sentiment… Jamais je n'aurais pensé l'éprouver un jour.

Mais…

Comment se fait-il qu'elle soit…

Humaine ?

— Heu… Bonjour ! dit-elle en regardant Aedra.

Elle se rétablit sur les coudes et se tourne enfin vers moi. Malgré la douleur, malgré la surprise, je perçois une autre couleur dans ses yeux.

Ses pensées sont un kaléidoscope.

Sa voix est un chuchotement.

— Je vous ai déjà vu quelque part, vous…

8

ZILA

Mauvaise nouvelle : leur système de survie que j'ai essayé de réinitialiser devrait avoir sa place dans un musée. Et je suis persuadée que leur système de communications est pire encore.

Bonne nouvelle : leur état n'a plus grande importance, de toute façon.

Finian me regarde depuis l'intérieur du terminal qu'il est en train de réparer.

— Tu sais ce que je ne comprends pas ? me demande-t-il.

— Probablement, je réponds.

9

AURI

C'est le type que j'ai vu en rêve. L'elfe de la Terre du Milieu.

Sauf qu'il est réel.

Et qu'il est juste là, devant moi.

Et je…

— Traîtres ! hurle quelqu'un dans mon dos. Quand comptiez-vous nous dire que vous étiez sept ?

Je me force à détourner le regard de ma vision pour chercher d'où vient la voix. C'est une femme de la même espèce que lui, grande et élancée, avec la même peau olive et les mêmes longs cheveux argentés. Le petit tatouage au milieu de son front, en revanche, est différent – celui du jeune homme représente trois lames entrecroisées, tandis que le sien est un œil d'où coulent cinq larmes.

— Je n'étais pas au courant.

Le type a l'air louche, mais il me donne moins l'impression de vouloir m'étriper que la femme. Alors je m'approche de lui en glissant sur les fesses. À cause du voyage à l'étroit dans cette satanée caisse, mes bras et mes jambes sont complètement ankylosés. J'ai mal aux yeux aussi après avoir passé trop de temps à lire sur le minuscule écran de Magellan. Et pour couronner le tout, j'ai envie d'aller au petit coin. Pourquoi est-ce qu'on ne parle jamais de ça dans les films d'espionnage ?

— C'est une Terrienne ! s'écrie la femme en attrapant une sorte de fin tube noir qu'elle brandit comme une arme. Elle porte l'uniforme. Elle est des vôtres.

— Elle… (L'inconnu paraît hésitant.) Elle n'est pas digne de notre intérêt.

… Pardon ?

La salle dans laquelle nous nous trouvons est immense. On doit être à l'intérieur d'une station spatiale, j'imagine, et pourtant les murs et le plafond paraissent tenir par l'opération du Saint-Esprit. Des câbles s'échappent des murs éventrés, la lumière vacille comme si elle s'apprêtait à rendre l'âme. Tout semble avoir mille ans, à l'exception des caisses, comme celle dans laquelle j'étais cachée. J'ai suivi à la lettre ce que de Stoy – la générale en chef – m'a écrit. J'imagine donc qu'elle voulait que je vienne ici ? Seulement, j'aimerais bien savoir pourquoi.

Mais je n'y comprends rien.

En réponse au géant, la fille lève son bâton et soudain… *nom d'un flan : le truc se transforme en une arme de première catégorie.* Dans un crépitement, une sorte de halo électrique violet se dessine, pour former ce qui ressemble à un long sabre incurvé. Paniquée, je recule à vive allure et je finis dans les pattes de l'elfe derrière moi.

— Maîtrise-toi, Aedra, proteste-t-il d'une voix calme. Tu te ridiculises en te comportant ainsi, devant une humaine. Si l'on survit, on pourra débattre de la fille plus tard.

Si l'on survit ? De quoi parle-t-il ? Mmh, après réflexion, je ne suis pas certaine de vouloir le savoir. Apparemment, je n'ai pas mon mot à dire. L'homme m'attrape par le col et me remet sur pied comme si je ne pesais pas plus lourd qu'une plume. Il me retient même, le temps que je retrouve l'équilibre. Mes genoux crient encore leur désarroi quand la fille décide d'éteindre son arme. Après nous avoir lancé un dernier regard noir, elle s'éloigne d'un pas raide à travers la pièce, comme si elle s'attendait à être suivie.

— Je m'appelle Kal, me dit le géant d'une voix douce.

— Aurora, je réponds, encore vexée qu'il ait décrété que je n'étais pas digne d'intérêt.

— Tu es cette fille que Tyler Jones a découverte dans l'Ellipse.

— Comment tu sais ça ?...

— Il t'a trouvée dans une épave qui a dérivé pendant deux siècles et tu portes le même nom que l'académie où j'ai passé les deux dernières années de ma vie.

D'accord, bien vu, bonne remarque.

— Écoute, je suis désolée, mais je...

— Tu t'expliqueras quand nous serons hors de danger, coupe-t-il. Pour l'instant, reste près de moi.

Ses yeux sont de la même teinte mauve que le halo électrique autour du sabre d'Aedra un instant plus tôt. Dans la vision que j'ai eue de lui, j'ai cru que c'était l'obscurité de ma chambre qui donnait à ses cheveux ces reflets argentés ; mais non : c'est leur vraie couleur. Ils sont attachés en arrière et tombent en cinq longues nattes parfaitement tressées. Les bleus sur sa mâchoire sont les mêmes que dans mon rêve.

Je me souviens du hurlement.

Du sang sur mes mains.

Quand il me regarde, un frisson parcourt ma colonne vertébrale. Mes muscles se crispent. C'est comme une réaction de peur, sauf que… il n'y a pas que ça. Il dégage une froideur. Quelque chose de… d'*extraterrestre*, j'imagine. Il m'effraie, mais pour le moment un peu moins que tout le reste de cette galaxie. Alors, lorsqu'il se retourne et s'éloigne, je lui emboîte le pas.

— Que se passe-t-il ? je murmure, au cas où je serais en mesure de comprendre sa réponse.

Kal me dévisage avec des yeux distants.

— Nous sommes dans une station minière désaffectée, m'explique-t-il finalement tandis que nous montons dans un vieil ascenseur rouillé. J'appartiens à l'escadron de la Légion d'Aurora qui avait en charge de livrer des médicaments ici. Un vaisseau de guerre est en approche. Il est aux mains de… d'une faction violente de mon peuple.

— C'est toi qui les as rameutés ! lance Aedra.

Bien que sa voix soit plus calme désormais, elle continue à fusiller le jeune homme du regard, prête à le massacrer.

— C'est dangereux, reprend-il sans tenir compte d'elle et en se détournant de moi. Mais n'aie crainte, humaine. Tu es entourée d'amis, maintenant.

— On ne dirait pas…, je marmonne.

L'ascenseur tremble avant de s'immobiliser. Quand les portes s'ouvrent, nous débouchons dans ce qui ressemble à un centre de contrôle. La salle est remplie d'écrans géants saturés d'images tremblotantes d'astres et de graphiques incompréhensibles. De vieilles consoles bordent la pièce et un ordinateur trône en plein milieu. L'ensemble grouille de personnes qui s'activent dans tous les sens en parlant très fort.

— Aurora ?

Une voix incrédule m'appelle. C'est le Commandant Beau Gosse. Ty, je veux dire. Il est avec sa sœur, la fille aux cheveux roux, Scarlett, et un type au teint livide. Ce doit être un Traskien, comme la générale en chef de Stoy. Sauf qu'il porte une sorte d'exosquelette par-dessus son uniforme, qui vrombit et grince lorsqu'il se tourne vers moi.

Ils me regardent comme si Kal venait de me sortir de son chapeau. Je sens ce dernier se déplacer légèrement vers moi en croisant les bras.

— Salut ! je lâche.

Pas mal comme entrée, non ?

— Mmh, qu'est-ce qu'elle fait ici ? demande Scarlett, sourcils froncés.

— Les Invaincus d'abord, rétorque Kal. Les questions ensuite.

Je devine que ces Invaincus sont la faction violente dont il m'a parlé. Les visages autour de moi me font l'effet d'un glaçon dans le dos.

Tyler se contente de hocher la tête.

— Cat, je veux que tu restes à proximité avec l'Arbalète. Vole sans te faire repérer. Kal, tu t'occupes de nous défendre. Ce croiseur sera sur nous dans dix minutes si on ne trouve pas un moyen de l'en dissuader.

La fille aux tatouages que j'ai croisée à l'infirmerie passe brusquement devant moi et les portes de l'ascenseur se ferment derrière elle avec un bruit de ferraille.

Kal jette un œil dans ma direction, puis s'empresse d'aller se placer derrière l'un des ordinateurs. J'aimerais demander ce qui se passe, mais vu l'ambiance, je décide de faire profil bas. Je recule donc contre le mur, non loin d'un vieux Syldrathi. Mon cœur bat à une vitesse folle. Mon cerveau, lui, me suggère de trouver un endroit où me cacher. C'en est trop pour moi. Deux siècles de cryogénie, passe encore, à condition que je ne réfléchisse pas trop aux conséquences. Me cacher à bord du vaisseau d'un groupe d'inconnus, être confrontée à des mensonges de la part de toutes les personnes que je croise, admettons. Mais maintenant cette attaque extraterrestre... Ça va beaucoup trop loin.

J'aimerais pouvoir dire que la salle est pleine d'agents surentraînés et que l'ensemble est réglé comme du papier à musique, mais en réalité c'est le contraire. Les légionnaires se coupent la parole, hurlent à tue-tête des questions sans attendre les réponses. Leurs voix sont de plus en plus incisives. Je comprends mieux pourquoi Ty était blasé à l'idée de prendre la tête de cet escadron. Personne ne s'écoute. Vu de l'extérieur, c'est assez consternant.

J'observe le vieil homme à côté de moi. La seule personne de la pièce qui ne fait rien.

— Je m'appelle Auri, dis-je. (Puis, ressentant le manque de solennité face à son port altier, je m'incline légèrement.) Aurora Jie-Lin O'Malley.

Il me lance un regard interrogateur, comme si j'étais un animal de cirque qui venait d'exécuter un numéro.

— Je suis le Premier Marcheur Taneth Lirael Ammar, jeune Terrienne, déclare-t-il d'une voix profonde et posée. Vous pouvez m'appeler Premier Taneth.

— Ces gens, dans le vaisseau… (J'essaie de déglutir, mais ma gorge à vif me brûle.) Vous croyez qu'ils vont nous tuer ?

— Assurément, me répond-il du même ton.

Oh nom d'un zouave…C'est de pire en pire.

Ma respiration devient creuse, comme si quelqu'un m'écrasait la poitrine. Je ne peux quand même pas mourir au milieu d'un conflit dont je ne comprends rien, sur une station spatiale, dans le futur.

Si ?

Il y a des choses que j'aurais dû faire avant qu'un tel moment ne se présente. Je n'ai même pas encore essayé de chercher ma mère, ni Callie, de me renseigner sur ce qui leur est arrivé. Au cours de ces longues heures de trajet, serrée dans cette caisse avec Magellan, je n'étais pas prête à les voir réduites à des noms et à des dates sur un écran. Ou pire, disparues, comme mon père. Je n'ai donc pas tenté le diable, et maintenant je n'aurai peut-être plus jamais l'occasion de le faire.

Soudain, la voix de Kal retentit au milieu du vacarme général.

— Les défenses de la station ne suffiront pas à repousser leur vaisseau. Il faut sortir tout l'armement disponible et se préparer à un assaut. Les Invaincus ne feront pas de quartier.

— Je rêve ou notre expert en sécurité nous conseille de rassembler nos couteaux en argent et nos bâtons pointus et de foncer tête la première vers une mort certaine ? Tu me plais, tu sais, Kal.

C'est le jeune Traskien qui a parlé. Son ton pince-sans-rire laisserait presque penser que la situation est comique. L'autre jeune homme plisse le front.

— Tu as une meilleure solution ?

— On pourrait proposer aux Invaincus d'aller boire quelques verres, flirter un peu et trouver ensemble une issue à la situation en discutant ?

— Tu n'as pas grand-chose d'un combattant, pas vrai, Finian ?

— Et toi, pas grand-chose d'un…

— La ferme, Finian ! gronde Scarlett, avant d'échanger un regard avec son frère.

Elle penche la tête, il lève le menton, et le message est passé entre eux. Ils ont le langage corporel des jumeaux, que j'utilise – *que j'utilisais* – avec ma sœur.

Je me demande si Callie est devenue la compositrice qu'elle rêvait d'être.

Je me demande ce qu'elle a ressenti quand maman, seule dans le public, s'efforçait d'applaudir assez fort pour compenser notre absence, à papa et moi.

Ty lève les yeux en direction du plafond.

— Zila, où en est-on avec les communications ?

Une voix lui répond – du plafond !

— Un instant, chef.

D'une sorte de trappe dépasse une paire de jambes vêtue de l'uniforme gris-bleu que nous portons tous, et l'instant d'après une fille d'environ mon âge s'en extirpe. Elle a la peau brune, de longs cheveux noirs vaguement attachés, laissant apparaître de grosses boucles créoles en or. Le genre de fille qui aurait pu être dans ma classe au lycée. Elle saisit une série de commandes dans la console principale, puis hoche la tête.

— Le signal est maintenant assez puissant pour envoyer un SOS dans l'Ellipse, nous informe-t-elle. On peut aussi contacter le vaisseau syldrathi, si vous le souhaitez.

— Les Invaincus ne négocieront pas avec des gens comme nous, annonce Kal, catégorique.

— Et si on se taillait d'ici ? propose Scarlett. On pourrait filer à travers le champ d'astéroïdes…

Finian, le Traskien, ne la laisse pas finir sa phrase :

— Il n'y a pas assez de place pour tout le monde dans l'Arbalète. Et on ne peut pas laisser ces gens fuir dans les skiffs avec lesquels ils sont venus jusqu'ici, le croiseur syldrathi les rattraperait en un rien de temps.

La fille au plafond – Zila – prend la parole. Elle est la seule à ne pas avoir cette lueur de panique dans les yeux, elle reste focalisée sur son écran comme si elle était en train de terminer une grille de mots croisés.

— Le légionnaire Brannock pourrait percuter le vaisseau syldrathi avec notre Arbalète. L'impact lui serait fatal, mais en visant bien, elle aurait d'excellentes chances d'anéantir leur réacteur et leurs systèmes d'armement.

— Vous savez que je vous entends, hein ?

C'est la voix de Cat, qui résonne dans les haut-parleurs.

— Oui, confirme Zila, impassible.

— Eh bien, si on pouvait éviter les mots « percuter » et « fatal », ce serait top. Merci. Ty, je suis en l'air. Au milieu du champ d'astéroïdes, en mode furtif. Ils ne m'ont pas encore repérée.

— Reste hors de portée de leurs radars, conseille Tyler. Zila, prépare un SOS, mais attends avant de l'envoyer. Cette station donne l'impression de partir en lambeaux. Si on arrive à passer inaperçus, ils penseront peut-être qu'elle est abandonnée.

— Chef ! Objet volant détecté à l'arrière de la station, rapporte Zila.

— Visuel ! ordonne Ty.

Une image s'affiche sur le plus grand des écrans. Un champ de débris spatiaux : des rochers en apesanteur, essentiellement, mais parmi eux flottent aussi de vieux morceaux de métal rouillé. Comme dans un jeu vidéo, Zila zoome, jusqu'à ce qu'un minuscule vaisseau slalomant au milieu des astéroïdes apparaisse en gros plan. À côté de moi, Premier Taneth se crispe et chuchote quelque chose dans une langue que je ne comprends pas.

— *De'sai…*

— L'un des réfugiés tente de fuir ! s'écrie Finian. Il cherche à sauver ses fesses. Sauf qu'au passage il va alerter nos nouveaux amis et qu'on va se faire rep…

Il ne finit pas sa phrase. Devant nos yeux, et dans le silence le plus complet, le vaisseau à l'écran se désintègre en un million de paillettes minuscules. Nous sommes abasourdis. Personne n'ose même respirer, jusqu'à ce que Zila brise le silence d'une voix étonnamment calme.

— Un vaisseau de guerre syldrathi de type croiseur se dirige droit sur nous, chef.

— Par le Créateur, murmure Ty.

— Communication entrante.

— Passe-la sur l'écran principal.

Puis, se tournant vers sa sœur :

— Scar, à toi de jouer, fais un miracle.

— J'ai laissé ma baguette magique au vestiaire, bébé frangin.

Tyler la regarde droit dans les yeux.

— Tu vas gérer, Scar.

Une image illumine l'écran principal. Celle d'une belle jeune femme – une Syldrathie comme Kal, Aedra, Premier Taneth… En fait comme tout le monde ici, à part les légionnaires et moi. Elle a une peau couleur olive, presque dorée, des cheveux argentés attachés en arrière dans un enchevêtrement de tresses. Elle porte une armure noire carrée aux épaules et ornée de ce qui ressemble à des couteaux. On dirait que ses canines ont été taillées en pointe – à moins que ce soit leur forme naturelle. Elle prononce quelques mots dans une langue qui doit être du syldrathi, mais lorsqu'elle aperçoit le visage de Scarlett, son visage se tord dans une grimace.

— Que fais-tu ici, Terrienne ? grogne-t-elle d'une voix suspicieuse.

— Je m'appelle Scarlett Jones. Mon équipage et moi-même travaillons pour la Légion d'Aurora. Nous sommes en mission humanitaire ici, en zone neutre de l'espace.

— Vous n'avez pas à vous mêler des affaires des Syldrathis.

— Nous apportons une aide médicale aux réfugiés, comme le stipule la…

— Quiconque vient en aide aux ennemis des Invaincus est considéré comme un ennemi.

Scarlett passe une main dans ses cheveux roux. On dirait qu'elle se retient de lui sauter à la gorge.

— Sauf votre respect, la Légion d'Aurora est neutre dans ce conflit, madame. Toutefois, nous sommes autorisés à recourir à la force si notre sécurité est menacée.

— Menacée ?

La jeune femme secoue la tête. Puis elle esquisse un sourire qui laisse apparaître ses dents pointues.

— Ne voyez aucune menace de notre part, poursuit-elle. Seulement des promesses. Tenez-vous prêts à rejoindre le Grand Vide. Au nom de Caersan, vous êtes tous morts.

L'écran s'éteint.

— Tu appelles ça de la magie ? demande Finian.

— Ferme-la, Finian ! rétorque Scarlett.

— Ils accélèrent, annonce Zila, toujours aussi placide. Arrivée prévue dans quatre minutes.

— Zila, envoie le SOS, ordonne Ty. Aussi loin que possible.

Scarlett continue d'ébouriffer nerveusement ses cheveux roux, qui commencent à être en pagaille.

— Personne ne nous répondra, prédit-elle. L'armée terrienne ou traskienne n'en ont pas le droit. Et s'il y avait un autre vaisseau de la Légion dans les environs, on n'aurait pas besoin d'appeler à l'aide. Donc on ne peut compter que sur nous-mêmes.

Ty hoche la tête avant de poursuivre.

— Finian, le pont est à toi. Essaie de réparer ces lance-missiles. Zila, reste avec lui et continue de t'occuper des communications.

Pour une fois, chacun se met au travail sans un mot. D'ailleurs, je crois que c'est ce qui m'effraie le plus.

— On dirait qu'on va devoir suivre ton plan, Kal, continue-t-il. Toi, Scar et moi, on prépare nos disrupteurs.

Direction la soute. Premier Taneth, que tous ceux parmi vous qui possèdent une arme nous retrouvent là-bas.

Aussitôt, Kal et la fille syldrathie nous rejoignent près de la porte où se tient Premier Taneth. Puis, à son tour, Tyler s'approche de moi.

— J'imagine que tu n'as jamais appris à te battre ?

— Heu… (Je hausse les épaules.) J'ai suivi un cours de self-défense à l'école…

— Tu ne comptes quand même pas l'envoyer là en bas ? intervient Kal.

Tyler lui jette un rapide coup d'œil.

— Qu'on lui donne une arme de poing.

À ces mots, Kal se tend.

— C'est extrêmement imprudent, chef. Elle ne sera qu'un handicap.

— Eh, écoute-moi bien, Legolas…, je lance avant d'être interrompue.

— Nous nous apprêtons à combattre des Invaincus, explique Kal en s'adressant à Tyler, sans même me regarder. Les Syldrathis sont plus rapides et plus forts que les Terriens. Et ceux qui nous attaquent sont formés au comb…

— J'apprécie ton conseil, légionnaire. Mais on est dedans jusqu'au cou, là.

Un petit gazouillis électronique sort de la poche de ma chemise.

— SI JE PEUX VOUS DONNER MON AVIS, JE PENSE QUE…

— Non ! crie Tyler à Magellan. Mode silencieux.

Mon unicom se coupe et Ty se tourne vers moi.

— Écoute, Auri, je suis désolé. Je ne sais même pas ce que tu fabriques ici, mais on a besoin d'aide sur le ring. On doit sauver notre peau. Alors, tant que tu sais appuyer sur une gâchette, tu nous seras utile. Tu es partante pour nous aider ?

J'ai la gorge nouée. La paume des mains moites. Je suis à un million d'années-lumière de chez moi, deux siècles dans le futur et rien n'a le moindre sens. Mais comme apparemment on va tous mourir...

— C'est d'accord, j'acquiesce.

L'instant d'après, je suis dans l'ascenseur, entassée au milieu du reste de l'équipe. Kal me confie ce qui ressemble à un dangereux pistolet dernier cri, et les mots « Elle ne sera qu'un handicap » résonnent dans ma tête quand je le lui prends des mains.

— Il faut appuyer ici pour verrouiller ta cible..., m'indique-t-il. Puis ici pour tirer. Dans l'éventualité peu probable où tu toucherais quelqu'un, tire deux fois par mesure de précaution.

— Merci, dis-je. Mais j'ai appris à me servir d'un pistolet de détresse dans le cadre de mon entraînement pour la colonie. Je sais tirer, Legolas.

Il cligne des yeux.

— Je m'appelle Kal, humaine. Qui est ce Legolas dont tu parles ?

Je lève les yeux au ciel en marmonnant :

— Tu ferais bien de lire un livre de temps en temps, petit prétentieux de mes...

Mais je me tais quand je remarque que chacun est muet.

Et dans ce moment de silence, la vérité que je fuis depuis le début me rattrape et me frappe de plein fouet comme un train de marchandises. Je m'apprête à aller au combat. Je transpire tellement que l'arme risque de glisser entre mes mains moites. J'ai encore mal partout à cause du temps passé recroquevillée dans la boîte, et ma poitrine est si serrée que je n'arrive même pas à contrôler ma respiration pour essayer de me calmer. L'arme que je tiens dans les mains est à un pistolet de détresse ce qu'un lion adulte est à un chaton.

Je repense à ces petites manies que j'avais à l'époque, avant le départ d'une course : étirements, puis exercices de respiration, chansons pour me motiver... Elles me paraissent si insignifiantes aujourd'hui. Si stupides. Cette version de moi – qui croyait avoir compris la vie, la mort et le reste – me semble lointaine et immature. Pourtant, j'étais encore cette personne il y a quelques jours à peine.

Je donnerais n'importe quoi pour revenir en arrière. Pour pouvoir avouer à ma mère que j'ai peur et qu'elle me dise d'éteindre ce film d'horreur. Pour pouvoir annoncer à mon père que je ne suis pas prête, que j'ai besoin qu'il m'aide à chercher les réponses et à m'entraîner encore.

J'ai toujours tout appris dans des livres, ou grâce à des simulateurs.

Mais cette fois-ci, c'est la *réalité*.

À l'instant où nous entrons dans la soute, la voix de Finian se fait entendre dans l'unicom de Tyler.

— Missiles lancés, chef. Pas de bol : ils ont rebondi sur leur système de défense comme des balles en kébar. Leur vaisseau est en place. Ils ont envoyé une navette qui se prépare à nous accoster. Je vais essayer de balancer un courant électrique localisé dans la carlingue pour les empêcher de s'arrimer, mais pas sûr que ça marche, car l'isolation est vraiment mauvaise. Je ne voudrais pas tous vous carboniser.

— Compris, répond Ty, inébranlable, en nous faisant signe de nous mettre à couvert derrière les caisses. Cat, puisque leur navette passe à l'abordage, vise leur vaisseau. Ça devrait les distraire.

— Bien reçu. Gros-missile-qui-fait-mal armé et verrouillé sur le vaisseau mère. Je vise les bijoux de famille.

— Quoi, même les vaisseaux en ont maintenant ? intervient Scarlett.

— J'ai entendu dire que…

Les portes de l'ascenseur s'ouvrent en grinçant. Premier Taneth apparaît aux côtés de la fille nommée Aedra. Avec eux, il y a une petite dizaine de Syldrathis plus âgés ; ils avancent lentement, vêtus de longues robes et munis d'armes qui semblent encore plus vieilles qu'eux.

— Rejoignez les portiques à l'autre bout de la soute, on vous couvre ! leur crie Kal, à quelques centimètres de moi derrière une pile de caisses.

— On n'a pas d'ordre à recevoir de toi, Belliqueux, crache Aedra. Ni de tes toutous de terriens, d'ailleurs. C'est *notre* station.

— Nous devons rester unis pour vaincre, Aedra, rétorque Kal d'une voix posée. Seuls, nous tomberons.

Aedra s'écarte des autres Syldrathis pour s'avancer vers nous deux, et voyant cela Kal vient se placer devant moi.

— Tu parles d'unité ? (Son sabre violet s'allume en crépitant. Il est de la même couleur que les flammes au fond de ses orbites.) Quand ceux de ton clan ont anéanti notre monde ?

— Tu ne sais rien de qui je suis, réplique Kal. Ni de ce que ça me coûte d'être ici.

Elle lève la main et je remarque un tatouage sur son annulaire. Un cercle, avec une larme à l'intérieur.

— Je sais que mon *be'shmai* est mort à cause de ton clan, Belliqueux. Lui, et toute notre espèce.

— Aedra ! rugit Taneth. Ce n'est pas le moment !

— Nous allons mourir, Taneth ! Quel meilleur moment que maintenant ?

Elle se retourne vers Kal, avec un rictus de mépris sur les lèvres.

— Tu sèmes la mort sur ton passage. Ton destin est dans ton sang.

— *Cho'taa,* fait Kal d'une voix grave. Ça n'a rien à voir avec mon sang.

À cet instant, mon souffle se coupe net.

J'ai déjà assisté à cette scène.

C'est exactement ainsi que Kal se tenait dans la vision que j'ai eue sur la station Aurora. Calme, tel le doigt d'un sniper sur une gâchette. Son visage couvert de bleus. Sa voix pleine de dédain. Ces mots sont ceux qu'il a prononcés.

C'est impossible...

Voilà que ma vision prend vie.

Soudain, un long grincement métallique emplit la pièce. Pas besoin de Finian pour nous expliquer ce qui est en train de se passer : la section d'abordage vient de s'amarrer à notre vaisseau. Ils sont en train de découper le sas. Les regards se tournent vers les portes de la soute.

La fille en profite pour brandir son sabre violet et étincelant.

— On se retrouvera dans le Grand Vide, Belliqueux !

Et à partir de ce moment-là, tout se déroule au ralenti. La scène qui suit est une succession d'arrêts sur image. Chaque mouvement est dissocié, saccadé, comme sous les stroboscopes en boîte de nuit.

Je vois ce qui se passe, mais aussi ce qui va se passer.

Aedra va brandir sa lame et fendre l'air dans un éclair mauve, comme dans mon hallucination. Le coup s'annoncera fatal. Kal se penchera pour l'esquiver, mais ce sera trop tard. La lame va l'atteindre et il va s'effondrer devant moi. Mes mains vont se couvrir de sang. Du sang violet.

Son sang.

Cette scène, je la vois dans ma tête, aussi clairement que les murs de cette pièce. Que mes mains devant moi.

Pourtant, je sais que je peux l'éviter.

Une lumière blanche vacillante éclaire soudain la soute. Je brandis une main ouverte devant moi et Aedra, bien qu'à plusieurs mètres de distance, se retrouve projetée en arrière. Elle va s'écraser contre le mur au fond de la pièce. Lorsqu'elle retombe au sol, une douleur atroce s'empare de mon œil droit et de mon crâne. J'ai l'impression qu'un étau me broie les tempes, serrant toujours plus fort. Je dois me recroqueviller en position fœtale. Je hurle et mon cri se noie dans le bruit strident des portes métalliques en train d'être découpées. Du sang coule de mon nez. Tiède et salé sur mes lèvres, il dégouline sur le sol à mes pieds.

Kal m'a rejointe. Ses lèvres bougent et il me fixe d'un air hébété.

— Par les esprits du Grand Vide…, murmure-t-il. Ton œil…

Les escadrons de la Légion d'Aurora

▶ Les membres d'un escadron

▼ Les Mécanos

Les Mécanos des **escadrons de la Légion d'Aurora (L.A.)** sont chargés de l'entretien des machines et de l'équipement sur le terrain. On leur demande aussi de bricoler toutes sortes de choses selon les besoins du moment. En gros, ces types sont des savants fous.

Ingénieux, ils sont fascinés par les **gadgets** en tout genre et ils ont la plupart du temps les mains pleines de **cambouis**. Les Mécanos sont convaincus qu'absolument n'importe quoi peut être amélioré moyennant quelques petites modifications. Leur passe-temps favori ? Faire joujou avec des **explosifs**. Boum !

INSIGNE DES MÉCANOS

10

FINIAN

Le grésillement de la radio me chatouille les tympans tandis que je me démène avec ces satanés processeurs. Sur ma gauche, Zila travaille en silence à améliorer la portée de nos communications, pendant que je me bats contre un ordinateur plus vieux et plus laid que mon trisaïeul. Foutue station... Si j'avais su qu'elle allait me rouler à ce point, je serais resté chez moi.

Les Invaincus se sont arrimés à notre vaisseau. Ils sont en train de découper la coque pour entrer. Si je ne fais pas diversion vite fait bien fait, notre glorieux avenir de légionnaires d'élite, à Zila et moi, risque d'être de très courte durée.

— Pourvu que le Créateur se souvienne qu'on est morts en essayant de sauver des innocents...

Je branche mon unicom sur l'un des ports disponibles, en priant pour qu'il ne soit pas trop moderne pour se connecter à ce vieux tromblon d'ordinateur.

— Je vais devoir me planquer quand mes grands-parents rejoindront l'au-delà. Cette histoire va me poursuivre jusqu'à la fin des temps.

Zila ne réagit pas à ma petite blague. Son regard vide reste rivé sur l'écran. Elle ne m'écoute pas du tout.

— Mes parents sont morts, lâche-t-elle.

Ah.

Bon… C'est ce qui s'appelle tuer la conversation.

Je ne pige pas cette fille. Son cerveau est un mystère. Ce qu'elle fiche ici est un mystère. Elle est d'un calme olympien alors qu'on s'apprête à finir en chair à saucisse cosmique.

Et c'est bien là le problème de cet escadron. Au fond, aucun de nous n'est mauvais dans son domaine. Chacun de notre côté, on remplit les cases, au moins sur le papier. Le problème, c'est que la moitié d'entre nous ne voulait pas de cette mission. Et que l'autre moitié n'a nulle part ailleurs où aller. Jamais on n'aurait dû être dans le même escadron. On n'est pas faits pour bosser ensemble… Point final.

Honnêtement, je ne pensais pas être le dernier Mécano à trouver une affectation.

Tout le monde prétend que ça n'a rien à voir avec mon exocombi, que ce n'est pas un souci, mais je sais que c'est faux. Ça a toujours été un problème. Quand les gens me regardent, c'est la première chose qu'ils remarquent. Et vu que je suis sacrément balèze dans mon domaine, ça m'a fait mal de voir des incompétents se faire recruter avant moi. Des Mécanos qui n'avaient pas la lumière à tous les étages. Pendant que moi, j'assistais à la scène comme un benêt.

Seul.

J'ai été renvoyé de chez moi quand j'avais six ans – on m'a dit que c'était plus simple que je vive sur une station orbitale avec mes grands-parents. Là-bas, je pouvais dormir dans un environnement à faible gravité, avoir accès aux meilleurs médecins. Sous-entendu : c'était plus simple *pour les autres*. On pourrait penser que j'ai revu mes attentes depuis.

Non pas que je me plaigne – ni de ça, ni d'autre chose.

Mon unicom fait son boulot et un écran virtuel se déploie au-dessus de la console. Ouf. Là, je suis dans mon élément. Bien plus qu'avec les gens. Bricoler, bidouiller, pirater… C'est comme une drogue pour moi.

Ça y est : je plonge parmi les lignes de codes, dans les tréfonds algorithmiques. Mes mains fendent l'air comme celles d'un chef d'orchestre. Je broie les chiffres dans mes poings, je contourne les protocoles de sécurité jusqu'à ce que… Oui… J'y suis. Feu : je balance une décharge électrique ultra puissante dans les fixations métalliques qui gardent la navette syldrathie arrimée à la station. Boum !

Un cri de Syldrathi retentit quelques instants plus tard. Il doit provenir de l'unicom de Tyler. Le bruit strident des scies à plasma s'arrête aussitôt après. Trente secondes d'espérance de vie de gagnées.

Place au deuxième round, qui s'annonce compliqué. Reboum : je balance un nouveau coup de jus dans les points d'amarrage. Sauf que, cette fois-ci, les techniciens du vaisseau ennemi m'ont repéré. J'éteins illico mon dispositif d'un geste de la main, puis je me laisse aller en arrière et mon exocombi compense le mouvement avec un léger couinement. Je pourrais essayer de trafiquer leurs instruments de contrôle. Leur faire croire que l'atmosphère à l'intérieur de la soute est inadéquate. Mais pour ça, il va falloir la jouer finement.

Je dégaine mon polyoutil de l'étui métallique chaud à hauteur de mes côtes, puis j'ouvre le couvercle de l'énorme console informatique et me glisse à l'intérieur. Pourvu que ma combi reste en contact avec le sol, sinon c'est le court-jus assuré et je finis carbonisé. Mon temps est compté. En plus, mes mains tremblent – chose rare, grâce aux minuscules stimulateurs qui parcourent mes doigts jusqu'à l'extrémité de mes phalanges. D'habitude, ce sont mes jambes qui requièrent le plus d'assistance, ainsi que mes extensions aux genoux et mes hanches.

Mais quand l'adrénaline est en excès dans mon corps, il se met à résister, et c'est ce qui se produit en ce moment. J'imagine les Invaincus pénétrer dans la soute et ne faire qu'une bouchée de mon escadron, avant de venir jusqu'ici pour le dessert.

Vais-je réussir à garder mon sang-froid assez longtemps ?

Ou vais-je me cacher, de sorte qu'ils devront me traîner hors de ma planque ?

Il y a tellement de conversations que j'aurais dû avoir. Je n'aurais pas dû être si dur avec mes grands-parents. Et je dois des excuses à mes parents. À eux comme à la plupart des gens qui ont croisé mon chemin. Je ne me suis jamais intéressé à personne d'autre qu'à moi. Chaque fois que j'essaie de me faire pardonner, je ne fais qu'empirer les choses.

En tout cas, c'est probablement la dernière fois que j'ai l'occasion de le faire.

— Écoute, Zila... Pour tes parents, je...

— Chef, je capte un message émis par un escorteur de la Force de défense terrienne, annonce-t-elle. Nom : *Bellerophon*. Ils viennent de passer la porte de l'Ellipse en réponse à notre SOS. Ils seront sur zone dans onze minutes.

— Heu… Tu en es certaine ? interroge Tyler Jones à la radio.

J'avoue ne pas y croire non plus. Pourquoi la FDT viendrait-elle mettre son nez dans une embrouille pareille ? Que viendrait-elle faire dans ce coin paumé de l'espace ? Sans compter qu'une intervention de leur part compromettrait la neutralité de la Terre dans le conflit avec les Invaincus…

— Affirmatif, confirme Zila.

— Mets-moi en communication avec les Syldrathis, Zila, demande Scarlett.

— C'est en cours…

Scarlett Jones prend sa voix autoritaire, genre « fermez-la, c'est moi qui décide ».

— Avis aux envahisseurs syldrathis : nous vous informons qu'un vaisseau de la Force de défense terrienne arrive en soutien. Il devrait apparaître sur vos radars d'une minute à l'autre. Si vous tenez à votre vie, je vous conseille de déguerpir rapidement. Sinon, on verra ce que vaut un croiseur syldrathi face à un escorteur terrien. Les cartes sont entre vos mains.

C'est normal que son petit ton qui semble dire « ne m'enquiquinez pas » me donne justement envie de l'autoriser à m'enquiquiner tant qu'elle le souhaite ?

Chacun retient son souffle. Je reste immobile, à quatre pattes, la moitié de mon corps encore engouffrée dans le vieux boîtier d'ordinateur. Zila non plus ne bouge pas d'un iota, et dans ma radio, je peux entendre le souffle de l'équipe en position dans la soute.

Enfin, un bruit sourd. La navette syldrathie se retire.

— Ils battent en retraite, chef, annonce Zila.

Depuis le début de cette expérience de mort imminente, elle n'a pas changé de ton. Cette fille est quand même hyper chelou...

– Cat, lance Tyler à la radio, signale ta présence à l'escorteur de la FDT. Histoire qu'il ne se trompe pas de cible. Zila, on a besoin de toi ici. Urgence médicale. Toi aussi, Finian.

Je sors du boîtier en rampant en marche arrière, puis Zila et moi échangeons un regard.

Pourquoi y aurait-il une urgence médicale étant donné qu'il n'y a pas eu d'abordage ?

Nous parvenons dans la soute, où sont rassemblés les réfugiés syldrathis. Ces derniers réussissent la prouesse de garder un air froid et distant alors qu'ils viennent d'échapper à une mort certaine et brutale. Les jumeaux Jones s'occupent d'une jeune Syldrathie qui est allongée par terre, inconsciente. Ses cheveux argentés forment une auréole autour de sa tête, ses bras reposent de part et d'autre de son corps. Non loin de là, j'aperçois Kal au côté de notre passagère clandestine. Son nom me revient : Aurora. Et je sais où je l'ai entendu.

C'est la fille que Goldenboy a sauvée du *Hadfield*.

Ça alors... Qu'est-ce qu'elle fiche ici ?

Zila ouvre une boîte et je l'aide à sortir un kit de premiers secours pour la fille syldrathie. Visiblement, elle s'est pris un méchant coup et sa tête a cogné le mur. Je remarque alors qu'Aurora saigne du nez. Et si c'était elle qui l'avait frappée ? Elle est dans un état second – un genou au sol, le nez en sang et les yeux humides, comme si elle venait de pleurer.

Elle essaie de mettre fin à l'hémorragie. Truc hyper chelou : son iris droit est devenu presque complètement blanc.

— Qu'est-ce qui est arrivé à son œil ? demande Zila.

Je hausse les épaules en considérant la raie blanchie qui parcourt la frange d'Aurora.

— Au moins, maintenant, il est assorti à ses cheveux.

Aurora nous ignore et préfère se tourner vers Tyler.

— Le gouvernement terrien est là ?

— Exact, répond ce dernier d'une voix prudente.

— S'il vous plaît, ne leur dites pas que je suis ici. Je ne veux pas partir avec eux.

Surpris, Tyler interroge sa sœur du regard.

— Auri, déclare-t-il enfin. Tu *dois* partir avec eux. J'ignore comment tu as fait pour te retrouver ici, mais tu es une Terrienne, ce sont tes compatriotes, ils vont prendre soin de toi.

— Tu ne comprends pas, insiste-t-elle en écartant la compresse de son nez ensanglanté. La générale en chef de Stoy m'a conseillé de les fuir. C'est elle qui m'a poussée à me cacher dans votre vaisseau pour partir avec vous.

À nouveau, les jumeaux échangent un regard. Auri, elle, lève vers moi un visage suppliant. Elle porte une main à son front comme s'il la faisait souffrir, tout en gardant la compresse sous son nez.

Les Jones ont dû silencieusement se mettre d'accord pour que Scarlett prenne le relais de son frère, car notre Négociatrice entre en jeu :

— Auri, je ne vois pas pourquoi de Stoy aurait fait ça. Tu as mal compris, tu ne crois pas ?

— Il ne faut pas que je parte avec eux, insiste Auri avec de grands yeux inquiets. Vous ne comprenez pas. *Vous ne comprenez pas.* Ils ont effacé les traces de ma colonie. C'est comme si Octavia n'avait jamais existé. Et ils veulent me faire disparaître, moi aussi.

Kal la considère froidement, tandis que Zila l'observe comme un insecte sous une loupe grossissante. Aurora semble avoir perdu la boule, et son angoisse est communicative. Peut-être que j'ai encore les nerfs à vif parce que j'ai failli finir en barbecue. À moins que ce soit à cause de ces Terriens… Parfois, ils me mettent mal à l'aise. Ils sont si compliqués, avec toutes leurs langues, leurs vêtements, leurs couleurs. Ils me font penser aux oiseaux kazar – toujours à se chercher des histoires, toujours prêts à en découdre. En tout cas, je commence à penser qu'on ne devrait peut-être pas obliger cette fille à aller quelque part si elle n'en a pas envie.

— Écoute, reprend-elle en s'adressant à Tyler. Je sais que ça peut paraître dingue, mais… J'ai vu de Stoy en pensées avant même de la rencontrer. J'ai vu Kal aussi, quand j'étais dans ma chambre d'hôpital. Il a prononcé exactement les mêmes mots qu'il y a quelques minutes. Et j'ai vu ce que ces types vont me faire si je pars avec eux. Les images tournent en boucle dans ma tête, je le sais, je le sens, et…

Aaaah, ça y est. J'ai pigé.

Cette fille a passé trop de temps dans l'Ellipse.

Notre chef d'escadron sans peur et sans reproche est certainement arrivé à la même conclusion que moi, car c'est d'une voix très douce qu'il lui répond :

— Ils vont t'aider, Auri. Ça va bien se passer.

Kal s'accroupit, pose une main sur l'épaule de la fille et lui chuchote quelque chose à l'oreille. Elle lui jette un regard noir, et sa main se resserre sur son pistolet. Mais étonnamment, les mots du Syldrathi semblent la calmer, car elle le laisse reprendre l'arme de ses doigts.

À la radio, j'entends Scarlett échanger avec l'équipage de l'escorteur de la FDT, qui s'annonce en approche de la station. Puis un bruit sourd résonne. Leurs pinces ombilicales agrippent les portes extérieures. Pendant que Premier Taneth déverrouille le sas, notre escadron reste muet. On n'entend plus que la respiration essoufflée d'Auri, au bord des larmes.

— Ils n'ont pas de visage, chuchote-t-elle d'une voix désespérée.

— Comment ?

— Ils n'ont pas de *visage*. Et ils vont tout faire disparaître. Ils vont tout nettoyer et tout repeindre en noir.

Kal se redresse au moment où les portes du sas s'ouvrent dans un grand fracas. Je reconnais les uniformes kaki de la Force de défense terrienne. Les hommes pénètrent dans la soute, lourdement équipés d'armures et de bottes tactiques. Le plus âgé d'entre eux doit avoir vingt-cinq ans.

Le célèbre Ty Jones s'avance pour les accueillir. Mine de rien, notre patron dégage une autorité naturelle impressionnante pour un légionnaire à peine promu. C'est d'autant plus bluffant que, comme nous, il doit se demander ce que la FDT fiche ici.

— Content que vous soyez là, lieutenant, déclare-t-il en saluant la jeune femme à la tête du commando et en lui adressant un sourire craquant dont il a le secret.

— Contents de pouvoir vous aider, légionnaire.

— Je dois vous avouer qu'on ne s'attendait pas à vous voir débarquer. Si le bruit se répand que la FDT est intervenue dans cette histoire, les Invaincus considéreront que le gouvernement terrien a pris parti dans le conflit. Il pourrait y avoir des représailles.

— Ce risque a été pris en compte, légionnaire.

La voix s'élève de l'arrière du groupe de soldats. Grave et métallique, elle semble sortir d'un haut-parleur.

Comme balayés de part et d'autre, les soldats s'écartent, révélant cinq silhouettes impressionnantes qui s'avancent d'un pas martial.

C'est quoi, ce délire ?

Ce sont des militaires en uniformes gris anthracite, aux visages occultés par des masques oblongs qui me font penser à des casques de vélo gravitationnel. On ne voit ni leurs yeux, ni leur nez, ni leur bouche. Seulement ce masque austère qui dissimule le moindre centimètre carré de leur peau. Impossible de deviner leur âge ou leur sexe.

— Merdum..., chuchote Scarlett. Des agents de l'AMR.

À cet instant, je repense à notre petite plaisanterie au sujet des sous-vêtements de rechange et j'avoue qu'un slip propre serait le bienvenu. Les agents de l'Agence mondiale de renseignement ont la réputation de ne pas être des petits rigolos.

Ils n'ont pas de visage, a dit Auri.

Ce sont eux.

Les cinq agents sont identiques, à l'exception de celui en tête de colonne. Ce dernier, qui doit être le chef, se distingue par son uniforme blanc tellement nickel que c'en est louche.

Et si moi, un Traskien, je trouve qu'il y a trop de blanc, alors imaginez un peu l'ampleur de la chose.

Peut-être que l'absence de couleur indique son grade, car Goldenboy lui adresse un salut impeccable avant de se mettre au garde-à-vous comme s'il était en plein défilé militaire.

— Légionnaire Tyler Jones au rapport.

La silhouette nous scrute en émettant un petit sifflement. Je n'aperçois pas ses yeux, mais je devine qu'ils se tournent ensuite vers notre passagère clandestine et ce n'est qu'accessoirement qu'il s'adresse à Goldenboy.

— VOUS M'APPELLEREZ PRINCEPS.

Tyler se racle la gorge et se détend un peu.

— Princeps, sans vouloir vous conseiller de vous mêler de vos affaires, si ces Invaincus se…

— LE *BELLEROPHON* A DÉPLOYÉ DEUX ESCADRONS DE CHASSE, l'interrompt l'homme d'une voix monocorde. LE CROISEUR SYLDRATHI VA ÊTRE RÉDUIT EN CENDRES. IL N'Y AURA AUCUNE PREUVE DE L'IMPLICATION DE LA TERRE DANS CET… INCIDENT.

— Pardon, mais comment avez-vous fait pour être ici aussi vite ? Il n'y avait aucun vaisseau terrien dans le secteur. Je pensais que nous étions seuls dans ce coin de l'espace.

Il le cherche un tout petit peu et je vois Scarlett se crisper. L'agent se tourne enfin vers Tyler.

— L'AGENCE MONDIALE DE RENSEIGNEMENT A UN MILLIER D'YEUX, LÉGIONNAIRE JONES.

Il tend ensuite la main à notre passagère clandestine.

— AURORA. NOUS SOMMES VENUS VOUS ESCORTER JUSQUE CHEZ VOUS.

Ils n'ont pas de visage. Et ils vont tout faire disparaître. Ils vont tout nettoyer et tout repeindre en noir.

— Ne me laissez pas partir, supplie-t-elle.

Ses pupilles brillantes implorent notre vaillant Alpha. Les yeux pleins de larmes et la bouche en sang.

— S'il te plaît, Tyler. Ne les laisse pas m'emmener.

Jones observe un à un les militaires de la FDT, puis ces hommes sans visage de l'AMR. Il a beau être légionnaire, c'est d'abord un Terrien et je lis dans son regard qu'il hésite. Toutes ces années de discipline militaire, tous ces « chef », « oui chef », « non chef », « à vos ordres, chef ». On ne devient pas le meilleur Alpha de l'académie en défiant les ordres. On ne devient pas Goldenboy en semant le trouble.

— Tu dois les suivre, Auri, affirme-t-il.

Kal s'avance, une main sur son arme de poing, et fixe Princeps.

— Cette station est sous le contrôle des Syldrathis, Terrien. Vous n'avez pas autorité…

Aussitôt, les soldats de la FDT le mettent en joue et une vingtaine de petits points rouges illuminent la poitrine de Kal. On se croirait le jour de la fête nationale.

— CONTRÔLEZ VOTRE HOMME, LÉGIONNAIRE JONES, ordonne Princeps.

— Légionnaire Gilwraeth, appelle Jones d'une voix calme. Recule.

— *Kii'ne do all'iavesh ishi*, crache le Syldrathi, un petit éclair de colère traversant sa façade de glace. Je ne…

— C'est un ordre !

Intérieurement, Kal bouillonne, mais les fusils d'assaut braqués sur son joli visage ne lui laissent pas le choix.

Il finit par céder. Auri, les larmes aux yeux, se tourne vers les membres de notre escadron, mais elle comprend qu'aucun de nous ne la défendra. Du moins, pas moi. Les Traskiens considèrent toujours les termes de la négociation avant de prendre une décision. Ils étudient l'affaire avant de la conclure. Dans une situation aussi mal engagée, il est préférable de partir sans demander son reste. Mes coéquipiers semblent satisfaits de suivre la décision de Tyler, qui n'interviendra pas pour la sauver. Après tout, notre Alpha a déjà risqué une fois sa vie pour cette fille. Et voilà où ça l'a mené.

Ici.

Avec nous.

Alors Auri dresse fièrement la tête et elle s'avance vers l'escorte comme si elle montait sur l'échafaud.

Du bout de leurs armes, les soldats de la FDT nous font signe de la suivre.

Non, vraiment, cette histoire va mal finir.

Le maintien de l'ordre chez les Terriens

▶ **L'Agence mondiale de renseignement**

▼ **Aperçu**

Les agences suivantes se chargent de faire respecter les lois terriennes en vigueur :

Opérations militaires : La **Force de défense terrienne (FDT)**

Maintien de la paix : la **Légion d'Aurora (L.A.)**, qui comprend également des **Traskiens** et des **Syldrathis Libres**.

Enfin, on trouve l'Agence mondiale de renseignement (AMR), qui enquête pour le **gouvernement terrien**. Les opérationnels de l'AMR sont de sales types flippants et sans scrupule qui connaissent tous vos secrets.

On les reconnaît à leurs uniformes gris et à leurs casques lisses qui, en sus de leurs voix synthétiques, les rendent parfaitement identiques. Ils ont le **pouvoir de pourchasser et de mettre en prison ceux qui les importunent**.

Si un jour vous vous mettez l'AMR à dos, je vous suggère de vous excuser en prenant un air terrorisé et misérable. À part ça, vous pouvez toujours essayer de **prier**.

11

AURI

Je trébuche dans un long couloir aux parois en acier poli. La silhouette à l'uniforme blanc ouvre la marche, les autres en gris la referment. Leurs semelles frappent la grille métallique à l'unisson. On se croirait dans un défilé militaire. Je dois hâter le pas pour suivre la cadence. Mon œil droit me fait souffrir comme si j'avais un morceau de verre planté à l'intérieur. Mes lèvres ont un goût de sang.

Je me répète les mots que Kal m'a chuchotés à l'oreille quand il m'a repris l'arme des mains.

Pars avec dignité. Tu vaux mieux que cela.

Même s'il a prononcé ces paroles sur le ton du reproche, ses mots m'aident à me tenir droite. Pendant des années, j'ai participé à des compétitions et à des championnats, repoussant toujours mes limites, pour me prouver que j'étais à la hauteur d'un poste sur Octavia. Aujourd'hui, je cherche désespérément à retrouver ce sang-froid qui me caractérisait à l'époque.

La silhouette blanche fait halte devant une porte blindée. Elle se tourne vers ses camarades. Court silence gêné.

Puis, sans un mot, deux des agents hochent la tête et repartent d'où nous sommes venus. J'ai mal au crâne et mon œil me brûle encore. Quand je regarde mon reflet morne dans le casque sans relief, je vois que mon iris droit a viré au blanc.

Je veux ma maman. Je veux mon papa. Je veux m'enfuir en courant aussi loin que possible, me cacher dans un endroit sûr et ne plus jamais en sortir.

— S'il vous plaît, je murmure. P… Prin…

— PRINCEPS, répond la silhouette en blanc en balayant une poussière imaginaire de son insigne.

Les larmes me brûlent les yeux.

— Je v… je veux rentrer chez moi.

— VOUS ALLEZ RENTRER CHEZ VOUS, AURORA. JE SUIS SUR LE POINT D'ANNONCER À MES SUPÉRIEURS QUE NOUS SOMMES EN ROUTE. (De sa main gantée, Princeps fait signe aux agents derrière moi.) MES COLLÈGUES VONT VEILLER SUR VOUS JUSQU'À MON RETOUR.

Et il disparaît dans le couloir. L'un des militaires pose un doigt sur un écran tactile et la lourde porte coulisse dans un chuintement. Je le suis à l'intérieur, mais à peine le seuil franchi, je m'arrête net. Si brutalement que l'homme sans visage derrière moi manque de me rentrer dedans.

Il trébuche, et c'est la première fois que je vois l'un d'eux se comporter autrement que comme un robot.

J'ai déjà vu cette pièce. Son image a surgi dans mon esprit quand j'étais dans la soute de la station, au moment exact où j'ai entendu les mots « Force de défense terrienne ». Encore une vision. Et qui a eu lieu alors que j'étais complètement paniquée – je venais d'envoyer cette fille syldrathie s'écraser contre le mur à la seule force de mon esprit.

Bon sang, mais qu'est-ce qui m'arrive ?

Je reconnais aussi les murs gris acier, les lumières et l'unique chaise au centre. Dans ma vision, j'étais assise dessus, les mains entravées par des menottes qui me faisaient horriblement mal. D'ailleurs, j'en tremble encore. La douleur était telle que je me serais coupé les mains. Aussitôt, je tente de fuir. Mais je me heurte à l'un de mes ravisseurs.

Deux gants gris s'abattent alors sur mes épaules et les serrent jusqu'à ce que mes os soient sur le point de se fracturer. Mes genoux cèdent et ma vue se brouille.

Puis ces mêmes mains me soulèvent par les biceps pour me déposer, chancelante, sur la chaise. Comment j'ai fait pour projeter cette fille syldrathie contre le mur sans même la toucher ? Aveuglée par la douleur et les larmes, je fouille désespérément le tréfonds de ma mémoire pour retrouver ce pouvoir. Il me faudrait un indice, n'importe quoi... Mais je ne me souviens de rien.

Je reviens à ma vision. Aux menottes, à la douleur et à ces mêmes mots que je répétais encore et encore en hurlant d'une voix rauque, à peine reconnaissable :

– Je ne sais pas. Je vous en prie. Je ne sais pas.

Deux casques se penchent au-dessus de moi et je comprends que je suis en train d'ânonner ma réponse. Ils ne m'ont pas encore posé la première question que je les supplie déjà.

— Miss O'Malley, me dit l'un d'eux d'une voix calme, parfaitement neutre, aussi glaçante que le Grand Vide qui s'étend à l'infini au-delà des épaisses parois de ce vaisseau. Nous préférerions ne pas avoir à utiliser la manière forte.

Les escadrons de la Légion d'Aurora

▶ Les membres d'un escadron

▼ Les Alphas

Les Alphas sont les chefs d'**escadron de la Légion d'Aurora (L.A.)**. La très grande majorité d'entre eux considère que c'est une sacrée responsabilité. Les Alphas sont censés connaître par cœur toutes les réglementations en vigueur. Leur conscience professionnelle et leur charisme sont sans pareil. Quand on commande, mieux vaut être obéi, non ?

Seuls les cadets les plus talentueux de l'académie rejoignent l'unité d'entraînement des chefs d'escadron. À la fin de leur formation, les Alphas sont responsables du succès ou de l'échec de chacune des missions qu'on leur confie, ainsi que de la vie des membres de leur escadron.

Pas de pression, les gars…

INSIGNE DES ALPHAS

12

TYLER

— Ce n'est pas hyper chaleureux, comme endroit…

Je lève les yeux vers Finian, qui est adossé au mur en acier poli, ses yeux noirs braqués sur moi. Sous la lumière fluo, son exocombi prend des reflets argentés. Il sifflote tranquillement en tendant la main vers la fontaine à eau.

— Le décor est un peu sobre pour une « salle de réunion », poursuit-il avant de porter le gobelet jetable à ses lèvres. Je sais que dans la Voie lactée les Terriens ne sont pas réputés pour leur bon goût, mais là… On se croirait en garde à vue.

— Oh oui, s'il te plaît, Finian, continue de râler, lui lance Scarlett en battant des cils. Je ne m'en lasse pas, tu sais.

Le Traskien soupire et prend place sur un banc.

— Je suis trop vieux pour ces conneries.

— Tu as dix-neuf ans, légionnaire de Seel, lui fait remarquer Zila.

— C'est ce que je dis : je suis trop vieux pour ces conneries.

— Fermez-la, j'ordonne. Tous.

La salle dans laquelle nous nous trouvons est un carré de cinq mètres de côté, avec des bancs le long des murs. Scarlett est assise à côté de moi, Zila en face. Kal, à l'autre bout de la pièce, tire une tronche de cent pieds de long. On est sur les nerfs. Il faut avouer qu'on a failli y passer. Les Invaincus étaient à deux doigts de nous tuer, et je dois prétendre que tout va bien. Sauf que même moi, je suis à bout. On est à bord du *Bellerophon*. On a été conduits ici de force par une dizaine de soldats d'élite pour un « débriefing ». Mais Finian a raison. Avec sa porte blindée et ses murs blancs, la pièce ressemble vraiment à une cellule de prison.

Les moteurs de l'escorteur font vibrer le banc sur lequel je suis assis. L'immense vaisseau s'enfonce dans le noir sidéral en direction de la porte de l'Ellipse. J'essaie de ne pas penser à Auri. Au regard qu'elle m'a adressé quand ils l'ont poussée à avancer. À ses deux yeux, l'un blanc, l'autre marron, fixés sur moi comme si j'étais son dernier espoir.

– S'il te plaît, Tyler. Ne les laisse pas m'emmener.

Pauvre gamine. Un séjour aussi long dans l'Ellipse, ça vous retourne le cerveau. C'est bien connu. Mais j'ignorais que la couleur des yeux pouvait se trouver changée. En tout cas, je ne pensais quand même pas que ça l'avait autant secouée. J'espère qu'elle va s'en remettre. Qu'ils pourront l'aider, d'une façon ou d'une autre.

Le Créateur sait bien que je ne pouvais rien f…

– Lâchez-moi ! Couards ! Pauvres types !

La porte s'ouvre en sifflant et deux sbires de la FDT en armures tactiques jettent Cat dans la pièce. Un peu plus tôt, on nous a expliqué qu'elle serait escortée jusqu'ici une fois qu'elle aurait mis à quai l'Arbalète. À vue de nez, ça n'a pas été une promenade de santé. Cat est rouge, sa crête ébouriffée. Son dragon en peluche, Shamrock, dépasse de sa veste de pilote. Jamais je ne l'ai vue aussi énervée. Elle se retourne et se rue en bombant le torse sur le plus costaud des soldats, mais ce dernier lui claque la porte au nez et la voilà enfermée avec nous. Furieuse, Cat plante un phénoménal coup de pied dans la paroi en plasteel.

— C'est ça, cassez-vous, bande de dégonflés ! hurle-t-elle.

— Cat ? Ça va ? demande Scar en se levant.

— D'après toi, ça a l'air d'aller ? Non ! La prochaine fois que je croise un de ces blaireaux, je lui réduis les glaouis en purée !

Nouveau coup de pied, qui fait trembler la porte.

— Cat, dis-je en me levant à mon tour. Respire…

— Ils les ont tués, Tyler ! s'écrie-t-elle.

— Quoi ? Qui ça ?

— Les réfugiés ! J'ai amarré l'Arbalète à quai, et aussitôt après la FDT a calciné la station. Sagan n'existe plus !

— Par le Créateur…, lâche Finian, du bout des lèvres.

Je cligne encore des paupières en essayant de réaliser ce que vient de nous annoncer Cat. Scarlett se rassoit, livide.

Tous les regards se tournent vers Kal.

Notre Gros Bras garde son calme légendaire de Syldrathi, mais la ligne de sa mâchoire est rigide comme de l'acier quand il se lève pour traverser la pièce. Il pose les mains contre le mur, laisse pendre sa tête et se met à marmonner dans sa barbe. Je ne parle pas syldrathi aussi bien que Scar, mais je comprends qu'il jure à voix basse.

— Kal ? l'appelle doucement Scar. Tu vas bien ?

Je lis la colère dans ses yeux quand il se tourne vers elle. Je devine son combat intérieur. Pourtant, sa voix est froide comme le néant au-dehors.

– Une centaine de Syldrathis, mon peuple ! siffle-t-il. Une centaine de chants réduits au silence. Cent vies, et mille années, anéanties dans le Grand Vide. Non contente de laisser notre espèce s'entretuer, la Terre se rend maintenant complice des Invaincus qui nous massacrent ?

– Je suis sûr qu'il y a une explication, tente Scarlett.

– Ces gens étaient des Marcheurs de Galaxie ! poursuit Kal en s'approchant de ma sœur. Des sages, des érudits ! Qui peut expliquer ça ?

– Du calme, légionnaire, j'interviens.

– *De'sail !* lance-t-il en nous fixant tour à tour, Scar et moi. *De'sai si alamm tiir'na !*

Les quelques mots que je reconnais me font grincer des dents.

– Je rêve ou il vient de...

– Honte, traduit Scarlett d'une voix tremblante de colère. Honte sur la maison de votre père.

C'est la goutte d'eau. D'abord j'ai tout perdu pendant l'Affectation. Ensuite on m'a confié cette mission foireuse. On m'a refilé cet escadron de bras cassés. Ma hiérarchie m'a roulé dans la farine. Sans parler de ce regard qu'Auri m'a lancé quand ils l'ont forcée à les suivre. Et maintenant cette espèce d'elfe karatéka ose insulter mon père...

C'est l'étincelle qui met le feu aux poudres.

Kal esquive mon premier coup de poing. La vache, il est beaucoup plus vif que moi... J'arrive quand même à le plaquer au sol grâce à une clé de jambe. Au corps-à-corps, je devrais prendre l'avantage. Nouveau coup de poing. Je réussis à lui fendre la lèvre. La frustration de ces deux derniers jours bout en moi. Le combat continue. Cat me crie d'arrêter, tandis que Finn applaudit poliment comme s'il assistait à un tournoi de golf. Zila, qui a l'air de s'ennuyer à mourir, se met à pianoter sur son unicom. Kal profite d'une fraction de seconde d'inattention de ma part pour me frapper à la gorge. Pas de pitié : je vise les...

À cet instant, nous nous prenons un torrent d'eau glacée sur la tête. J'en ai le souffle coupé. Suffocant, je lâche le cou du Syldrathi. Quand je lève les yeux, j'aperçois Scarlett. Elle vient de nous verser le réservoir du distributeur d'eau sur le crâne. Elle en secoue les dernières gouttes avant de le reposer.

— Il va falloir grandir un peu. Chef.

Puis elle retourne sur son banc, croise les bras et reste là, à nous fusiller du regard. C'est Finian qui finit par briser le silence.

— Ils vous apprennent ça, en cours de diplomatie ?

— J'ai dû improviser, rétorque ma sœur.

Cat me tend la main et je me relève en grognant. Mes pieds baignent dans une flaque d'eau et mes cheveux trempés pendent devant mes yeux. Sourire en coin, mon As me toise d'un air déçu. Derrière moi, Kal se redresse à son tour. Son uniforme est souillé, il y a de la rage dans ses yeux, du sang violet sur ses lèvres. Il me réduirait en miettes maintenant que je n'ai plus l'effet de surprise avec moi, et je me dis qu'il se prépare pour le deuxième round. Mais au même instant, nos unicoms émettent un petit « bip ».

Je jette un œil à ma ceinture. À l'écran, la notification tient sur une seule ligne :

NOUVEAU MESSAGE SUR LE CHAT DE L'ESCADRON. ENVOYÉ PAR : ZILA M., AGENT SCIENTIFIQUE.

Nous allumons nos unicoms pour ouvrir le message.

ZILA M. : LA FDT DOIT ÊTRE EN TRAIN D'ESSAYER DE PIRATER NOTRE RÉSEAU CRYPTÉ, MAIS ILS N'Y SONT PAS ENCORE PARVENUS. IL FAUT QU'ON PARLE. ET VITE.

Cat dévisage Zila comme si cette dernière était bonne pour un séjour en hôpital psychiatrique.

– C'est quoi quoi le problème ? T'as perdu ta langue ?

Zila pianote encore sur son écran et l'instant d'après un nouveau message s'affiche sur nos unicoms.

ZILA M. : CETTE PIÈCE EST SANS DOUTE SUR ÉCOUTE ET SOUS SURVEILLANCE VIDÉO. ON FERAIT MIEUX DE NE PAS ÉCHANGER À VOIX HAUTE. ÇA NE FERAIT QUE PRÉCIPITER NOTRE MORT. ON DOIT SORTIR DE CETTE CELLULE ET TIRER AURORA DE PRISON. SINON, ON VA TOUS MOURIR.

Le front plissé, j'ouvre la bouche pour intervenir, mais Zila m'en dissuade en secouant la tête, ce qui fait cliqueter ses grosses boucles d'oreilles en or. Quelque chose dans son regard me convainc de taper la réponse à la place.

TYLER J. : AU NOM DU CRÉATEUR, QU'EST-CE QUE TU RACONTES ?

ZILA M. : LA FDT NE VA PAS TARDER À VENIR TE CHERCHER POUR UN « DÉBRIEFING », CHEF. À LA FIN DE TON INTERROGATOIRE, ILS VONT TE BUTER. PUIS ILS FERONT PAREIL AVEC CHACUN DE NOUS.

Finn tape à toute vitesse en fixant Zila.

Finian dS. : T'as oublié de prendre tes cachets du bonheur ce matin, ou quoi ?

Zila M. : Non, je suis toujours comme ça.

Tyler J. : Finn, la ferme. Zila, explique-toi.

Zila soupire avant de se remettre à pianoter.

Zila M. : L'équipage du *Bellerophon* vient de liquider cent réfugiés Syldrathis innocents. Et ils ont aussi détruit le croiseur des Invaincus. Légionnaire Brannock, tu confirmes ?

Cat acquiesce.

Zila M. : Par conséquent, on est les seuls témoins encore en vie.

J'ai du mal à y croire.

Tyler J. : Tu penses qu'ils vont nous abattre pour étouffer leur implication dans le conflit avec les Invaincus ? Ça n'a pas de sens, Zila. Pourquoi nous avoir sauvés si c'est pour nous tuer ensuite ?

Zila M. : Ce n'est pas ça qu'ils cherchent à cacher, chef. Ils anéantissent tous ceux qui savent qu'Aurora O'Malley est entre leurs mains.

Scarlett J. : Attends, qu'est-ce qu'Aurora vient faire là-dedans ?

Zila M. : Soyons logiques. Vous ne trouvez pas ça bizarre que l'escorteur de la FDT soit passé dans le coin pile quand on a envoyé notre SOS ?

Cat B. : Je vous avais dit que Shamrock nous porterait chance.

Finian dS : Mais enfin, légionnaire Madran, tu n'as pas entendu ? *voix hyper flippante* « L'Agence mondiale de renseignement a un millier d'yeux ! »

Zila M. : Ils nous poursuivent. C'est la seule explication. Aurora nous a prévenu que la générale en chef de Stoy l'avait poussée à se cacher à bord de notre Arbalète. De Stoy a cru qu'avec nous Aurora échapperait à l'amr.

Cat B. : C'est des conneries. O'Malley a passé beaucoup trop de temps dans l'Ellipse. Elle a les fils qui se touchent, c'est tout.

Zila M. : Rappelez-vous les paroles de la générale en chef : « Votre chargement est plus précieux que vous ne l'imaginez. » Notre mission n'était pas d'approvisionner la station Sagan. Elle était de permettre à O'Malley de fuir l'académie Aurora avant l'arrivée de l'amr.

Finian dS : Ils n'ont pas de visage.

Cat B. : Par le Créateur, Finian, t'as perdu la boule, toi aussi ?

Finian dS : Va te faire, Cat...

Cat B. : Je préférerais me taper le Grand Ultrasaure d'Abraaxis IV.

Tyler J. : bouclez-la. finian, développe.

Finian dS : Aurora a prononcé cette phrase juste avant l'arrivée des types de l'amr. « Ils n'ont pas de visage. » Et elle a parlé d'un grand nettoyage. Elle a dit que tout allait être repeint en noir.

Zila M. : C'est ce qu'ils sont en train de faire. Aurora prétend aussi avoir vu Kal dans un rêve prémonitoire avant de le rencontrer.

Cat B. : parce qu'elle a fondu un plomb !

Kaliis G. : Ça va vous paraître insensé... Mais quand Aedra m'a attaqué dans la soute, Aurora l'a projetée au mur sans même la toucher.

Finian dS : C'est une blague ?

Kaliis G. : Au nom des esprits du Grand Vide, je jure que non. Son œil droit brillait si fort qu'il était difficile de le regarder en face. Et après la bataille, il avait changé de couleur.

Scar et moi échangeons un regard. Je lis le scepticisme dans ses yeux bleu azur.

Mais l'œil d'Auri a bien changé de couleur.

Tyler J. : Écoutez, je ne l'ai pas mentionné dans mon rapport parce que je ne voulais pas vraiment y croire moi-même. Mais quand j'ai sauvé Aurora sur le *Hadfield*, je crois qu'elle...

Tyler J. : Elle m'a transporté.

Scarlett J. : Transporté ? Dans le sens d'une chanson d'amour qui te transporte ?

Cat B. : Oh, épargnez-moi ça.

Tyler J. : Dans le sens : j'étais sur le point de tourner de l'œil à deux cents mètres de mon Phantom, et en un clin d'œil on s'est retrouvés juste devant le sas.

Zila M. : Télékinésie. Précognition. Intéressant...

Cat B. : Vous êtes tous complètement barrés.

Scarlett J. : Désolée, je suis de l'avis de ma collègue pas mauviette, bien qu'érudite.

Cat B. : Merci, coloc'.

Scarlett J. : Pas de souci, ma belle. Au fait, t'as toujours mon eye-liner.

Zila M. : On sait qu'une exposition prolongée à l'Ellipse entraîne des effets secondaires extrêmement graves. Je vous rappelle qu'Aurora a dérivé à l'intérieur pendant plus de deux siècles. Personne n'a jamais survécu à une telle exposition.

Finian dS : Et pourquoi est-ce qu'elle aurait l'AMR aux fesses ?

Zila M. : Excellente question. Mais avant d'y répondre, je vous rappelle qu'il y a urgence : si on ne fait rien, leurs agents vont nous abattre d'un moment à l'autre.

Finian dS : Je dois admettre que ce « Princesse » n'était pas des plus aimables.

Scarlett J. : PrincePs. C'est du latin. Ça veut dire « le chef, l'instigateur ».

Zila M. : Je ne savais pas que tu parlais latin, légionnaire Jones.

Finian dS : Latin ? C'est quoi ce truc ?

Cat B. : C'est débile. S'ils cherchent à nous zigouiller, pourquoi est-ce qu'ils ne l'ont pas fait quand on était dans la station ?

Zila M. : Peut-être qu'ils veulent d'abord questionner Tyler sur les circonstances dans lesquelles il a trouvé Aurora avant de le tuer ? Ou s'assurer qu'il n'a révélé à personne qu'elle était avec nous ? Peu importe. Si on ne trouve pas un moyen de quitter ce vaisseau, on va mourir.

Tyler J. : On parle quand même de la Force de défense terrienne, là.

ZILA M. : C'EST L'AGENCE MONDIALE DE RENSEIGNEMENT QUI TIENT LES RÊNES DE CETTE OPÉRATION, CHEF. LA FDT NE FAIT QU'ASSURER LE TRANSPORT.

TYLER J. : MAIS CE SONT DES TERRIENS ! PAR LE CRÉATEUR, ON NE VA QUAND MÊME PAS ATTAQUER NOS COMPATRIOTES ?

FINIAN DS : C'EST SOIT ÇA, SOIT ILS NOUS EXÉCUTENT L'UN APRÈS L'AUTRE...

Soudain, un avertissement retentit dans les haut-parleurs de l'escorteur, suivi d'une annonce :

AVIS À TOUS LES PASSAGERS, PRÉPAREZ-VOUS À PÉNÉTRER DANS L'ELLIPSE. T MOINS QUINZE SECONDES.

La vibration des moteurs s'accentue. Chacun retient son souffle. Une impression de vertige s'empare de nous, suivie d'une brève sensation d'apesanteur, puis le spectre colorimétrique change lorsque l'escorteur franchit la porte et ma vision passe en noir et blanc. Je vois mon escadron se tourner vers moi, attendant ma décision.

Aussi dingue que cela puisse paraître, la théorie de Zila se tient. La vie de personnes sous ma responsabilité est en jeu ici. Et les conséquences, si je ne la crois pas – ou si je me trompe –, pourraient bien s'avérer fatales.

Le problème, c'est que si la FDT cherche réellement à nous descendre, il va falloir nous battre... contre des compatriotes terriens. Mon père appartenait à la FDT avant de devenir sénateur. Si la Légion d'Aurora n'existait pas, j'en ferais partie moi-même.

Je croise le regard de Scar. Elle incline la tête, presque imperceptiblement.

Drôle de truc que d'avoir une sœur jumelle. Un jour, notre père nous a raconté qu'enfants, on avait inventé notre propre langage, elle et moi. On pouvait communiquer sans que personne d'autre ne nous comprenne. D'un seul coup d'œil, Scar est capable de me raconter une histoire. Elle peut me résumer un roman rien qu'en levant un sourcil. Et à ce moment précis, je sais ce qu'elle veut me dire.

Montre la voie, bébé frangin.

La porte s'ouvre et quatre soldats de la FDT entrent dans la pièce. Ils portent des protections tactiques et sont armés de fusils disrupteurs. À leur tête, je reconnais la jeune lieutenant à qui j'ai parlé dans le sas de la station Sagan. Elle s'arrête un instant pour considérer la flaque d'eau au sol, puis elle fait le lien avec mon uniforme mouillé. Derrière sa visière, son regard trahit son étonnement.

— Légionnaire, commence-t-elle avec un sourire. Si vous voulez bien nous suivre pour un débriefing. Vous et votre escadron serez bientôt de retour à la station Aurora, juste à temps pour le dîner.

Je me demande ce qu'en pense Scar. Elle qui a le don de cerner les gens en une fraction de seconde – et je n'exagère pas, c'en est presque flippant ; la dernière fois que j'ai réussi à lui mentir, j'avais cinq ans.

Elle toise le lieutenant de haut en bas.

Puis elle se tourne vers moi.

Et grimace.

Menteuse.

La tension monte dans la pièce. Cat a les poings serrés. Kal parvient à peine à contenir sa rage face à ces soldats qui font comme si de rien n'était alors qu'ils viennent de tuer une centaine de représentants de son peuple. Je n'ai jamais vu Finian et Zila se battre, mais nous sommes six, ils sont quatre, et s'ils croient que je vais les laisser me tuer sans rien faire, c'est mal me connaître.

Je me lève en souriant, fossettes creusées. Haut les cœurs.

– Pas de problème, lieutenant.

Et là, je lui enfonce mon coude dans la gorge.

Ses protections absorbent le plus gros de l'impact, mais le coup la déséquilibre. J'enchaîne en la frappant au genou et elle s'effondre par terre en lâchant son disrupteur.

Ensuite, tout va très vite. Les trois autres soldats de la FDT lèvent leurs armes sur moi. Kal surgit dans le dos de l'un d'eux et le frappe derrière l'oreille avec la tranche de la main, façon kung-fu. Le soldat tombe raide, comme si on venait de lui injecter une dose de poison en intraveineuse. Cat se charge du troisième en lui confisquant son fusil. Pendant ce temps, Scar éclate le réservoir d'eau vide derrière la tête du dernier soldat, qui s'effondre contre Finian.

Je m'empare du fusil disrupteur du lieutenant à terre et je fends son casque d'un coup de crosse. Nous nous débattons quelques instants au sol et elle parvient à me faire lâcher l'arme. Alors je l'attrape à la gorge. Sauf qu'elle en profite pour me planter son genou là où ça fait mal. Très mal, même. Je roule sur le dos, elle dégaine son arme de poing et la brandit au-dessus de ma tête.

À cet instant, une main l'attrape à la mâchoire tandis que trois doigts s'enfoncent dans sa gorge. Avec un soupir, le lieutenant s'écroule, les yeux révulsés. Au-dessus de moi, Kal plisse les yeux. Pas un seul de ses cheveux argentés n'a bougé. Il n'est même pas essoufflé. En grimaçant à cause de mon entrejambe qui me fait souffrir le martyre, je regarde autour de moi. Les corps des trois autres soldats jonchent le sol de la pièce comme des jouets cassés. Je comprends qu'ils sont morts. Couverts de sang, les os brisés. Scar, Cat et Finian, bouche bée, fixent notre Gros Bras avec des yeux emplis à la fois d'admiration et de terreur.

— Ne te fais pas de film, Kal, lance finalement Cat, mais je dois avouer que je suis très impressionnée.

— C'est moi, ou il fait super chaud ici ? demande Scarlett.

— Ce n'est pas toi, marmonne Finian en se servant de sa main comme d'un éventail.

Le Syldrathi me propose son aide pour me relever.

— Il faut filer d'ici, chef.

Je prends conscience que, pour la première fois depuis notre baston à l'académie, Kal envisage de me toucher. Sachant que le contact n'est pas simple à accepter chez les Syldrathis, je songe que je ferais mieux d'accepter. J'agrippe sa main et il me hisse sur mes pieds. J'essaie de faire abstraction des cadavres de soldats ensanglantés autour de moi. Ce sont des *humains*. Mon cerveau cherche à toute vitesse un moyen de sortir d'ici.

Nous sommes en infériorité numérique. À cent contre un. Auri et notre Arbalète sont retenus par l'AMR. Heureusement, depuis que j'ai six ans, je connais par cœur les plans de chaque vaisseau spatial terrien. Un escorteur n'a pas de secret pour moi. Et l'autre bonne nouvelle, c'est que mes coéquipiers sont hyper forts dans leur domaine – bien que la moitié d'entre eux soient des rebelles et l'autre moitié des sociopathes. Si je parviens à insuffler un esprit d'équipe au sein de cet escadron, on a peut-être une chance de s'en sortir vivants…

Une alarme retentit dans les haut-parleurs du vaisseau.

CELLULE 12A, SÉCURITÉ DEMANDÉE. CELLULE 12A, SÉCURITÉ DEMANDÉE. IMMÉDIATEMENT.

— Ça, c'est pour nous, commente Cat.

— Bien, écoutez-moi, dis-je. J'ai un plan.

. . . . .

ALARME INCENDIE, NIVEAU 12. UNE ÉQUIPE DE POMPIERS DEMANDÉE AU NIVEAU 12, IMMÉDIATEMENT.

Nous cherchons l'ascenseur quand le premier escadron de la FDT croise notre chemin. Aussitôt, les soldats se planquent à couvert et nous mettent en joue. De l'eau fuse des systèmes anti-incendie au plafond, arrosant le couloir. Les visées laser filtrent à travers la bruine. Comme nous sommes toujours dans l'Ellipse, le spectre colorimétrique reste monochrome. L'eau qui sort des gicleurs est argentée, le chef d'escadron a les yeux presque noirs.

— On ne bouge plus ! aboie-t-il.

Petite précision : quatre d'entre nous ont échangé leurs uniformes avec ceux des soldats morts. Par chance, ils sont à peu près à notre taille. Scarlett s'avance d'un pas sûr. Sa chevelure flamboyante a viré au gris. Elle arbore l'insigne des lieutenants de la FDT sur son col. En ce qui me concerne, j'ai hérité de bottes trop grandes et d'un pantalon qui me serre les parties – sans vouloir me vanter. Cat et Zila, en uniformes de la FDT elles aussi, ferment la marche. Au milieu, Kal et Finian, poignets menottés, tête baissée, se font passer pour nos prisonniers.

— On en a eu deux ! annonce Scarlett, avec assez d'assurance pour les faire tomber dans le panneau. Les quatre autres ont filé par les conduits d'aération. Montez au niveau treize. On les conduit en cellule !

Derrière sa visière, le sergent fronce les sourcils.

— Par les conduits d'aération ? Mais il faut...

— Vous avez été bercé trop près du mur quand vous étiez bébé, soldat ? Je viens de vous donner un ordre ! Bougez-vous avant que je vous balance dans l'Ellipse !

On peut dire ce qu'on veut sur l'armée, une chose est sûre : on ne vous y apprend pas à réfléchir. Un militaire est formé pour obéir. Quel que soit l'uniforme qu'il porte, celui de la Légion, de la FDT, ou un autre, quand un lieutenant se met à brailler sur un sergent lambda en lui donnant un ordre, ce dernier s'exécutera toujours sans se poser de question.

Et heureusement, nous avons affaire à un sergent on ne peut plus lambda.

— Oui, chef ! hurle-t-il, puis, il se tourne vers son escadron : On monte au niveau treize les gars, allez !

Et ils déguerpissent au pas de course. Scarlett en rajoute une couche en demandant à la radio où en sont les pompiers. Nous arrivons devant le turbolift, l'ascenseur ultra haute vitesse, et je mets un grand coup de poing dans le bouton pour l'appeler, dans une ambiance de pluie argentée et de néons gris clignotants.

— Finian, combien de temps il nous reste avant qu'ils réactivent les caméras ?

Le Traskien se plonge dans son unicom, avant de relever la tête en grimaçant.

— Le virus que j'ai balancé est assez basique. Encore une minute, peut-être deux.

— Bien. Tous les escadrons sont en route pour le niveau douze. Le quai d'embarquement est au niveau cinq. Cat, prends Zila, Finn et Kal avec toi. Allez mettre en route l'Arbalète, tenez-vous prêts au lancement. Et surtout, ne vous faites pas remarquer. Si on ne vous a pas rejoints dans cinq minutes…

— Ty, je ne décollerai pas sans toi, m'interrompt Cat.

— … surtout, ne nous attendez pas plus longtemps.

— Vous allez où ? demande Finian.

— Scar et moi, on va chercher Aurora.

— Je viens avec vous, décide Kal.

— Non. Avec ton allure d'elfe géant, tu vas nous faire repérer. Accompagne les autres jusqu'au vaisseau. Il pourrait y avoir du grabuge sur le chemin.

— Vous avez besoin de moi pour aller chercher Aurora, rétorque Kal. Vous allez devoir vous battre, et je suis meilleur que vous dans ce domaine.

— Je viens de te donner un ordre, légionnaire.

— N'hésitez pas à faire un rapport, chef.

— Pour l'amour de… Roulez-vous une pelle et qu'on n'en parle plus, soupire Scar.

— Je payerais cher pour voir ça ! se réjouit Finian.

L'ascenseur s'ouvre enfin dans le vacarme des sirènes. Pourquoi Kal tient-il tant à secourir Aurora alors qu'il s'est comporté comme un goujat avec elle sur Sagan ? Je lis sur son visage qu'il ne cédera pas – à moins que je l'y oblige, mais on n'a pas le temps de se battre cette fois-ci.

— Scar, pars avec Cat. Dans cinq minutes, vous lancez l'Arbalète. C'est un *ordre*.

Scarlett me regarde et cligne des yeux sous la pluie argentée.

— Chef, oui chef.

Nos quatre coéquipiers montent dans le turbolift et la porte se referme lentement derrière eux. Jusqu'au dernier moment, je ne quitte pas Cat des yeux. Puis je me tourne vers Kal. Nos regards se croisent et je jurerais que ses prunelles sont en titane.

— Les prisonniers de première catégorie sont détenus au niveau onze.

— Suivez-moi, répond le Syldrathi. Chef…

Nous dévalons l'escalier quatre à quatre. Arrivés au niveau inférieur, nous nous engouffrons dans le couloir. Kal passe devant moi. Il est toujours menotté. Je le suis, fusil disrupteur en mains, avec l'espoir qu'on me prenne pour un garde escortant un prisonnier. Nous croisons d'abord une équipe de pompiers, qui passe à toute vitesse, suivie d'un escadron de soldats de la FDT. Ils ne nous remarquent même pas. Les sirènes hurlent toujours, les haut-parleurs répètent en boucle la même alerte incendie. C'est Zila qui a mis le feu aux conduits électriques un peu plus tôt. Au passage, je me demande ce que faisait Finn avec une torche à propane cachée sous son exocombi… Il faudra que je pense à le lui demander.

En supposant qu'on sorte d'ici vivants, bien sûr.

La prison du vaisseau est presque déserte – la plupart des soldats nous cherchent à l'étage supérieur. Au-delà du sas de contrôle, on aperçoit un couloir bordé de portes blindées.

Un jeune agent de sécurité est à son poste face à un ordinateur, tandis qu'un second est à la radio, juste derrière le comptoir. En me voyant, il me fait signe d'attendre.

C'est là que ça commence.

Je ressens d'abord un picotement dans mon cou. Puis brusquement l'air se charge d'électricité statique. Malgré le tambour des moteurs et la clameur des alarmes, je perçois un bruit étrange. Presque…

… *un chuchotement ?*

Je me tourne vers Kal. Lui aussi l'entend. L'agent de sécurité fronce les sourcils. Il jette un œil au couloir bordé de cellules.

Et soudain, les lumières s'éteignent. Nous sommes plongés dans l'obscurité. Je perds l'équilibre. Le chuchotement s'accentue. On peut presque reconnaître des mots. Comment décrire ce qui se passe dans la pièce à ce moment-là ? Tout ce que je peux dire, c'est qu'elle *vibre*. Des cris se font entendre dans le noir, de plus en plus aigus, suivis d'un craquement sourd, et à cet instant les portes en titane des cellules cèdent en même temps. Pliées en accordéon comme des feuilles de papier.

Les écrans des consoles s'éteignent.

Les moteurs et les sirènes se taisent brusquement.

L'éclairage de secours décoloré s'allume au plafond.

Un escorteur terrien comporte quatre réacteurs, une centaine de systèmes de sécurité et une dizaine de circuits de secours. Pourtant, aussi invraisemblable que cela puisse paraître, le vaisseau entier vient de subir une panne de courant généralisée. Le silence qui suit est assourdissant. Confus, je jette un œil au bout du couloir. Sous l'une des portes complètement broyées, j'aperçois une large flaque d'un liquide qui ne peut être que…

— Du sang, murmure l'agent de sécurité en dégainant son arme de poing.

Vif comme l'éclair, Kal se débarrasse de ses menottes et balance son poing dans la pomme d'Adam de l'agent, qui recule en suffoquant. L'instant d'après, le Syldrathi a franchi le comptoir. Il lui assène deux nouveaux coups et l'homme s'effondre. Mort. À son tour, le jeune agent brandit son arme en criant, mais Kal lui brise la nuque avant que je ne puisse appuyer sur la gâchette.

Le Syldrathi se redresse, repoussant ses longues tresses derrière ses épaules, le visage aussi impassible que s'il venait de commander son dîner.

Bon sang, il est fort…

J'ignore qui vient de couper le courant, mais on n'a certainement pas le temps de mener une enquête. Les lumières au plafond se mettent à vaciller comme des stroboscopes. Reprenant mes esprits, je passe le comptoir et rejoins Kal qui est déjà devant la porte ensanglantée. Le cœur à cent à l'heure, je lève le canon de mon fusil en faisant un signe à mon Gros Bras. Bien qu'il soit plus puissant qu'un humain, il lutte pour dégager la porte de la cellule. Il y parvient enfin et l'écarte dans un grincement métallique.

J'entre, prêt à tirer à la moindre menace.

— Par le souffle du Créateur…

Aurora est affalée sur une chaise en métal, les poignets attachés. Ses paupières sont closes. Du sang coule de son nez et jusque sur son menton. Le sol, le plafond et les murs semblent avoir été soufflés, de sorte que la pièce a pris une forme quasi sphérique. Par terre gisent deux casques sans visages et, un peu plus loin, deux uniformes gris. Les corps qu'ils contenaient ont été éparpillés en mille morceaux sur les murs et au plafond. Ils me font penser à deux tubes de dentifrice qu'on aurait… écrabouillés.

– *Amna diir*…, souffle Kal.

– Attrape Aurora. Il faut filer, dis-je en me retenant de vomir.

Mon Gros Bras hoche la tête, le visage sombre. Il s'approche des uniformes déchiquetés et se baisse pour leur faire les poches. De l'une d'elles, il sort une carte magnétique qu'il passe devant les menottes d'Aurora. Ces dernières s'ouvrent sans résistance. Très délicatement, il prend ensuite la jeune fille dans ses bras. Après quoi nous revenons vite sur nos pas, en traversant la flaque de sang pour ressortir dans le couloir, aveuglés par l'éclairage de secours qui palpite et laissant derrière nous des traces de pas humides. La petite torche au bout du canon de mon fusil produit juste assez de lumière pour nous permettre de nous frayer un passage dans l'obscurité.

À cause de la panne de courant, les ascenseurs sont hors service. En hâte, nous empruntons les escaliers pour rejoindre le niveau cinq. À la sortie, nous tombons sur quatre soldats de la FDT regroupés autour d'une console murale, qui tentent de soulever la passerelle. C'est eux ou nous. Pas de quartier. L'estomac encore noué, je pose un genou à terre et tire. Ils hurlent et s'empressent de se mettre à couvert – ce que les cibles en carton ne font jamais lors des entraînements.

– Allez ! On y va ! je crie en me tournant vers Kal.

Il s'élance sur le quai d'embarquement du *Bellerophon* en direction de notre Arbalète. Il porte toujours Aurora dans ses bras. Mais les coups de feu ont attiré l'attention des soldats présents sur le quai. Au même moment, Scar surgit de derrière une pile de caisses et se met à les canarder. Ses balles traçantes laissent derrière elles des traînées blanches. Dans le cockpit de l'Arbalète, je repère Cat, qui a réussi à grimper à bord dans le chaos général. Je prie le Créateur pour que la panne d'électricité n'ait pas affecté notre vaisseau. Et je soupire de soulagement en voyant les moteurs s'allumer.

Pendant ce temps, les balles fusent et ricochent autour de Kal. J'essaie de le couvrir en vidant mon chargeur sur les soldats. C'est Cat qui le sauve. Aux commandes de l'Arbalète, elle braque sur eux ses canons. Une pluie d'obus supersoniques mitraille toute la longueur du quai et le commando de la FDT n'a pas d'autre choix que de se replier.

Scar en profite pour sortir de sa planque et foncer en direction de notre vaisseau. À mon tour, je tente ma chance derrière Kal. Mon cœur tambourine dans ma poitrine. Les moteurs grondent de plus en plus fort. L'Arbalète se soulève. J'aperçois Finian qui me fait de grands gestes depuis la passerelle d'embarquement. Scarlett bondit et parvient enfin à rejoindre le vaisseau, en sécurité. Puis Kal et moi nous élançons. Les balles de la FDT sifflent autour de nous. J'atterris sur le ventre en hurlant :

— Pleins gaz, Cat !

La rampe se referme en tremblant alors que notre Arbalète s'incline sur bâbord. Deux longs sifflements percent l'air. Deux missiles plasma. Tirés par Cat. Ils désintègrent les immenses portes en métal de l'aire de lancement.

Des balles, comme des grêlons, ricochent sur notre carlingue. Cat fait feu de nouveau. Cette fois-ci, le plasteel de la coque extérieure cède et le Grand Vide terne perce dans l'interstice.

La pression chute alors brutalement, car l'atmosphère de l'Ellipse s'infiltre dans le *Bellerophon*, forçant la FDT à battre en retraite. Les sirènes aboient, nos moteurs rugissent et, dans les haut-parleurs de l'Arbalète, la voix de Cat crie :

— Accrochez-vous à votre slip, les enfants !

Le vaisseau s'arrache à l'aire de lancement. Une dernière rafale de balles de la FDT nous caresse en guise d'au revoir. Les moteurs bâbord s'écorchent contre les immenses portes fondues. Enfin, l'Arbalète s'engouffre dans l'Ellipse à la vitesse d'une fusée.

Je regarde autour de moi pour m'assurer que les autres vont bien, mais personne ne semble blessé. Kal, accroupi à côté d'Aurora, l'empêche de glisser. Inconsciente, elle a toujours les yeux fermés, les lèvres et le menton couverts de sang, mais elle dégage la même impression de paix et de sérénité que dans la cryocapsule où je l'ai trouvée.

Dire que c'était il y a trois jours seulement…

— Ça va, tout le monde ? lance Cat dans le haut-parleur.

Je tape sur mon unicom pour lui répondre.

« Reçu, Cat. Tout le monde va bien. »

À l'autre bout du sas, Scarlett me cherche des yeux.

— « Tout le monde va bien » ? Drôle de façon de résumer la situation, bébé frangin.

Je sais ce que pense ma jumelle rien qu'en la regardant. C'est comme si elle l'avait exprimé de vive voix.

On vient de combattre à balles réelles un escadron de la Force de défense terrienne.

On a enfreint une bonne centaine de règlements de la Légion en un temps record.

On a attaqué des soldats de la FDT.

Créateur tout-puissant...

Les moteurs râlent. Nous nous enfonçons dans l'Ellipse à une vitesse inimaginable. Loin du *Bellerophon*, loin de la scène de nos crimes, à travers l'obscurité étincelante.

On s'en sort vivants cette fois-ci, certes, mais avec les mains pleines de sang, étant donné ce qu'Aurora a fait dans cette cellule. Tuer des agents de l'AMR équivaut à signer son propre arrêt de mort. L'Agence mondiale de renseignement et la Force de défense terrienne ne vont plus nous lâcher. Ce n'est qu'une question de temps avant qu'ils ne nous retrouvent. Même si, au départ, ce sont eux qui cherchaient à nous tuer...

On est en cavale, je réalise. *Notre propre peuple est à nos trousses.*

Scar se mord la lèvre, hoche la tête.

Qu'est-ce que papa penserait ?

Finian regarde autour de lui et ses grosses billes noires finissent par se poser sur moi.

— Alors, Goldenboy. C'est quoi, la suite ?

Je prends une grande inspiration, passe une main dans mes cheveux.

— Ça, je soupire, c'est une excellente question.

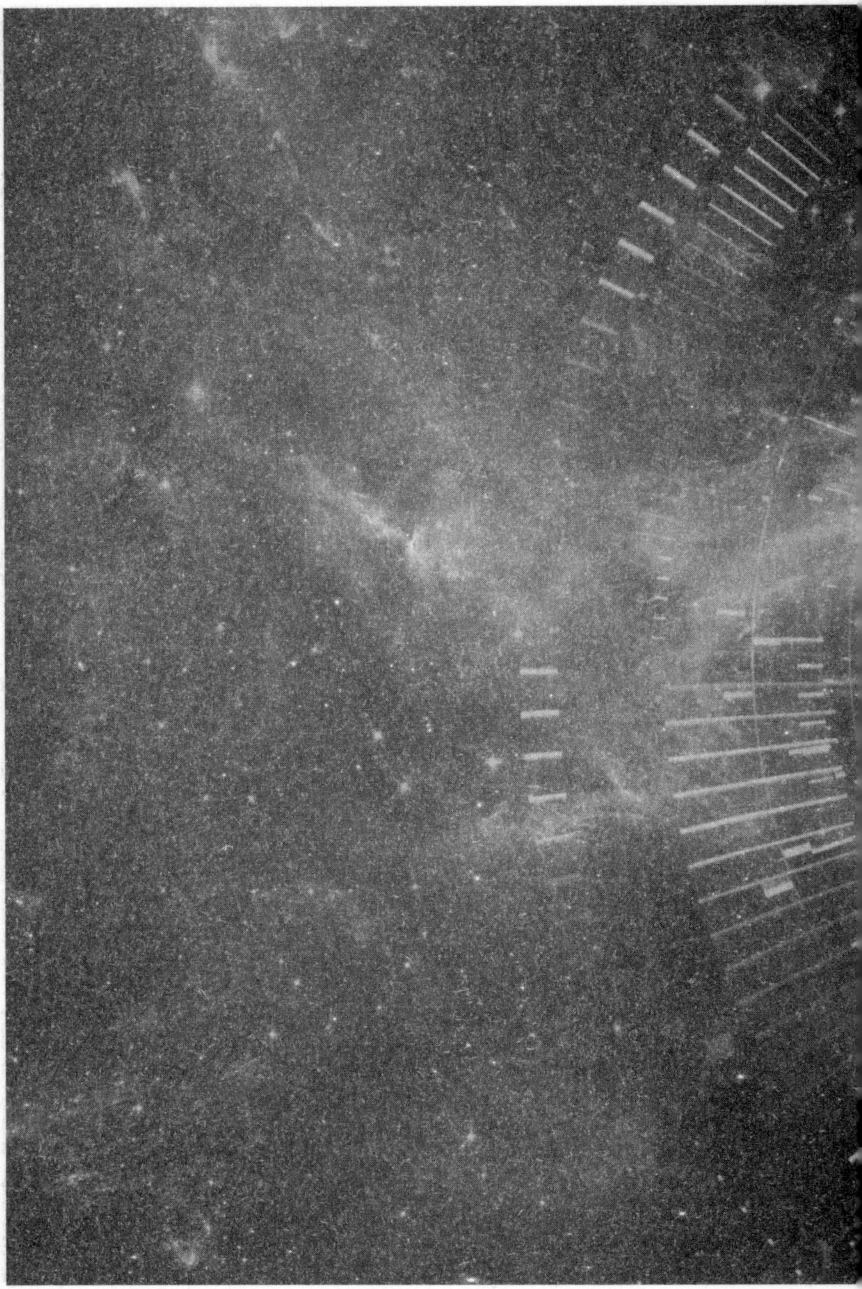

PARTIE 2

UN CIEL PEUPLÉ DE SPECTRES

Les escadrons de la Légion d'Aurora

▶ Les membres d'un escadron

▼ Les Négociateurs

Vous avez affaire à un légionnaire plus doux qu'un verre de **sempter single malt larassien** ? C'est probablement un Négociateur. Ces diplomates de nature et de formation se chargent de représenter votre escadron. En quelques mots soigneusement choisis, un bon Négociateur peut transformer votre pire ennemi en un allié pour la vie.

Simple prise de contact, médiation de conflit, situation délicate avec des **extraterrestres**… Les Négociateurs savent mettre à profit leur connaissance approfondie de la **culture**, des **coutumes** et des **langues** de nombreuses espèces.

Un conseil : ne vous amusez pas à **les défier aux cartes**, vous pourriez le regretter.

INSIGNE DES NÉGOCIATEURS

13

SCARLETT

Marc de Vries. Ex-petit copain n° 29. Point fort : bâti comme une armoire à glace. Point faible : bête comme une armoire à glace.

— Mmmouais…

[SAUVEGARDER]

Tré Jackson. Ex-petit copain n° 41. Point fort : beau comme un Apollon. Point faible : il le sait.

— Pas moyen !

[SUPPRIMER]

Confortablement assise sur le pont de notre Arbalète, j'ai les pieds posés sur ma console, mon unicom entre les mains. Le silence règne, si l'on fait abstraction du ronronnement des moteurs et, de temps en temps, des sonneries du LIDAR. Après avoir quitté l'Ellipse par la porte NZ-7810, on a débouché quelque part en zone neutre, dans un trou paumé au fin fond de la galaxie. Depuis tout à l'heure, on erre dans le coin en mode croisière, moteurs au ralenti. Avant de se retirer dans son boudoir, Cat a verrouillé un cap qui nous maintient à proximité de la porte. Au cas où il faille déguerpir en vitesse.

Les autres sont en train de dormir. Par chance, c'est moi qui suis de premier quart. J'en profite pour faire le tri dans mes contacts et supprimer certains de mes ex.

La mémoire commençait à être pleine.

Riley Lemieux. Ex-petit copain n° 16. Point fort : follement amoureux de moi. Point faible : FOLLEMENT amoureux de moi.

[SUPPRIMER]

D'aucuns diront que le moment est mal choisi pour faire la sieste. Quand je repense à ce qui s'est passé ces derniers jours, mes mains tremblent encore. Et je n'ose même pas imaginer ce qui nous attend. Malgré ça, un petit somme s'imposait. Notre escadron avait besoin de repos. Les récents événements, sur la station Sagan d'abord, sur l'escorteur de la FDT ensuite, nous ont épuisés. Et puis, Tyler a toujours les idées plus claires quand il a bien dormi. Or il va bientôt devoir prendre une décision cruciale. Sans doute la plus importante de sa vie.

Pas de pression, bébé frangin.

On est des hors-la-loi. Des criminels, recherchés dans toute la galaxie. Un escadron qui est devenu hors de contrôle. Même si, techniquement, on reste sous le commandement de la Légion d'Aurora, on a quand même attaqué un vaisseau de la FDT. On a tué des Terriens. Des compatriotes.

Au suivant.

Alex Naidu. Ex-petit copain n° 38. Point fort : biceps !!! Point faible : inconnu.

— Pourquoi je t'ai largué déjà, toi ?

[SAUVEGARDER]

Pour être honnête, ce n'est pas comme ça que j'imaginais ma vie quand j'ai signé à l'académie Aurora. Au départ, je ne voulais pas m'engager dans la Légion. Mais Ty répétait sans cesse qu'il fallait que les choses changent, qu'on devait « faire la différence ». Il ne parlait que de ça, et je ne l'aurais jamais laissé y aller seul. On a grandi sans connaître notre mère. Notre père a été tué à Orion quand on avait onze ans. Pas question que je perde aussi mon frère jumeau.

J'ai ce souvenir de nous deux – on devait avoir treize ans – dans la file d'attente devant le bureau du recrutement, sur la station New Gettysburg. J'ai demandé à Tyler si on faisait le bon choix. J'avais besoin qu'il me rassure.

— *Je ne sais pas.*

Voilà ce qu'il m'a répondu. Et il a touché l'emblème du Créateur autour de son cou en haussant les épaules.

— *Mais parfois, il faut juste avoir la foi.*

J'ai l'habitude de bachoter, du coup les exams se sont plutôt bien passés. En insistant un peu, peut-être même que j'aurais pu avoir de bonnes notes. Une fois, le conseiller d'orientation de l'académie m'a dit qu'il n'avait jamais autant lu l'appréciation « Pourrait s'appliquer davantage » que sur mes bulletins. Record historique, d'après lui.

Je détestais l'académie.

Je détestais ses règles, sa routine.

Heureusement qu'il y avait les garçons.

*Jesse Broder. Ex-petit copain n° 45. Point fort : c** de rêve (9/10). Point faible : trou du c**.*

— Mmmmh...

[SAUVEGARDER]

J'aime les choses simples, que voulez-vous ?

Presque sans un bruit, la porte du pont s'ouvre et je dresse la tête en m'attendant à voir Zila qui vient me relayer.

Mais, à la place, je découvre notre passagère clandestine, Aurora O'Malley. La fille hors du temps. La fille hors du lit, plutôt...

— Qu'est-ce que tu fais ici ?

Mon frère, avec sa sagesse légendaire, a insisté pour qu'elle soit maintenue à l'isolement, dans une pièce fermée à clé. Il ne voulait pas qu'elle se balade librement sur le vaisseau. Ce qu'il a vu quand il est allé la secourir dans les geôles de l'escorteur de la FDT l'a sacrément secoué. C'est Finian qui s'est occupé d'installer O'Malley dans la soute. Il a rendu l'endroit douillet, lui a laissé un duvet et il était censé renforcer le verrouillage crypté de la porte en partant. Au lieu de ça, il a dû la laisser ouverte, parce que la fille est juste devant mes yeux.

Note à moi-même : ne pas oublier de chambrer Finian plus tard. Non, mais quel boulet, celui-là.

— Aurora ?

Pas de réponse. Elle a les cheveux en pétard. Ses paupières papillonnent et son iris droit est de la même couleur que la frange qui lui tombe devant le front. Blanche... Carrément flippant.

Elle avance d'un pas raide et je crois d'abord qu'elle fait une crise de somnambulisme. Même si ça n'explique pas comment elle a fait pour sortir de sa cellule ultra sécurisée. Si ça se trouve, Finian est si incompétent qu'elle a réussi à pirater son système de sécurité. Tout en dormant.

Il va m'entendre, le Traskien...

Aurora fouille la pièce des yeux. Difficile de savoir ce qui lui passe par la tête. Deux siècles dans le coma pour se réveiller à l'autre bout de cette galaxie qui part en cacahuète, ça ne doit pas être simple pour elle. Toujours est-il qu'elle n'a rien à faire ici.

— Ça va, Aurora ?

Pour seule réponse, elle fonce droit sur la console de pilotage de Cat. Je décide que sa petite comédie a assez duré.

— Bon, ça suffit, jeune fille…

Je bondis sur mes pieds, une main sur mon pistolet disrupteur à ma ceinture.

Une lueur pâle et tremblotante, de la couleur d'un rayon de lune, illumine son œil droit. Sans un regard, elle lève la main et l'instant d'après une force invisible me frappe à la poitrine. Je suis projetée contre le mur. Paniquée, je cherche à dégainer mon arme, mais Aurora joint le bout de ses doigts et aussitôt une pression foudroyante m'enserre le poignet et l'immobilise.

— *Iomesucxe*, dit Aurora.

Sa voix est méconnaissable. Désincarnée. Elle résonne comme un écho dans une grotte.

— *Iomennodrap*.

Une mystérieuse douleur me broie les doigts. Je lâche le disrupteur, et au moment où il touche le sol, la pression se détend.

Mon cœur fait un bruit sourd dans ma poitrine. Des gouttes de sueur froide descendent le long de mon cou. Pas moyen de bouger le moindre muscle. Ni même de parler, tellement j'ai la gorge serrée. Aurora scrute les écrans de pilotage. Elle cligne des yeux, tête penchée. L'étrange reflet dans son œil droit brille toujours et ses cheveux bougent doucement, comme caressés par un souffle de vent.

Puis, de sa main libre, elle entre à toute vitesse une série de commandes sur l'ordinateur de bord.

— Qu'est-ce... que tu... fais ?

La question me demande un effort surhumain.

Son nez se met à saigner. Un petit filet rouge coule jusqu'à ses lèvres, mais elle ne s'interrompt pas pour l'essuyer. Je comprends qu'elle est en train de déglinguer le système de navigation. Elle modifie notre cap et les données de vol alors qu'elle n'a suivi aucune formation au pilotage, qu'elle a zéro heure de vol.

Par le Créateur, elle sait piloter une Arbalète ! Comment c'est possible ?

— *Etinretipmes*, chuchote-t-elle. *Neibneib.*

Le bruit des moteurs se transforme. Changement de cap. Le sang dégouline maintenant du menton d'Aurora. Il éclabousse la console. Comme au ralenti, elle se redresse, traverse le pont et s'approche de moi, la main toujours tendue. Mon ventre se noue. La peur martèle mes tempes. Plus je me démène, plus la force invisible me plaque contre le mur.

Je suis incapable de bouger.

Incapable de me battre.

Incapable de crier.

Le menton ensanglanté, Aurora frissonne. Ses sourcils ondulent, ses lèvres bougent lentement, comme si elle luttait pour prononcer ces mots.

— *Gâ-â-gââ-chhh-etttttte*..., ânonne-t-elle en se pointant du doigt. *Gâchh*...

BAM !

Le claquement sourd d'un coup de disrupteur retentit. Aurora chancelle, les yeux écarquillés. La pression autour de mon poignet se relâche et je tombe à genoux. Lorsque je lève la tête, Zila est sur le seuil de la porte, son arme encore braquée sur Aurora.

En temps normal, un tir de disrupteur en mode « Étourdissement » suffit à assommer un tauren de Rigel adulte. Mais Aurora est toujours debout. Elle se retourne et Zila tire à nouveau. Un éclair illumine la pièce. Aurora tombe à genoux. Elle pousse un long râle en tendant la main vers notre agent scientifique. Alors, avec cette insensibilité qui lui a déjà valu pas moins de vingt-sept blâmes à l'académie, Madran canarde de plus belle.

BAM !

BAM !

BAM !

jusqu'à ce qu'Aurora se fige.

— Zila..., dis-je en gémissant.

BAM !

— Zila !

BAM ! BAM !

Madran cligne une fois des yeux avant de se tourner vers moi, le doigt encore sur la détente.

— Quoi ?

— Elle est... K.O., je souffle, la tête lourde. Tu peux... arrêter de lui tirer dessus.

Le regard de Zila fait des allers-retours entre son disrupteur et Aurora. Cette dernière est étendue sur le pont, inconsciente. Alors, peut-être par précaution, ou peut-être simplement parce que ça l'amuse, notre agent scientifique tire une ultime décharge sur la fille comateuse.

BAM !

— Intéressant, conclut-elle.

. . . . .

— On devrait balancer cette folle furieuse dans l'espace, crache Cat.

Nous sommes réunis sur le pont autour du corps inconscient d'Aurora O'Malley, avachie sur une chaise, menottes aux poignets. Comme deux précautions valent mieux qu'une, Cat, Zila et moi la gardons en joue avec nos disrupteurs – au cas où elle se réveille à nouveau. Je remarque que Zila a troqué ses boucles d'oreilles pour de petites chaînes en or au bout desquelles sont suspendus un pistolet, un couteau et une étoile ninja.

Ne me dites pas qu'elle a pris le temps de se changer avant de venir à mon secours !

Kal se tient près de la porte, silencieux. Ses jolies lèvres dessinent une moue pensive. Mais lorsqu'il entend ce que propose Cat, il intervient d'un ton dédaigneux :

— Ne sois pas bête. On ne peut pas la tuer.

— Va te faire voir, Pixieboy, rétorque notre As. Elle a failli descendre Scarlett ! T'es à la masse, ou quoi ?

— Scar, tu es sûre que ça va ? demande Tyler.

— Oui, je suis un peu secouée, rien de plus.

— Elle t'a vraiment... paralysée juste en te regardant ?

Je fais oui de la tête en passant une main dans mon cou. Nous sommes de retour dans l'Ellipse. Notre cap est celui qu'Aurora a saisi dans l'ordinateur de vol avant que Zila ne l'assomme. D'affreux hématomes grisâtres recouvrent mes poignets. Ma peau livide me rappelle la couleur de la pupille droite d'Aurora quand elle m'a éclatée contre le mur.

— Tyler, reprend Cat, il faudrait être timbré pour garder cette fille à bord. Pour moi, le choix est simple : soit on la satellise, soit on la colle sous sédatifs et on la livre aux flics avant de tous finir en cour martiale.

Kal s'apprête à protester, mais à cet instant la radio crépite.

— Goldenboy, tu me reçois ?

— On t'entend, Finn, quelle est ta position ?

— Je suis dans la soute. C'est un bousin intergalactique, les gars. J'ai rien vu d'aussi flippant depuis mes douze ans, le jour où j'ai surpris mes troisièmes grands-parents en train de s'envoyer en l'air.

— Explique-nous.

— En fait, mon rendez-vous chez le médecin avait été annulé et quand je suis rentré à la maison, je suis tombé sur ma grand-mère et mon grand-père à poil, avec un énooorme…

— Par le Créateur, Finian, je parlais de la soute !

— Oh ! Eh bien, je ne sais pas comment cette fille s'est débrouillée, mais elle a complètement pulvérisé les portes. Elle en a fait de la pulpe de… Comment vous appelez ces fruits, déjà ? Ronds, de couleur orange…

— Hmm, des oranges ?

— C'est ça ! Bref, ces portes blindées sont en stellite et en titane, mais ça ne l'a pas empêchée de les plier comme du carton.

— Allez, Tyler, on la balance par-dessus bord, insiste Cat.

À ces mots, Kal se dresse devant elle.

— Personne ne lui fera aucun mal, lance-t-il d'un ton glacial.

Le contraste entre sa voix calme et son regard furieux fait froid dans le dos. Kal pourrait démolir Cat si elle levait la main sur cette fille qu'il a rencontrée il y a douze heures à peine.

Mais notre As n'est pas du genre à se dégonfler. Elle a beau faire une tête et demie de moins que notre Gros Bras (peut-être même un peu moins encore en ce moment, vu qu'elle sort de son lit et que sa crête est aplatie), elle ne se laisse pas impressionner pour autant.

— Tu as entendu ce que vient de dire Finian, Pixieboy ? Au cas où tu aurais séché les cours de mécanique, notre coque a la même composition que ces portes. Et en plus cette pauvre fille s'est permis de toucher à mes commandes de vol. Je ne vois pas bien qui lui aurait appris à s'en servir puisqu'elle est censée avoir passé les deux derniers siècles dans l'Ellipse ! Cette fille n'est pas ce qu'on croit.

— Tout à fait d'accord, gronde Kal. C'est précisément pour cette raison que vous ne la toucherez pas.

Aurora pousse un grognement et aussitôt trois disrupteurs se braquent sur elle. Kal s'interpose sur-le-champ.

— Chef, reprend-il en s'adressant à Tyler. Si Aurora avait voulu tuer votre sœur, elle ne se serait pas gênée, croyez-moi. Vous avez bien vu ce qu'elle a fait aux agents de l'AMR…

— Ça, pour l'avoir vu, je l'ai vu.

Tyler dévisage la fille et je devine presque les rouages s'actionner derrière ses globes oculaires.

— Cat, quel est le cap qu'elle a entré dans l'ordinateur de vol ?

Notre As baisse son arme et s'installe à son poste de pilotage. Elle essuie les éclaboussures du sang d'Aurora en pestant, puis saisit une série de commandes.

— *Sempiternité*, déclare-t-elle finalement.

— Qu'est-ce que c'est que ça ? demande Kal.

— Tu n'as jamais entendu parler du Vaisseau Monde ? s'étonne Cat.

— La cartographie du ciel n'est pas ma spécialité. Je dormais en cours une fois sur deux.

— SEMPITERNITÉ. (Une petite voix aiguë, comme un piaillement, se fait entendre. Elle provient de l'ancien unicom de Tyler, qui vient de s'allumer dans la poche d'Aurora.) AUSSI APPELÉ LE VAISSEAU MONDE. SITUÉ DANS LES ABYSSES DE LA ZONE NEUTRE, IL S'AGIT D'UNE PLATE-FORME COMMERCIALE QUI ÉCHAPPE À TOUTE JURIDICTION GOUVERNEMENTALE. ELLE EST GÉRÉE PAR DES… ENTREPRENEURS INTERSTELLAIRES.

— Ça veut dire des pirates.

— J'ESSAYAIS D'ÊTRE POLI, répond l'appareil.

— Mode Silencieux, ordonne Tyler.

— OH ZUT…

L'unicom s'éteint et Cat déploie un plan 3D de *Sempiternité* au-dessus de la console centrale. C'est un gigantesque ensemble, composé de centaines de milliers de vaisseaux, grands et petits, différents les uns des autres, rivetés ou soudés entre eux pour former une énorme sphère biscornue. Sublime et hideuse à la fois. Un truc inimaginable.

— Au départ, *Sempiternité* était un simple port spatial, explique Cat. Tenu par un cartel de bandits. Les vaisseaux pirates y vendaient leur butin entre deux abordages. Mais ces cinquante dernières années, des extensions se sont ajoutées. Des milliers et des milliers de vaisseaux ont choisi de s'atteler à la superstructure et de s'y sédentariser. Aujourd'hui, l'ensemble n'a plus de limites. Il fait la taille d'une petite lune. D'où son nom, le Vaisseau Monde.

Aurora est toujours affalée sur sa chaise.

— Et qu'est-ce qu'elle voudrait qu'on aille faire là-bas ?

Elle doit sentir que je parle d'elle, car elle grogne en relevant doucement la tête. La douleur la fait grimacer, puis elle remarque les trois disrupteurs pointés sur elle. Elle écarquille les yeux, avant de les plisser quand elle se rend compte que ses poignets sont attachés.

— Hmm... Si c'est encore une vision, je préférerais me réveiller, s'il vous plaît.

— Tu nous dois surtout des excuses, non ?

— Des excuses ? Pourquoi ? (Elle grimace encore en faisant tourner sa tête et en roulant des épaules.) Pourquoi j'ai... l'impression... de sortir d'un accident de voiture ?

— Tu ne te souviens pas que Zila t'a tiré dessus une dizaine de fois avec son disrupteur ? Ni que tu m'as éclatée contre le mur ?

Un kaléidoscope d'émotions traverse son visage. La peur. Le désarroi. La frustration. Une sincère incompréhension. Elle scrute la pièce et prend alors conscience qu'elle ne s'est pas endormie ici. Que ses lèvres ont un goût de sang.

— Non...

Les larmes lui montent aux yeux.

— Ordinateur, dis-je. Repasse-nous les images des caméras de sécurité à 1 h 29, heure du vaisseau.

La machine émet un bip et aussitôt la vidéo se lance sur l'écran principal. Aurora observe la scène. Elle se voit rejoindre le pont, lever la main avec cette lueur dans son œil et me projeter contre la cloison.

— *Iomesucxe*, entend-on. *Iomennodrap.*

— Je ne… (Aurora secoue la tête, paniquée, implorant Tyler du regard.) Je n'en ai aucun souvenir.

— Pratique, ironise Cat.

— Très pratique, même, j'ajoute.

— Auri, pourquoi as-tu touché à l'ordinateur de vol ? l'interroge Tyler d'une voix sèche. Pourquoi veux-tu qu'on rejoigne *Sempiternité* ?

— *Sempiternité* ? Qu'est-ce que c'est ? demande-t-elle, l'air complètement perdue.

— Attendez…

Tous les regards se dirigent alors vers Zila. Concentrée sur la vidéo, elle triture sa boucle d'oreille avec ses doigts.

— Ordinateur, relance la vidéo, mais à l'envers. En temps réel. Et avec le son.

La machine s'exécute en émettant un petit bip, et Aurora réapparaît à l'écran. Elle est au poste de pilotage, en train de pianoter des coordonnées. Puis la vidéo se rembobine. Le flot de sang remonte le long de son menton et s'efface. Mon disrupteur, qui était au sol, bondit jusque dans mes mains. Aurora s'adresse à moi de sa drôle de voix. Sauf que ses paroles sont modifiées, puisque la vidéo est en lecture arrière.

— *Excuse-moi*, entend-on cette fois-ci. *Pardonne-moi*.

Zila n'en croit pas ses yeux.

— Ordinateur, rejoue la séquence entre 2 minutes 43 secondes et 2 minutes 52 secondes.

Aurora resurgit à l'écran. Cette fois-ci, elle se pointe du doigt en disant :

— *Gâ-â-gââ-chhh-etttttte*... Gââ...

— *Gâchette*, répète Zila en inclinant la tête.

— Qu'est-ce que ça peut bien vouloir dire ? lance Tyler.

Notre chef de la division scientifique plante ses yeux noirs dans ceux d'Aurora.

— Aucune idée, chef. Mais je suis certaine d'une chose : si la générale de Stoy a laissé cette fille entre nos mains, c'est qu'il y a une raison. Je pense qu'on devrait conserver ce cap.

— Là-dessus, je rejoins la petite, même si elle a un grain, Goldenboy, intervient Finian à la radio. Cette histoire prend une tournure intéressante.

— J'imagine que la perspective de passer en cour martiale si on rentre sur Aurora n'a aucune incidence sur ta décision, Finian ?

— Je ne vois pas de quoi vous voulez parler, chef.

Tyler soupire et m'interroge du regard. Certains y verront un détail, et pourtant c'est comme ça qu'il a fini major de promotion, et c'est aussi ce qui m'a toujours retenu de l'étouffer dans son sommeil : bébé frangin n'a pas peur de demander conseil quand il le faut.

Je pense aux portes pulvérisées. À la finesse de la coque qui nous protège du vide intersidéral, au-dehors.

— Je vote pour qu'on rentre à l'académie, je lance. Si on explique la situation à nos chefs, peut-être qu'on trouvera une solution. Ce qui se joue ici nous dépasse.

— Bien d'accord, grogne Cat. Il faut livrer cette fille aux services secrets, un point c'est tout.

— Dois-je vous rappeler les mots de la générale ? demande Kal. « Votre chargement est plus précieux que vous ne l'imaginez. » (Le Syldrathi fixe Ty.) L'amiral Adams s'est adressé directement à vous, chef. Il vous a répété qu'il fallait y croire. À quoi faisait-il référence, à votre avis ?

Des larmes se mettent à couler le long des joues d'Aurora. Elle lutte pour ne pas craquer, ça se voit. En vain. D'une voix tremblante, elle finit par lâcher prise :

— Je veux r-rentrer chez moi.

Elle a failli me tuer et pourtant je ne peux m'empêcher d'avoir de la peine pour cette pauvre fille. Je pose une main sur son épaule. Elle baisse la tête et des larmes tombent sur ses genoux.

— Ça va aller, Aurora.

— Je veux me réveiller, gémit-elle dans un sanglot. Je veux me réveiller sur Octavia III, comme c'était prévu !

Zila incline la tête.

— Le *Hadfield* allait rejoindre Lei Gong III, et…

— Non ! insiste Aurora. On partait pour Octavia ! J'ai passé des années à étudier chaque centimètre carré de cette planète, je sais de quoi je parle ! Je ne comprends pas pourquoi ils veulent la faire disparaître, *me* faire disparaître.

Cat se met à tapoter sa console du bout des doigts en prenant un air blasé. Kal, lui, se contente de croiser les bras. C'est un Syldrathi, cet étalage d'émotions humaines le laissent de marbre. Mais Aurora poursuit sans prêter attention à eux.

— Je v-veux rentrer chez m-moi, répète-t-elle. Je veux revoir ma famille. Je n'ai jamais voulu ça ! *Je n'ai jamais voulu ça et je veux rentrer chez MOI !*

La gorge nouée, Tyler la regarde flancher. Mille questions se devinent dans ses yeux. Aucun d'entre nous ne sait ce qu'il fiche ici. Peut-être que de Stoy et Adams avaient leurs raisons d'envoyer cette fille avec nous. Le problème, c'est que Tyler n'est au courant de rien. Il doit suivre les ordres et ça le ronge. À cause de cette histoire, on est devenus de dangereux criminels. On a tué des Terriens, des compatriotes. Qui aurait pu imaginer que ça tournerait à ce point au vinaigre ?

— Vous êtes trois à voter pour qu'on poursuive notre route, déclare Tyler. Et trois à voter contre. C'est au chef d'escadron de trancher.

Il pose un regard triste sur Aurora.

— Cat, on change de cap, lâche-t-il enfin dans un soupir. Direction Aurora. On rentre à la maison.

— Bien reçu, acquiesce Cat, tout sourire.

Kal secoue la tête sans broncher.

— Nouveau cap verrouillé, annonce Cat. On devrait être de retour à la station av…

Mais, soudain, l'Arbalète se met à vibrer violemment. Je cherche quelque chose pour me tenir quand une nouvelle secousse me propulse contre la paroi en titane. Puis je retombe au sol, le souffle coupé par la douleur. Autour de moi, les membres de mon escadron, éparpillés aux quatre coins du pont, gémissent de douleur. Seul Kal est resté debout. La voix de Finian se fait entendre à la radio :

— C'était quoi, ce truc ?

— On a heurté quelque chose ? interroge Tyler.

— Rien sur les radars, chef, répond Zila.

— Cat, au rapport ! crie Tyler.

— On s'est… (Cat frappe sa console du poing, incrédule.) On s'est arrêtés.

— Les moteurs sont morts ?

— Non… On s'est… *arrêtés*. Je suis pleins gaz, mais c'est comme si… quelque chose nous retenait.

— Quelque chose, ou plutôt *quelqu'un*, je grogne.

Mes coéquipiers suivent mon regard et bientôt l'équipe a les yeux braqués sur Aurora. Notre fille hors du temps a la tête rejetée en arrière. Dans son œil droit brille une lueur spectrale. Son corps est secoué par des spasmes, ses veines ressortent au niveau de son cou et de ses bras. De nouveau, un filet de sang coule de son nez.

— Par le Créateur, chuchote Tyler.

— *Gââccccchhhhettttte*, répète Aurora.

Cat dégaine son disrupteur et la met en joue, mais Kal s'interpose.

— Écarte-toi !

— Tu ne lui feras pas de mal ! hurle le Syldrathi.

Aurora continue de convulser, les yeux rivés sur Tyler. Pendant ce temps, l'Arbalète est remuée dans tous les sens, comme si quelqu'un essayait de la casser en mille morceaux.

— *Ccc… Crrr…*, bredouille Aurora.

— Quoi ? demande Tyler en s'approchant.

— *Crrrroyez-mmoi…*

Une autre secousse me fait chanceler. La coque grince, les rivets qui maintiennent l'Arbalète menacent de céder.

Tyler me regarde, avant de se tourner vers le reste de l'escadron. Puis il considère le vaisseau autour de nous. Celui-ci tremble tellement qu'il donne l'impression d'être sur le point de rompre. Encore une fois, je devine les rouages derrière les yeux de mon frère. Il évalue le danger encouru par son équipage. Il réfléchit à ce que de Stoy et Adams nous ont dit avant de partir. Il passe une main sous sa veste et cherche la bague de sénateur de notre père, qu'il porte suspendue à une chaîne en titane. Tyler n'est pas du genre à désobéir. Depuis le jour où il a signé pour l'académie, quand il avait treize ans, ça ne lui est jamais arrivé.

« *Votre chargement est plus précieux que vous ne l'imaginez.* »

— *Croyez-moi*, chuchote Aurora.

Tyler serre les dents et touche maintenant l'emblème du Créateur à son cou. À quatre pattes, il traverse le pont déchaîné jusqu'à son poste de pilotage. Là, il se connecte à l'ordinateur de vol et saisit un nouveau cap.

Presque instantanément, l'Arbalète cesse de trembler. Les moteurs se remettent en marche et je sens la poussée dans nos amortisseurs.

La lueur dans l'iris d'Aurora vacille avant de s'éteindre. La fille hors du temps s'affale sur son siège. Du sang coule encore de son nez. Zila, assistée de Kal, s'empresse de vérifier ses fonctions vitales. Les yeux plissés, Cat garde une main tremblante sur la crosse de son disrupteur. Quant à moi, j'essaie de distinguer les coordonnées que Ty vient de verrouiller.

— On va où, bébé frangin ?

Je connais déjà la réponse.

— Direction *Sempiternité*, annonce-t-il d'une voix calme.

— T'es sûr que c'est une bonne idée ?

— Je ne sais pas.

Il touche une nouvelle fois l'emblème du Créateur à son cou, les yeux rivés sur Auri.

— Mais parfois, il faut juste avoir la foi.

LES ENDROITS À ÉVITER

▶ LES ENCLAVES PIRATES

▼ SEMPITERNITÉ

POUR UN HISTORIQUE DÉTAILLÉ DU VAISSEAU MONDE, CLIQUEZ **ICI**.

CARTOGRAPHIE INCOMPLÈTE, CONDITIONS TROP HOSTILES.

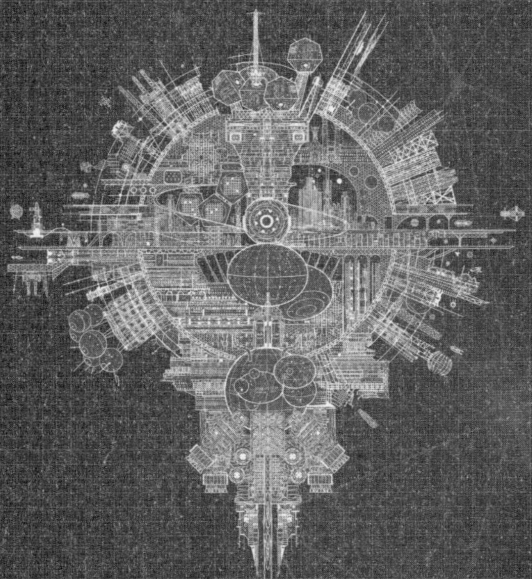

ACCOSTAGE À VOS RISQUES ET PÉRILS.

14

AURI

— Jie-Lin, réveille-toi.

J'ouvre les yeux et l'espace d'un instant je me demande où je suis. Petit à petit, des souvenirs me reviennent. La scène de combat sur le pont de l'Arbalète. Tyler, Kal, Scarlett et Cat. Cette lumière vive. Mais je suis au fond d'un lit moelleux. Une lueur chaude enveloppe la pièce. Je reconnais les posters aux murs, l'écureuil en peluche à côté de moi.

Ma chambre.

Je suis dans ma chambre.

— Jie-Lin ?

Au pied de mon lit, il y a ce visage que jamais je n'aurais pensé revoir un jour. Ces joues rondes. Ce front strié de rides. Maman répétait toujours qu'elles dataient de ses quinze ans, parce que depuis cet âge-là il avait les yeux grands ouverts sur le monde.

— Papa ?

— Je t'ai attendue, Jie-Lin.

Quand il me prend dans ses bras, je sens les rires et les sanglots secouer sa poitrine. Et moi aussi je ris, moi aussi je pleure.

Toutes les choses que j'ai toujours voulu lui dire se bousculent dans ma tête – puisqu'il n'est pas mort.

J'aimerais lui parler, mais je n'y parviens pas.

Il me serre trop fort. J'étouffe. Je le repousse, mais son corps reste collé au mien, et lorsque je m'écarte, nous sommes reliés par de longs fils mous. Comme du caramel fondu.

– Lâche-moi !

Il me sourit. Il a deux fleurs bleues à la place des pupilles.

– Ra'haam, dit-il.

– Lâche-moi !

– Ra'haaaaaaam.

. . . . .

– Aurora ?

J'ouvre les yeux, le cœur battant à cent à l'heure. Scarlett est assise près de moi, Zila et Kal sont debout un peu plus loin. J'ai la bouche pâteuse, mal partout. Mais, lentement, je retrouve mes esprits. Je comprends où je suis.

Un cauchemar.

Je ne sais pas si je dois me sentir soulagée ou dépitée. Je ne suis pas chez moi, ce n'est pas ma chambre. Je suis sur un vaisseau spatial à des millions d'années-lumière de ma maison. Tout le monde est mort, mon père est…

Scarlett me tend un verre d'eau. Elle semble inquiète. Méfiante aussi. Je remarque que Zila a la main sur son pistolet. Kal, armé lui aussi, me surveille avec ses yeux mauves.

– Tu te souviens de ce qui s'est passé ? me questionne Scarlett.

Des images défilent dans ma tête. Moi, en train de la projeter contre le mur. Mes lèvres pleines de sang.

Une dispute. La peau de mon père qui colle à la mienne comme du caramel. Une image brille d'un feu plus intense que les autres. Un nom.

— Sempiternité...

Zila et Scarlett échangent un regard.

— Ça va faire quatre heures qu'on est dans l'Ellipse, déclare la jeune fille aux cheveux roux. On est bientôt arrivés. Tyler veut que nous t'emmenions sur le pont au cas où tu aurais une nouvelle... vision.

Je ferme les paupières pour chasser l'image de mon père. Puis j'essaie de me lever, chancelante. Scarlett me donne la main et je découvre que nous sommes dans une sorte de dortoir. Il y a des lits superposés, des casiers. Les murs gris acier sont couverts de logos de la Légion d'Aurora. J'aperçois mon reflet dans une glace. Frange blanche et iris droit de la même couleur. Je suis face à une inconnue. Une inconnue sans défense. Et furieuse.

— Vous devez me prendre pour une folle.

— Personne ne pense ça, Auri, tente de me rassurer Scarlett en me prenant le bras. On sait que tu as vécu des choses pas faciles.

— Le *Hadfield* partait pour Octavia III, Scarlett. J'ai étudié pendant des années pour participer à cette mission. On n'oublie pas ce genre de chose. Je passais mon temps à mémoriser des cartes, à faire de l'escalade, des courses d'orientation. J'avais un seul but : rejoindre Octavia.

Elle me sourit gentiment en secouant la tête.

— Auri, on a consulté les archives. Octavia III est inhabitable.

— C'EST CE QUE JE LUI AI DIT ! fait une petite voix dans ma poche. MAIS ELLE NE VEUT PAS M'ÉCOUTER...

— Vous n'avez qu'à aller vérifier ! Je connais par cœur la composition de l'atmosphère, la disposition des continents. Je peux vous montrer où se trouve le camp Butler, où sont les avant-postes, je peux...

— Octavia III est une zone interdite depuis des siècles, objecte Zila.

— Et la dernière fois qu'on a changé de cap, tu as failli détruire notre vaisseau, ajoute Kal.

Son visage reste insondable. Mais la vidéo sur laquelle j'apparais va dans son sens. Difficile de prétendre le contraire.

— C'est comme si le destin cherchait à t'entraîner quelque part, fait remarquer Scarlett. Et nous aussi, d'ailleurs.

Sa douceur et sa gentillesse me font du bien. Mes lèvres esquissent un fragile sourire. Elle a voté pour me ramener à l'académie, mais depuis qu'on a changé de cap...

Elle prend soin de moi.

— Viens, reprend-elle. Ty te demande sur le pont.

Nous quittons la pièce pour emprunter un long couloir. Kal ouvre la marche, suivi de Scarlett et moi, puis de Zila, toujours la main sur son arme. Mes os craquent, mon pouls cogne. Et cerise sur le gâteau, j'ai une migraine de tous les diables.

Une fois sur le pont, nos regards se tournent vers l'immense écran qui surplombe la console centrale. Notre Arbalète est en approche de *Sempiternité*. Aux commandes, Cat et Tyler nous font serpenter à travers un véritable labyrinthe de vaisseaux, de quais, de passerelles et de navettes. C'est la chose la plus incroyable que j'aie vue de ma vie.

L'avenir est plus sinistre que je l'imaginais. Pour ne pas dire carrément glauque. On se croirait à l'intérieur d'une termitière, avec des extensions à l'infini, sans aucun ordre. Un mélange chaotique de lumières, de formes extravagantes. Ces milliers de vaisseaux accrochés les uns aux autres, on ne sait trop comment. Un amas de bric et de broc. Le Vaisseau Monde.

— Nom d'un zouave…

Comment se fait-il que je connaisse l'existence de cet endroit ? Et même son nom ?

Si seulement je le savais, je pourrais peut-être comprendre ce qui m'arrive. Pourquoi mon propre gouvernement cherche-t-il à me faire disparaître ? Je meurs d'envie de partir pour Octavia pour savoir s'il reste quelque chose de la colonie qui, j'en suis convaincue, y vivait. Pourtant, une force supérieure m'a conduite ici, sur *Sempiternité*.

Alors je vais suivre cette piste, en espérant trouver les réponses à mes questions.

Scar m'aide à m'installer à mon poste avant de prendre place autour de la console centrale. Je devrais contempler le spectacle hallucinant qu'offre la station, mais c'est vers les membres de cet escadron que mon regard se tourne. Six jeunes soldats, compagnons d'infortune. Des inconnus dont ma vie dépend aujourd'hui.

L'escadron 312.

Je me demande qui ils sont, ce qui les a conduits jusque-là.

Cat est concentrée à cent pour cent sur le pilotage, car des dizaines et des dizaines de vaisseaux vont et viennent autour de nous, certains appareillant, d'autant ralliant le Vaisseau Monde. Ça ne l'empêche pas de jeter un œil dans ma direction toutes les trente secondes environ.

Elle ne me fait pas confiance.

Et je ne peux pas lui en vouloir.

Étonnamment, Tyler est plutôt serein. Deux mèches de ses épais cheveux blonds encadrent ses yeux bleu azur, rivés sur les instruments de vol. Ce cap, c'est lui qui l'a choisi. Sa décision est prise, pour le meilleur et pour le pire. Mais sa sœur et lui ne sont pas près de me faire confiance, eux non plus. Ce qu'ils savent de moi, ce qu'ils pensent de moi, je l'ignore.

À côté de lui, se tient Finn, avec ses épis blancs sur la tête, son visage blême et ses lentilles opaques qui cachent l'intégralité de ses globes oculaires. Au point qu'on ne sait pas toujours de quel côté il regarde. Entre ça et son ironie mordante qui lui sert de blindage, il est difficile à cerner. Il est en train de bricoler l'avant-bras de sa combinaison à l'aide d'un tournevis magnétique. Zila est assise sur le siège voisin. À plusieurs reprises, je la surprends à me sonder avec ses yeux sombres, comme si j'étais une énigme qu'elle finira par percer.

Kal me surveille lui aussi à intervalles réguliers, mais je n'arrive pas à savoir ce qu'il a derrière la tête. Son physique est impressionnant – il mesure près de deux mètres, tout en muscles. Avec ses cheveux longs et son allure d'elfe, il me fait penser à un personnage du *Seigneur des Anneaux*. J'ai remarqué qu'il me prenait de haut. Il m'a même traitée de *handicap*. Comme quoi, on peut être un extraterrestre et un abruti, ça n'est pas incompatible.

Tout le monde se méfie plus ou moins de moi. Je leur fais peur. Moi aussi, je m'effraie, mais j'essaie d'être courageuse. Cette histoire me dépasse, comme eux, mais je veux comprendre. J'aimerais savoir où je vais, et pourquoi. D'où me viennent ces pouvoirs surnaturels. Or, je ne sais même pas ce que je fuis.

Qui sait, peut-être que les réponses m'attendent sur cette station ? Comme l'a dit Scarlett, on n'est peut-être pas là par hasard.

Une légère secousse fait trembler le vaisseau. Nous venons d'atteindre notre porte. Une série de bruits sourds et de bips retentit lorsque le système d'amarrage se verrouille. Les mains de Cat survolent les consoles de pilotage comme si elle interprétait une partition au piano. Après avoir coupé le moteur principal, elle embrasse le bout de ses doigts, puis elle touche son écran de contrôle et le petit dragon en peluche posé dessus. Le vacarme des propulseurs se tait peu à peu, suivi des bruits d'ordinateur. Un silence pesant s'installe parmi nous.

— Il nous faut trois choses, annonce finalement Tyler.

— Pour moi, ce sera des sous-vêtements propres, une masseuse professionnelle et un verre de sempter larassien, se réjouit aussitôt Finn.

— Un toit, des infos et de nouveaux habits, poursuit Tyler. Finn, tu as une bonne réponse sur trois. Cette station est peuplée de pirates interstellaires, alors on n'ira pas bien loin avec ces uniformes.

— Il nous faut *quatre* choses, corrige Cat.

— Oui, on doit aussi comprendre pourquoi on est ici, intervient Zila.

À ce moment-là, évidemment, ils se tournent vers moi. J'ai mal partout, je suis morte de fatigue, les images de mon cauchemar ne me quittent pas et *je n'ai toujours pas la réponse à leur fichue question*.

Scarlett me vient en aide :

— Je pars nous chercher des fringues. Il doit bien y avoir un supermarché par ici, et je suis la seule de cet escadron à avoir du style.

Tyler ouvre la bouche pour contester, mais sa sœur l'en dissuade sans même prononcer un mot.

— J'ai un cousin qui habite le coin, lance Finn. On pourrait se planquer chez lui.

— Sacrée coïncidence…, fait remarquer Zila.

— Pas vraiment. En fait, si vous voulez qu'on entre dans les détails techniques, c'est le deuxième cousin de ma troisième mère du côté de ma matriarche. Mais dans ce genre de cas, on dit qu'on est cousins, c'est plus simple.

— Deuxième cousin de sa troisième mère…, répète Kal, penaud, tandis que je surprends les autres à compter sur leurs doigts pour essayer d'y comprendre quelque chose.

— Ce n'est pas rien, les réunions de famille chez les Traskiens, assure Finn.

— Va trouver ton cousin, lui ordonne Tyler. Emmène Cat.

Cette dernière n'a pas l'air emballée.

— Je devrais plutôt…

— Personne ne sortira d'ici sans être accompagné. Scarlett, prends Zila avec toi. Kal, Auri et moi, on part en reconnaissance. Peut-être qu'Auri verra quelqu'un ou quelque chose qui nous mettra sur une piste. Pas question d'utiliser de cryptomonnaie, on se ferait localiser sur-le-champ. Donc, laissez vos crédits dans le vaisseau.

. . . . .

À la sortie du sas, il n'y a personne pour contrôler notre identité. Nous empruntons une vaste galerie transparente bordée d'écoutilles qui donnent sur des passerelles menant aux vaisseaux. L'ensemble fait penser à une gigantesque grappe de raisin. Au-delà, j'aperçois les étoiles. Leur lumière est amoindrie par celle de la station.

— C'est beau…

— Euh, je dirais terrifiant, corrige Finn juste derrière moi.

Essaie-t-il d'engager la conversation ? Puisque personne ne veut me parler en ce moment, je saute sur l'occasion.

— Tu n'aimes pas les étoiles ?

— Non, réplique-t-il froidement. (Pour une fois, il est sérieux.) En fait, la plupart de ces astres sont morts il y a des millions d'années. La lumière qu'ils ont émise avant de s'éteindre n'est pas encore parvenue jusqu'à nous. Tu contemples un ciel peuplé de spectres.

— Waouh, déprimant.

— Mon peuple vit sous terre, m'explique-t-il en haussant les épaules. Nous, les grands espaces, ce n'est pas notre truc.

— Et tu es devenu soldat galactique ! pouffe Scarlett.

— Ouaip. Je suis fascinant, hein ?

Elle lève les yeux au ciel.

Au bout du quai d'embarquement, nous passons un nouveau sas et débouchons sur une sorte de promenade bondée de monde. Le lieu est bruyant, plein de vie. On ne voit plus les étoiles dehors et Finn se détend un peu.

— Ça va être de la bombe, pilote ! lance-t-il à Cat en lui mettant une grande tape dans le dos.

— Ne prononce jamais le mot « bombe » en présence d'un commandant de bord, Finian. Et si tu me touches encore une fois, je te fais gober tes doigts, pigé ?

— Tu me plais, Zéro. Ne change jamais !

Cat fusille Tyler du regard avant de disparaître dans la foule au côté du Traskien. Au même moment, Scarlett et Zila prennent le chemin du supermarché, avec notre argent liquide en poche (dans le soutien-gorge, pour Scarlett). Je me retrouve seule avec Kal et Tyler.

Je suis impressionnée de voir autant de monde. Des humains pour la plupart – du moins, en apparence –, mais aussi un bon nombre de Traskiens. Ces derniers portent des vêtements sombres assortis à leurs lentilles de contact et qui contrastent avec leur peau laiteuse. Je me rends compte qu'aucun d'eux n'est équipé de la combinaison intégrale de Finn. Moi qui pensais que ses compatriotes en avaient besoin pour bouger, se déplacer... En réalité, il est le seul dans ce cas.

Au loin, je repère deux Syldrathis à leurs cheveux argentés, au milieu d'autres extraterrestres en tous genres. Certains ont la peau couleur bleu nuit, d'autres rouge et couverte d'écailles. Certains encore ont des yeux dissimulés sous des plis de peau ou protégés par de grosses lunettes jaunes.

Un couple attire mon regard : ils portent de longues chasubles de soie qui flottent derrière eux. Cinq ou six autres sortent aussi du lot en raison de leur physique : sans doute parce qu'ils ont grandi dans un environnement où la gravité est très forte, ils sont trapus, et hauts comme trois pommes.

Il doit y avoir une bonne dizaine d'espèces que je n'avais encore jamais vues. Aucune de ces… personnes ne m'accorde la moindre attention.

— Où va-t-on ? je demande.

— Là où les langues se délient, me répond Tyler avec un sourire fatigué. Autrement dit : au bar.

Plus nous avançons, plus la foule se fait dense. Kal marche devant. Le torse bombé, une main posée sur son arme, il en impose. Dès qu'ils remarquent le glyf aux trois lames tatouées sur son front, les gens s'écartent pour nous laisser passer.

Peu de temps après, nous repérons ce qui semble être la façade d'un bar, avec des néons et d'étranges lettres lumineuses. Pour entrer, il faut franchir une porte étroite, si basse que les deux légionnaires doivent se baisser. L'encadrement s'illumine à notre passage et nous pénétrons dans la pièce. Une étrange odeur plane dans l'air, un mélange de cannelle et de caoutchouc. Il me faut un instant pour que mes pupilles s'habituent à l'obscurité ambiante, puis je parcours la salle des yeux.

La vache, ce lieu est dingue.

À mi-chemin entre un café des sports et un saloon du Far West, le bar est organisé sur trois niveaux circulaires en rotation. Des corps de formes et de tailles différentes sont amassés sur des tabourets de bar ou entassés dans des box. Tous discutent paisiblement, tête baissée. Dans un coin de la pièce, cinq… créatures jouent une musique aux notes aussi inattendues qu'enivrantes. Elles ont la peau translucide et des tentacules à la place des doigts. Je serre les dents, de peur que ma mâchoire ne se décroche.

Sur les tables jaune fluo à l'extrémité de la pièce sont disposées des pierres de couleurs vives, rondes, carrées ou sans forme précise. Il doit s'agir d'un jeu, car les gens se bousculent pour prendre place autour. Parmi eux, j'observe une femme bleue au front haut et à la tête bombée. Sa robe semble être la continuation de sa peau. Sourire aux lèvres, elle fait glisser un rocher vert à l'aide d'un long bâton et, soudain, la foule pousse des cris de joie – ou de déception, c'est difficile à dire.

Un immense bar flotte comme un îlot au centre de la pièce, perdu dans une fumée rose. Autour, des matchs de sports futuristes sont retransmis sur une roue d'écrans qui tourne sur elle-même.

— Trouve-nous une table, Kal, lance Tyler. Je vais chercher à boire.

Ty a le don de se comporter comme si je n'étais pas là, ce qui m'agace un peu. Je sais que je suis nouvelle ici, mais je déteste être considérée comme la cinquième roue du carrosse. Du coup, plutôt que de les suivre, je décide de prendre les devants et je pars à la recherche d'un box libre. Kal me suit de près.

Je finis par dénicher une table avec une bonne vue sur l'ensemble du bar.

— Ici, ça ira ? je demande au Syldrathi en me glissant derrière une pile de verres vides.

Kal, visiblement satisfait de mon choix, s'assoit face à moi en silence. Il appuie sur un bouton et l'hologramme du match de foot spatial au milieu de la table disparaît. Je me serre dans l'angle, tandis qu'il reste au bord à scruter les lieux. Les clients portent des tenues très différentes, allant du vieux blouson crasseux à la somptueuse robe moirée. Il y en a pour tous les goûts.

J'ai l'impression d'être dans un rêve.

À moins que je sois devenue folle.

Je n'ai plus mal au crâne, c'est un bon début. Mais mes muscles endoloris me rappellent l'épisode de l'Arbalète. Les images de la vidéo où je projette Scarlett contre le mur tournent encore dans ma tête et je m'entends parler de cette voix qui n'était pas la mienne. Peut-être y a-t-il dans ce bar des indices qui m'aideront à comprendre pourquoi j'ai insisté pour venir jusqu'ici ?

— Il ne va pas tarder.

La voix de Kal me fait sursauter.

— Hein ?

— Ne t'inquiète pas, il ne va pas tarder, répète-t-il en me montrant Tyler de la tête.

Kal est sur le qui-vive. Il observe un groupe de Syldrathis accoudés au bar, vêtus de noir.

— Des amis à toi ?

— Non.

Sa réponse tombe lourdement.

— Qui sont-ils, alors ?

Kal m'ignore, sans quitter des yeux le groupe de Syldrathis, ce qui m'irrite au plus haut point. J'en ai assez de ce ton qu'il emploie pour me parler – quand il daigne s'adresser à moi. C'est exaspérant. Et le fait qu'il soit grand et plutôt attirant n'y change rien.

— Laisse-moi deviner, ce ne sont pas mes affaires ?

— Correct, confirme-t-il, toujours sans me regarder.

— En gros, « ne t'inquiète pas ma belle, je gère », c'est ça ?

— Voilà.

Je prends une grande inspiration, mais finalement l'exaspération l'emporte.

— Dis-moi, tous les Syldrathis sont aussi orgueilleux que toi ?

Cette fois, il se tourne vers moi.

— Je ne suis pas quelqu'un d'orgueilleux.

— Tu as un sacré melon, pourtant ! Qu'est-ce qui t'embête chez moi ? Je n'ai pas demandé à être ici. J'étais censée me réveiller sur Octavia III et retrouver mon père. Au lieu de ça, je suis sur une station spatiale pirate, avec un œil qui part en sucette, une coupe de cheveux ridicule et je passe la soirée avec un crétin condescendant.

Son front tatoué se plisse lentement.

— Qu'est-ce que c'est, un crétin ?

— Regarde-toi dans un miroir, Legolas.

— Je m'appelle Kal, répond-il, perplexe.

Nous nous dévisageons un instant, lui la tête penchée, moi les bras croisés.

— Tu es… en colère contre moi ?

Sa question me laisse pantoise.

— Pourquoi ? Depuis le début, je te protège.

— Non, tu me considères comme une enfant, je réplique. Je ne suis pas stupide. Depuis qu'on est là, tu n'as pas quitté des yeux ces Syldrathis et ta main n'a pas lâché ton pistolet. Donc, si tu tiens à ce point à me protéger, peut-être que tu devrais m'expliquer ce qui te tracasse au lieu de m'ignorer, tu ne crois pas ?

Il reste un long moment silencieux. À tel point que je me demande s'il va me répondre. Ce jeune homme est capable d'être adorable, puis glacial l'instant d'après. Décidément, je n'arrive pas à le cerner.

Mais il finit par briser le silence.

— Mon peuple est divisé en plusieurs clans. Les Tisserands. Les Zélés. Les Scrutateurs. Les Syldrathis que tu as rencontrés sur la station Sagan sont des Marcheurs de Galaxie. Ce sont les plus mystiques d'entre nous. Ils sont dévoués à l'étude de l'Ellipse. Le glyf que nous portons sur le front... (Il pointe du doigt son tatouage.)... est le sceau de notre clan.

Ma colère se dissipe un peu. Il se prend toujours pour je ne sais qui, mais au moins il me parle. C'est déjà ça.

— Ton glyf est différent de celui des Syldrathis de la station Sagan.

— Oui. (Le mot tombe comme un couperet.) Je suis un Belliqueux. Nous sommes des combattants.

Je l'observe. En effet, c'est évident : Kal dégage une violence innée. On le voit à sa façon de se déplacer, de s'exprimer. Il donne l'impression d'être froid et impassible, mais en lui, la rage bout. Il la contient, mais je l'ai sentie quand il s'apprêtait à combattre Aedra, sur la station Sagan. Et je la perçois à nouveau dans le regard qu'il porte sur ces Syldrathis.

— Et eux, à quel clan appartiennent-ils ?

— À aucun clan. Ce sont des Invaincus.

— Mais tu viens de dire que...

— Des années durant, mon peuple et le tien se sont livré une guerre sans merci. Je suis l'un des rares Syldrathis à avoir rejoint la Légion d'Aurora après le traité de paix. Aujourd'hui encore, on se méfie de moi. Voilà pourquoi je me suis retrouvé dans l'escadron de Tyler Jones. Pourtant, même si les hostilités ont pris fin, certains Belliqueux refusent de reconnaître le traité de paix. On les appelle les Invaincus. Et ils sont en guerre contre les Syldrathis qui ont pactisé avec la Terre.

— Ils m'ont l'air… sympathiques.

— C'est ironique, j'espère ?

— Heu…

Tyler se glisse à côté de moi juste à temps pour capter la fin de notre conversation. Les trois verres qu'il a entre les mains sont recouverts d'une fine couche de givre. Une première bande isolante permet de les tenir sans se coller les doigts, tandis qu'une seconde protège les lèvres.

— De quoi parlez-vous ? demande-t-il en nous tendant nos boissons.

— De crétins, répond Kal.

— De quel bord sont les humains dans la guerre entre Syldrathis ?

Tyler nous toise à tour de rôle. Je crois qu'il ne s'attendait pas à ce que je le questionne là-dessus.

— D'aucun bord, révèle-t-il finalement. À cause du Tueur d'étoiles.

Il marque une pause et Kal ferme les yeux.

— Le Tueur d'étoiles ? Qui est-ce ?

Dans ma poche, mon unicom émet un petit bip.

— Caersan, alias le Tueur d'étoiles, est un Archon Syldrathi Renégat. C'est le chef des invaincus. Sa faction a fait dissidence avec le gouvernement Syldrathi en 2370, au moment où les pourparlers de paix avec la Terre allaient aboutir.

Les invaincus ont profité d'un cessez-le-feu pour attaquer les forces terriennes. Ils ont bombardé les chantiers spatiaux de Sigma Orionis. (Nouveau bip.) Voulez-vous en savoir plus ?

— Silence, Magellan, je murmure.

Avoir une encyclopédie parlante en poche est une chose, mais pouvoir discuter en tête à tête avec des gens qui ont vécu à l'époque de ces événements en est une autre. Et mon petit doigt me souffle que Tyler et Kal ne m'ont pas tout dit.

Soudain songeur, Tyler touche l'anneau suspendu autour de son cou. Je me souviens qu'il a fait le même geste dans ma chambre d'hôpital.

— Mon père était sénateur. Mais avant ça, il était dans l'armée terrienne, lui aussi. Quand les Invaincus ont attaqué Sigma Orionis, la Terre a fait appel à ses pilotes réservistes...

Une tristesse infinie se lit dans son regard. C'est alors que je comprends...

Son père est mort là-bas.

— Souviens-toi d'Orion, souffle Kal.

À ces mots, Tyler dresse la tête, mais Kal n'a pas quitté le groupe de Syldrathis des yeux. Quand il reprend la parole, sa voix est si faible que je l'entends à peine.

— Après l'attaque d'Orion, les combats ont repris pendant huit ans. Heureusement, nos deux peuples ont fini par enterrer la hache de guerre. Mais depuis, les Invaincus sont en rébellion. Il y a un an... ils ont attaqué Evaa, l'astre autour duquel Syldra, notre planète, tournait en orbite.

— Personne ne sait comment ils s'y sont pris, ajoute Tyler, mais ils ont fait imploser le soleil des Syldrathis.

L'étoile s'est transformée en un trou noir qui a phagocyté leur système entier.

— Dix milliards de Syldrathis sont morts, m'explique Kal d'une voix amère. Dix milliards d'âmes ont rejoint le grand vide.

Le nombre me paraît inconcevable. Impossible à appréhender.

— Le Tueur d'étoiles…, je murmure.

Tyler acquiesce.

— Avec une telle arme en sa possession, il terrorise la galaxie. Il a fait comprendre qu'il laisserait les Terriens tranquilles tant que ces derniers resteraient neutres dans la guerre civile qui oppose les Syldrathis.

S'ensuit un long silence. L'atmosphère de la pièce paraît plus lourde, l'obscurité plus épaisse. C'est Kal qui finit par changer de sujet, en dissimulant une fois de plus ses émotions.

— Vous avez entendu quelque chose au bar, chef ? demande-t-il à Tyler.

Ce dernier soupire en secouant la tête.

— La barmaid a reconnu mon uniforme, mais elle n'a rien dit à personne. Je crois que les gens d'ici ne sont pas au courant, pour les soldats de la FDT qu'on a tués. Pas encore, du moins.

Je trempe les lèvres dans mon verre, en réfléchissant à ce que je viens d'apprendre. La boisson est pétillante et sucrée. Fraîche et énergisante. Une onde étrange parcourt ma langue lorsqu'elle s'écoule au fond de ma gorge. À quoi pensent Kal et Ty à cet instant précis ? Au fait qu'ils ont chacun trahi leur peuple ? Que nous sommes les uniques témoins du massacre de la station Sagan par les forces terriennes ? Que nous errons ici sans le moindre plan ?

Ou encore que c'est moi qui suis à l'origine de tout ça ?

— Ne bougez pas, ces Invaincus viennent vers nous, nous alerte Kal d'une voix aussi froide que le verre qu'il a dans la main.

Discrètement, je jette un œil dans leur direction. Les six Syldrathis fendent la foule comme des lames. Ils ressemblent à Kal, avec leurs longues tresses grises et leurs yeux mauves. Ils portent d'élégants gilets de protection noirs éraflés par les coups, barbouillés d'inscriptions à la peinture blanche dans une langue inconnue. Ils sont élancés, gracieux et puissants. Je reconnais sur leur front le petit glyf que porte Kal.

Les trois lames.

Plus ils s'approchent et plus je remarque de différences entre eux. L'un a des os tressés dans les cheveux. Une autre porte une sorte de ceinture morbide en travers de la poitrine, composée d'oreilles pointues sanglées entre elles. Une vilaine cicatrice déchire le visage du plus grand. Tous donnent l'impression d'être froids, menaçants, dédaigneux. On sent qu'il ne faudrait pas grand-chose pour qu'ils basculent dans une violence sauvage. Même si Kal ne m'avait pas avertie, j'aurais deviné que ces Syldrathis étaient des fauteurs de troubles.

C'est une femme qui marche à l'avant du groupe. Sa tresse est si serrée qu'elle doit avoir mal à la tête, ce qui explique peut-être son hostilité.

— Humain, dit-elle en s'adressant à Ty. Je vois que tu as un toutou avec toi.

— J'ai un coéquipier d'escadron, corrige Ty. Et comme moi, il se rafraîchit en buvant tranquillement un verre. On ne veut pas de problèmes.

Les Syldrathis se crispent.

— Il a délaissé la cause de son peuple, reprend leur chef. Il cherche la compagnie des Terriens alors que les Belliqueux ont des tâches à accomplir. Tant que les Syldrathis ne seront pas unis derrière l'Archon Caersan, il n'y aura aucun repos, qu'on le veuille ou non. C'est un traître. *Cho'taa*.

Derrière elle, les autres acquiescent en grognant. La haine luit dans leurs pupilles. Alors, la femme se penche en avant et crache sur la table, devant Kal et Tyler.

— Tu devrais te méfier de lui, il pourrait te trahir aussi, humain.

— Crois-moi, ce n'est pas une bonne idée, Templier, lance Kal d'une voix calme.

— Te croire ? répète-t-elle en ricanant. Toi qui n'as pas d'honneur ? Toi qui portes l'uniforme de l'ennemi ?

— On a bientôt terminé nos verres, l'interrompt Tyler sur un ton toujours aussi cordial. Ensuite, on reprendra notre chemin et vous le vôtre.

— Vraiment ? fait la Syldrathie avec un air étonné. Je ne vois pas de chemin entre vous et la porte.

— Peut-être parce que tu es aveugle et stupide, lâche Kal en lui jetant un bref coup d'œil.

— Du calme, légionnaire Gilwraeth, ordonne Tyler.

Kal se fige et la femme le toise froidement. L'atmosphère devient étouffante.

— *I'na Sai'nuit*, souffle-t-elle.

— Reste derrière moi, *be'shmai*, me prévient Kal.

La femme m'observe, méfiante.

– Tu appelles une humaine *be*…

Soudain, la paume ouverte de Kal s'enfonce dans son ventre, son coude percute sa mâchoire et elle tombe en arrière en crachant un mélange de salive et de sang. Kal se jette sur deux autres Syldrathis, et un instant plus tard ils sont par terre, la mâchoire tordue et le nez cassé. Jusqu'à présent, il a profité de l'effet de surprise, mais maintenant ces derniers se relèvent, hargneux. Pris au dépourvu, Tyler vient se placer à côté de Kal, prêt à combattre.

Le problème, c'est qu'ils sont six et que nous sommes deux.

Enfin, trois, en me comptant.

Kal envoie son verre sur la tête d'un des Syldrathis, qui s'effondre dans une mare de sang violet. La suite du combat est un corps-à-corps brutal et sauvage. Finalement, nos adversaires reculent, mais les légionnaires demeurent côte à côte dans le box, pour limiter les angles d'attaque.

Ils se battent dans des styles très différents. Kal fait preuve d'une certaine grâce. Sa grande taille ne l'empêche pas d'avoir des mouvements fluides. On dirait presque qu'il danse quand il esquive un coup avant d'administrer un direct fracassant.

Ty se bat davantage comme un athlète. Tout en muscles et en technique. Il enchaîne crochets et coups de pied, sans hésiter à frapper sous la ceinture dès qu'il en a l'occasion. Les Syldrathis sont plus grands, plus rapides et plus forts que lui, mais il compense par son courage.

Dès qu'un Invaincu tombe à terre, un autre se relève pour le remplacer.

Ty boxe en sautillant. Kal, lui, se baisse, se déhanche, puis glisse un mot à l'oreille de son adversaire avant de lui fracasser les dents. Des badauds se sont attroupés autour de nous et je me surprends à essayer de me contrôler. J'ai peur de déraper. De plonger une nouvelle fois dans un état second pour les défendre sous les yeux des clients du bar.

En même temps, j'en ai assez de rester assise à ne rien faire...

L'un des Invaincus bouscule un joueur de la table aux pierres, lui chipe son bâton et le brandit comme une lance. Instinctivement, je lui jette mon verre glacé au visage. Le Syldrathi s'écroule en poussant un juron.

Kal m'adresse un petit rictus satisfait.

Et, bon sang de bonzaï, je me surprends à lui sourire en retour.

C'est alors que la foule s'écarte pour laisser passer la patronne du bar, une humaine d'un mètre quatre-vingts très énervée. Elle a un anneau sous le nez, le bras couvert de tatouages et elle n'est vraiment pas contente. Elle commence par frapper l'un des Invaincus dans le dos avec une grosse bonbonne équipée d'une lance à eau, avant de déverser un torrent de matière blanche gluante sur nous tous. Je comprends qu'il s'agit d'un extincteur.

— La sécurité arrive ! hurle-t-elle. Dégagez d'ici avant que je vous passe par-dessus bord !

Bravo, patronne. Belle prestation.

Nous sommes frigorifiés. Ty et Kal titubent. Les Syldrathis sont éparpillés par terre autour de nous dans une immense flaque de mousse. C'est le moment idéal pour filer. Je suis en train de repérer la sortie quand j'aperçois Zila et Scarlett à l'entrée du bar.

Elles ont des sacs de courses plein les bras. En bonne Négociatrice, Scarlett s'avance pour prendre la parole, mais lorsqu'elle ouvre la bouche une alarme tonitruante retentit.

La pièce se fige. Les haut-parleurs crachent. La même annonce se répète en dix langues différentes. Les hologrammes au-dessus du bar s'éteignent, et quand ils se rallument, ils font apparaître… mon visage en 3D.

L'image, d'excellente qualité, doit provenir des caméras vidéo à bord de l'escorteur de la FDT. Je suis en uniforme. On reconnaît facilement mes cheveux noirs, longs devant, courts derrière, ainsi que la mèche blanche qui tombe sur mon front. Mes yeux vairons sont grands ouverts.

En dessous de chaque hologramme, un texte clignote en grosses lettres.

FUGITIVE RECHERCHÉE.
RÉCOMPENSE OFFERTE.
CONTACTEZ LA FDT
POUR PLUS D'INFORMATIONS.

Le temps se suspend. Mon cœur s'emballe. Je me retiens le plus longtemps possible, puis je finis par baisser les yeux.

Dans le bar, tous les regards sont rivés sur moi.

Nom d'un flan galactique.

La société traskienne

▶ **Structure clanique**

▼ **Obligations**

La société traskienne est tellement tordue que même les Traskiens ont du mal à comprendre comment elle s'organise. Le plus important à savoir, c'est que leur structure clanique est plus complexe que la **cérémonie de mariage d'un couple firalor**, puisqu'ils prêtent allégeance à deux branches distinctes déterminées par leur nom.

Par exemple, Sara de Mosto de Tren est d'abord membre du clan « de Mosto » – qui comprend ses frères et sœurs, pas plus d'une dizaine de pères et mères (voir **la structure familiale traskienne**) et de un à deux cents parents plus éloignés.

Mais elle est aussi membre du clan « de Tren », qui regroupe plusieurs milliers de personnes. La société traskienne prête énormément d'importance aux obligations familiales, qu'on nomme **faveurs**. À tout moment, un membre peut ainsi être appelé à accorder une faveur au nom de l'ensemble de son clan.

Comment les Traskiens font-ils pour s'y retrouver ? c'est un mystère.

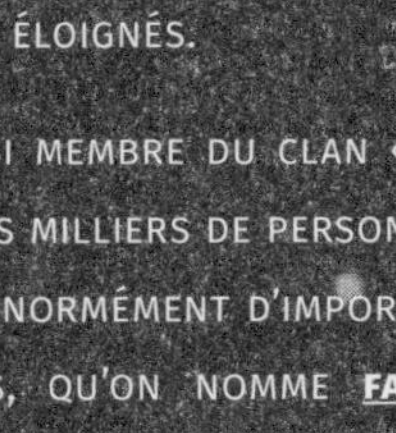

15

FINIAN

La rencontre avec mon presque-cousin Dariel ne se déroule pas tout à fait comme je l'avais espéré, puisqu'il refuse de nous ouvrir sa porte. L'idée était de se planquer chez lui le temps de retomber sur nos pattes. Je passe donc une vingtaine de minutes sur le seuil à essayer de le convaincre de nous laisser entrer. Cat, derrière moi, ressemble à un garde du corps qui se serait levé du mauvais pied. De chaque côté de la porte entrouverte, Dariel et moi discutons famille : on tente de comprendre où est notre place sur l'immense arbre généalogique. De là découleront nos obligations respectives et le prix de son aide. Car rien n'est gratuit sur une station comme *Sempiternité*.

C'est la première fois que je rencontre Dariel, mais je reconnais chez lui le nez des de Seel. Il a teint ses cheveux mi-longs en noir, de la couleur de ses lentilles de contact. Du coup, sa peau blanche paraît carrément blafarde. Il me fait penser à un cadavre d'humain.

Et même, pour être plus précis, au cadavre d'un type qui se prendrait pour un dur à cuire, avec son pantalon sombre et sa chemise noire trop ouverte.

Ça me gêne un peu que Cat assiste à ce spectacle.

— Donc, le frère de ma troisième mère est Ferilien de Vinner de Seel.

— Mais tu es un de Karran de Seel, objecte-t-il pour la troisième fois.

Et en plus, il ne comprend rien à rien. Argh.

— Ma troisième mère est devenue une de Karran, mais au départ c'était une de Vinner, et les de Vinner sont tes...

— Oh, nom d'une nébuleuse galactique ! s'exclame Cat derrière moi.

Elle fixe quelque chose au bout du couloir miteux de l'immeuble de Dariel. Je suis son regard et... sur un écran 3D, le visage de notre passagère clandestine apparaît en gros plan. En dessous, deux mots : FUGITIVE RECHERCHÉE. Cette journée ne va pas en s'arrangeant.

Voilà qui n'est pas bon pour mes affaires.

Dariel se penche dans le couloir (en prenant soin de ne pas lâcher la porte) pour jeter un œil à l'écran.

— C'est une amie à vous ?

Ce que je m'apprête à lui proposer me chagrine beaucoup, même si je m'efforce de le cacher.

— Si tu nous laisses entrer, je te devrai une faveur.

Alors, avec un grand sourire, il me tend la main pour conclure l'affaire. Je la serre à contrecœur. C'est une sacrée dette que je viens de me coller sur le dos et on n'a même pas abordé les détails... Bon, au moins, il sait qu'on est en galère. Sans un mot de plus, il s'écarte.

— Bienvenue, cher cousin, bienvenue.

Cat, déjà plongée dans son unicom, passe devant moi.

— Ty, je t'envoie notre emplacement, dit-elle.

Sa voix résonne dans mon oreillette.

— Reçu.

— Tout va bien ? Tu as l'air essoufflé.

— On est en train de courir.

— Pourquoi ça ?

— Une bagarre dans le bar.

— Vous vous êtes battus sans moi ?

Qu'est-ce que c'est que cette histoire ?

— Besoin d'aide, Goldenboy ? je lance.

— Négatif. Restez où vous êtes.

Je hausse les épaules avant de suivre Cat à l'intérieur. Mais sitôt le seuil franchi, je n'en crois pas mes yeux. C'est comme si je venais de me téléporter sur Trask. Du plafond dégringolent des plantes grimpantes et leurs feuilles luisantes éclairent la pièce d'une lumière douce. De l'eau coule le long des murs en pierres blanches et une forêt de stalactites se déploie au-dessus de nos têtes.

La dernière fois que j'ai vu une chose pareille, je devais avoir six ans. Je ne m'étais pas préparé à un tel… je n'arrive même pas à décrire le sentiment qui me submerge.

— La plupart sont en sel.

La voix de Dariel derrière moi me fait sursauter. Quand je me retourne, il pointe du doigt les stalactites au-dessus de nous.

— Et quelques-unes en pierre. Je connais un type sur Trask qui en fabrique.

— C'est… plus vrai que nature.

Cat observe le minuscule salon comme si les parois étaient radioactives, et je la comprends. Il y a des piles de caisses jusqu'au plafond, des accessoires informatiques un peu partout, des notes sur des bouts de papier, des photos et des écrans plein les murs. Et on ne peut pas dire que l'endroit soit un modèle de propreté. À croire que mon cousin gère un empire commercial depuis cette pièce. Mais pour ça, il lui faudrait un peu plus de jugeote.

Environ quarante minutes s'écoulent avant que le reste de notre escadron nous rejoigne. En les attendant, Cat fait les cent pas au milieu des cartons, des boîtes et des monceaux de déchets. Pendant ce temps, Dariel et moi poursuivons l'état des lieux de notre famille. Mettez deux Traskiens ensemble et vous pouvez être sûr qu'ils prendront des nouvelles de leurs parents éloignés.

Visiblement, nos coéquipiers ont trouvé un endroit où se changer et le résultat est impressionnant. Les jumeaux Jones sont canons. Lui porte une chemise cintrée qui fait ressortir ses muscles, elle une combinaison tout aussi moulante fabriquée dans… une matière… heu…

Désolé, concentration difficile, trop de *sex appeal*.

Pixieboy porte un manteau à capuche qui cache son front et par la même occasion le sceau des Belliqueux – bien joué, Scarlett. Zila est en combi bleu clair, ses cheveux bouclés attachés.

Kal et Tyler transportent une lourde caisse en platène. Ils sont hors d'haleine et on voit bien qu'ils se sont battus : Goldenboy a la lèvre fendue, Kal boite et l'un comme l'autre ont les cheveux trempés.

— Ça va, tout le monde ? demande Cat.

— Cinq sur cinq, répond Tyler en refermant la porte derrière lui.

Il scrute en vitesse le salon faiblement éclairé, sans doute surpris par la cloison de pierres, les plantes luisantes, l'eau qui coule aux murs. Sacré voyage que de passer du couloir aux parois métalliques à ce petit coin de Trask.

— Je ne pensais jamais dire ça un jour, confie Scar en écartant une mèche mouillée de son front, mais je ne regrette pas les tours de stade en cours d'EPS.

— Je ne comprendrai jamais comment tu fais pour courir en talons, ajoute Tyler.

— C'est un cadeau, bébé frangin, réplique-t-elle en nous montrant ses nouvelles chaussures. Elles sont *magnifiques*, non ?

— Qu'est-ce que vous avez fait de l'aimant à embrouilles ? s'enquiert Cat.

Du bout des doigts, Tyler tapote la boîte. Kal s'agenouille pour l'ouvrir et Aurora en surgit, les cheveux en vrac. Ses mèches blanches et noires sont emmêlées et le rose de ses joues dissimule ses taches de rousseur. Ses habits sont plus sommaires : une longue robe sombre à capuche et une paire de collants.

— Vous pourrez choisir une cachette un peu plus confortable, la prochaine fois ? Je ne sais pas, un chariot de room-service, par exemple…

Appuyé contre un pan sec du mur, les bras croisés, chemise à moitié ouverte, Dariel observe la scène avec un intérêt non dissimulé. Je soupire intérieurement avant de faire les présentations d'usage.

— Bien, voici mon cousin Dariel. Dariel, voici tout le monde.

Tyler dévisage notre hôte et le salue d'un petit hochement de tête poli.

— Merci pour ton aide, nous te sommes grandement redevables, déclare-t-il.

— Je compte là-dessus, répond Dariel avec un petit rictus – ce qui confirme ce que je craignais au sujet de ma dette.

— Les amis de Finian sont nos amis, déclare Scarlett en adressant à mon cousin un sourire aguicheur dont elle a le secret.

À l'évidence, notre Négociatrice ne lui est pas indifférente, car sans un mot de plus, il sort une boîte verte d'un placard. J'en ai l'eau à la bouche rien que de la voir. Il soulève le couvercle et Scarlett pousse un petit cri de surprise.

— Oh, ce sont des gâteaux luka ?

— Absolument, acquiesce-t-il en lui tendant la boîte.

Elle en prend un et son sourire irrésistible s'élargit encore.

— Si mes souvenirs sont bons, ce label indique qu'ils viennent de Trask ? Au fait, j'adore ce que tu as fait de cet endroit. Les vignes lumineuses donnent vraiment du cachet à la pièce.

Que les choses soient claires : les jumeaux Jones me font tous les deux de l'effet, mais Scarlett est particulièrement charmante. Son rouge à lèvres vermeil souligne à merveille sa flamboyante coupe au carré et ses grands yeux bleus. Dariel cherche à l'impressionner en lui offrant des spécialités de notre planète qui sont rares dans ce coin de l'espace.

Je me sers moi aussi – on ne sait jamais, Dariel pourrait oublier de m'en proposer – et la pâtisserie friable se dissout sur ma langue. C'est délicieux. Les noix de luka apportent un délicat mélange aigre-doux qui prend d'assaut mes papilles. C'est le goût de chez moi. Mais je l'avale vite, au risque d'attraper le mal du pays.

Scarlett apprécie longuement la sienne.

— J'aime les hommes qui savent ce qu'ils veulent. Tu dois connaître cet endroit comme ta poche.

Comme on pouvait s'y attendre, Daniel se la raconte :

— J'en ai fait le tour.

— Je m'en doutais. Tu as peut-être des choses à m'apprendre ?

Il s'approche d'elle.

— Beaucoup de choses, jolie Terrienne.

Nouveau sourire de Scarlett.

— Sur cette station, je veux dire. Dans un premier temps, en tout cas. Toi qui es du coin, tu dois connaître les bons plans.

— Qu'est-ce que tu veux savoir ?

Ses yeux scintillent.

— Tout ce que tu voudras nous dévoiler.

Dariel jette un œil dans ma direction avant de s'approcher encore de mademoiselle Jones. Il croit prendre une voix à la fois suave et autoritaire pour lui répondre.

— Eh bien, pour commencer, il ne faut pas voir cet endroit comme une seule mégalopole, mais plutôt comme une centaine de villes différentes, qui se sont agglomérées. Il doit y avoir un million d'âmes à bord. On a des conseils de quartier, des zones sans loi, des seigneurs de guerre, des nobles, et les rumeurs prétendent qu'il y a même un monde souterrain. Vous trouverez tout ce que vous voulez au prix juste. Art moderne, armes, plaisirs divers et variés…

Peut-être que tu cherches un endroit où danser dans cette tenue moulante ?

Il devient lourd, et pour que moi, je le remarque, c'est qu'il dépasse les bornes. Mais Scarlett se contente de hausser vaguement les épaules.

— Le voyage a été long, mon mignon. (Elle s'étire en bâillant.) En fait, je cherche plutôt un endroit où dormir.

— … Toi et moi ? Ou…

— Moi et eux, précise Scarlett en nous désignant.

— Hein ? Vous n'êtes pas tous…

Mon cousin prend un instant de réflexion, mais l'effort demandé est trop grand. Il finit par lâcher l'affaire et nous conduire dans une pièce au fond de l'appartement. Pas de décorations, cette fois-ci – les murs et le plafond sont sobres. Une plante phosphorescente trône dans un coin, toutefois la lueur des feuilles est très faible. L'endroit est minuscule, mais doté d'un lit à trois étages. Des boîtes de peinture blanche luminescente et des flacons d'huile de sarbo lyophilisée encombrent les matelas. Je ne pose pas de question. J'imagine qu'il a fait une bonne affaire.

— C'est parfait, approuve Scarlett. Merci beaucoup.

— Pas de quoi, répond Dariel en souriant. Si jamais tu as besoin de compa…

Il n'a pas le temps de finir sa phrase que Scarlett lui a déjà fermé la porte au nez. Ouf, enfin un peu d'intimité. Cette fille est douée : elle vient d'envoyer paître mon lourdaud de cousin sans l'offenser le moins du monde. Après ça, nous essayons de faire un peu de place sur les lits. Kal ramasse ce qui traîne et fait des piles. Scarlett, elle, reste à l'écart près de moi.

— Tu as besoin d'aide ? me demande-t-elle en me montrant ma veste.

Elle parle à voix basse pour ne pas être entendue des autres. Je pensais que mes mouvements étaient assez fluides depuis notre arrivée sur la station, mais en réalité mes muscles me font souffrir – le flot continuel d'adrénaline ne doit pas leur faire du bien. D'habitude, je m'agace quand on me fait ce genre de proposition, mais pas avec Scarlett. Chez elle, il n'y a pas de fausse compassion. Elle me propose simplement de l'aide.

Je donnerais n'importe quoi pour quelques heures dans un environnement à faible gravité, où je pourrais ôter ma combi et me reposer. Mais ça impliquerait que je quitte l'escadron. Et ça me coûterait encore une faveur auprès de Dariel.

À l'académie, j'avais une chambre individuelle. La nuit, je réduisais la gravité et je pouvais enlever ma combi. On m'avait promis la même chose à bord de l'Arbalète, mais ça ne s'est pas fait. Je vais le payer cher plus tard. Mais ce n'est pas le moment d'y penser. Pour l'instant, je n'ai besoin de personne pour enlever ma combi.

— Ça va, merci, je réponds. Je peux la garder plusieurs jours si besoin.

Scarlett paraît rassurée.

— Tu crois qu'on peut faire confiance à ton cousin ? veut-elle savoir.

Je hoche la tête.

— « La famille isole la tanière ». C'est ce qu'on dit chez moi.

— Celle-là, je ne l'avais jamais entendue.

— Ça signifie qu'on peut lui faire confiance.

Scarlett me fixe un moment, comme si elle attendait la suite. C'est le problème avec les Négociateurs : ils cherchent toujours à se renseigner sur les usages de votre peuple, même quand il est l'heure de dormir.

Je décide quand même de lui fournir quelques détails.

— Tu sais que, sur Trask, on vit sous terre à cause du vent, n'est-ce pas ? Il souffle des morceaux de pierre microscopiques qui te bousillent les poumons.

— C'est pour ça qu'il faut isoler les tanières ? Pour que le vent ne s'engouffre pas à l'intérieur ?

— Exactement. Si je construis une nouvelle maison, ma famille va venir isoler les portes avec de la boue de peta. En plus d'être une vraie cérémonie, c'est aussi une preuve de confiance. Tout le monde met la main à la pâte.

— Je comprends. En fait, tu montres aux membres de ta famille que tu leur fais confiance en les laissant isoler ta maison. Et s'ils se ratent…

— Tu es mort. Donc mieux vaut s'assurer que les joints d'isolation sont solides. Dariel ne nous trahira pas, parce qu'on est de la même famille. Et aussi parce qu'on a des grands-mères pas commodes.

Scarlett laisse planer un long silence.

— Ça doit être difficile d'être loin de chez toi, commente-t-elle enfin.

— Pas vraiment. On m'a mis dehors il y a longtemps.

Elle me dévisage d'un air étonné, mais n'insiste pas.

— Repose-toi, propose-t-elle. Je vais monter la garde un moment.

Les autres membres de l'escadron sont occupés à choisir leur lit. Tout le monde est épuisé, après le combat sur Sagan, puis l'épisode du *Bellerophon* et le voyage à travers l'Ellipse pour venir jusqu'ici. Le grand Kal a pris le lit du haut, Auri et Zila sont en boule sur celui du milieu. Ty est par terre, contre le mur. On dirait que notre vaillant chef d'escadron compte dormir dans cette position. À mon avis, il risque de le regretter. À l'autre bout de la pièce, Cat paraît frustrée, comme si elle s'en voulait encore d'avoir raté cette bagarre.

Scarlett comprend que je vais devoir prendre le lit du bas, alors sans un mot je lui tends l'oreiller et la couverture, et elle s'installe par terre près de son frère. Je m'allonge sur le matelas. Au-dessus de moi, les pieds d'Aurora pendent dans le vide. En voyant le reflet au plafond, je devine qu'elle est en train de faire des recherches sur son unicom.

Elle est si menue. Pas plus grande que Zila. Rien ne laisse penser qu'elle est un tel nid à problèmes. Enfin, sauf quand son œil se met à luire…

Je sais que c'est sa faute si on est dans la panade. Je pourrais la livrer à l'AMR, ça m'éviterait peut-être la prison. Mais j'ai toujours été comme elle. Un fardeau. Une aberration. Et il y a une chose dont je suis sûr : nous autres, les marginaux, on se doit d'être solidaires.

Allongé dans l'obscurité, je regarde Scarlett qui s'occupe de nous. Elle se lève pour remonter la couverture sous le menton de Cat, puis elle borde son frère. Cette fille dégage quelque chose de particulier. De la sensualité, bien sûr, mais aussi une sorte d'instinct maternel. Goldenboy veille sur nous parce qu'on est son escadron, sous sa responsabilité.

Scarlett, elle, prend soin de nous *parce qu'elle tient à nous*.

Elle me surprend en train de l'observer.

— Fais dodo, Finian, me chuchote-t-elle.

Alors je ferme les paupières et je me laisse bercer par les lentes respirations de mes coéquipiers.

Je rêve de chez moi, de Trask, la planète au soleil rouge et aux villes tentaculaires qui se déploient sous terre comme des fourmilières. Il neige et des flocons microscopiques tombent du ciel. Ils recouvrent l'hostile étendue de roche blanche à perte de vue.

Mais, c'est bizarre.

La neige n'est pas censée être bleue…

. . . . .

C'est une dispute à voix basse entre Tyler et Cat qui me réveille.

— Je m'en fiche, Tyler, chuchote-t-elle. C'est trop flippant. Et on est dedans jusqu'au cou. Cette fille est une fugitive. On doit la balancer.

— On ne sait même pas ce que c'est que ce truc.

La voix de Zila, étouffée elle aussi, se joint à la discussion :

— C'est une image répétée à l'infini.

Je roule sur le dos. Immédiatement, mes servomoteurs principaux et mes extenseurs de muscles s'activent. Il me faut un moment pour parvenir à bouger les doigts. Quand j'ouvre enfin les yeux, je reconnais notre petite chambre miteuse et…

Par le Créateur…

À la lumière de l'unicom de Cat, j'aperçois un dessin au mur. Le même motif, répété encore et encore. Peint en blanc luminescent. Un pan entier de mur en est recouvert, mais aussi chaque hublot, chaque caisse. La peinture bave jusqu'au sol, où une énorme réplique prend toute la place.

C'est une personne. Un humanoïde. Mais il n'a que trois doigts, plus longs à droite qu'à gauche. Ses yeux sont vairons – le gauche est vide, le droit est blanc. Au niveau de son cœur est dessinée une forme.

Un diamant.

À son tour, Kal ouvre les paupières, suivi de Scarlett quand son frère la réveille d'un coup de coude. Elle grogne en se redressant, puis se fige quand elle découvre les centaines de silhouettes lumineuses qui ont envahi la pièce.

— Zéro a raison, Goldenboy, c'est flippant, dis-je calmement.

Ma voix tire notre passagère clandestine de son sommeil – je l'entends bouger dans le lit où elle dormait avec Zila. Elle se lève, fait pendre ses jambes au bord du matelas, bâille, puis bougonne, gênée par la lumière de Cat. Il lui faut un moment pour s'apercevoir que tout le monde la fixe.

— Quoi ? demande-t-elle. J'ai ronflé ?

Il y a de la peinture blanche sur ses mains et en travers de sa joue.

Elle considère les pictogrammes au mur. Regarde ses doigts. Et quand elle comprend enfin, j'ai de la peine pour elle. Du moins, je suppose que c'est comme ça qu'on appelle cette contraction que je ressens dans ma poitrine.

Ça ne m'arrive pas très souvent.

— Je n'ai pas…

Sa phrase reste en suspens.

Kal descend en silence de son lit pour observer les motifs de plus près. Il se tourne ensuite vers Aurora, sourcils froncés.

— Pourquoi tu as peur ? interroge-t-il d'une voix douce. C'est un signe. On est au bon endroit. Et maintenant, on sait ce qu'on doit chercher.

Voilà une remarque pour le moins optimiste et pragmatique, mais qui ne suffit pas à calmer Auri. Les mâchoires serrées, les yeux écarquillés, elle se retient de hurler. De fondre en larmes.

C'est à cet instant précis que Dariel ouvre la porte. Sans frapper.

Il fait halte sur le seuil, cligne des paupières.

— Je vois que vous avez refait la déco, commente-t-il finalement. Je mets les frais de la peinture sur votre note.

Personne ne réagit. Que voulez-vous répondre à ça ? Mais mon cousin n'a pas compris qu'il débarquait en plein milieu d'une situation embarrassante. Voyant l'immense dessin par terre, aux pieds de Scarlett, il plisse le front.

— Vous êtes des artistes ou quoi ? Qu'est-ce qui vous a pris de peindre cette vieillerie sur mon plancher ?

Tyler se dresse d'un bond.

— Tu sais ce que c'est ?

— Allez, balance, c'est quoi ce truc ? insiste Cat.

Scarlett se lève à son tour. Envolées, sa mauvaise humeur, la nuit passée par terre. Elle lance à Cat un grand sourire – celui qui signifie « ferme-la » –, puis fond sur mon cousin.

— Décidément, cet endroit n'a aucun secret pour toi. (Elle s'approche de lui avec un air aguicheur.) Figure-toi qu'on est à la recherche de cette… vieillerie. Tu peux nous aider ?

D'aucuns disent que les Traskiens sont tous des commerçants. Ce qui n'aurait aucun sens. Qui fabriquerait les produits de la vie courante ? Qui déboucherait les éviers ? Qui inventerait les gadgets dernier cri ? Les Traskiens comptent autant de corps de métier que n'importe quelle autre espèce.

En revanche, nous aimons faire affaire. Là-dessus, il n'y a pas de doute. D'où notre réputation. On est fortiches en négoce, et le clan de Seel en particulier.

— Je ne sais pas, peut-être, oui…, répond prudemment Dariel.

Il fait la tête du type qui vient de prendre conscience qu'il détenait une info importante.

— En échange d'une faveur, c'est ça ? je lui demande.

Il me sourit.

— Tu piges vite, cousin.

Je regarde Aurora, puis Tyler. J'espère que ce dernier sait ce qu'il fabrique et qu'il comprend ce que ça me coûte. Mais ce n'est pas comme si on avait le choix.

Nous suivons Dariel dans le salon. Il s'assoit devant sa console et nous nous rassemblons autour de lui. Scarlett, une main sur son épaule, l'observe tandis qu'il se connecte au réseau de *Sempiternité*.

— C'était lors d'une exposition, explique-t-il en faisant défiler les hologrammes du bout des doigts. Il y a environ un an. Je me suis fait un peu d'argent facile en collant les affiches. Casseldon Bianchi est un collectionneur d'art. Il habite le Vaisseau Monde et il avait cette pièce dans son musée… Voilà sa collection.

La console de Dariel projette une publicité en 3D, puis les images défilent à nouveau : des vases, des tableaux, des colliers, des bols, des sculptures et autres antiquités.

Tout à coup, Auri pose son doigt sur un bol en céramique.

— C'est chinois, ça. Comment c'est arrivé jusqu'ici ?

Dariel lève la main pour interrompre le diaporama.

— Tu ne serais pas experte en céramique, par hasard ? Parce que justement, j'ai une…

— Non, le coupe-t-elle. Mais mon père, oui. Je veux dire que mon père était chinois.

Il est difficile pour Auri de parler de son père au passé. Elle baisse la tête et ses lèvres se mettent à trembler.

Scarlett intervient sans laisser à Dariel le temps de rebondir.

— Ce Casseldon Bianchi est donc un collectionneur ?

— Pas *un* collectionneur, *le* collectionneur ! Ceux qui ont quelque chose de rare à vendre sur *Sempiternité* font affaire avec lui. Il fait du commerce d'objets anciens ou exotiques. De produits high-tech aussi. Des espèces vivantes, en particulier. Tout ce qui est rare, il le trouvera. Et ce qui est cher lui appartient.

— J'AURAIS PU VOUS LE DIRE, fait une petite voix dans la poche d'Auri.

— Tais-toi, Magellan.

— FRANCHEMENT, JE SUIS DIX-SEPT FOIS PLUS INTELLIGENT QUE N'IMPORTE QUEL…

— Mode Silencieux, ordonne Tyler.

Je me tourne vers Aurora, intrigué.

— Tu as baptisé ton unicom ?

— C'était écrit : « Donnez un nom à votre appareil » quand je l'ai allumé.

— Oui, du genre : « Unicom de Finn », quoi.

— Je suis une originale.

— On peut le formuler comme ça, grommelle Cat.

Les objets se succèdent encore pendant quelque temps, jusqu'à ce que soudain notre mystérieux dessin apparaisse à l'écran. Il s'agit d'une sculpture, fabriquée dans un étrange métal. Elle représente notre ami à trois doigts qu'Auri a peint partout dans la chambre. Il a des pierres précieuses à la place des yeux. Celle de gauche est un onyx noir poli, celle de droite une perle aux reflets luisants. Un diamant est incrusté au fond de sa poitrine, à la place de son cœur.

— Qu'est-ce que c'est ? interroge Tyler, impatient.

Scarlett s'approche pour lire l'inscription sous l'objet.

— Il est écrit : « Relique religieuse datant de… l'empire Eshvaren ? » Pfiou, ce truc a un million d'années.

— Quelle blague ! ricane Cat.

Mais les yeux d'Auri restent braqués sur l'écran de Dariel.

— Eshvaren ?

Sa voix est un chuchotement.

— Ne t'en fais pas, c'est une arnaque, dis-je.

— Comment ça ? demande Kal.

— Cette histoire d'Eshvaren, c'est une légende, Pixieboy.

— Un ramassis de bobards, acquiesce Cat.

Au passage, je note la date dans mon calendrier, car c'est la première fois qu'elle est d'accord avec moi sur…

— Qui sont les Eshvarens ? s'exclame Auri d'une voix pressante.

— Oh, c'est un vieux conte de grand-mère, lui répond Dariel.

— Une espèce censée avoir vécu il y a un million d'années. Sauf qu'on n'a aucune preuve de leur existence.

— À part les reliques qu'ils ont laissées, fait remarquer Kal en pointant l'écran du doigt.

— C'est une *arnaque*, Kal, je répète d'un ton moqueur. Un moyen pour les vendeurs de bibelots de se faire du fric sur le dos des riches et des imbéciles. Les parents parlent des Eshvarens à leurs enfants quand ils veulent qu'ils deviennent archéologues stellaires.

Kal me défie du regard.

— Les Syldrathis sont la plus vieille espèce de la galaxie, plus ancienne que les Terriens et que les Traskiens, et on se transmet l'histoire des Eshvarens de génération en génération. Ce sont les premiers êtres à avoir parcouru des distances interstellaires. Les premiers à avoir trouvé l'Ellipse.

— Les Terriens perpétuent encore les contes du Père Noël et de la petite souris, ça ne signifie pas qu'ils existent, lâche Cat, les bras croisés dans l'encadrement de la porte.

Aurora paraît hésitante.

— Est-ce que le mot… « *Ra'haam* » vous évoque quelque chose ?

Regards vides, haussements d'épaules… Personne ne semble savoir de quoi elle parle.

— Parce que… j'ai déjà entendu le mot « Eshvaren », murmure Auri. Et « *Ra'haam* », aussi.

— Sur ton vieil unicom, c'est ça ?

Elle secoue la tête.

— Dans mes rêves…

Un silence gêné s'installe. Cat fixe Tyler, incrédule, qui se tourne vers Auri en touchant l'emblème du Créateur à son cou. Aurora ne quitte pas des yeux l'hologramme. Difficile de déterminer si elle est terrorisée ou excitée.

— Donc, cet objet appartient à Casseldon Bianchi ? demande finalement Scarlett.

Reprenant ses esprits, Dariel hoche la tête.

— Et la moitié des immeubles de la station, aussi.

Mon cousin tape quelque chose sur son clavier et l'image d'un extraterrestre se dessine sur un deuxième moniteur. C'est un Chellerien – grand, bipède et large d'épaules. Sa peau est lisse, bleu pâle. Il est chauve, doté de puissantes mâchoires et de quatre yeux rouge vif parfaitement circulaires. La chemise qu'il porte doit être hors de prix et les muscles de ses quatre bras menacent de la déchirer. Il arbore un grand sourire éclatant, plein de dents affûtées comme des rasoirs.

— C'est Bianchi ? interroge Scarlett.

— Le seul et l'unique, confirme mon cousin. Merci, Créateur.

— Je ne te le fais pas dire.

Dariel retrouve son petit air suffisant.

— Au fait, vous n'avez aucune chance de conclure un marché avec lui. C'est la créature la plus influente de la station. Il habite dans un immense vaisseau de luxe refait à neuf – l'un des vieux croiseurs dont se servait Tesellon Inc. dans la nébuleuse Thiidan. Personne n'est accepté sans invitation, et en général ceux qui y entrent n'en ressortent pas. C'est lui qui supervise la sécurité du Vaisseau Monde. Il possède aussi une prison, pour les gens qui le dérangent. Si votre route doit croiser celle de Bianchi, je vous recommande soit de changer de cap, soit de régler vos dettes avec moi avant de vous faire zigouiller.

— Il est dangereux à ce point ?

— Il est pire que l'épidémie de Lysergia et la peste de Selmis réunies.

Je scrute les visages des membres de mon escadron autour de la pièce. Cat fixe le dos d'Auri avec des yeux méfiants. Kal gamberge, lèvres pincées, et Zila paraît presque en colère. Scarlett se tourne vers son frère, mais Tyler reste scotché à l'image 3D de la statuette, sur le premier écran.

Celle qu'Aurora a peinte sur les murs et au sol.

— Vous avez remarqué ses pupilles ? murmure-t-il.

Et même si je trouve l'origine de cet objet douteuse, je suis bien obligé de reconnaître que les deux pierres précieuses ressemblent beaucoup aux yeux d'Auri.

L'un noir.

L'autre blanc.

Le plus jeune des jumeaux Jones s'empare alors de la chaise de Dariel et la retourne pour lui faire face.

— Allez, flambeur. Dis-nous tout ce que tu sais.

L'univers

▶ **Histoire**

▼ **Aux origines de la galaxie**

Déterminer avec précision à quel moment commence l'histoire avec un grand « H » est un véritable cauchemar pour les archéologues, les historiens et les mathématiciens.

Nous savons que **L'univers** a environ 13,8 milliards d'années, mais le concept de temps et les méthodes d'archivage varient très largement chez les **475 civilisations connues** dans la **voie lactée**. On considère que les **Syldrathis** sont la plus vieille espèce de la galaxie, mais leurs historiens aiment insinuer que d'autres étaient là avant eux – les petits malins.

Évidemment, il se peut tout à fait que ce soit du pipeau.

Pour plus d'informations, vous pouvez vous renseigner sur les groupes suivants, qui sont supposés avoir existé, même si ça n'a jamais été prouvé :

▶ ***Les Eshvarens***

▶ ***La Flotte des Octarines***

▶ ***La Tribu d'ISTA***

16

TYLER

— Waouh ! lâche Scarlett.

C'est rare que ma sœur s'exprime en monosyllabes. À en croire notre père, Scar savait construire des phrases quand j'en étais encore à balbutier *dada*. Mais je comprends sa stupeur. Nous nous apprêtons à passer sous l'impressionnant hologramme « MUSÉE BIANCHI – VISITEURS BIENVENUS » pour pénétrer dans l'immense hall du vaisseau et, vues d'ici, les perspectives sont incroyables. Mon regard erre le long des voûtes pour se perdre dans la foule grouillante. De splendides œuvres d'art sont exposées un peu partout.

Si nous sommes là, c'est pour nous renseigner sur la mystérieuse sculpture qu'Aurora a dessinée la nuit dernière chez Dariel. Notre escadron est tendu depuis ce matin, mais il faut bien reconnaître que l'endroit est à couper le souffle.

— Ouais, sacré spectacle…

— Je ne savais pas que tu aimais les blonds, bébé frangin, me lance Scar.

Il me faut plusieurs secondes pour comprendre que ce ne sont ni l'architecture, ni la foule, ni les œuvres d'art qui ont attiré son regard, mais les agents de sécurité postés à l'entrée. Deux humains, plutôt beaux garçons, armés jusqu'aux dents et équipés d'armures énergétiques bleu foncé. Scar adresse un clin d'œil au blond. Flatté, il lui répond par un grand sourire.

— Voyons si on trouve quelque chose d'intéressant par ici, dis-je.

— C'est ce que je fais.

Pour la centième fois, je me répète que ce jeu de piste sans queue ni tête risque de me conduire tout droit en prison. Que j'ai perdu la raison. Que je devrais livrer Aurora à la police.

« *Vous devez y croire.* »

Ce sont les mots de l'amiral Adams. Cinq ans que je sers dans la Légion d'Aurora et notre chef d'académie a toujours été une sorte de mentor pour moi. C'est lui qui m'a accordé du temps supplémentaire en simulateur quand j'avais besoin de me perfectionner en combat zéro gravité. Lui aussi qui m'a laissé repasser mon examen d'astronavigation parce qu'il était convaincu que je pouvais faire mieux que quatre-vingt-dix-huit sur cent. Lui enfin qui est venu s'asseoir à côté de moi dans la chapelle pour me raconter comment il avait rencontré mon père. Deux pilotes de chasse dans la FDT. Deux rivaux devenus les meilleurs amis du monde.

Adams a prononcé l'éloge funèbre à son enterrement.

Il m'a toujours soutenu.

Toujours.

Cette fois-ci, pourtant…

« *Vous devez y croire.* »

Scar et moi traversons le vaste hall du musée Bianchi sous une lumière artificielle.

Difficile de déterminer de quelle époque date cette partie de la station ; toujours est-il que la structure est phénoménale. Il s'agit d'un gros-porteur, peut-être un vaisseau de marchandise, qui a été réhabilité.

De gigantesques piliers partent du sol pour rejoindre le plafond. Le hall est bondé. Traskiens, Rigelliens, Lieriens, Terriens... Une dizaine d'hommes de main en armures énergétiques contrôlent les entrées et les sorties, mais grâce à nos vêtements de civils, nous passons inaperçus. Partout, il y a des œuvres d'art, des sculptures et des pièces de collection provenant des quatre coins de la galaxie. D'après le cousin de Finian, le musée s'élève sur dix-sept étages. Ce qu'il nous faudrait, c'est...

— Un renseignement ?

La voix derrière nous est celle d'une jeune Traskienne qui me sourit chaleureusement. Elle porte un uniforme bleu près du corps, orné du blason de Casseldon Bianchi – une crête en forme d'étoile. Sur son petit chapeau, un point d'interrogation en 3D tourne sur lui-même.

— Vous cherchez quelque chose, peut-être ? Le musée de M. Bianchi est immense. Est-ce que vous voulez voir une exposition en particulier ?

— Oh, merci, c'est tellement gentil ! fait Scarlett en sortant de sa poche une photo du dessin d'Auri. Vous savez où on peut trouver ceci ?

La Traskienne fixe l'image et une minuscule lumière rouge se met à clignoter sur l'implant mémoire à sa tempe.

Des lignes et des lignes de données défilent sur ses lentilles de contact noires.

— Relique religieuse sans nom datant de l'empire Eshvaren, nous indique-t-elle. Malheureusement, cette exposition est fermée depuis quelque temps déjà. L'objet se trouve désormais dans la collection privée de M. Bianchi.

— Vous pensez qu'on pourrait la voir ? interroge Scarlett avec un grand sourire. Je suis étudiante en histoire de la galaxie et ma thèse concerne…

La jeune femme secoue la tête.

— Désolée, mais si elle était ouverte au public, ce ne serait plus une collection privée. Toutefois, pour admirer d'autres objets anciens, je vous conseille de vous rendre au niveau t…

Une alarme stridente l'interrompt et la lumière de la salle passe au rouge. Appuyé contre une vitrine, un jeune Terrien avec une casquette de jetball sur la tête et un tee-shirt « J'♥ LA TERRE » est aussitôt encerclé par huit gardes lourdement armés. Dans les haut-parleurs, une voix électronique crache un message dans plusieurs langues :

PRIÈRE DE NE PAS TOUCHER LES ŒUVRES D'ART.

— Désolé, fait le garçon en récupérant le hamburger stellaire qu'il avait déposé sur la vitrine abritant une relique extraterrestre inestimable. Je ne voulais pas…

Trop tard, il se prend un coup de dégobi-gourdin qui l'envoie au sol et lui fait rendre son petit déjeuner. Les gardes le relèvent alors et l'évacuent vers la sortie. Notre guichet d'information sur pattes observe la scène en grimaçant.

Quand je lui fais remarquer que la sécurité n'a pas l'air de rigoler, elle m'explique que ce n'est pas celle du musée.

— M. Bianchi a embauché du renfort pour le bal masqué de demain soir, ajoute-t-elle.

— Le bal masqué ?

— C'est le cinquantième anniversaire du Vaisseau Monde. La fête va être grandiose. M. Bianchi organise l'une de ses célèbres soirées privées. Ça sera génial !

— Ah oui, bien sûr, le bal masqué ! dis-je.

La fille me scrute des pieds à la tête.

— Tu n'as pas d'invitation, n'est-ce pas ?

— Heu, non. Je viens d'arriver.

— Dommage, ronronne-t-elle. J'ai prévu de porter une robe dos nu qui fera sensation.

Je laisse mes fossettes faire leur boulot et je récolte un grand sourire avant que la fille ne se fonde dans la foule. Les mots « dos nu » résonnent un moment dans ma tête. Quand je me retourne, Scarlett a disparu.

Ma jumelle ne devrait pas être trop difficile à retrouver du haut de son mètre quatre-vingts, avec ses grands yeux bleu clair et sa chevelure rousse flamboyante. Je la cherche sur la pointe des pieds. Finalement, je l'aperçois non loin de l'entrée, où elle discute avec les deux agents de sécurité. Elle jubile et je vois le blond s'accouder au mur, l'aisselle à hauteur de son visage. La célèbre pose du Roméo de l'espace. Scar en profite pour jouer avec le badge autour de son cou.

Je m'approche d'elle et m'éclaircis la voix pour me faire remarquer.

— Tiens, salut bébé frangin, lance-t-elle. Je te présente Declan et Lachlan.

— Salut, lâche le blond sans me regarder.

Le second se contente d'un signe de tête.

— Figure-toi qu'ils ont été mutés sur le Vaisseau Monde il y a à peine quatre jours. Declan vient des colonies martiennes, à l'autre bout de la galaxie. C'est dingue, non ?

— Scar, il faut y aller. Tu te souviens, on a ce rendez-vous...

Le blond lui chuchote quelque chose à l'oreille et elle éclate de rire en lui tapant la poitrine.

— Scarlett ? j'insiste en me massant les tempes pour ne pas céder à l'énervement.

Là-dessus, elle me fusille du regard, puis revient vers le blond et je remarque qu'elle pose discrètement son unicom contre le sien pour transférer son répertoire.

— Ne sois pas en retard, lui glisse-t-elle.

— Même le Grand Ultrasaure d'Abraaxis IV ne pourrait pas me retenir, répond-il en souriant.

Je patiente, le temps qu'ils finissent de s'échanger des mots doux, puis Scar me prend le bras en jetant un dernier clin d'œil à son prétendant. Enfin, nous sortons du musée Bianchi pour emprunter la promenade qui mène à l'appartement de Dariel. J'attends que nous ayons pris un peu de distance pour parler à ma sœur.

— Alors comme ça, tu as un rencard ce soir ?

— Oui, à sept heures pétantes, juste après son service.

— Il sera en tenue de travail, donc il portera son badge.

— Je lui ai confié que j'avais un faible pour les mecs en uniforme.

— Malin...

— Je suis une Jones, que veux-tu ! réplique-t-elle en me pinçant le bras.

Je la serre contre moi. Quelle chance d'avoir Scarlett dans mon escadron. Même si elle n'en rate jamais une pour me chambrer, ma sœur est prête à me suivre jusqu'aux frontières de la galaxie. On prétend que les liens du sang sont les plus forts, mais pour Scar et moi l'expression est un euphémisme.

— Ça m'étonne que tu n'aies pas un ex qui travaille sur la station, je fais remarquer en montant dans le turbolift qui mène aux niveaux résidentiels.

— Tu me juges, petit frère ?

— Le Créateur m'en garde !

— Ce n'est pas ma faute si je m'ennuie. Ou, plutôt, si les garçons m'ennuient. (Elle s'interrompt en tapotant ses lèvres du bout de l'index.) Mais il y a quand même un problème. Et de taille.

— L'autre garde ?

— Ouais. Le copain de Declan m'a demandé si j'avais une amie à lui présenter.

— Tu as dit non, j'espère ?

— Il fallait bien que je fasse passer la pilule. J'ai répondu que je connaissais une fille qui serait parfaitement le genre de Lachlan.

— Scar, tu ne peux pas emmener Zila. Elle est capable d'assommer ce type d'un coup de disrupteur juste parce que ça l'amuse.

— Je ne parle pas de Zila, Ty.

— Tu ne penses quand même pas à Aurora ? Sa tête est mise à prix !

Ma sœur lève les yeux au ciel.

— Je ne parle pas d'Aurora non plus.

Il me faut plusieurs secondes pour comprendre.

— Oh non…

— Si…, fait Scarlett en se pinçant les lèvres.

. . . . .

— Pas moyen ! s'écrie Cat.

— Tu n'auras qu'à sourire, je m'occuperai de faire la conversation, insiste Scar.

— Pas. Ques. Tion.

— Alleeeez, coloc' ! Ce sera juste toi et moi. Les reines de l'espace, comme au bon vieux temps. La chasse au mâle est ouverte. On va bien se marrer !

— Non, ça va être relou.

— Arrête d'être pessimiste !

— Je ne suis pas pessimiste, je suis réaliste.

— Mais ils sont troooop mignons !

— Ne joue pas à ça avec moi.

— Trop mimi !

— Non.

— Mi-mi-mi-mignons !

— Par le Créateur, Jones, tu m'exaspères...

Nous sommes dans le minuscule salon tropical de Dariel, un peu sombre pour mes yeux d'humain. Le système de survie vrombit au-dessus de nos têtes.

Aurora est recroquevillée sur le canapé, genoux au menton. Elle se renseigne sur l'histoire du Vaisseau Monde sur son unicom. Kal, assis non loin de là, l'ignore superbement et préfère observer les stalactites au plafond. Je ne suis pas sûr de comprendre ce qui se passe entre ces deux-là, mais il va falloir que je les surveille.

Zila, comme toujours, est plongée dans son unicom. Dariel est sorti – il avait une affaire douteuse à régler. Finn s'assure que l'appartement ne brûle pas en son absence.

Mais vu les flammes dans le regard de Cat, je ne suis pas certain qu'il y parvienne.

Scar fait tout pour la convaincre.

— Il faut deux filles sur cette mission, et ce n'est pas comme si je pouvais y aller avec Zila ou Aurora. On doit juste retenir ces types assez longtemps pour copier leur badge. Ensuite, le réseau de *Sempiternité* est à nous.

Finian acquiesce.

— J'ai étudié les schémas que m'a fournis Dariel et j'ai un peu fouiné. La station est connectée sur un réseau de type Occulus 19, avec cryptage mimétique. Si on arrive à poser une sangsue sur l'un des serveurs principaux, je pense pouvoir pirater la vidéosurveillance. À partir de là, on devrait avoir un œil sur l'ensemble du Vaisseau Monde. Y compris à l'intérieur du vaisseau privé de Bianchi. Ça nous permettra de découvrir où il planque le… (Finian s'interrompt et considère la sculpture sur l'un des petits écrans.) Au fait, quel nom on va lui donner ?

— Le machin-chose ? propose Scar.

— La Gâchette, dit tranquillement Zila sans lever les yeux de son unicom.

— Vous pouvez vous la mettre où je pense, votre gâchette ! marmonne Cat. Moi, je n'ai pas été formée pour ce genre de missions foireuses.

— Ça ne durera pas plus d'une heure, insiste Scar. Détends-toi un peu. Cette histoire te fait dresser les cheveux sur la tête.

— C'est ma coupe qui est comme ça ! s'énerve Cat.

Avec prudence, je m'approche de mon As.

— Cat, je sais que ce n'est pas la mission de tes rêves, mais on a besoin d'infiltrer ce réseau.

— Si on veut pouvoir espionner Bianchi, il faut qu'on pirate son système de vidéosurveillance, confirme Finian.

— Je n'en reviens pas qu'on suive les conseils d'un loser qui a irradié le labo de propulsion de l'académie, grogne Cat.

— Crois-moi, je sais de quoi je parle, assure Finn.

— Alors pourquoi tu n'y vas pas à ma place, Finian ?

— Mais... Comment je vais m'habiller ? réplique-t-il en prenant un air faussement horrifié.

Je dois retenir Cat pour qu'elle n'étripe pas notre Mécano. Nos deux corps s'effleurent, et je me rappelle la dernière fois où nous avons été aussi proches. La dernière fois où j'ai bu un verre d'alcool.

Ce fameux jour de la remise des diplômes, sur Cohen IV.

— Du calme, légionnaire Brannock.

Cat a le regard hargneux, mais elle cesse de se débattre. Elle tire sur son tee-shirt et remet sa crête en place. Ses manches courtes dévoilent l'insigne des As sur son bras droit, au milieu d'autres tatouages. Nous nous sommes fait tatouer ensemble ce jour-là. Puis je me souviens que nous avons bu au bar pour oublier la douleur. Face à face, les yeux dans les yeux, avec cette immense pile de verres vides entre nous sur la table. On comprenait l'un comme l'autre qu'on allait droit dans le mur.

D'ailleurs c'est ce que je lui ai dit dès le lendemain.

Que c'était une erreur.

Les pupilles luisantes de colère, Cat se tourne vers Aurora. Je sais ce qu'elle se retient de lui balancer à la figure.

C'est ta faute. Sans toi, Tyler aurait eu le meilleur escadron de l'académie et moi aussi, et rien de tout ça ne serait arrivé.

C'est la vérité. Et, une fois encore, j'espère que la générale en chef de Stoy savait ce qu'elle faisait quand elle a demandé à Auri de se cacher dans notre vaisseau. Car la situation se dégrade de minute en minute.

— S'il te plaît, Cat, je reprends doucement. On a vraiment besoin de ton aide.

Mon As croise mon regard, puis se tourne une nouvelle fois vers Auri, qui lève la tête comme pour la défier. Cat serre les dents. Mais je sais déjà ce qu'elle va répondre. La même chose que le matin où nous nous sommes réveillés dans ces draps froissés, quand je lui ai expliqué qu'un chef de corps ne pouvait pas sortir avec une subordonnée, qu'un Alpha ne pouvait pas coucher avec son As, que deux amis d'enfance ne devraient pas tout risquer pour une histoire aussi incertaine.

— Chef, oui chef.

. . . . .

— Ces WC sont beaucoup trop petits, grommelle Kal.

— Ce n'est pas ma faute si tu mesures dix-sept mètres, Pixieboy, grogne Finian.

— Arrêtez de vous plaindre, j'ordonne, ils vont bientôt arriver.

Kal, Finn, Zila, Auri et moi sommes entassés dans les toilettes crasseuses d'un hôtel de passe du quartier chaud de *Sempiternité*, où l'on trouve les boîtes de nuit. On est serrés comme des sardines. Finn a son coude entre mes côtes et Kal a le pied gauche dans la cuvette. La chambre adjacente est réservée au nom de ma sœur. Cat et elle sont au bar d'à côté avec leurs rencards respectifs. Le plan, c'est qu'elles les ramènent ici. Ils peuvent donc passer la porte d'un instant à l'autre. Et là, ce sera à nous de jouer.

Mais en attendant…

— Ça schlingue ! s'exclame Finn. On dirait que ma quatrième grand-mère a laissé traîner une culotte sale.

— Tu connais l'odeur de la culotte de ta grand-mère ?

— J'ai une famille très cosmopolite.

— Je ne vois pas le rapport, murmure Zila.

— Hmm, fait Auri. Excusez-moi, mais je crois que quelqu'un me touche les fesses.

— Et ça te plaît ? demande Finn.

Kal s'éclaircit la gorge.

— Si tu veux, je peux…

— Taisez-vous !

Je viens d'entendre le claquement d'une porte et des gloussements étouffés. Mon escadron fait silence. Les pas se rapprochent. Quelqu'un éclate de rire dans le couloir. Il a trop bu, c'est clair. Puis la porte se referme, quelqu'un titube, il y a un bruit de verre cassé.

— Oh noooon, geint une voix d'homme juste devant les toilettes. Declan, t'as fait tomber la bouteille !

— Ah bon ?

— Ouais… *hic*.

— Oh nooooon.

— Declan, viens par ici…

Cette voix sensuelle, ce ton enjôleur… C'est Scarlett.

— Ne t'approche pas, Lachlan…, grogne quelqu'un d'autre.

Cat.

— Pourquoi vous êtes… *hic*… trois ? s'étonne Declan.

— Je suis seule, répond Scar en riant. Tu as trop bu, viens t'asseoir.

— Ça me plaît bien… *hic*… que vous soyez trois.

— Crois-moi, mon mignon, tu ne serais pas à la hauteur.

— Je vais… vomir, prévient Lachlan.

— Ne m'en parle pas, soupire Cat.

— Non, vraiment… Où sont les… toilettes ?

À l'intérieur desdites toilettes, tout le monde retient son souffle.

— Je ne sens plus mes pieds, marmonne Declan.

— Raison de plus pour ôter tes chaussures, ronronne Scar. Allez, viens t'allonger à côté de moi sur le lit.

— Nan mais sérieux, je sens plus rien, glousse l'agent de sécurité. Il y avait quoi dans mon dernier verre ?

— Environ douze millilitres de benzothélémène, murmure Zila. Si Scarlett a bien respecté mon dosage.

Puis deux bruits sourds se font entendre.

— On dirait bien que oui, je déclare en ouvrant la porte des toilettes.

Comme prévu, nos deux agents de sécurité sont dans les vapes, l'un sur le lit, l'autre par terre. Ma sœur est penchée au-dessus du blond. Elle fait presque une mine déçue. De son côté, Cat a plutôt l'air furieuse. Assise sur le lit, elle a les pieds posés sur le ventre du grand dadais au sol devant elle.

— Allons-y, je lance.

— Si on m'avait prévenu qu'il était aussi canon, j'aurais volontiers pris ta place, lance Finn, penché sur le trophée de Cat.

— La ferme, Finian, siffle-t-elle.

Nous commençons par déshabiller les deux gardes pour les mettre au lit. Puis Kal et moi enfilons leurs armures énergétiques et nous emparons de leurs badges. Devant la photo, Finian reste perplexe.

— La ressemblance est... troublante, lâche-t-il.

Je jette un œil à l'agent inconscient sous la couette.

— On ne se ressemble pas du tout !

Mon Mécano hausse les épaules.

— Bah, vous avez tous la même tête, vous autres, les humains. (Il me tend un petit appareil.) Il faut brancher ça sur les serveurs du réseau de...

— Tu me l'as déjà expliqué sept fois, merci.

Kal finit de s'habiller et attache ses cheveux longs dans son dos. Il est vraiment très imposant. On a de la chance que Lachlan soit un grand bonhomme, lui aussi.

— Avec ce qu'ils ont ingurgité, ils sont partis pour au moins six heures de dodo, commente Zila. Et ils ne devraient pas se souvenir de grand-chose à leur réveil.

— N'oubliez pas de rapporter leurs armures ici avant l'aube, nous répète Scar.

Et le plus naturellement du monde, elle se met à sucer le cou du blond endormi.

— Nom d'un flan, chuchote Auri, les yeux écarquillés. Ne me dites pas qu'en plus de tout le reste, les vampires existent !

— Bien sûr que si, réplique Scarlett en levant la tête, avec un étrange sourire aux lèvres.

Un énorme suçon rouge vif marque désormais le cou de l'agent de sécurité. Scar défait ensuite son soutien-gorge et le dépose sur la table de chevet, puis elle sort son rouge à lèvres et laisse un message sur le mur : « Merci, toi... ».

— Pas de crime sans indice, affirme-t-elle.

Cat grimace.

— Si tu crois que je vais laisser mon soutif dans ce trou à rat...

— Le mien suffira.

— Tant mieux.

— Tu es prêt, Kal ? je demande.

Mon Gros Bras ajuste son badge.

— Je suis toujours prêt, acquiesce-t-il en hochant la tête.

Mais au moment de passer la porte, la voix d'Aurora nous arrête.

— Attendez...

Hésitante, elle glisse une main dans ses mèches blanches en se mordant les lèvres.

— Je sais que tout ça nous dépasse, lâche-t-elle enfin. Et je déteste rester assise à ne rien faire pendant que vous risquez votre vie pour moi. Donc je voulais vous dire... merci.

Pour seule réponse, Zila hoche la tête, Finn contracte le coin de ses lèvres. Mais je vois que Scar ne sait toujours pas quoi penser de cette fille. Quant à Cat, c'est à peine si elle lève les yeux.

Aurora est abattue. Elle ne s'attendait probablement pas à une effusion de joie, mais quand même...

— Je t'en prie, je répond en lui tapotant l'épaule.

Cat me fusille du regard, néanmoins je parviens à arracher un petit sourire à Aurora.

Ça ne doit pas être facile pour elle. Elle a passé deux cents ans dans le coma. Ses proches, ses repères ont disparu.

Peu de gens se relèveraient d'une catastrophe pareille. Pourtant, elle est debout. Et elle se bat. Elle cherche des réponses à ses questions. Cette fille a du cœur. Pour moi, c'est une donnée essentielle.

— Ça va aller, Auri, j'ajoute pour la rassurer. Reste avec Scar et on se retrouve chez Dariel, d'accord ?

— D'accord.

— On perd du temps, chef, murmure froidement Kal derrière moi.

— Allons-y.

Il faut vraiment qu'on parle de cette fille, lui et moi.

— Soyez prudents, nous lance Scar.

Et sans un mot de plus, nous partons infiltrer le QG de la sécurité de la station.

La société syldrathie

▶ **Mœurs et coutumes**

▼ **Conseils pour éviter de se faire frapper**

La première chose à savoir quand on s'intéresse aux **mœurs des Syldrathis**, c'est qu'on ne les comprendra jamais. Leurs usages sont extrêmement complexes et les autres espèces les considèrent comme beaucoup trop stricts. Si nous saluons de la tête, ils mettent un genou au sol. Si nous mettons un genou au sol, ils ferment les yeux. Cela étant dit, voici les principaux pièges à éviter :

Ne pas obéir à la personne la plus âgée de la pièce. Les Syldrathis considèrent que la sagesse vient avec l'âge. Pratique pour eux, puisqu'ils ont une espérance de vie de plusieurs centaines d'années et qu'ils sont la plupart du temps plus vieux que leurs interlocuteurs.

Toucher quelqu'un sans en avoir l'autorisation. En particulier quand ce sont les **parties intimes** qui sont concernées. Pour un Syldrathi, cela comprend le visage, le cou, les oreilles et les mains. Les câlins ou simples accolades sont également à proscrire.

Et surtout, **n'insultez jamais leur mère.**

17

KAL

Ma mâchoire me fait souffrir, à cause du coup de coude que j'ai reçu, dans le bar.

J'ai les flancs couverts de bleus et les articulations de ma main gauche sont enflées, car j'ai manqué ma frappe.

C'était une négligence de ta part, chuchote l'Ennemi Intérieur. *Tu as été faible.*

Nous sommes dans le turbolift. Équipés de nos armures énergétiques volées, nous nous préparons à infiltrer le QG de la sécurité du Vaisseau Monde. Ça ne va pas être facile et je devrais être focalisé sur la mission. Pourtant, je ne cesse de songer à la bagarre d'hier. Au mépris dans le regard de ces Invaincus. Au sang sur mes mains.

Je ne pense pas à Aurora.

Je me concentre sur la douleur, comme me l'a appris mon père. C'est l'une des dernières leçons qu'il m'a données dans l'Aen Suun – la Galaxie Vague –, où il m'a formé dès ma naissance. Je me souviens de ce jour passé avec lui à l'ombre des arbres lias. C'était sur Syldra, avant qu'elle ne soit anéantie. Sa main guidant mes coups. Les conseils qu'il me chuchotait à l'oreille. Mon père était un Belliqueux, comme moi. Fier. Intrépide. Sans égal.

Toutes ces heures d'entraînement, tout ce savoir-faire accumulé, pour rien.

Alors je m'autorise à sentir la douleur.

Aux endroits où j'ai laissé mes ennemis m'atteindre.

Et je jure que cela ne se reproduira plus.

— Ça va ?

Mon Alpha me parle. En face de moi dans le turbolift, Tyler Jones m'observe et je devine les rouages de son cerveau. Il se demande comment nous avons fait pour nous retrouver si vite au bord du précipice. S'il y a encore un moyen d'éviter le pire. Et même s'il ne l'admettra jamais, il s'interroge : peut-il me faire confiance ?

Je ne peux pas lui en vouloir. Hier, il n'a pas hésité à combattre à mes côtés. Mais un Alpha est conditionné à défendre son coéquipier d'escadron. C'est sa mémoire musculaire qui a agi.

Que pense-t-il réellement de moi dans les moments sombres et silencieux ?

J'ai lu la douleur dans son regard hier lorsqu'il a parlé de son père. Même les Syldrathis connaissent le grand Jericho Jones. C'était un commandant de la Force de défense terrienne qui a tué des milliers de mes compatriotes pendant la guerre, avant d'œuvrer pour la paix. Au sénat terrien, il a défendu la réconciliation entre nos peuples. On lui doit le premier cycle de négociations de paix entre Terra et Syldra, qui ont rendu possible le cessez-le-feu de 2370.

Et quand le Tueur d'étoiles et ses Invaincus ont profité de la trêve pour attaquer les chantiers spatiaux d'Orion, Jericho

Jones a fait partie des réservistes qui sont montés au combat. Il n'avait pas piloté d'avion de chasse depuis treize ans. Et il avait deux enfants qui l'attendaient sur Terre.

Mais il n'est jamais revenu.

Je me demande à quel point Tyler Jones m'en veut pour ça. S'il voit la même chose que tous les autres quand il regarde le glyf tatoué sur mon front.

Un Belliqueux.

Un traître.

Un assassin.

I'na Sai'nuit.

— Ça va, chef. Merci de vous inquiéter.

Tyler passe sa langue sur sa lèvre fendue.

— Écoute, j'ai une question à te poser. Peut-être que ce ne sont pas mes affaires, mais tu es mon Gros Bras et je suis responsable de toi.

— Vous êtes mon Alpha. Demandez-moi ce que vous voulez.

— Auri, dit-il. Aurora.

Son nom résonne comme une musique dans ma tête. Sous mon armure énergétique, j'ai la chair de poule et des papillons dans le ventre. Je m'imagine ses yeux, deux puits noirs sans fond, l'un cerclé de dix-sept nuances de marron, l'autre blanc comme l'éclat d'un astre. Je revois ses lèvres et je...

— Qu'est-ce qui se passe entre vous ?

Un sursaut d'hostilité m'envahit. De violence. Je dois défendre mon territoire. Mais je sais que cet instinct primaire est malvenu. Alors je le chasse, comme je le fais depuis ce jour où j'ai posé les yeux sur elle dans la soute, lorsqu'elle a prononcé ces mots que je n'oublierai jamais.

« Je vous ai déjà vu quelque part, vous… »

Je ferme les paupières pour me concentrer, comme me l'a appris ma mère.

— Il ne se passe rien entre Aurora et moi.

— Tu l'as appelée « *be'shmai* ». Dans le bar, avant la bagarre.

Je sens la colère ressurgir. Mon instinct de guerrier se mêle à ce désir irrésistible. L'Attraction. L'Ennemi Intérieur chuchote à mon oreille. Il plante ses doigts dans ma colonne. Je le repousse. Je le piétine. Je fais le vide.

Cette conversation va mal finir.

Je me racle la gorge et réponds d'une voix calme.

— Sauf votre respect, chef, je crois que vous avez raison. Ce ne sont pas vos affaires.

— Je ne parle pas aussi bien syldrathi que Scar, mais je sais ce que signifie « *be'shmai* ».

Un sourire amer tord mes lèvres.

— Non, chef. Vous ne savez pas.

— J'ignorais que l'Attraction pouvait se produire entre un Syldrathi et une humaine. C'est de ça qu'il s'agit, n'est-ce pas ? Tu l'as dit à Aurora ?

— Non, je réplique, horrifié. Bien sûr que non.

— Écoute, sache que je te respecte. Je respecte tes origines. Mais si ton instinct de reproduction syldrathi te fait perdre la tête à un moment critique, alors je ne…

— L'Attraction est plus qu'un simple instinct de reproduction, je le coupe d'une voix tranchante. Et expliquer cela à un humain reviendrait à essayer de décrire les couleurs de l'arc-en-ciel à un aveugle. Vous ne pouvez pas comprendre.

J'avale le goût de la colère, pâteux dans ma bouche, puis j'ajoute :

— Chef.

— L'Attraction est censée être réciproque, n'est-ce pas ? (Il penche la tête sur le côté.) Que se passe-t-il si…

— Ce ne sont pas vos affaires. Je vous assure que tout est sous contrôle.

Discuter de cela avec un Terrien me met mal à l'aise.

— Tu as vite perdu ton sang-froid hier, face à ces Invaincus.

— Je n'ai rien perdu. Je savais exactement ce que je faisais. La violence était nécessaire.

— Parce qu'ils avaient menacé Auri ?

— Parce que vous avez prononcé mon nom.

Il semble surpris.

— Qu'est-ce que ton nom vient faire dans tout ça ?

Je me tais et croise les bras pour lui signifier que je souhaite mettre fin à cette conversation. Mais comme un keddai qui s'acharne sur un cadavre, Tyler Jones poursuit :

— Je sais que ce n'est pas facile, Kal. Je sais que ça me dépasse. Mais tu vois à quel point la situation est tendue. On ne peut pas se permettre ce genre de complication en plus du reste. J'aimerais que tu enterres cette histoire.

— Je pourrais vous dire la même chose. Chef.

Tyler fronce les sourcils.

— Pardon ?

— J'ai remarqué la façon dont le légionnaire Brannock vous regarde.

Il se raidit, lève le menton. Mais je fais toujours une tête de plus que lui.

— Ce ne sont pas tes oignons, légionnaire.

— Je suis d'accord, chef.

Nous nous taisons pendant un long moment. Le silence est seulement troublé par quelques crépitements électriques. La machine qu'on a fait de moi est capable de réduire en miettes ce petit humain. Mais la personne que j'essaie d'être garde les bras croisés. Son visage est impassible. Son pouls est calme. Le turbolift ralentit, puis s'arrête et quelques notes retentissent quand la porte coulisse. Le temps se suspend et nous restons immobiles jusqu'à ce qu'elle commence à se refermer.

Je tends la main pour la garder ouverte.

— Après vous, chef.

Tyler hésite encore un instant, puis s'engage dans le couloir en sortant son unicom.

— Finian, ici Tyler, tu m'entends ?

— Cinq sur cinq, Goldenboy.

— On est au niveau soixante et onze. Indique-nous comment rejoindre le QG de la sécurité.

— C'est parti. D'après Dariel, la relève des équipes a lieu dans cinq minutes. Il faut vous dépêcher si vous voulez passer inaperçus.

Nous traversons à vive allure les couloirs en suivant les indications de Finian, jusqu'à arriver devant un vaste espace ouvert. Là, des dizaines d'agents en armure énergétique semblable à la nôtre se dirigent vers le sas d'un vieux croiseur neltaarien. Une équipe de sécurité vérifie leur identité avant de les laisser passer. Il est tard – presque minuit à l'heure du vaisseau – et les gardes en faction paraissent fatigués.

C'est bon signe.

Quand le Terrien qui nous précède fait glisser son badge devant le scanner, une lumière rouge s'allume et une alarme sonne. L'agent soupire et demande au Terrien de recommencer. Mais le même problème se produit.

— Bon sang, gronde le garde en mettant un coup de pied dans le scanner.

— On est pressés, chef, lance tranquillement Tyler. (Il lui tend son badge en cachant la photo sous son pouce.) On a rendez-vous avec des filles et vous savez comme elles sont, elles n'aiment pas attendre.

— C'est bon, allez-y.

Et c'est ainsi que nous infiltrons le QG de la sécurité du Vaisseau Monde.

Tandis que nous suivons le long couloir devant nous, Tyler tapote son micro-oreillette.

— Beau boulot, Finian, murmure-t-il.

— Fastoche. Il suffit d'approcher votre unicom à moins d'un mètre de n'importe quel système connecté et je ferai des miracles. Maintenant, vous devez trouver le serveur central.

Nous pénétrons dans le sas. À l'intérieur, des rayons laser rouges fusent dans tous les sens, se reflétant sur nos badges et sur nos armures. Une voix électronique nous enjoint de ne pas traîner. Il y a du passage : de nombreux agents entrent et sortent, selon s'ils commencent ou finissent leur service. Je montre discrètement à Tyler un panneau qui indique la direction du serveur. Nous avançons en gardant une démarche détendue et un sourire poli. Je dois faire abstraction des tensions dans mes muscles, des ennemis autour de nous, de la violence qui bout dans mes veines. Mes pas sont légers. J'entends la voix de mon père à l'intérieur de mon crâne.

Puis nous arrivons devant une double porte verrouillée par un pavé numérique. Au-dessus, il est écrit : SERVEUR CENTRAL. Nous faisons semblant de discuter alors qu'un homme en uniforme nous dépasse. Lorsque la voie est libre, Tyler approche son unicom de la serrure.

Il n'y a plus qu'à patienter, en essayant de ne pas éveiller les soupçons. Ce qui n'est pas évident si l'on considère que nous sommes sur le point d'entrer par effraction dans une salle surprotégée, en plein cœur d'un complexe ultra-sensible.

— Prends ton temps, Finian, marmonne Tyler.

— Écoute, si tu connais quelqu'un d'autre capable de pirater à distance un cryptage à dix-huit chiffres, n'hésite pas.

— Je croyais que tu faisais des miracles.

Un bip se fait entendre et les portes s'ouvrent enfin.

— Et hop, abracadabra.

À l'intérieur, l'air est frais et un vrombissement subsonique fait vibrer l'atmosphère. La pièce est éclairée par des diodes et des lampes fluo dont la lumière tremble. Des rangées et des rangées de serveurs et de câbles s'étendent devant nous. La voix de Finian crépite dans nos oreilles.

— Waouh, Finian, t'es vraiment un génie. Je crois que je vais appeler mon fils comme toi en ton honn…

— Boucle-la, coupe Tyler. Où est-ce qu'on branche cette sangsue ?

— Sur le troisième port en liaison montante. Il va falloir m'écouter attentivement. Je vais utiliser des mots simples.

Je garde un œil dans l'entrebâillement de la porte pendant que Tyler suit les instructions de Finian. Des agents passent non loin de là, quelques retardataires rejoignent leurs postes. Un drone transporte un plateau avec du café, de la célédine et des barres énergétiques. Cinq minutes s'écoulent, une éternité, jusqu'à ce que...

— Voilà quelqu'un !

Tyler dresse la tête, le bras empêtré dans les câbles.

— Tu es sûr ?

Dans le couloir, un Terrien s'approche, les mains chargées d'équipements informatiques, une ceinture à outils pleine de matériel autour de la taille. Il a une barbe de trois jours, donne l'impression de ne pas avoir dormi depuis plusieurs années et toise les collègues qu'il croise avec un mépris assumé.

— Oui, ça m'a l'air d'être un informaticien.

— Finian, on est bon ? demande Tyler.

— Affirmatif, je capte un signal de la sangsue. Ça a marché !

— Reçu, dit Tyler en refermant le serveur.

À ce moment-là, un agent de sécurité bouscule le technicien. À quelques mètres de nous seulement, ce dernier râle et se baisse pour ramasser ses outils. Si nous sortons maintenant, il va nous remarquer.

Tyler me rejoint devant la sortie et jette un œil sur ce qui nous attend de l'autre côté.

— Pas bon, commente-t-il.

— En effet.

À toute vitesse, mon Alpha étudie la pièce dans laquelle nous nous trouvons. Il en vient sans tarder à la même conclusion que moi : il n'y a nulle part où nous cacher. L'Ennemi Intérieur me chuchote que je pourrais facilement m'occuper de ce technicien sans faire de bruit. Il suffirait pour ça de lui briser la nuque dès qu'il aura franchi la porte. Ou de l'étrangler. Une dizaine de solutions similaires défilent dans ma tête. Mais une autre voix, celle de la raison, me souffle que laisser un cadavre ici donnerait lieu à une enquête et que notre sangsue risquerait alors d'être découverte.

Mon cerveau fume tandis que je réfléchis à un moyen de nous tirer de là. Mais je n'ai pas eu un cent sur cent à mon examen de tactique militaire, moi, contrairement au légionnaire à mes côtés.

— Des suggestions, chef ?

Tyler grimace tandis qu'il passe en revue toutes les éventualités. Ralenti par la charge de son équipement, le technicien s'avance vers la porte en maugréant. Tyler me regarde. Il prend une grande inspiration.

— Je m'excuse d'avance pour ce que je vais faire, mais quoi qu'il arrive, ne me frappe pas, d'accord ?

— Pourq...

Tyler m'attrape par mon armure et me plaque contre lui. La porte s'ouvre et l'informaticien entre au moment précis où ses lèvres se posent sur les miennes. Mes yeux s'écarquillent. La mâchoire du technicien se décroche.

Sous le choc, je me fige. Je sais que les Terriens ont le contact facile. Ils aiment se mettre des tapes dans le dos, se serrer la main... Mais là, on parle d'autre chose. Alors que nos bouches sont encore l'une contre l'autre, le regard de Tyler se tourne lentement vers le technicien…

Ce dernier est immobile sur le seuil de la porte. Ses yeux font des allers-retours entre mon chef d'escadron et moi. C'est Tyler qui met fin au baiser, avec un air embarrassé. Moi, je suis trop abasourdi pour faire quoi que ce soit. L'informaticien sort de la pièce à reculons.

— Je vais… vous laisser tranquille, les garçons, bredouille-t-il.

Il referme la porte derrière lui avec un sourire confus.

Aussitôt, Tyler me relâche.

— Ça va ? Tu ne vas pas me frapper, hein ?

— Qu'est-ce que… Vous…

Il attend que je retrouve mes esprits, puis me désigne la porte de la tête.

— Tu patientes encore une seconde, me dit-il, puis tu sors d'ici en prenant un air gêné.

— Ça ne va pas être difficile.

Tyler se retient de rire et pousse un battant.

— Après toi, chéri.

Je respire profondément, puis je m'exécute. Le technicien, toujours dans le couloir non loin de là, fait mine de ne pas me voir. Mais lorsque je passe devant lui, il lève la tête et me lance un clin d'œil.

Mes oreilles me brûlent. Je grimpe les escaliers quatre à quatre et traverse le QG jusqu'à trouver la sortie. Quand je glisse ma carte sous le scanner, le garde en faction hoche la tête sans même quitter son unicom des yeux.

— Bonne journée.

Et je file d'ici.

Quelques minutes plus tard, Tyler me rejoint dans le hall d'entrée. Ensemble, nous marchons jusqu'au turbolift. Une fois à l'intérieur, il se met à siffloter, les mains derrière la tête. Il faut l'admettre : sa réactivité nous a évité une catastrophe. Notre sangsue est en place dans le système de sécurité, nous avons désormais des yeux partout sur la station.

Mais toucher un Syldrathi est un acte très intime, qui doit être exécuté avec le plus grand respect.

Heureusement pour lui que sa stratégie a fonctionné.

— Encore désolé, lance enfin Tyler. Il fallait que je trouve une solution en vitesse. Tu ne m'en veux pas ?

— C'est une technique qu'on vous a apprise à l'académie ?

Mon Alpha secoue la tête en souriant.

— Les meilleurs tacticiens sont les rois de l'improvisation. Il faut faire avec ce qu'on a sous la main.

— Ou sous la langue ?

Tyler éclate de rire.

— Exactement. Tu peux remercier le Créateur que je me sois brossé les dents ce matin.

Nous passons le reste du trajet en turbolift sans échanger un mot de plus, laissant les étages défiler sous nos yeux.

— Je ne savais pas que les Syldrathis rougissaient des oreilles, me taquine Tyler d'un ton moqueur.

— Je ne rougis pas.

— Mmh, on dirait que si.

— *Je ne rougis pas*.

— D'accord, d'accord, concède Tyler. Je fais cet effet à certaines personnes, c'est tout.

— Est-ce que j'ai toujours l'ordre de ne pas vous frapper, chef ?

Pour seule réponse, mon Alpha me sourit. Et bien que sous le choc, je ne peux m'empêcher d'éprouver du respect pour lui. Ce Tyler Jones réfléchit vite. Il ne traîne pas, il n'hésite pas. Sous la pression, il reste clairvoyant et fait le nécessaire pour mener à bien sa mission. C'est un commandant-né.

Le turbolift s'arrête, la porte coulisse et, en sortant, je l'entends ricaner derrière moi.

— Qu'est-ce qui vous fait rire, chef ? je demande.

— Je repensais... C'est Scarlett qui nous a dit : « Roulez-vous une pelle et qu'on n'en parle plus »...

Les escadrons de la Légion d'Aurora

▶ **Les membres d'un escadron**

▼ **Les As**

Formés au pilotage de tous les types de véhicules spatiaux, des **navettes** aux **croiseurs** en passant par les **cargos** et les **chasseurs**, les As sont les pilotes des **escadrons de la Légion d'Aurora (L.A.)**. Rejoindre une étoile à l'autre bout de la galaxie vous semble être une mission impossible ? Aucun problème ! Choisissez simplement votre vaisseau et votre As se chargera du reste.

Les As ont la réputation d'être très sûrs d'eux. On les dit aussi audacieux, voire têtes brûlées. Et beaux comme des dieux. Demandez-leur, ils vous le confirmeront eux-mêmes.

Pour devenir un As, il faut avoir une vivacité d'esprit hors du commun, d'excellents réflexes et des **organes reproducteurs en titane**. Disons-le clairement : ces petits veinards ont le boulot le plus cool du monde.

Insigne des As

18

CAT

— J'ai une bonne nouvelle et une excellente nouvelle, nous annonce Finian. Et aussi une horrible nouvelle.

Ty s'affale sur le canapé entre Scarlett et moi. Kal et lui viennent de rentrer de leur mission d'infiltration, après être retournés à l'hôtel de passe pour déposer leurs armures énergétiques au chevet de nos deux agents inconscients. Notre illustre chef se penche pour nettoyer une petite tache sur l'une de ses bottes. Sa tignasse tombe devant son visage. Du coin de l'œil, je note discrètement ses biceps qui se contractent.

— Commence par la bonne nouvelle, tranche Tyler.

Finian fait pivoter sa chaise face à nous. Son unicom, branché directement sur l'avant-bras de son exocombi, projette un hologramme au bout de son poignet. Le lugubre salon de l'appartement de Dariel s'illumine. Je me demande quelle est la puissance de calcul de cette combi. Quel génie a pu concevoir un truc pareil ? Finian a beau être un boulet, il en a dans le crâne.

— La bonne nouvelle, c'est que la sangsue fonctionne à merveille. Je peux me balader dans leur réseau sans attirer leur attention et observer ce qui se passe à l'intérieur du vaisseau de Casseldon Bianchi.

Il s'interrompt pour regarder autour de lui.

— N'applaudissez pas tous en même temps.

— Et l'excellente nouvelle ? questionne Scarlett.

Finian appuie sur un bouton de son exocombi et le petit hologramme s'élargit. Il fait défiler cinq ou six images avant de tomber sur celle qu'il cherche.

— L'excellente nouvelle, c'est que j'ai trouvé notre Gâchette.

À ces mots, Aurora se lève d'un bond. Ses yeux vairons grands ouverts étudient la représentation en 3D. Là, en lévitation sur un socle de lumière bleue, apparaît la sculpture qu'elle a peinte l'autre nuit – une personne à trois doigts, forgée dans un étrange métal. Elle fait à peu près la taille de ma main. Le diamant dans sa poitrine et la perle dans son œil droit sont de véritables pierres précieuses. Elle flotte dans une vitrine transparente en tournant lentement sur elle-même.

— C'est bien elle ? s'enquiert Tyler.

— Oui..., répond Aurora dans un chuchotement à peine audible. Je le sais, même si je suis incapable de l'expliquer. C'est pour cette chose qu'on est venus jusqu'ici...

— Bien, acquiesce Tyler. Maintenant, Finian, la mauvaise nouvelle ?

— Je n'ai jamais dit que j'avais une mauvaise nouvelle, réplique notre Mécano en tapotant sur son clavier. J'ai dit que j'avais une horrible nouvelle.

— Par le Créateur, accouche ! je lance.

Finian m'envoie un baiser avant d'agrandir l'image. La sculpture se trouve dans une vaste pièce circulaire à la décoration branchée, bordée d'immenses baies vitrées donnant sur une sorte de jungle. Il y a des dizaines et des dizaines de vitrines du même genre un peu partout, chacune éclairée par un projecteur. Elles abritent des objets insolites. Des œuvres d'art raffinées aux formes élégantes, mais aussi des pièces plus tarabiscotées, aux reflets chatoyants. Toutes sont splendides.

— Voici le bureau de Casseldon Bianchi, en plein cœur de son domaine, nous explique Finian. Il est en quelque sorte inviolable. De quoi faire cauchemarder le braqueur le plus chevronné de la galaxie. Détecteurs de chaleur. Capteurs génétiques. Sols sensibles au moindre changement de densité de l'air. Et surtout, il n'y a qu'une seule entrée. Une seule clé, aussi. Bianchi la porte en permanence à son cou.

Finian projette une image de Bianchi en costume, en train d'inaugurer l'une des sculptures de son musée. Son sourire est une rangée de crocs acérés et luisants. J'aperçois le passe-partout numérique, suspendu à une chaîne en platine devant sa poitrine.

— Cryptage polymorphique, code génétique à soixante-quatre chiffres, détaille Finian.

— Ça s'annonce complexe, commente Tyler.

— Complexe ? Ce bureau est plus difficile d'accès que le caleçon de mon cavalier au Bal de l'Origine, l'an dernier.

— Il n'y a aucune solution ? demande Tyler.

— Honnêtement, je ne vois pas, soupire Finian. J'ai essayé les poèmes, les fleurs, les…

— Je parle du bureau, Finn. Des conduits d'aération, peut-être ?

Notre Mécano fait non de la tête.

— Ils ne mesurent pas plus de trois centimètres de large. Et ils sont en fonte. Donc, à moins d'attaquer un sérieux régime...

— Et ces grandes baies vitrées ?

— Ce sont des murs en silicium polarisé, précise Finian en faisant un tour complet sur sa chaise.

— À quoi servent-ils ?

— Bianchi achète des bijoux et des pièces de collection partout dans la galaxie, mais il a un faible pour les formes de vie exotiques. Il possède plus de dix mille espèces différentes dans sa ménagerie, d'après l'entretien qu'il a donné le mois dernier à *L'Homme galactique*.

— Il y a des gens qui lisent encore ce torchon ? s'étonne Scarlett.

— Il paraîtrait que oui..., je grommelle.

— Je l'achète pour les articles. Bref, quoi qu'il en soit... (Finian tapote à nouveau sur son clavier et un plan s'affiche au mur.) Le bureau de Bianchi est situé au beau milieu de sa ménagerie. Et juste à côté, se trouve la cage de son petit protégé.

— J'imagine que c'est un gentil fox-terrier qui s'appelle Chouchou ?

— Pas loin, Goldenboy, confirme Finian. Pas loin du tout.

C'est alors qu'apparaît à l'écran la créature la plus hideuse que j'aie jamais vue. Et pourtant, pas plus tard que ce matin en me levant, j'ai surpris Dariel de Vinner de Seel en slip qui sortait de la douche.

La bête, tout en muscles, a des yeux d'un vert éclatant et des glaives à la place des dents. Sa peau est une sorte de carapace de corne, et si je devais décrire les cris qu'elle pousse, je dirais qu'il faut s'imaginer deux tronçonneuses en train d'essayer de faire l'amour.

— Camarades légionnaires, je vous présente la fierté de la ménagerie de Casseldon Bianchi : le Grand Ultrasaure d'Abraaxis IV.

— *Amna diir*, lâche Kal.

Son visage d'habitude serein semble se fissurer.

— Tu l'as dit, Pixieboy, lance Finian. Enfin, je n'ai rien compris, mais tu l'as dit. On raconte que Bianchi a dû débourser son quatrième testicule pour se l'offrir.

— Pourquoi on l'appelle le *Grand* Ultrasaure ? demande Aurora. C'est un titre honorifique ?

— C'est le dernier survivant de son espèce à l'échelle de la galaxie, explique Finian.

— Qu'est-il arrivé aux autres ?

— Ils se sont entretués, répond sobrement le Traskien. Celui-ci les a bouffés.

— Quoi ?! s'exclame la fille.

— Ouaip... Les ultrasaures sont les créatures les plus redoutables de la Voie lactée. Ils ont éradiqué toute forme de vie sur Abraaxis IV. Alors, comme ils n'avaient plus rien à se mettre sous la dent, ils se sont dévorés entre eux.

— D'un point de vue évolutionniste, ça n'a aucun sens, pointe Zila.

— Bien sûr que si, rétorque Finian. Les gens font ça tout le temps.

— Et pourquoi il fait ce bruit ? interroge Scarlett.

— C'est l'appel de la femelle. Il doit se sentir seul maintenant qu'il a englouti ses partenaires potentielles.

— Bon, reprend Tyler, je crois qu'on peut abandonner l'idée de passer par la ménagerie. Ce sera donc la porte d'entrée. Il nous faut cette clé.

— Ça ne changerait rien, Goldenboy, objecte Finian. Le verrouillage est une séquence polymorphique sécurisée par un code génétique. Ça signifie que la combinaison de chiffres se renouvelle chaque fois que Bianchi la touche. Et si quelqu'un d'autre s'en saisit, ou même éternue dessus, la clé repère l'ADN inconnu et boucle le domaine entier.

À ces mots, je ressens une sorte de soulagement. Cette mission paraît de plus en plus impossible. Tyler va bien finir par se rendre compte qu'on perd notre temps et va arrêter ce délire.

Du bout de l'ongle, je suis les courbes de l'encre sur mon bras droit. Je fais ça quand je suis sur les nerfs. Ou quand j'ai besoin de me recentrer. Mes tatouages sont très distincts. Ce sont différents artistes, différents styles, un véritable arc-en-ciel de couleurs. Mais ils ont en commun quelque chose qui me fascine depuis que je suis petite.

Les ailes.

Il y a des dragons. Des oiseaux. Des lépidoptères et des papillons de nuit. J'ai aussi un faucon tatoué sur la partie haute de mon dos, comme ma mère. Elle était pilote pour la FDT avant de tomber malade. Je me souviens du sourire qui a illuminé son visage le jour où je lui ai annoncé que je m'engageais dans la Légion. Elle m'a dit qu'elle était fière. Et la dernière fois qu'on s'est parlé, elle me l'a répété à voix basse, le souffle court à cause de la maladie.

« *Je suis fière de toi, ma fille.* »

Je me demande ce qu'elle penserait de moi aujourd'hui, alors que je suis en cavale. Alors que je risque la cour martiale. Je sais que si on se fait attraper, Tyler essayera de porter le chapeau à notre place. Il expliquera qu'on a simplement suivi ses ordres. Mais une partie de moi tente encore de comprendre pourquoi il nous entraîne dans cette galère.

Il a vu quelque chose quand il était à bord de l'escorteur de la FDT.

Quelque chose qui concerne O'Malley et dont il ne veut pas me parler.

Avant, on n'avait jamais de mal pour communiquer tous les deux.

— Et il n'y a aucun moyen d'ouvrir cette porte sans la clé ? s'enquiert Kal.

— À la limite, peut-être qu'une intervention divine pourrait marcher. À part ça, je ne vois pas, répond Finian. Mais ne brûlons pas les étapes : dans un premier temps, il faudrait déjà qu'on puisse s'approcher du bureau de Bianchi. Or, son domaine est sous très haute surveillance et il utilise des technologies de sécurité dernier cri. Pirater ses caméras est une chose, mais entrer sans se faire attraper en est une autre.

Un lourd silence s'abat sur la pièce. Finalement, Aurora prend la parole.

— Je ne voulais pas vous en parler, mais…

Tous les regards dévient vers elle. Elle hésite encore un instant devant mes pupilles noires de haine et l'expression glaciale sur le visage de Pixieboy. Elle se mord la lèvre avant de poursuivre.

— J'ai vu quelque chose sous la douche ce matin.

— Tu m'étonnes, fait Scar, il y a de la moisissure partout, c'est dégueulasse.

— Non, j'ai vu... (Elle se tourne vers moi.) J'ai vu Cat.

— Eh ben, ça alors ! s'exclame Finian. Je ne savais pas que tu aimais te montrer devant les filles, Zéro.

— Ferme-la, Finian.

— Eh, je ne juge pas...

— Non, reprend Aurora en secouant la tête, je veux dire que... J'ai eu une autre... vision. J'étais un peu étourdie, peut-être à cause de la vapeur, je ne sais pas. Mais je me suis assise sur le carrelage, j'ai posé ma tête contre le mur, et là... J'ai vu Cat en combinaison de pilote, qui portait un masque. Et Scarlett et Tyler, aussi. (Elle nous regarde tour à tour.) Vous alliez à une fête, ou quelque chose dans le genre.

— Heu, une fête dans la salle de bains ? demande Scarlett.

— Je sais que ça paraît dingue, rétorque Aurora. Mais ce n'était pas un rêve.

Tyler se penche en avant en se tapotant le menton. Soudain, ses yeux s'illuminent.

— Il y a une soirée demain, annonce-t-il. Le cinquantième anniversaire du Vaisseau Monde. Bianchi organise un bal masqué. (Il pivote vers Aurora et le coin de ses lèvres se soulève.) Il nous suffirait d'avoir des invitations pour entrer dans le domaine.

— D'accord, intervient Scarlett, mais comment faire ?

Tyler se gratte la joue tout en s'enfonçant dans sa chaise.

— Je suis en train d'y réfléchir. Mais on part avec une longueur d'avance sur notre cible.

— Comment ça ? demande sa jumelle, dubitative.

— Eh bien, pour commencer, une crapule comme Bianchi ne doit pas s'attendre à se faire cambrioler. Personne n'est assez stupide pour se mettre à dos un type pareil.

— À part nous, apparemment, je grogne.

— Ne jamais sous-estimer l'effet de surprise, me lance Ty avec un clin d'œil.

— Super, soupire Finian. Donc on s'infiltre sur place. Ensuite, il ne nous restera plus qu'à dérober une clé suspendue au cou du pire criminel du secteur, pendant la plus grande nouba de ces cinquante dernières années. Et en trompant les gardes et les alarmes génétiques qui se déclencheront dès qu'on aura mis la main sur la clé.

J'observe les yeux de Ty. Ses lèvres. La lumière des plantes grimpantes dessine des formes sur son visage. Ses fossettes sont sur le point d'entrer en action, je le sens. Il n'est pas le petit prodige de l'académie Aurora par hasard. Bien sûr, il a eu des super notes dans toutes les matières, mais sa spécialité a toujours été la stratégie militaire. Chaque fois qu'on était de sortie, au bar ou ailleurs, Ty restait dans sa chambre à étudier les vieux généraux morts. Sun Tzu. Hannibal. Napoléon. Eisenhower. Tankian. Giáp. Osweyo.

La plupart des garçons rêvent de devenir joueurs de jetball ou pompiers.

Ty voulait être le nouveau Jules César.

— Ensuite, il faudra s'occuper des systèmes de sécurité du bureau, pointe Scarlett. À moins qu'on se contente de casser la vitre, de prendre la Gâchette et de partir en courant, auquel cas on aura la station entière à nos trousses.

Et voilà, les fossettes de Ty.

— C'est osé, ça me plaît, lance-t-il.

Je lutte pour ne pas répondre, pour contenir ma colère. Ty est mon chef d'escadron. Je suis à ses ordres, je fais ce qu'il m'ordonne de faire. C'est ce qu'on nous apprend à l'académie. Ne jamais s'opposer à son Alpha.

Jamais.

— Non. C'est hors de question.

Je m'entends prononcer ces mots et l'instant d'après je suis debout, les poings serrés. Tout le monde me regarde.

— J'en ai ras le bol de vos conneries.

— Tu as quelque chose à dire, légionnaire Brannock ? demande Ty.

— Un peu que j'ai quelque chose à dire ! (Je suis tellement furieuse contre lui que je crie et la colère fait trembler ma voix.) On a depuis longtemps dépassé les frontières du stupide, mais là ça devient carrément ridicule. On a risqué nos vies, attaqué des Terriens, on est poursuivis par notre propre peuple et ça ne te suffit pas ? Maintenant tu veux qu'on s'embrouille avec un dangereux criminel pour un bibelot que cette cinglée a vu en rêve ? Tu es devenu dingue, Ty !

— C'est plus qu'un rêve, Cat, me répond-il. Et tu le sais. Tu as eu un aperçu des pouvoirs d'Auri sur l'Arbalète. Le jour où je l'ai trouvée dans l'Ellipse, j'étais sur le point de me noyer dans ma combi et elle nous a sauvés. Et puis, tu as entendu comme moi de Stoy et Adams quand ils nous ont confié cette mission.

— Bon sang, mais qui te parle de mission ? On s'apprête à commettre un vol ! Et pour quoi ? Pour satisfaire les délires de cette psychopathe ? Je suis la seule ici à me rendre compte que c'est du grand n'importe quoi ?

— Arrête de me prendre pour une folle, réplique O'Malley.

— Oh, mais elle parle ! Quel honneur ! Et quel conseil avez-vous à nous donner, ô prophétesse de l'espace ?

Kal me fixe en fronçant les sourcils.

— Tu te ridiculises, Zéro.

— Ferme-la, Pixieboy !

— Écoute, je ne prétends pas comprendre ce qui se passe ici, déclare O'Malley, mais ce dont je suis sûre, c'est que je vois les choses avant qu'elles ne se produisent. Je vois...

— Et comment compte faire Madame Irma pour qu'on s'en sorte vivants ? Tu as un plan pour qu'on entre puis sorte du bureau de Casseldon Bianchi sans se faire prendre ?

Les dents serrées, O'Malley fixe l'hologramme au mur.

— Non, avoue-t-elle.

— Sans blague !

— Cat, reprend Tyler. Arrête ça.

— Elle a peut-être raison, Tyler.

Tous les regards se tournent vers Scarlett. Elle a la voix d'un oracle qui annonce une mauvaise nouvelle.

Tyler inspire profondément et regarde sa jumelle.

— Scar ?

— Il faut reconnaître qu'on est dans la mouise jusqu'au cou. Avant d'aller plus loin, peut-être qu'on devrait se demander où ça va nous mener.

— On va se faire virer de la Légion pour commencer, je marmonne. Exclusion pour conduite indigne. Ensuite, on passera certainement par la case prison. Tu avais treize ans quand tu t'es engagé, Tyler. C'est depuis l'Affectation que tu veux mettre ta carrière au recycleur ?

— L'Affectation n'a rien à voir avec ça, grogne Tyler. Tu as entendu ce qu'Adams nous a dit. « Vous devez aller jusqu'au bout. Vous devez y croire. »

— Mais pourquoi ? je réplique. Pourquoi est-ce qu'on la croirait, elle ?

— Je l'ignore, répond Tyler en dévisageant O'Malley. Mais j'ai foi en elle.

Les dents serrées, je dois me retenir pour ne pas le frapper. Pour ne pas lui hurler dessus. Scarlett se contente de secouer la tête. Finian reste de marbre, mais je comprends qu'il est capable de le suivre dans cette folie. Zila m'observe comme si j'étais une bête étrange qu'elle essayait d'identifier. Kal, silencieux, plisse les yeux presque imperceptiblement. Je suis en infériorité numérique. Ils sont plus forts.

— Allez tous vous faire voir ! je crache.

Puis j'attrape ma veste et prends la direction de la porte.

— Tu vas où ? me demande Scar.

— Besoin d'un verre.

— Je ne t'ai pas autorisée à partir, légionnaire Brannock, m'avertit Tyler.

— Tu n'as qu'à me traduire en cour martiale !

Je sais que quitter une pièce en claquant la porte est une réaction immature. Je vais passer pour une petite capricieuse qui ne supporte pas que les choses ne se déroulent pas comme elle l'aurait voulu. Je le sens dans ma chair et jusqu'aux extrémités de mes ailes.

Mais je la claque quand même, si fort qu'elle manque de se décrocher.

. . . . .

— Sers-m'en un autre.

Le barman fronce trois de ses sourcils, sa trompe frémit.

— Tu es sûre ? Tu en es déjà à ton sixième.

— Tu sais que tu imites de mieux en mieux ma mère ? dis-je en tapotant le bord de mon verre.

Il hausse les épaules, me ressert et se tourne vers d'autres clients.

C'est un bar sordide à l'atmosphère enfumée, éclairé aux néons, au fin fond d'un quartier pouilleux du Vaisseau Monde. Le groupe de musique joue trop fort, le sol est collant. Le genre de rade où il ne vaut mieux pas finir à trois heures du mat, à moins de chercher la bagarre ou un coup d'un soir. Entre les deux, mon cœur balance encore.

Tyler.

Je m'envoie le shot d'éthanol bon marché et grimace quand il me brûle la gorge. Je me demande d'où me vient toute cette colère. Est-ce parce qu'il prend cette histoire de fou au sérieux ? Ou parce qu'il la suit, elle ?

« *Vous devez y croire.* »

Tyler est un mystique. L'amiral Adams le savait. Les samedis, l'un et l'autre se retrouvaient dans la chapelle. On pourrait penser que la religion n'existe plus à l'ère des voyages interstellaires. Que les concepts de croyance, de foi ont disparu le jour où les hommes ont su atteindre les étoiles. Mais l'humanité a découvert une espèce, puis deux, puis dix, puis des centaines. Et toutes étaient bipèdes. Essentiellement composées de carbone. Obligées de respirer de l'oxygène. C'était trop improbable pour être plausible. De telles coïncidences, ça n'existe pas.

Et hop – c'est ainsi que la Religion Universelle est née.

Je touche l'anneau en argent à mon cou, l'emblème du Créateur. J'aimerais avoir la foi comme Tyler. Sauf que c'est impossible. Je ne l'aurai jamais. Car malgré le fait qu'on soit amis depuis la crèche, malgré le fait que je l'aie suivi jusqu'aux confins de la Voie lactée, il n'a pas cru en moi – en *nous* – comme il a cru en cette fille.

— O'Malley, je gromelle.

Et je fais signe au barman de me resservir encore.

Il s'apprête à le faire quand une main gantée recouvre mon verre.

— Si vous me permettez…

Je me retourne, en songeant que c'est peut-être mon coup d'un soir. Mais je me crispe quand je comprends que c'est exactement l'inverse.

La silhouette porte des vêtements gris foncé des pieds à la tête. Son masque-miroir ovale reflète mon visage terne. L'effroi se lit dans mes yeux.

Bordel, c'est l'AMR.

Au moment où j'essaie de me lever de ma chaise, une seconde main gantée se pose sur mon épaule et me retient. Il y a un autre agent derrière moi. J'étais dos à la porte du bar – je ne les ai même pas vus s'approcher.

Bon sang, ça tourne.

Je n'ai aucune chance de m'en tirer. Pourtant, j'attrape mon verre, prête à frapper. Si je dois y rester, autant que ce soit la tête haute.

— Pas de violence inutile, légionnaire Brannock, m'ordonne le premier agent d'une voix frigide et creuse. Nous voulons seulement vous parler.

— Tout va bien ? demande le barman en plissant à nouveau ses trois sourcils.

J'observe les agents. Leurs pistolets forment un renflement sous leurs vestes. J'évalue la distance jusqu'à la porte. Impossible de sortir d'ici. Surtout avec cette musique qui m'éclate les tympans et cet alcool qui cogne dans mes veines. Lentement, je me rassois.

— Tout va bien, je réponds.

— Un autre verre ? me propose l'agent.

— Si c'est vous qui payez…

— Trois sempter larassiens, je vous prie, commande l'agent.

Le barman nous sert trois verres. Le premier agent est assis à ma droite, tandis que le second, derrière moi, me surveille dans la glace au-dessus du bar.

Trois-Yeux s'écarte pour s'occuper d'autres clients et le premier agent sort quelque chose de sa veste grise. D'un geste sûr, il pose un unicom sous mon nez sur le comptoir. L'hologramme miniature d'un troisième agent apparaît. Je reconnais le mastodonte flippant habillé tout en blanc qui était à la tête du bataillon sur la station Sagan. Les instruments de vol derrière lui m'indiquent qu'il est sur le pont d'un escorteur terrien.

— Bonsoir, légionnaire Brannock, me salue-t-il d'une voix monocorde. Nous n'avons pas été présentés. Vous pouvez m'appeler Princeps.

— Vraiment ravie de vous rencontrer.

Je porte la boisson à mes lèvres et la bois à petites gorgées. L'alcool a une saveur fumée avec une note sucrée. Le goût de l'adrénaline pure glisse sur ma langue.

Les deux agents ne touchent pas à leur verre.

— VOUS ÊTES BIEN LOIN DE CHEZ VOUS, LÉGIONNAIRE BRANNOCK, reprend l'hologramme.

— L'espace est mon foyer, je rétorque avec un rictus, en citant le vieux dicton des As.

— JUSTEMENT, LES GEÔLES DE LA COLONIE PÉNITENTIAIRE LUNAIRE MANQUENT D'ESPACE, réplique Princeps. IL N'Y A NI CIEL NI ÉTOILE. RIEN D'AUTRE QUE DU GRIS. POUR TOUJOURS.

— Vous essayez de m'intimider ? Vous allez me faire trembler, je rétorque en tendant mon verre au barman d'une main inébranlable.

— JE SAIS QUE ÇA PEUT SEMBLER DIFFICILE À CONCEVOIR, MAIS IL Y A UNE ISSUE, poursuit Princeps tandis que Trois-Yeux me ressert. POUR VOUS ET VOTRE ESCADRON.

— VOUS NE NOUS INTÉRESSEZ PAS, me glisse à l'oreille l'agent derrière moi d'une voix électronique qui me fiche la chair de poule. NOUS VOULONS SEULEMENT AURORA O'MALLEY.

— UNE FOIS QU'ELLE SERA ENTRE NOS MAINS, L'ESCADRON 312 SERA LIBRE DE REPARTIR OÙ BON LUI SEMBLE, acquiesce Princeps. VOUS POURREZ RENTRER À L'ACADÉMIE. MENER À BIEN DE NOUVELLES MISSIONS. RETROUVER VOS AMIS. VOS VIES. CE SERAIT DU GÂCHIS QUE DE PERDRE TOUTES CES ANNÉES DE TRAVAIL, LÉGIONNAIRE BRANNOCK.

Je secoue la tête en clignant fort des paupières.

— Désolée, Princesse, mais je me tape de ce que vous me racontez.

Je repose ma boisson et me lève.

— Merci pour le verre.

La main gantée de l'agent derrière moi m'attrape par le bras. La pression est parfaite. Assez forte pour me faire mal. Assez douce pour me faire comprendre que ça pourrait être bien pire.

— LA FILLE QUE VOUS CACHEZ EST UNE ENNEMIE DU PEUPLE TERRIEN. LA FORCE DE DÉFENSE TERRIENNE ENTIÈRE EST EN ALERTE POUR LA RETROUVER. (La voix de l'agent devient menaçante.) AVEC OU SANS VOTRE AIDE.

— Ouais, et j'imagine que c'est pour ça que vous traînez dans ce bar miteux à une heure pareille ? Ce type n'est même pas dans le secteur, dis-je en pointant l'hologramme sur le bar.

— EN CE MOMENT MÊME, LE *BELLEROPHON* EST EN ROUTE POUR SEMPITERNITÉ, LÉGIONNAIRE BRANNOCK, prévient Princeps. VOUS NE POUVEZ PAS NOUS ÉCHAPPER. MAIS SI LA FDT PREND D'ASSAUT LE VAISSEAU MONDE, IL Y AURA DES MORTS INUTILES. NOUS ESPÉRONS ARRIVER À NOS FINS SANS VIOLENCE. AURORA O'MALLEY A DÉJÀ TUÉ ASSEZ DE NOS AGENTS COMME ÇA.

Je plisse les yeux.

— VOUS N'ÉTIEZ PAS AU COURANT ? me demande Princeps. ELLE A ASSASSINÉ DEUX OPÉRATIONNELS À BORD DU *BELLEROPHON*. ÉCRASÉS COMME DE VULGAIRES GOBELETS EN CARTON À LA SEULE FORCE DE SES PENSÉES.

Princeps disparaît de l'écran, remplacé par l'image d'une salle d'interrogatoire. À l'intérieur, deux costumes gris foncé. Du sang et des tripes sont éparpillés au sol et sur les murs jusqu'à trois mètres de hauteur.

Je dois avaler ma salive pour ne pas vomir.

— Par le Créateur…

— C'est la fille que vous protégez. Ne vous fiez pas aux apparences, légionnaire Brannock. Elle est dangereuse. Pour vous. Pour ceux qui vous sont chers.

Je secoue la tête.

— Ça ne dépend pas de moi. Un As soutient toujours son Alpha.

Je me tourne vers l'agent derrière moi et mes yeux s'arrêtent sur mon reflet dans son masque.

— *Toujours*.

— Votre loyauté envers Tyler Jones est admirable, rétorque Princeps. Mais vous vous êtes certainement posé des questions quant à ses récentes décisions. Vous semble-t-il être lui-même ces derniers temps ?

— Aurora O'Malley est capable de tuer par la pensée, ajoute le second agent. Imaginez ce qu'elle peut infliger aux esprits des autres.

— Vous êtes en train de me dire qu'elle peut nous... contrôler ? *Le* contrôler ?

— Votre mère a toujours voué une loyauté sans faille à la FDT, jusqu'à sa mort, reprend Princeps. Nous espérons que sa fille partage les mêmes valeurs.

L'agent relâche mon bras.

Je regarde vers la porte. J'observe mon visage dans son masque.

Mes traits sont fatigués. J'ai l'air stressée. Terrorisée. Je me remémore l'Arbalète qui tremble comme une feuille alors que nous essayons de changer de cap. O'Malley qui lève la main et qui envoie Scarlett contre le mur. Je pense à Tyler, qui nous pousse toujours plus près du précipice.

Je me revois avec lui sous les draps, au lendemain de cette fameuse soirée. J'imagine mon corps frémissant au contact de ses doigts qui dessinent le contour de mes tatouages.

Ça ne lui a pas suffi.

— NOUS POUVONS VOUS DONNER DES GARANTIES. PAR ÉCRIT. POUR VOUS ET VOTRE ESCADRON.

Je pince les lèvres. Serre les dents. Et en me rasseyant sur mon tabouret, je fixe le visage invisible de l'agent. Puis je tends mon verre au barman.

— Sers-m'en un autre.

19

ZILA

Il n'y a aucun moyen d'entrer ni de sortir du bureau privé de Casseldon Bianchi sans se faire prendre.

20

AURI

— Comment as-tu pu penser une seconde que ce truc m'irait ? grommelle Cat derrière moi en tirant sur sa combinaison. Mes nichons vont déborder, Scar.

— C'est pour ça que je t'ai proposé de te prêter un soutif.

— Je croyais que c'était pour rire.

Scarlett lui adresse un petit rictus compatissant.

— Peut-être un peu.

Je suis à côté de Ty dans la longue file d'attente qui zigzague pour rejoindre la somptueuse soirée de gala organisée par Casseldon Bianchi. Cat et Scarlett ont enfilé leurs costumes – des vêtements branchés qu'on a dégotés grâce aux dons de négociatrice de Scarlett et aux contacts de Dariel. Comme toujours, Scarlett et Tyler donnent l'impression d'être détendus. Contrairement à Cat, qui ne serait pas plus mal à l'aise si sa combi était urticante. Peu à peu, nous nous approchons des portiers (hommes ou extraterrestres ? Difficile à dire) qui vont contrôler nos invitations.

Tout le monde est nerveux.

— Ne t'en fais pas pour tes nichons, reprend Scarlett en ajustant son masque. C'est la coupe qui est comme ça. Tu es magnifique, waouh, et moi aussi. J'*adore* cette robe.

Dans mon oreillette, la voix de Finn, distincte quoiqu'un peu grinçante, se fait entendre :

— Par le Créateur, Scarlett… Tu sais que je suis ton plus fervent admirateur, mais tu aurais pu nous prévenir avant de nous éblouir avec cette tenue ! Dariel vient de renverser son café brûlant sur ma combi et je crois qu'il a court-circuité quelque chose.

— Je fais ce que je peux pour vous remonter le moral, ronronne Scarlett, flattée.

— Non pas que je me plaigne…, ajoute Finn.

— Je vais t'en donner, moi, des raisons de te plaindre, marmonne Cat.

Nous sommes désormais à l'avant de la file et je discerne mieux les deux extraterrestres – parfaitement identiques – qui gardent l'entrée. Ils ont la peau cuivrée et leur petite tête me fait penser à une paire de jumelles, avec des yeux immenses qui mangent leur visage. Leur cou paraît trop fin pour les porter. Leurs bras sont longs et grêles. L'un d'eux se penche de son estrade en argent et tend un doigt en forme de brindille qu'il passe sur le carton d'invitation d'une femme très élancée à la peau rose.

— Ils regardent de près les invitations, je murmure.

Ty incline la tête pour mieux voir.

— Ne t'inquiète pas, me chuchote-t-il. Respire tranquillement. Fais comme si tout était normal.

Mais à ces mots, mon estomac se noue. Car en réalité, je ne suis pas à ma place ici. Ni nulle part dans cette galaxie, d'ailleurs. J'étais supposée vivre il y a deux siècles. La fatigue et la peur fragilisent ce qui me relie encore à ma famille. De plus en plus ténues, ces attaches menacent de rompre d'un instant à l'autre pour me laisser complètement seule.

J'ignore ce qui m'arrivera ensuite.

Dariel nous a promis que les cartons d'invitation étaient des copies conformes. Ce sont des faux, mais Finn avait l'air de lui faire confiance. Il paraissait écœuré de lui demander encore un service. Ça a dû lui coûter très cher. Chez les Traskiens, les obligations familiales sont un sujet complexe. Depuis, il en fait des tonnes et il chambre à tout-va, sans doute pour cacher sa nervosité.

Petit à petit, je commence à les cerner, ces six jeunes soldats qui tiennent ma vie entre leurs mains. En tout cas, s'il y a une chose que j'ai vite repérée, c'est à quel point Cat est frustrée. Elle bout à l'intérieur. Accrochée au bras de Ty, je sens son regard furieux percer deux trous brûlants dans mon dos. Ça me fiche la chair de poule.

Cette tenue qui l'agace tant est la combinaison bustier la plus sensationnelle que j'aie eu l'occasion de voir – bleu marine et, quoi qu'elle en dise, assez bien coupée pour mettre ses formes en valeur. Elle la portait dans la vision que j'ai eue d'elle. Elle l'a associée à des chaussures argentées (une idée de Scarlett), recouvertes d'une mosaïque en miroir, comme le masque qui cache ses yeux.

Son seul bijou est une épaisse ceinture en or brillant. Sa combinaison révèle ses superbes tatouages : l'aigle spectaculaire sur ses omoplates et le phénix autour de son cou. Sa peau pâle, ses pupilles sombres et ses cheveux plus foncés encore lui donnent un air terrifiant. C'est le genre de personne que je préférerais avoir dans mon camp.

Sauf que je doute que ce soit le cas, vu sa façon de me regarder.

La robe de Scarlett est assortie à celle de son As. Elle est d'un bleu turquoise profond et tombe jusqu'au sol. Je l'ai aperçue aussi lors de mon rêve éveillé. Quand je l'ai vue, un grand frisson a parcouru ma colonne vertébrale.

Comment a-t-elle su laquelle acheter alors que je ne l'ai jamais décrite ?

La robe de Scarlett est également sans bretelles (Finn et Dariel doivent être contents). La partie jupe est parsemée d'un millier de perles argentées, comme une constellation d'étoiles, qui rappellent les éclats de miroir sur les chaussures de Cat. J'ai compté environ trois cents boutons entre le milieu de son dos et le sol. Il nous a fallu, à Zila et moi qui avons de petits doigts, une demi-heure pour les attacher. Enfin, les reflets métalliques de son masque font ressortir ses grands yeux bleus.

L'une et l'autre sont sublimes. Elles paraissent libres sans leur uniforme de l'académie Aurora. Leur présence me rassure et je me sens un peu plus forte à leurs côtés.

En ce qui me concerne, je n'ai jamais rien porté d'aussi beau que ma robe. C'est exactement la tenue que j'aurais choisie pour mon bal de promo.

Je me demande comment Callie était habillée pour le sien.

Sur le corsage moulant sont brodées des volutes en soie rouge et or. Les manches sont courtes juste comme il faut et le col est droit, très près du cou. Le haut ressemble beaucoup au *qipao* que j'avais à la maison, mais la jupe, qui descend jusqu'aux genoux, se compose d'un millier de bandes de tulle rouge qui volent au vent. Quand je l'ai enfilée, j'avais envie de virevolter comme une danseuse étoile, mais le regard de Scarlett braqué sur moi m'en a dissuadée.

— Est-ce que la soie te plaît ?

J'ai baissé les yeux et effleuré le tissu d'une main.

— Elle est parfaite.

Il lui a fallu un long moment avant de reprendre la parole. Et ce n'est pas son genre d'hésiter de la sorte.

— Tu as dit que ton père... Enfin, je sais que ce truc n'est pas tout à fait chinois, mais...

Alors j'ai compris qu'elle avait essayé de trouver un habit qui me rappelle d'où je viens. J'en suis restée sans voix.

— Elle est... (Je l'ai contemplée à nouveau.) Elle est vraiment parfaite, Scarlett, merci. Mon père l'aurait adorée. Il répétait constamment qu'il fallait perpétuer notre culture.

J'ai eu l'impression que c'était quelqu'un d'autre que moi qui s'exprimait, car je n'avais jamais parlé de mon père au passé. Je sentais à quel point ma voix était prudente malgré mes efforts pour prendre un ton enjoué.

Papa tenait à ce que notre famille garde sa culture bien vivante. Enfant, quand venait l'heure d'aller me coucher, je réclamais qu'on me lise des contes traditionnels dans le grand recueil ancien sur l'étagère. Par la suite, j'en ai beaucoup voulu à mon père d'avoir quitté ma mère et je lui ai reproché d'accorder davantage d'intérêt à nos coutumes qu'à sa famille. Il n'avait jamais de temps à me consacrer, alors qu'il en avait toujours pour les sacro-saintes traditions.

Mais peut-être était-ce justement une excuse pour être à mes côtés.

Ensuite, Scarlett m'a coiffée et elle a pris soin de teindre en noir ma mèche blanche. Elle a collé sur ma joue une microcaméra dissimulée dans un grain de beauté artificiel. C'était un geste intime, mais sa proximité ne m'a pas importunée. Au contraire, elle m'a réconfortée.

— Ty et moi, on te comprend, a-t-elle déclaré d'une voix douce. On sait ce que c'est, de perdre un parent. Cat et Zila aussi. Si tu ressens le besoin d'en discuter, n'hésite pas.

Peut-être que c'était la Négociatrice qui parlait, dans un souci d'apaiser les tensions au sein de l'escadron. Mais je ne crois pas – du moins je veux penser que le moment était authentique.

Finn a applaudi quand nous sommes sorties de la chambre. Zila, elle, s'est contentée de hocher la tête et elle a ajouté :

— Tenue adéquate.

Kal ne m'a même pas regardée.

Contrairement aux autres, je suis recherchée sur cette station. Ce bal masqué est donc l'unique endroit où je peux m'afficher en public. Mon masque recouvre la partie supérieure de mon visage. Seuls mon menton et mes lèvres sont exposés. Mes yeux vairons sont cachés derrière des lentilles rouges qui me donnent un air mystérieux. J'ai l'allure d'une espionne dans un jeu vidéo d'antan.

Franchement, j'ai vraiment la classe.

Le dernier membre de notre quatuor est Ty. Il se plaint de sa tenue presque autant que Cat. Moi qui voulais savoir à quoi ressemblait un smoking du futur, j'ai ma réponse : c'est presque la même chose. Celui de Ty est bizarrement coupé, mais Scarlett a fait quelques retouches pour l'ajuster.

Il porte de grosses chaussures noires, un pantalon assorti on ne peut plus moulant (quand il l'a enfilé, Cat et lui ont hurlé « C'est une blague ?! ») avec des sangles autour de sa cuisse gauche, comme un étui de revolver, et de longues fermetures Éclair sur sa hanche droite. Sa chemise sombre et sa veste semblent avoir été taillées sur mesure. Enfin, un masque noir en forme de virgule lui dissimule les yeux. Le jumeau Jones numéro 2 est aussi distingué que sa sœur.

— Eh, Clandestine, me lance Finn à la radio alors que nous ne sommes plus qu'à un mètre ou deux des portiers. Je viens de me renseigner sur la signification de la couleur rouge dans la culture chinoise, et...

— Attends une minute, tu sais lire ? je le coupe.

— Toi aussi tu as recours à l'insolence pour occulter ce que tu ressens pour moi ! Toutes les filles de cet escadron ont prévu de tomber amoureuses de moi, ou quoi ?

— Bouclez-la, marmonne Ty. On y est presque.

Le couple devant nous franchit l'immense double porte au-delà de laquelle on devine un tourbillon de couleurs. Je lâche un petit soupir de soulagement, presque certaine que Finn s'apprêtait à expliquer que le rouge est le coloris traditionnel des robes de mariée en Chine. Or, Cat se trouve juste derrière moi. Et je tiens le bras de Ty. Même sans arme, cette fille pourrait m'arracher la tête et s'amuser avec comme si c'était un ballon de basket. Je me demande si Ty a remarqué qu'elle le dévore des yeux. À moi, en tout cas, quelques jours m'ont suffi pour m'en rendre compte...

L'extraterrestre pose son doigt osseux sur l'invitation de Ty. Le plastique vire alors au bleu, avant de reprendre une couleur crème. Je me force à contrôler ma respiration, puis je m'aperçois que mon bras est coincé sous celui de Ty, si bien qu'il doit se pencher pour être à ma hauteur. Je le lâche en rougissant, ce qui distrait mon attention pendant quelques secondes.

Les portiers nous font signe de passer, avant de se tourner vers Scarlett et Cat.

Ty et moi franchissons l'arche, où un autre extraterrestre – celui-ci est un énorme Traskien avec un masque blanc et des lentilles de contact noires – nous explique que nous allons être fouillés. Nous faisons halte devant une ligne au sol et levons les mains en l'air. Des lasers rouges nous scannent alors de la tête aux pieds, peut-être pour répertorier nos visages, ou pour vérifier que nous ne portons pas d'armes.

Au moment où nous nous retournons pour attendre les filles, Finn reprend la parole à la radio :

— Souvenez-vous, je vais avoir besoin d'un maximum de temps pour capter le signal. Idéalement, engagez la conversation avec M. Bianchi.

— Et essayons de ne pas nous faire dévorer, ajoute Ty en faisant comme s'il me chuchotait quelque chose à l'oreille.

— Plus vite il touchera la clé, plus vite je pourrai me mettre au travail. N'oubliez pas que l'un de vous doit se trouver à moins d'un mètre de lui quand le code changera.

Sa voix paraît calme, mais j'ai vu son visage lors du briefing chez Dariel.

Il n'est pas certain d'y arriver.

Je devrais être terrifiée, pourtant, quand Scarlett et Cat passent la sécurité, je m'aperçois que... ce n'est pas le cas. Je suis étrangement apaisée, comme je l'étais avant une course d'orientation ou une rencontre d'athlétisme.

La tension est bien là, mais je suis concentrée sur mon objectif.

Je ne suis pas la même personne que le jour où je suis partie pour Octavia. Je ne suis plus cette fille qui s'inquiétait de savoir s'il y avait d'autres ados sur le vaisseau, ou si les cours d'Explorations et Cartographie avec Patrice étaient à sa portée.

Je ne suis plus celle qui enterrait toute vie sociale en s'installant dans sa cryocapsule, ou qui glissait un écureuil en peluche parmi ses effets personnels.

Je suis quelque chose d'autre. Quoi ? Je l'ignore, mais je le sens un peu plus chaque heure, chaque jour.

Pour autant, celle que j'étais a aussi un rôle à jouer ici. Je voulais suivre des cours d'exploration pour partir à la découverte de l'Univers, et ces derniers temps, je ne suis pas déçue, c'est le moins qu'on puisse dire. À l'époque où mes parents se préparaient pour la mission Octavia, je changeais d'école deux à trois fois par an. Entrer dans une pièce pleine d'inconnus ne m'intimide pas. Je m'apprête à le faire comme si j'étais chez moi.

Scarlett et Cat nous rejoignent. La première est flegmatique, la seconde grimace. Nos quatre paires d'yeux découvrent en même temps la salle de bal.

Et cela dépasse tout ce que j'ai pu voir ou imaginer.

Nous sommes sous l'eau.

On se croirait dans une caverne sphérique géante. Instinctivement, nous avançons vers la droite en suivant la courbe du mur pour nous repérer.

Alors que j'observe mon reflet dans les parois en verre de la pièce, je me rends compte qu'un aquarium s'étend à l'infini de l'autre côté. Plus je lève les yeux, plus le vert turquoise vire au bleu et enfin au violet profond.

Le plafond est un gigantesque dôme, comme un ciel nocturne constellé de lumières délicates qui…

Oh, nom d'un zouave. Là, au-dessus de nous… C'est notre galaxie. Des amas d'étoiles et des nébuleuses dansent au ralenti. Quelle grâce… Elles se contournent et s'entrecroisent telles les ballerines d'une chorégraphie cosmique démesurée. Des millions et des millions d'années défilent devant mes yeux.

Les chaussures de Cat et les perles d'argent sur la robe de Scarlett brillent dans la nuit bleue. Le sourire de Ty est d'un blanc éclatant. Il doit y avoir mille personnes autour de nous et seulement quelques dizaines d'humains.

Je suis sous l'eau. Dans une station spatiale.

La salle est un kaléidoscope de couleurs. Toutes les créatures sont représentées parmi la foule qui semble une seule entité vivante. Chacune bouge et respire en musique. Le tempo grave et intense des basses fait vibrer mon corps. Des rires et des voix nous submergent par vagues. Les mains se lèvent en rythme, d'un même mouvement.

C'est une sorte d'immense club souterrain intergalactique. Un lieu enchanté où les visages sont dissimulés derrière des masques. Je lâche prise et je me surprends à sourire. Mes derniers doutes s'évanouissent. Ce que je cherche est ici. Et, quelque part dans l'obscurité, je l'entends m'appeler.

M. Bianchi…

Montrez-vous, où que vous soyez…

Comment prendre du bon temps

▶ **Les fêtes**

▼ **Les plus grandes fêtes de l'histoire**

Dans le top trois des plus grandes fiestas de tous les temps, on trouve le mariage du **Grand Julesli**, dans le **Système de Wroten**. Les quelques 437 000 invités venus de 27 planètes différentes ont pu assister à l'une des trois performances répertoriées de la **danse interdite de bas**. À l'issue des festivités, le Grand Julesli était éreinté. Il faut dire qu'il avait épousé 63 femmes.

La grande fête organisée sur **Terre** en 1694 par l'**Amiral Edward Russell** occupe la deuxième place du classement. Cet officier de marine a établi un nouveau record en mélangeant 250 gallons de brandy, 125 gallons de vin, 635 kilos de sucre, 20 gallons de jus de citron vert et 3 kilos de muscade. C'est une véritable fontaine à cocktail qui a ainsi vu le jour. Les barmen en canoës ne pouvaient pas rester plus de quinze minutes à leur poste en raison des vapeurs d'alcool, et il a fallu huit jours aux 5 000 invités pour tout boire. Amiral Russell, je ne suis qu'un humble unicom, mais je vous salue bien bas.

Enfin, c'est sans conteste au **peuple Keet** de **Leibowitz VII** que l'on doit la fête la plus démesurée. Une interprétation malencontreuse des anciennes prophéties les a conduits à croire que l'apocalypse était proche et les keet ont fait la nouba comme si leur monde allait s'éteindre. des archives incomplètes de cet épisode de l'histoire laissent penser que la prophétie s'est bel et bien accomplie à la suite d'un **battle de danse** organisé dans le plus gros réacteur à antimatière de la planète.

21

FINIAN

Il s'avère que Dariel adore les poissons. Je n'avais pas prévu ça.

— Regarde-moi celui-ci !

Il ne tient pas en place, comme un gamin qui ferait sa première sortie au Muthru Bazaar. Alors que j'essaie de guider mes coéquipiers en me servant des innombrables caméras de vidéosurveillance et des microcaméras qu'ils ont sur eux, mon cousin est trop occupé pour m'aider, car il est plongé dans l'observation de l'aquarium de la salle de bal.

— Ce n'est pas un poisson, lui dis-je. C'est un rocher. Tu es sûr qu'on est de la même famille, toi et moi ?

— Poisson ! confirme-t-il d'une voix triomphante quand la pierre violacée couverte de lichen se met à bouger au contact d'un nuage de microcalamars roses et jaunes.

Les yeux de l'animal s'ouvrent d'un coup et ses nageoires, que je prenais pour des coquillages, se mettent en mouvement. Puis il disparaît dans une brume de sable.

— Bon, d'accord, c'était un poisson. Il est parti maintenant, donc file-moi un coup de main.

— Finian ?

C'est notre vaillant chef qui m'appelle, certainement un peu surpris par ce qu'il vient d'entendre.

Oups, j'ai oublié de couper le micro de mon unicom.

— Ce n'est rien, Goldenboy, je réponds d'un ton enjoué. Je guette Zila et Kal pendant que Dariel parcourt les images de vidéosurveillance pour chercher notre hôte. Est-ce que vous av…

Je me suis tourné vers l'écran de mon cousin et il affiche encore un satané poisson. Une créature ovale titanesque, qui ressemble à une balle en kébar avec six yeux flippants sur l'avant de la gueule. Sa tête ovoïde est transparente, si bien qu'on aperçoit le bleu de l'eau à travers.

— C'est son cerveau, chuchote Dariel, fasciné, en pointant du doigt une forme blanche et floue.

— Pas trop jaloux qu'il en ait un ? Garde le tien concentré sur la mission, tu veux bien ?

Il souffle lourdement. De mon côté, je fais apparaître la vue de la caméra de Zila sur mon écran – je viens de me comporter comme la pire de toutes mes mères, mais j'essaie de ne pas y penser.

Je suis en contact avec Kal et Zila sur une autre fréquence. Goldenboy tend l'oreille, car il veut connaître nos positions ce soir.

La phrase qui précède contient une blague salace.

Kal et Zila ont bien avancé, ils sont quasiment à l'entrée. Ils empruntent un couloir plein à craquer, et grâce à leurs uniformes volés aux couleurs chatoyantes, ils passent inaperçus. Kal a dans les bras une pile de boîtes en carton sur lesquelles on peut lire CHEZ ENZO – 30 MINUTES MAX. Zila porte des boucles d'oreilles en forme de parts de pizza. Et dans un placard du niveau dix-sept, deux livreurs presque nus risquent d'avoir un méchant mal de tête à leur réveil.

Zila adore s'amuser avec ce disrupteur.

— Bon, Zila, Pixieboy, dis-je pour le faire rager. Les caméras de cette zone défilent maintenant en boucle. Je transmets les images des couloirs vides au QG de la sécurité. Mais attention : plus loin, il y a des patrouilles qui font des rondes. Je vais vous guider. Vous bougerez à mon signal. C'est clair ?

— Oui, légionnaire de Seel, répond Zila.

— Approche ton unicom de la serrure, je vais la faire sauter.

Tous deux atteignent la lourde porte blindée sur laquelle il est inscrit ACCÈS RÉSERVÉ AU PERSONNEL AUTORISÉ. Volontairement, Kal fait tomber les boîtes de pizza en maugréant pendant que Zila se colle contre la porte. Le cryptage est balèze ; par chance, l'unicom de l'académie n'est pas un jouet et je suis encore meilleur quand il s'agit de casser que de réparer. Il me faut trente-sept secondes pour anéantir le système anti-intrusion.

Un peu rouillé, mon vieux.

— C'est bon, le couloir devant vous sera libre dans vingt secondes, j'annonce. Au fait, Kal, ton uniforme te va comme un gant.

Pixieboy ajuste le petit chapeau ridicule sur sa tête.

— Je ne ressemble à rien. Il est trop serré. Comment voulez-vous que je me batte en portant ce truc ?

— Je ne sais pas. Avec sensualité ?

— Tu n'as pas grand-chose d'un combattant, pas vrai, Finian ?

— Et toi, pas grand-chose d'un...

Je ne finis pas ma réplique, car à cet instant la patrouille s'apprête à disparaître au bout du couloir.

— C'est bon, la voie est libre ! Go, go, go !

Zila pousse la porte blindée, suivie de près par Kal, qui lui tend ses boîtes de pizza pour dégainer son pistolet disrupteur. Non pas qu'il puisse tirer sans se faire repérer, mais c'est le genre de type qui est plus tranquille avec une arme entre les mains.

À mon signal, ils s'élancent dans le couloir, puis se cachent dans un placard de service juste avant qu'une autre patrouille n'arrive. Je dois surveiller les dix-sept caméras en même temps, en inscrivant les trajets des agents sur un plan et en anticipant leurs déplacements pour orchestrer le mouvement de mes troupes.

— Par le Créateur..., murmure soudain Dariel à côté de moi.

Mon sang ne fait qu'un tour. Je cherche sur mes écrans ce qui le fait paniquer de la sorte, jusqu'à découvrir sur l'un d'eux une gigantesque créature à la peau argentée. Ses deux rangées de dents parfaitement blanches feraient pâlir le pire des tueurs en série. Et derrière, j'aperçois *encore* une autre rangée de crocs. Scarlett doit être fascinée, elle aussi, car sa microcaméra suit l'animal alors qu'il remonte vers le haut de l'aquarium. Sa peau ondule et vire au bleu, puis au rouge, dans un réflexe de défense.

— Je croyais que tu étais athée, je lance à Dariel avant de revenir à Zila et Kal.

Difficile de trouver des assistants de qualité, de nos jours...

Mais quoique je me plaigne (Dariel ne m'est pas plus utile qu'une serviette de bain hydrophobe), je dois avouer que je m'amuse bien. J'échange des ragots sur la famille avec mon cousin entre deux conversations sur les poissons, sous les lumières tamisées de la vigne et à la lueur de mes écrans, dans une pièce aux parfums de pierre humide, tout en aidant mes coéquipiers à accomplir cette mission terrifiante... Ça me rappelle mon enfance.

Je guide Kal et Zila à travers six autres couloirs et leur permets d'éviter de justesse deux patrouilles jusqu'au moment fatidique.

— Terminus. La salle du générateur gravitationnel est droit devant. On passe à la phase 2, les enfants.

Kal s'écarte de Zila comme un courant d'air. Elle reste immobile à attendre qu'il prenne position, ses yeux noirs fixant le plafond, sa peau mate presque luisante à la lumière des projecteurs. Elle est douée pour se faire oublier quand on n'a pas besoin d'elle. On dirait alors qu'elle cherche à canaliser toute sa matière grise pour prendre le contrôle de la galaxie...

— Allez-y ! je chuchote.

Aussitôt, elle débouche au milieu du couloir dans sa tenue de livreuse en arborant un air perdu.

Les quatre gardes en faction devant la lourde porte à l'autre bout de l'allée se figent. Ils scrutent l'uniforme de Zila, ses boîtes de pizza, se creusent les méninges, puis finalement braquent leurs armes sans comprendre de quoi il s'agit.

— Halte ! s'écrie l'un d'eux.

Zila s'exécute et va même jusqu'à lâcher les boîtes et lever les mains, au cas où.

— C'est une zone interdite, il faut une autorisation ! lance un des gardes.

— Qu'est-ce que vous faites ici ? demande un autre, sans s'approcher tant qu'il n'est pas certain qu'elle ne présente pas de danger.

Mais je vois déjà qu'il cogite. Elle est si petite. Et elle est à dix mètres de lui. Où est le risque ?

— J'ai une question, prononce-t-elle de sa voix si solennelle.

Les quatre agents de sécurité se regardent, ahuris.

— Dans les jeux vidéo, poursuit-elle, on voit toujours des gardes se faire accoster par une personne infiltrée qui paraît inoffensive, pendant qu'une autre personne plus dangereuse profite de leur distraction pour les neutraliser. Je me demandais si vous pensiez que ce schéma était réaliste dans le cas où le personnel de sécurité a reçu une formation adéquate.

Les gardes la dévisagent en clignant des yeux, comme les gens le font souvent devant Zila Madran.

— Est-ce que vous...

L'agent n'a pas le temps de finir sa phrase que Kal tombe de la conduite d'aération au-dessus de lui et lui fracasse le crâne. En une poignée de secondes, il a liquidé les trois autres sans un bruit. Et sans disrupteur.

— Je pensais vraiment que tu te prendrais une balle, lui avoue Zila.

Kal se tourne face à elle, le front plissé.

— Tu m'as expliqué que j'avais quatre-vingt-sept virgule trois pour cent de chance de réussir.

Elle penche la tête.

— Je ne voulais pas t'inquiéter.

— OK, je les interromps. Maintenant, je vais voir où en est l'équipe A. Les générateurs gravitationnels sont juste derrière ces portes blindées. Kal, occupe-toi de cacher les corps. Zila, tu connais mes instructions.

— Elle a un petit copain ? me chuchote Dariel en l'observant.

— Si tu continues à m'interrompre, je vais te découper les orteils un par un et je t'obligerai à regarder quand je les filerai à bouffer à tes foutus poissons.

Il lève les mains, l'air de dire « Oula, pas de souci. C'est quoi ton problème, mec ? » et je retourne à mes caméras en serrant les dents.

Je me mets à scruter la salle de bal noire de monde, mètre carré par mètre carré, à la recherche de Bianchi. Mais il est aussi difficile à trouver qu'un Traskien dans une tempête de neige. Sa peau est bleue, soit de la même couleur que le reste de la pièce, comme la lumière de l'aquarium et celle du plafond constellé d'étoiles. Et le fait que chaque invité porte un masque ne facilite pas les choses.

Je poursuis méthodiquement ma prospection, secteur par secteur, jusqu'à ce que je finisse par tomber sur notre homme. Il agite ses quatre mains en l'air au rythme de la musique et arbore un grand sourire qui laisse apparaître ses dents acérées. Il est entouré d'un harem – je ne trouve pas d'autre terme pour désigner le groupe de jeunes créatures plantureuses amassées autour de lui. Elles sont issues d'une dizaine d'espèces différentes et il y a autant de mâles que de femelles, d'hermaphrodites ou autres intersexes. Elles dansent et tournent avec lui comme des fleurs de maza avec le soleil.

Des agents de sécurité sont disposés en cercle autour d'eux. Si je devais les décrire en un mot ? « Terrifiants. » Ce sont des Chelleriens comme Bianchi – grands, bleus, avec des dents plus affûtées que leur cerveau. Leurs muscles menacent de faire craquer leurs uniformes et, sachant que les couturiers de Bianchi ont une excellente réputation, il s'agit certainement d'un choix délibéré. Ils protègent leur patron au milieu de la foule en braquant leurs quatre yeux sur ceux qui s'approchent de trop près. Un renflement sous leur veste laisse deviner qu'ils sont armés.

— Bien, les enfants, dis-je à mon équipe. Bianchi est dans l'angle nord-ouest. Étant donné la sécurité autour de lui, je ne vois qu'une seule façon de l'aborder.

— Laquelle ? demande Goldenboy.

— Dansez comme si vous aviez le feu aux fesses.

— C'est parti, lance Ty.

Et, sans hésiter, il attrape Aurora par le bras et la tire dans la foule. Je devine le petit cri de surprise qu'elle pousse par-dessus la musique endiablée.

Scarlett et Cat restent un instant à proximité de l'aquarium. La première observe les créatures le long du mur, mais sur l'image transmise par sa microcaméra, je ne peux détacher les yeux du poisson le plus proche – ce doit être Dariel qui déteint sur moi.

Casseldon Bianchi possède vraiment toutes les espèces de la galaxie. Ce poisson-là fait deux mètres de long ; il est sinueux et d'un orange vif comme les cheveux de Scarlett. Mais ce sont surtout les gigantesques poches à venin de part et d'autre de sa gueule qui le caractérisent. Plus grosses que sa tête, elles donnent l'impression qu'il a deux énormes joues. Ses yeux blancs ressortent comme s'il était aussi surpris que moi par la tournure qu'ont pris les événements.

Cat, depuis le début de la soirée, a le regard rivé sur notre Alpha et notre passagère clandestine. Ce genre d'obsession ne m'inspire rien de très optimiste. On a déjà eu droit à une crise de nerfs de sa part. D'ailleurs, quand elle est revenue chez Dariel, elle empestait le sempter larassien et elle n'avait pas l'air dans son assiette.

— Heu, Zéro, je l'interpelle. Tu peux balayer la pièce du regard ?

Elle s'exécute en tournant la tête à deux cent soixante-dix degrés sur la foule, mais je ne repère rien de plus que sur les caméras de vidéosurveillance. Heureusement, notre Négociatrice sans faille remarque le ton de ma voix et se tourne vers l'As à côté d'elle.

— Pourquoi est-ce qu'ils seraient les seuls à s'amuser ? demande Scarlett en attrapant soudain Cat par la main pour l'entraîner dans la foule.

Cat bredouille quelque chose tandis que Scarlett rit aux éclats, et malgré la tension ambiante, mes lèvres esquissent un sourire. J'adore le rire de Scarlett, il me fait craquer. Et la voilà qui prend notre pilote dans ses bras et l'oblige à se pencher en arrière dans un pas chaloupé extravagant.

Il y a tellement d'espèces différentes ici que chacune se trémousse selon son propre style. On danse seul, en couple ou à dix, en se prenant les mains, en se serrant l'un contre l'autre ou en évitant tout contact. Après cinq années passées à l'académie Aurora, où l'on croise presque exclusivement des Terriens, des Traskiens et depuis peu quelques Syldrathis, je ne suis plus habitué à un pareil melting-pot. Alors que j'ai grandi avec mes grands-parents sur une station similaire à celle-ci et que j'adorais ça.

Ça m'avait manqué.

Scarlett et Cat se sont lancées dans une danse ridicule, poitrine contre poitrine, un bras tendu sur le côté.

— Qu'est-ce que vous faites ? je m'enquiers en gloussant.

— C'est un tango. Une danse terrienne traditionnelle, très romantique, m'explique Scarlett.

Le rire de Cat me fait douter de la qualité d'exécution.

Goldenboy et Aurora n'arrivent pas à danser ensemble, mais ils font de leur mieux en s'inspirant des créatures autour d'eux. Et il y a quelque chose de rassurant à constater qu'il existe une discipline dans laquelle Tyler n'excelle pas. Mais l'essentiel, c'est qu'ils soient de plus en plus près de Casseldon Bianchi.

— Approchez-vous encore pour que je puisse capter le signal, je commande en changeant de caméra. Pas trop près non plus, sinon les gardes vont vous arracher la tête. Souvenez-vous…

— À un mètre, répètent en chœur Ty et Auri.

— Vous connaissez votre leçon, à ce que je vois !

Zila prend la parole à la radio :

— Finian, est-ce que je suis au bon endroit ?

Je me tourne vers l'autre écran. Mince, ils sont déjà devant les générateurs gravitationnels. Je dois jongler entre les moniteurs.

— Pas mal du tout ! Maintenant, il faut placer les charges sur la mémoire tampon secondaire.

— Je suis au courant, répond Zila.

— Une deuxième patrouille se dirige vers vous, j'ajoute. Préparez-vous à les affronter, au cas où ils découvriraient les gardes de tout à l'heure et qu'ils viendraient pointer leur nez dans la salle des générateurs. Il faudrait trouver un moyen de les distraire.

— Kal, tu t'es brossé les dents, ce matin ? intervient Tyler à la radio.

— Heureusement, on ne devrait pas avoir à aller jusque-là, réplique Kal.

Tyler éclate de rire et j'entends Auri lui demander ce qu'il y a de si drôle. Je me note dans un coin de la tête de lui poser la question plus tard. Pour l'instant, j'ai d'autres chats à fouetter.

— Configurez les détonateurs et filez d'ici, dis-je à Zila et Kal.

Je jette un œil au deuxième écran. Goldenboy et Aurora ne sont plus qu'à quelques mètres de Bianchi – je l'aperçois grâce à leurs microcaméras. Plus que deux rangées de danseurs masqués entre eux et leur cible. Ils se faufilent entre les agents de sécurité dans un tourbillon de lumière et de couleurs, si proches du but. Les gardes semblent fatigués et pas trop énervés. Quant à Ty et Auri, ils sont parfaits dans leur rôle d'imbéciles heureux qui se trémoussent, avec leurs sourires redoutablement stupides.

Ils pourraient bien y arriver.

Les doigts posés sur le bouton, je m'apprête à envoyer le signal dès que la main de Bianchi touchera sa clé. Mais je ne suis pas sûr d'y parvenir, car il y a déjà énormément de trafic dans cette pièce. Capter un flux spécifique parmi les milliers qui défilent s'annonce aussi difficile que d'attraper un couteau en plein vol. Et je n'étais pas un bon gardien de but à l'école.

Heureusement, l'école est finie.

— Bien, on y est pres...

Mais soudain, dans un grand fracas, la porte d'entrée de l'appartement de Dariel est éjectée de ses gonds. Elle s'écrase parmi le bazar qui jonche le salon, et qui vole en éclats dans toutes les directions. L'impact brutal embrase les feuilles de vigne et les stalactites tombent du plafond. Elles se brisent à terre à un cheveu de ma tête.

L'adrénaline me retourne le ventre tandis que je me jette en avant sans penser aux câbles, qui s'arrachent de mon poste informatique de fortune. Mes écrans se brouillent et je perds le visuel sur l'équipe.

Un commando pénètre alors dans l'appartement, armes braquées sur nous. Les soldats portent des gilets tactiques sans inscription, mais il est facile de deviner que ce sont des Terriens, avec leurs coupes de cheveux militaires et leurs physiques d'humains qui passent leur temps à soulever de la fonte.

Dariel reste bouche bée. Il me fait penser à une carpe, ou à un autre de ses satanés poissons.

— Vous n'étiez pas censés arriver si tôt ! crie-t-il.

Derrière la colonne de soldats, deux silhouettes se dessinent et à cet instant mon estomac se noue. Vestes grises sobres, casques du même acabit... Il ne me faut pas longtemps pour comprendre qui ils sont.

Merdum, merdum, merdum…

L'AMR.

Je coupe mon unicom et le glisse sous un paquet vide de *PresqueNouilles !*™. Alors l'une des silhouettes prend la parole d'une voix de robot :

— BONJOUR, LÉGIONNAIRE DE SEEL.

Les trucs à fuir à tout prix

▶ **Les formes de vie**

▼ **L'ultrasaure (d'Abraaxis IV)**

Les ultrasaures d'Abraaxis IV sont considérés comme l'espèce la plus hostile de l'histoire de la **Voie lactée**. Dotées de plus de dents que le **râtelier impérial de Tphar**, ces créatures sont plus effrayantes encore que les **Brutomollusques de Banon III**, et moins amicales que l'**Ermite solitaire de Barr** (qui est la seule habitante de son système). Elles ont un tempérament exécrable et se sont joyeusement dévorées entre elles lors d'une orgie carnivore sans précédent, au mépris de toute loi écologique.

C'est une chance inouïe pour les autres **formes de vie de la galaxie** que l'espèce soit désormais pratiquement éteinte. Mais en cas de rencontre fortuite, les vieux sages vous diront qu'il est préférable de mourir aussi vite que possible.

22

CAT

— Finian, on est en position.

L'annonce de Tyler crépite sur le canal radio de l'escadron, presque étouffée par la musique. Mon regard erre dans la foule tourbillonnante, parmi les lumières qui clignotent et les stroboscopes bleus. Tyler et O'Malley sont désormais assez proches de Bianchi pour permettre à Finian d'exercer son art. Tyler se penche et murmure quelque chose dans le cou d'O'Malley, qui sourit comme si c'était drôle. Je serre les dents.

— Finian ? appelle Tyler à la radio. Tu me reçois ?

Pas de réponse.

J'ai un nœud à l'estomac depuis l'épisode d'hier soir au bar. Les agents secrets sont finalement partis après s'être servis de mon unicom pour transmettre des documents officiels frappés du sceau de l'AMR, que j'ai signés en laissant l'empreinte de mon pouce. Des termes comme « immunité », « coopération » et « capture » étaient inscrits en gras. À cet instant, je refuse d'y penser.

— Est-ce que quelqu'un reçoit Finian ? s'enquiert Tyler.

— Finn, tu me reçois ? demande Scarlett à côté de moi.

Pas de réponse.

Ça ne devait pas se passer comme ça.

Tyler se penche encore à l'oreille d'O'Malley pour dissimuler le mouvement de ses lèvres.

— Zila, Kal, quel est votre statut ?

— Les charges sont en place, annonce Pixieboy. On vient de quitter le centre de contrôle gravitationnel.

— Il se peut qu'on ait un problème. Finian ne répond plus. S'il ne capte pas le signal, on ne pourra pas ouvrir la porte du bureau de Bianchi.

— Pourquoi est-ce qu'il ne répond pas ?

— C'est la question que je me pose. Retournez à l'appartement de Dariel. Et tenez-vous prêts, il pourrait y avoir du grabuge. Scar, je veux que tu les accompagnes en renfort.

— Et toi, qu'est-ce que tu vas faire ? questionne Scarlett.

Je cherche le visage masqué de Tyler dans la lumière mouvante. Autour de lui, de Bianchi et de sa cour, la masse des corps tourne et oscille. Des créatures de formes et de tailles disparates bougent au son de la musique, en parfaite harmonie. Lui reste immobile. Le front plissé. Les sourcils froncés. Les synapses en alerte.

— Cat, retrouve-nous près des toilettes.

Scarlett me lance un regard interrogateur, plein de doutes. Mais Ty lui a donné un ordre et jamais elle ne le contredira en public. Elle est aussi loyale que moi envers lui.

Aussi loyale que moi…

— Sois prudente, coloc, je l'avertis.

— Toi aussi, réplique-t-elle avec un hochement de tête.

Nos chemins se séparent. Scar se dirige vers la sortie tandis que je m'enfonce dans la foule. Discrètement, sans attirer l'attention sur eux, Tyler et O'Malley s'éclipsent du flot de corps qui dansent autour de Bianchi. Sur ma route, je fais glisser ma main le long de l'aquarium. Une nuée de vers luisants aquatiques suit mon doigt de l'autre côté de la vitre. Mon cœur bat à toute vitesse. La musique est tellement forte.

— Ça va ? me demande Tyler quand il me voit.

— Cinq sur cinq, chef, j'affirme d'instinct.

J'essaie de faire abstraction du fait qu'O'Malley est pendue à son bras. De me convaincre que cette situation la dépasse encore plus que moi. Qu'elle ne sait pas. Qu'elle ne peut pas savoir.

— Quels sont les ordres, chef ?

— Zila et Kal ont posé les charges explosives. (Il tapote sur son unicom.) Je n'ai pas besoin de Finn pour les déclencher à distance. Quand elles auront sauté, ce sera le chaos et le service de sécurité de Bianchi sera dépassé. Il nous reste donc une fenêtre d'action, comme prévu.

— Mais sans Finn, on n'aura jamais le code pour ouvrir le bureau de Bianchi, proteste O'Malley.

Tyler projette discrètement le plan qu'a dressé Finian et pointe un doigt dessus.

— La porte sécurisée n'est en réalité pas l'unique point d'entrée.

— C'est une blague ? je lance.

Tyler me fait un clin d'œil et mon cœur chavire.

— J'improvise, dit-il avec un rictus.

Quelques instants plus tard, nous sommes tapis non loin d'une lourde porte en plasteel dans un coin sombre, au fond de la salle de bal. C'est un peu plus calme par ici. Quelques couples et trios s'apprivoisent dans l'obscurité. Sur la porte figure un message écrit en grosses lettres rouges dans une langue que je ne connais pas. Mais s'il fallait parier, je miserais les clés de l'Arbalète sur « MÉNAGERIE : ACCÈS INTERDIT ».

L'entrée est gardée par quatre immenses soldats chelleriens, dont la peau bleue cuivrée luit sous la lumière tamisée. De fins masques noirs couvrent leurs doubles paires d'yeux rouge sang. Ils ont les bras croisés devant leur large poitrine, mais leur vigilance n'est pas au maximum – après tout, il y a des caméras partout et une bonne centaine de leurs collègues dans la salle de bal. Et comme l'a si bien dit Ty : qui dans cette galaxie serait assez stupide pour se brouiller avec Casseldon Bianchi ?

Personne. Ou presque...

Tyler me regarde, le blanc de ses yeux scintillant dans la lumière noire.

— Prêtes ?

— C'est une question piège ?

Nous nous baissons au même moment pour appuyer sur l'interrupteur de nos chaussures. Les électroaimants que Finian a installés sous nos semelles émettent un léger vrombissement et nous plaquent au sol en métal. Tyler se tourne vers O'Malley et lui prend la main.

— Fais comme si tu étais abrutie par l'alcool, lui conseille-t-il.

— Trop facile, je marmonne.

Nous nous approchons des gardes, nos chaussures claquant à chaque pas. Aucun de nous n'est habitué à marcher avec des semelles magnétiques, mais Tyler passe en tête en faisant mine d'être ivre. Il titube et manque de tomber. Je le retiens en prenant un air embarrassé et en faisant comme si j'étais saoule moi aussi. Derrière nous, O'Malley est à la traîne. Les gardes nous zieutent de haut en bas.

Alors Tyler brandit son unicom en bredouillant :

— Quelqu'un a l'heure de la station ?

— Va-t'en, huuu-maiiin, grogne l'un.

Ty fait un pas de plus et appuie sur le détonateur.

L'espace d'une seconde, rien ne se passe. Les lumières vacillent au-dessus de nos têtes lorsque les charges de Zila et Kal explosent au cœur de la station. Puis un grand vertige s'empare de moi. Et avec cette sensation désagréable que mes tripes flottent librement à l'intérieur de mon corps, je sens la gravité disparaître à bord du Vaisseau Monde.

Les Chelleriens chancellent et leurs corps quittent peu à peu le sol. Ils tentent de s'accrocher aux murs pour regagner l'équilibre, mais leurs mouvements sont trop rapides, exagérés. J'entends une clameur en provenance de la foule, suivie par des cris de peur quand l'océan de créatures commence à s'élever en direction du plafond galactique.

Tyler ne traîne pas, et moi encore moins. Nous nous jetons sur deux Chelleriens pour leur subtiliser leurs disrupteurs. Je tire une fois, deux fois. Tyler se charge du troisième. Le quatrième parvient à attraper Ty par le poignet et il le tord de toutes ses forces avant que je fasse feu en prenant pour cible son visage. Les yeux rouges des gardes se convulsent à l'intérieur de leur crâne et ils perdent connaissance. Derrière nous, les couples et les trios hurlent à tue-tête, mais leurs cris s'évanouissent dans le chaos de la salle de bal. Les invités planent maintenant entre le sol et le plafond, telle une nuée de corps dérivant au gré de la musique que crachent les enceintes sous la lumière stroboscopique.

– On y va ! ordonne Ty.

J'attrape le passe-partout à la ceinture de l'un des gardes et le glisse devant le scanner. La porte de la ménagerie s'ouvre grand, et une fraction de seconde plus tard, Tyler, O'Malley et moi la claquons derrière nous.

Tyler s'avance en premier et suit le plan de Finn d'un pas alourdi par ses chaussures magnétiques. O'Malley a les yeux écarquillés. Je me demande ce qui a mis Finn hors jeu. Est-ce que l'AMR a pris d'assaut l'appartement de Dariel plus tôt que prévu ? Ou est-ce autre chose ? Je ne vois pas comment reprendre le contrôle de la situation ni comment nous pourrions nous en sortir vivants.

Au bout du couloir, nous croisons deux gardes qui dérivent en apesanteur. Ils braillent dans leur micro en cherchant à se retenir au plafond. Une décharge de nos disrupteurs les fait taire, et peu après nous franchissons une nouvelle lourde porte.

Une odeur d'égouts se dégage de la pièce où nous venons de mettre les pieds. Les effluves me font grimacer et soudain je remarque les cages autour de nous. Elles abritent des créatures aux yeux de biche, qui ressemblent un peu à des vaches. Ce sont des quadrupèdes dociles au pelage frisottant, dotés de grandes pupilles marron caractéristiques des herbivores. Quand ils nous voient, ils prennent peur et geignent en couchant leurs oreilles en arrière.

— Qu'est-ce que c'est que cet endroit ? chuchote O'Malley.

— Un garde-manger, affirme Tyler.

Il active son unicom en mode « traduction » et se met à balayer les inscriptions en chellerien sur la console de contrôle, à la recherche du bon interrupteur.

— Vous croyez que Bianchi se nourrit de ces animaux ? demande O'Malley, horrifiée.

— Pas Bianchi, je soupire. Son petit protégé.

Ty appuie sur un bouton et une trappe s'ouvre au sol en coulissant, révélant une rampe métallique qui disparaît sous nos pieds. Une odeur de terre humide et de nectar de fleurs se fait sentir.

O'Malley garde un moment la tête baissée et je me dis qu'elle doit être terrorisée. Pourtant, quand elle lève enfin le menton, sa bouche forme une ligne droite déterminée.

— Je crois savoir où ça va nous conduire…

— Au bureau de Bianchi, acquiesce Tyler.

Je secoue la tête.

— C'est de la folie, Tyler. On est vraiment stupides de faire ça.

— Au moins, on reste fidèles à nous-mêmes, rétorque-t-il en se débarrassant de son masque et de sa veste.

— Ce cerbère a tué l'ensemble des êtres vivants de sa planète et toi, tu veux qu'on aille mettre notre nez dans sa niche ?

— Tant que la gravité est suspendue, l'ultrasaure ne peut pas se déplacer. On a des chances de s'en sortir, à condition d'être rapides et silencieux. Pense à tout le chemin qu'on a fait pour en arriver là. On ne peut plus revenir en arrière.

— En imaginant qu'on parvienne à échapper à ce monstre, comment fera-t-on ensuite pour s'introduire dans le bureau de Bianchi ?

Tyler sourit.

— Fais-moi confiance.

La ceinture d'O'Malley émet un petit bip.

— VOUS ÊTES AU COURANT QUE VOUS ALLEZ MOURIR, PAS VRAI ?

— Magellan, silence ! chuchote-t-elle en coupant le volume de l'appareil.

Aussi agaçant qu'il soit, je ne peux m'empêcher d'être d'accord avec lui. Je m'apprête à protester encore, mais Ty a désactivé ses chaussures magnétiques et il s'engage sur la rampe. O'Malley s'est débarrassée de son masque et, malgré la peur qui se lit sur son visage, elle le suit de près. Ce doit être « l'effet Tyler Jones », car à mon tour, je me surprends à éteindre mes aimants et à flotter derrière lui, bien que la situation soit désespérée.

En bas de la rampe, nous découvrons une incroyable jungle – une authentique forêt tropicale en pleine station spatiale. Après l'aquarium un peu plus tôt, je ne devrais pas être surprise, et pourtant, cela me semble encore plus inconcevable.

Je n'ose même pas imaginer les sommes que Bianchi a dû dépenser pour faire construire ce lieu, ni sa colère s'il arrive quoi que ce soit à son petit protégé. L'épais feuillage ondoie avec des reflets rouges, orange et jaunes, les couleurs d'un automne perpétuel. Un doux parfum flotte dans l'air, du fait des vignes et des fleurs extraterrestres chatoyantes qui pendent au plafond de l'enclos. Nous avançons tant bien que mal en nous tenant aux arbres magenta et torsadés. L'endroit est immense. Il y règne un silence funeste et les bruits de nos corps effleurant les branches paraissent assourdissants, alors que ce ne sont rien de plus que des chuchotements.

Au loin, un rugissement vibrant et métallique déchire la paix du lieu.

— Nom d'un zouave, murmure O'Malley.

— Tu ne peux pas jurer comme une personne normale ? je grommelle.

Elle me sourit alors, comme si je venais de dire quelque chose de drôle. Et en levant vers moi ses yeux vairons, elle me demande :

— Désolée, mais… je te parais normale ?

Bon d'accord, un point pour elle…

Un nouveau rugissement résonne aux quatre coins de l'enclos. Les vibrations me vrillent le ventre et mettent mes nerfs à vif. Tyler sort son unicom, saisit une série de commandes, puis le jette de toutes ses forces contre la rampe par laquelle nous venons de descendre.

— Qu'est-ce que tu fiches ? je souffle. C'est un unicom de la Légion ! Il nous est plus utile que notre Arbalète !

— Taisez-vous et avancez, nous chuchote-t-il.

Il passe en tête, sûr de lui – il a eu une super note à son examen d'orientation en apesanteur, évidemment. O'Malley le suit avec prudence. Elle aussi a dû recevoir un entraînement à l'époque où elle se préparait à rejoindre la colonie, car pour une fois elle semble savoir ce qu'elle fait.

Il y a des bruits de terre retournée, de branches cassées et un nouveau cri de bête. Tyler lève un poing en l'air pour nous enjoindre à faire halte. Et là, mon estomac se transforme en bloc de glace quand, par-dessus son épaule, je l'aperçois.

C'est sans nul doute la chose la plus effrayante sur laquelle mes yeux se sont posés – et encore une fois, j'ai vu Dariel en sous-vêtements. On dirait que le Créateur a pris chaque monstre sous le lit de chaque enfant pour concevoir une créature titanesque, après quoi il a inventé ce cerbère pour la dévorer comme une vulgaire tartine de beurre avec un verre de jus d'orange.

Grand comme une maison, il est tout en dents et en griffes. Ses pattes congestionnées se débattent dans les airs pour trouver une prise où s'accrocher. Apparemment, il n'est pas stupide, car il plante ses « doigts » dans la terre noire et utilise ses serres avant pour se tracter. Il renifle l'espace de son museau rond plein de morve, puis rugit de nouveau et de la bave vole de sa bouche. Ses pupilles sombres se dilatent, laissant apparaître cinq yeux vert émeraude. Mon instinct reptilien me crie de m'enfuir pour sauver ma peau. Car il y a les prédateurs, les superprédateurs… et il y a le Grand Ultrasaure d'Abraaxis IV.

— Il nous a sentis, dis-je à voix basse.

— C'est le bureau de Bianchi, déclare froidement Tyler en tendant le doigt.

Je repère la paroi en silicium polarisé derrière les broussailles, et au-delà, les lumières et les meubles du bureau. La vitre est nette. Aucune fissure, aucun verrou, aucune charnière. Rien.

— Comment on va entrer là-dedans ? je souffle.

— Il faut avoir la foi, murmure notre Alpha avec un sourire.

Je jette un regard terrorisé en direction de l'ultrasaure.

— Comment veux-tu que la foi nous aide à surmonter cette chose ?

— En effet, admet Tyler en fronçant les sourcils. Dans ce cas, il faut plutôt compter sur les hormones.

J'entends un bruit dans le lointain. Faible et métallique, il semble sortir du haut-parleur d'un unicom. On dirait deux tronçonneuses qui essaient de forniquer.

L'ultrasaure s'immobilise, puis se redresse, le regard fixe. Le crissement se répète en boucle et je reconnais la bande-son de la vidéo que nous a montrée Finian. Tyler me sourit. J'ai très envie de lui mettre mon poing dans la figure, mais je ne peux m'empêcher de lui répondre par un petit rictus.

Bon sang, c'est l'appel de la femelle.

— Tu es content de toi, espèce de…

L'ultrasaure rugit de plus belle, bave et crache en crapahutant à travers l'enclos. Il laisse d'immenses traces dans la terre et arrache les arbres sur son chemin tandis qu'il s'efforce d'approcher de l'unicom abandonné par Tyler. Ses mâchoires sont serrées, ses yeux luisants. Il disparaît dans l'épais feuillage en déchiquetant les plantes sur son passage.

— Il a l'air plus contrarié qu'excité, fait remarquer O'Malley.

— Toi aussi, tu serais dégoûtée si tu réalisais qu'il y avait un autre mâle sur ton domaine à la recherche d'une femelle, explique Tyler.

Puis, avec un signe de tête en direction du bureau, il ajoute :

— Allons-y.

Ty prend de l'élan en s'appuyant sur un arbre. Je file après lui et O'Malley ferme la marche, les ridicules franges de sa robe flottant derrière elle. En arrivant près de la cloison en silicium, Ty s'accroche à la vigne pour ralentir sa course et il me retient quand je parviens à son niveau. O'Malley nous rejoint, une lueur brillante dans le regard, visiblement excitée à l'idée d'être si proche du but. Il semble y avoir du métal sous la terre à cet endroit – sans doute les fondations du mur – et Ty réactive ses chaussures magnétiques. Ses talons claquent sur le gazon.

— Comment faire pour passer cette clôture ? je chuchote en tapant du poing contre la vitre.

— Quand chaque plan a échoué, il ne reste plus qu'à tout faire sauter, répond-il en haussant les épaules.

Il dégaine le disrupteur qu'il a subtilisé aux gardes de Bianchi, le règle en mode « Tir létal » et hoche la tête en me fixant. Je l'imite en poussant la puissance de mon propre pistolet au maximum et nous déchargeons nos armes contre la vitre. Il y a un éclair de lumière intense, un bruit d'explosion. La surface de la paroi fond, laissant une marque calcinée de quelques centimètres de profondeur.

Le problème, c'est que cette saloperie fait presque un mètre d'épaisseur.

— Hmm, bien, fait Tyler.

— Hmm, bien ? je répète, incrédule.

— Tiens ? Il y a de l'écho, ou quoi ? demande Ty.

Un petit bruit électronique retentit à la ceinture d'O'Malley.

— Si je peux me permettre...

— Non, tu ne peux pas, bon sang ! Mode Silencieux ! je grogne.

Plus loin, je perçois un nouveau rugissement, suivi d'un vacarme d'arbres déracinés par des griffes grandes comme des épées. Je me tourne vers Tyler, derrière moi.

— Je t'en prie, dis-moi que tu as une autre solution que ta super devise « Quand chaque plan a échoué, il ne reste plus qu'à tout faire sauter » ?

Tyler tire une nouvelle fois, liquéfiant quelques centimètres supplémentaires du mur. Il plisse le front en écartant sa tignasse de devant ses yeux.

— Je pensais vraiment que ça marcherait...

— Par le Créateur, c'est tout ce que tu trouves à répondre, Monsieur J'ai Eu Cent Pour Cent À l'Examen de Tactique Militaire ?

Ty soulève son sourcil balafré.

— Cat, je m'en veux de briser l'image que tu as de moi, mais je crois que le moment est venu de t'avouer qu'en gros, depuis le *Bellerophon*, je suis en impro totale.

Un nouveau rugissement secoue le feuillage.

— Oh, nom d'un flan, murmure O'Malley.

Nous nous retournons et...

Il est là.

Et il nous a vus.

Sa gueule s'ouvre, dévoilant des rangées de crocs acérés. Son souffle est une véritable fournaise, ses griffes sont profondément ancrées dans le sol. Des morceaux de terre et des débris de plantes flottent autour de lui. Et voilà qu'il s'approche de nous, ses cinq yeux brûlant de rage, sa langue fourchue fouettant l'air. Je lève la tête. Plafond vitré au-dessus. Paroi vitrée derrière. Monstre droit devant.

On est cuits.

— Cat, fiche le camp sur la gauche, prends Auri avec toi, me chuchote Ty en éteignant les aimants sous ses semelles et en s'élevant du sol. On va retourner d'où on...

Il n'a pas le temps de finir sa phrase que l'ultrasaure contracte ses muscles, bondit et se met à flotter vers nous comme une torpille en apesanteur.

J'attrape la main d'O'Malley et nous nous écartons du mur. Dans mon dos résonne le bruit d'un énorme corps heurtant la paroi en silicium polarisé.

L'ultrasaure rugit en lacérant la vitre et je risque un coup d'œil derrière moi. Tyler est très haut au-dessus de nos têtes. Il cogne le plafond avec force et son épaule s'écrase contre la baie. Mais il repart vers le sol au moment où l'ultrasaure, toutes griffes dehors, percute l'endroit où il se trouvait il y a un instant à peine.

— Tyler ! hurle O'Malley.

Consciente que cela ne servira certainement à rien, je tire en l'air avec mon disrupteur et je suis récompensée en entendant un grésillement. La décharge a fait un trou dans le flanc de l'ultrasaure. Il n'est pas vraiment blessé, mais au moins cela laisse à Ty quelques secondes pour se reprendre et bondir en direction du passe-plats.

Sauf que j'ai attiré l'attention de la bête.

Elle pousse un horrible cri, nous fonce dessus et je l'évite de justesse, me balançant autour d'un tronc d'arbre et entraînant O'Malley avec moi. Je sens les serres de la créature fendre l'air à quelques centimètres de mon dos. Je m'écarte de l'arbre et nous nous réfugions dans un enchevêtrement de branches, puis je tire à nouveau par-dessus mon épaule. J'entends la bête mugir, je perçois l'odeur de chair grillée, O'Malley à mon côté. Mon cœur s'emballe. Ma bouche est sèche.

Je me revois dans le simulateur de vol, à l'académie, le jour où on nous a affecté nos unités d'entraînement. Mes camarades cadets rassemblés autour de moi. Les instructeurs qui me regardent virevolter, stupéfaits. La clameur de la foule tandis que les notifications « TIR MORTEL » s'enchaînent les unes après les autres à l'écran. Je fais feu, encore et encore. Les armes sont une extension de mon poing, le vaisseau une extension de mon corps. Et quand le dernier décompte du nombre de cibles manquées se met à clignoter, la foule scande mon nouveau surnom.

ZÉRO.

ZÉRO.

ZÉRO.

ZÉRO.

Soudain, une masse énorme nous percute dans le dos et nous projette, O'Malley et moi, contre la paroi du bureau. Je comprends qu'il s'agit d'un arbre, que cette bête est assez rusée pour nous balancer des choses à la figure. J'imagine que pour être le dernier survivant de son espèce, il faut avoir un minimum de jugeote. Le choc est violent. O'Malley s'écrase sur moi et sa tête frappe la vitre, y laissant une tache rouge vif. L'impact me coupe le souffle et je me mords la langue, avant de cracher une gerbe de bile et de sang. Mon disrupteur m'échappe des mains.

Nous sommes projetées contre le mur et repartons dans les airs telles deux toupies hors de contrôle. Impossible de s'accrocher à quoi que ce soit. J'attrape O'Malley et je m'aperçois alors qu'elle est inconsciente. Ses yeux sont révulsés. D'infimes gouttes de sang perlent à son arcade. Je repère la bête par-dessus son épaule, sur le point d'attaquer à nouveau. J'entends un tir de disrupteur, Ty qui hurle.

Mais j'ai dû agacer l'ultrasaure, car il a les yeux braqués sur moi. J'imagine que pour être le dernier survivant de son espèce, il faut aussi savoir être rancunier.

Un coup d'œil vers O'Malley. Elle a les paupières fermées, la bouche ouverte et du sang coule de son sourcil entaillé. Je réfléchis à vitesse grand V. Ce serait stupide qu'on meure toutes les deux. Alors, je la relâche et je l'écarte d'un petit coup de pied.

Elle part à la dérive.

L'ultrasaure se jette sur moi en rugissant.

Tyler tire encore et m'éblouit.

Le monde bouge au ralenti autour de mon corps qui tournoie en apesanteur. La machine de dents et de griffes s'apprête à me réduire en charpie, mais je me surprends à sourire. Parce que je vole.

Ma vie touche à sa fin, mais au moins je vole.

Puis je percute quelque chose de dur.

Il n'y a rien à cet endroit, et pourtant une force invisible m'arrête et me maintient en place.

L'ultrasaure est figé, lui aussi. Cela défie toutes les lois de l'inertie et de la gravité.

Il brame de fureur.

L'air vibre, le monde devient flou. Ma bouche a un goût de sel. Du coin de l'œil, j'aperçois O'Malley. Elle flotte également dans les airs, ses cheveux courts ondulent, comme poussés par le vent. Son œil droit brille, brûle même. Elle a les bras écartés et, autour de moi, un vrombissement subsonique se fait de plus en plus fort.

— *G-ââââ-chhhh-etttttte*, dit-elle.

Une onde se déploie autour d'elle, vibrante, translucide, sphérique. Elle aplatit les broussailles, écrase les arbres et se répand en un cercle toujours plus large jusqu'à atteindre la bête.

Et en un instant, le monstre est… pulvérisé. Comme un insecte écrabouillé sous une gigantesque chaussure invisible. Son épaisse carapace se fend et ses intestins sortent au grand jour, à tel point que je dois tourner la tête et fermer les yeux pour m'épargner cet horrible spectacle.

L'enclos vacille comme sous l'effet d'un tremblement de planète. Je remarque quelque chose de mou et spongieux sous mes pieds. Quand j'ouvre les paupières, je me rends compte que mes chaussures touchent désormais le sol.

Par le Créateur, elle m'a déplacée…

O'Malley s'enfonce dans la terre, les bras déployés, le nez en sang. Son œil brille toujours de cette lueur blanche spectrale, presque aveuglante. Mais je sens qu'elle me regarde. Qu'elle me *voit*.

— Il faut y croire, me dit-elle.

Elle se convulse, puis ses paupières se ferment et elle s'évanouit de nouveau. Recroquevillée en position fœtale, elle flotte comme un bébé dans le ventre de sa mère.

— Cat !

Je fais volte-face et Tyler apparaît derrière moi, ses longs cheveux blonds ondoyant en apesanteur. Couvert de sang, il se tient à la ligne d'arbres aplatie. Son visage est pâle, ses yeux bleus sont grands ouverts. Mais il pointe quelque chose dans mon dos avec son doigt.

— Regarde.

Je me retourne et, au-delà de la scène de carnage, derrière la paroi du bureau, je constate que les pouvoirs d'O'Malley, quels qu'ils soient, n'ont pas simplement écrasé les arbres, défoncé les broussailles et écrabouillé le Grand Ultrasaure d'Abraaxis IV comme un énorme beignet à la confiture – ils ont aussi ouvert une brèche dans le mur du bureau de Bianchi, aussi facilement qu'on casse un œuf à la coque.

Elle a réussi.

On va pouvoir entrer.

— Je te l'avais bien dit, me lance Tyler.

Je le regarde, ahurie, et il se contente de sourire.

— Il suffit d'avoir la foi.

Les pouvoirs de l'esprit

▶ Les pouvoirs hypothétiques

▼ La télékinésie

La télékinésie est la faculté supposée d'agir sur la matière sans contact direct – c'est-à-dire de déplacer des objets à la seule force du mental.

Contrairement à d'autres pouvoirs psychiques comme la **télépathie**, l'**empathie** et la **précognition** modérée, qui sont largement documentés chez plusieurs espèces – en particulier parmi les **Syldrathis**, les **Ilésars** et les **Kélinroris** –, aucune expérience de télékinésie n'a été validée scientifiquement à ce jour. Peu importe ce que S'ren, votre ami de la compta, vous a raconté à propos de son grand-oncle Waybo et de ses **petites cuillères**.

23

SCARLETT

— Nous sommes conscients que les résidents du Vaisseau Monde peuvent actuellement rencontrer des problèmes liés à [la gravité]. Veuillez rester calmes.

L'annonce préenregistrée que crachent en boucle les haut-parleurs de la station est accueillie par des centaines de cris outrés de la part de résidents déjà bien avisés du problème. Je m'extrais du turbolift en poussant sur mes jambes et la scène qui s'offre à moi est un chaos absolu.

Des créatures mais aussi des objets flottent en apesanteur dans un grand méli-mélo de couleurs et de formes, comme des confettis à un mariage qui aurait très mal tourné. Je m'arrête en me retenant à une échelle de service et ma robe se soulève en formant des vagues de cristal bleu scintillant. Heureusement que je porte des sous-vêtements décents, pour une fois.

— Nos techniciens mettent tout en œuvre pour rétablir [la gravité] dans les plus brefs délais, nous assure une voix chantante de femme. Nous vous remercions de votre patience.

L'annonce tourne dans une dizaine de langues, mais je n'en reconnais que quatre. Les invités du gala sont scandalisés. Les plus malins portent des chaussures métalliques, comme moi. En revanche, il n'y a rien à faire pour leurs affaires et leurs animaux de compagnie.

Je reste en périphérie du capharnaüm et longe le mur en activant mes aimants uniquement quand je n'ai pas d'autre choix. Voler est une solution plus rapide et la fenêtre temporelle de notre plan s'avère beaucoup plus courte que prévu.

— Kal, Zila, vous m'entendez ?

— Affirmatif, légionnaire Jones, répond Zila.

— Quelle est votre position ?

— En vue de l'appartement de Dariel. Arrivée prévue dans quarante-deux secondes.

Parvenue à l'extrémité de la salle, je peste en consultant le plan sur mon unicom.

— Merde, il me faut encore au moins cinq minutes.

— On ne peut pas t'attendre, m'annonce Kal.

— Trois armes valent mieux que deux, Brute Épaisse.

— Les techniciens du Vaisseau Monde vont activer les générateurs gravitationnels secondaires d'un instant à l'autre. Si Finian et Dariel sont en danger, ta présence dans un combat rapproché ne compensera pas le retard que nous aurons pris.

Je mets un grand coup de pied dans la porte d'un autre turbolift et me glisse à l'intérieur.

— Tu sous-entends que je ne sais pas me battre ?

— Je sous-entends que l'heure n'est pas à la diplomatie, rétorque Kal.

— Écoute-moi bien, espèce de joli lutin de mes…

— Nous sommes arrivés. J'entre dans l'appartement.

Je peste en tapant du poing sur le bouton du turbolift, puis j'active mes chaussures au moment où la poussée me plaque au sol. Un violent fracas et des détonations retentissent à la radio. J'ai le pouls qui bat à cent à l'heure, l'estomac serré. Quand enfin je sors de l'ascenseur haute vitesse au niveau du secteur résidentiel, j'entends un hurlement dans mon unicom, suivi par des tirs de disrupteur.

— Kal ! Zila ! Quel est votre statut ?

J'ai beau m'égosiller, pas de réponse. Mais je perçois de nouveaux cris et des bruits étouffés. Je reconnais la voix glaciale de Kal qui jure en syldrathi – il est bien plus créatif que je l'imaginais.

— *Tiir'na si maat tellanai !* (Père de nombreux enfants laids et stupides !)

— *Kii'ne dō all'iavesh ishi !* (Souillure sur les sous-vêtements de l'univers !)

— *Aam'na delnii !* (Ami du bétail !)

Et avec le crépitement d'un tir de disrupteur, ma radio s'éteint.

— Kal ?

Je m'écarte du mur d'un coup de pied et passe en planant devant deux jeunes hommes en slip qui s'efforcent de sortir d'un placard. Ils ont des regards médusés. L'un d'eux porte une casquette *Chez Enzo*.

— Zila, tu m'entends ?

Dans la cage d'escalier, j'active mes chaussures magnétiques et grimpe les marches quatre à quatre. Mon pouls tambourine comme jamais. De la sueur dégouline dans mes yeux alors que j'essaie de me dégager de cette robe ridicule. En hâte, je change de canal radio sur mon unicom.

— Ty, je crois que Kal et Zila ont des problèmes, je…

Arrivée à l'étage de Dariel, je me fige sur place. Là, dans le couloir, une silhouette en costume terne m'attend. Elle porte un casque gris qui dissimule son visage. Derrière elle, à l'intérieur de l'appartement, j'aperçois Finian recroquevillé sur son fauteuil. Du sang rose pâle coule de son arcade balafrée. Je vois des corps flottant en apesanteur, des traces noires de disrupteur sur les murs.

L'agent de l'AMR range son arme sous sa veste.

— LÉGIONNAIRE JONES, dit-il. COMME C'EST AIMABLE DE VOUS JOINDRE À NOUS.

Ces choses qui nous font rougir

▶ Les gros mots

▼ Petit florilège

Les gros mots sont classés par ordre de vulgarité, même si une telle hiérarchisation reste toujours subjective. La gamme s'étend des **blasphèmes** jusqu'aux insultes touchant aux **fonctions corporelles**. Cela étant dit, on considère généralement que les injures suivantes sont parmi les plus efficaces et les plus outrancières :

[Veuillez cliquer **ici** pour confirmer votre identité et pour certifier être majeur dans votre culture. En cliquant, vous reconnaissez que moi, Magellan, ainsi que mes programmes, ne pouvons être tenus responsables des éventuels dommages, temporaires ou permanents, découlant d'une exposition aux mots de cette liste.]

1. [redacted]
2. [redacted] [redacted] [redacted] [redacted]
3. [redacted] [redacted]
4. [redacted]
5. [redacted] [redacted] [redacted]

24

TYLER

Je me sens nu sans mon unicom, mais il doit se trouver parmi les résidus de tripes de l'ultrasaure et il est hors de question que j'aille le chercher.

D'un bond, je traverse l'enclos dans les airs jusqu'au corps inerte d'Auri, que je prends délicatement dans mes bras. Elle remue un peu et plisse le front quand je l'entraîne à l'écart, au pied de la paroi du bureau. Une large fissure court le long du silicium polarisé. Des fragments de verre flottent au-dessus du sol, équipé d'un détecteur de pression – par chance, les mystérieux pouvoirs d'Aurora ont aussi coupé le courant électrique et les alarmes qui vont avec.

Les mystérieux pouvoirs ?

Appelle les choses par leur nom, Tyler.

La télékinésie.

Je lui caresse la joue en lui parlant à voix basse.

– Auri, tu m'entends ?

Cat nous rejoint. Elle est sale, couverte de sang et semble aussi ébranlée que moi par la scène terrifiante à laquelle nous venons d'assister. Pourtant, sa voix ne tremble pas.

— Elle va bien ?

— Je ne sais pas, dis-je en jetant un œil par la fissure. Mais on doit se dépêcher, la sécurité ne va sûrement pas tarder à débarquer. Occupe-toi d'elle.

Je laisse Aurora dans les bras de Cat et me faufile dans la faille. Dans le bureau de Bianchi, les spots sont morts et toutes sortes d'objets se promènent dans l'air. Des sculptures, des œuvres d'art, des pièces de collection arrachées à leur socle par la force du souffle d'Auri. Je découvre une grande table entourée de fauteuils et des vitrines disposées en spirale autour de l'immense salle. Mon cœur se soulève lorsque mes yeux se posent sur notre cible – la statue à trois doigts forgée dans un étrange métal. Elle flotte à l'intérieur d'une haute cage en verre.

La Gâchette.

Je me tourne vers Aurora, toujours dans les bras de Cat. Elle est si petite, si frêle. Hors du temps. Et à la fois, jamais de ma vie je n'ai vu une pareille démonstration de force. Même si j'étais resté sceptique après les avertissements de l'amiral Adams et de la générale en chef de Stoy, puis après l'épisode du *Bellerophon* et les présages d'Auri, la façon dont elle a écrasé cet ultrasaure comme une mouche m'aurait aussitôt convaincu que nous avons mis les pieds dans quelque chose qui nous dépasse.

Je scrute les pupilles de Cat et enfin j'y trouve cette lueur, la même que dans mes yeux.

Elle y croit.

J'espère que ce n'est pas trop tard.

Cat me rejoint dans le bureau en volant, avec Aurora contre sa poitrine. Cette dernière grogne et se met à cligner des paupières. Peu à peu, elle retrouve ses esprits. Elle me reconnaît. Elle se rappelle où elle est. Alors, ses yeux vairons se braquent sur la Gâchette et elle se raidit, soudain parfaitement éveillée. Son souffle s'accélère, ses mâchoires se serrent. Elle considère la sculpture, se tourne vers moi. Quand elle prend la parole, sa voix est rauque, comme si elle venait de crier très fort.

— C'est elle, murmure-t-elle.

Je sors mon disrupteur et tire dans l'une des vitrines de Bianchi. Des débris de silicium emplissent l'espace et la statue à quatre têtes qui était à l'intérieur s'explose contre le mur. Alors je baisse la puissance de mon arme en visant une autre œuvre d'art. Cette fois-ci, le verre se fend, mais ne cède pas.

C'est mieux.

Je me place face à la cage transparente qui abrite la Gâchette et je fais feu à nouveau. La surface se couvre d'un millier de fissures, comme une immense toile d'araignée. Je mets un petit coup de crosse dans le verre, qui vole en éclats au moment précis où la gravité revient, nous prenant au dépourvu.

Nous tombons tous les trois au sol d'un seul coup. En ce qui me concerne, je finis sur le ventre au milieu des débris coupants. Cat et Auri atterrissent non loin de là. Mon As pousse un cri de douleur. En dehors de la pièce, un bruit répugnant d'éclaboussure se fait entendre quand les tripes de l'ultrasaure s'étalent par terre. Je me dresse sur les genoux et secoue mes cheveux pour en faire tomber les morceaux de verre.

Les techniciens de Bianchi ont dû activer les générateurs gravitationnels secondaires.

C'était sûr que nous allions finir par manquer de temps.

J'entends une série de bips dans mon dos, puis de lourdes serrures qui claquent. Lorsque la porte du bureau s'ouvre en grinçant sur ses gonds, ma gorge se serre.

J'ai beau savoir ce qui m'attend, mon ventre se noue tout de même quand je me retourne. Mon disrupteur me tombe des mains. Un cri d'épouvante et de fureur emplit la pièce.

Si proches du but...

Casseldon Bianchi entre en trombe, entouré de ses gardes du corps. Ce sont des Chelleriens, gros comme des voitures et armés jusqu'aux dents. La rage luit dans les quatre yeux de leur chef. Bianchi grogne, dévoilant ses crocs. Ce ne sont ni les vitrines explosées, ni la scène de chaos, ni les antiquités jonchant le sol au milieu des débris de verre qui lui font serrer les poings et hurler de nouveau, mais la vaste flaque de sang derrière la paroi vitrée. La vue de son petit protégé – la bête la plus rare de la galaxie – transformé en gaspacho.

– *Skaa taa ve benn !* rugit-il.

Quand il se tourne vers moi, ses yeux rouges se plissent, ne laissant que quatre fissures de l'épaisseur d'une feuille de papier.

– *Huuuu-mainnnn...*, crache-t-il.

Le coup qu'il m'assène me soulève du sol et me projette contre le mur. Je m'effondre, le ventre endolori, du sang plein la bouche. Bianchi emprunte un disrupteur à l'un de ses hommes de main et le pointe sur mon front. Auri hurle mon nom. Cat brandit son arme, mais les gardes de Bianchi la mettent en joue.

— Pas de coup de feu ici, je vous prie, messieurs, enjoint une voix électronique et froide.

Je lève les yeux en me tenant le ventre, l'air siffle entre mes dents. Un agent de l'AMR en costume gris, puis un second, entrent alors dans la pièce.

Bianchi beugle quelque chose en chellerien. Trois de ses bras pointent en direction de ce qu'il reste de son ultrasaure, tandis que le quatrième agite son arme dans ma direction.

— Je comprends tout à fait, monsieur Bianchi, dit l'agent. (Il se tourne vers Auri.) Mais comme nous vous l'avons expliqué, cet atout est d'une importance vitale pour la Terre. Nous ne voudrions pas qu'un accès de fureur de votre part fasse d'elle un dommage collatéral.

Bianchi incline la tête, s'approche de l'homme en uniforme et s'adresse à lui dans un terrien impeccable :

— C'est mon vaisseau. Mon monde. Vous êtes hors de votre juridiction ici, huuu-mains.

Je n'aperçois pas son visage, mais l'agent poursuit comme s'il n'avait même pas ouvert la bouche.

— Sans nous, vous n'auriez pas été au courant de ce cambriolage, monsieur Bianchi. Vous devriez vous montrer reconnaissant.

— Si vous m'aviez averti plus tôt, mon animal ne serait pas mort !

— Le *Bellerophon* n'est qu'à quelques heures de vol du Vaisseau Monde. À son arrivée, notre Princeps vous dédommagera à hauteur de votre perte. Nous ne vous demandons qu'une chose : la fille.

QUANT À CES TRAÎTRES… (L'agent nous désigne, Cat et moi.) NOUS FAISONS CONFIANCE À VOTRE RÉPUTATION ET À CELLE DE VOTRE PRISON.

— Attendez un peu, intervient Cat en s'avançant d'un pas. Ce n'est pas ce qu'on avait conclu…

Je me tourne vers elle avec des yeux écarquillés.

— Ce que vous aviez conclu ?

Elle évite mon regard et se contente de fixer l'agent de l'AMR.

— Vous aviez promis que nous aurions l'immunité ! Que nous pourrions reprendre le cours de nos vies !

L'homme masqué incline la tête.

— NOUS VOUS AVONS MENTI, LÉGIONNAIRE BRANNOCK.

— Tu nous as vendus ? je chuchote à Cat, les poings serrés.

Nos regards se croisent et ses yeux s'emplissent de larmes.

— Je… je l'ai fait pour l'escadron, Ty.

— Pour l'escadron ?! Tu m'as trahi pour *l'escadron* ?

— Trahi ? réplique-t-elle d'une voix incrédule. Si quelqu'un ici nous a trahis, c'est toi !

— *Quoi ?*

— Tu m'as bien entendu ! (Cat pointe Auri du doigt.) Depuis qu'elle est montée à bord de l'Arbalète, tu as abandonné tes coéquipiers ! Tu nous as tous balancés dans la cuvette des toilettes, et pour quoi ? Pour *elle* ? (Elle plaque ses mains contre sa poitrine et prend une voix plaintive.) *Oh, je suis une pauvre fille sans défense, monsieur Jones, s'il vous plaît, vous qui êtes grand et fort, puis-je me réfugier dans vos…*

— C'est donc ça ? C'est à cause de nous ?

Bianchi s'avance en grognant.

— *Assez !*

— Ça n'a rien à voir avec nous ! crie Cat sans le laisser poursuivre. Je l'ai fait pour la Légion ! Pour l'académie ! Pour chaque effort qu'on a accomplis depuis qu'on est petits, Tyler ! Il suffit qu'une poupée batte des cils pour que tu laisses tout tomber ?

— C'était une erreur, Cat ! je hurle. Je suis désolé pour ce qui s'est passé entre nous pendant cette permission ! Désolé d'avoir tout gâché ! Mais tu ne crois pas qu'il est temps de tourner la page ?

À ces mots, elle ouvre grand les yeux.

— Espèce de fils de…

Elle traverse la pièce d'un bond pour me cogner en pleine mâchoire, puis me pousse en arrière et mon crâne s'écrase contre une vitrine. Je me jette alors sur elle et nous tombons contre la cage en verre de la Gâchette, qui se renverse. La vitrine se brise, les coups volent. Cat me frappe au visage en hurlant, encore et encore.

Un chaos généralisé s'empare de la pièce : un couple de Chelleriens s'esclaffe en nous voyant nous battre, les deux émissaires de l'AMR s'élancent pour nous séparer, Auri s'accroupit et se bouche les oreilles tandis que Bianchi brandit son disrupteur et tire en visant le plafond.

Les agents me débarrassent de Cat, qui a les articulations des doigts ensanglantées. À bout de souffle, chancelante, elle ne cesse de me cracher des insultes au visage.

— Salaud ! Je vais te fracasser en deux, espèce de…

— ASSEZ ! rugit Bianchi. Emmenez-les en cellule !

L'un des hommes masqués attrape Aurora et la soulève du sol couvert de débris.

— Nous ramenons miss O'Malley sur Terre, comme convenu.

Bianchi se redresse face à l'agent et croise ses quatre bras devant sa poitrine.

— Vous gagnerez l'amitié du gouvernement terrien, monsieur Bianchi. Je vous assure que notre gratitude ne connaît presque aucune limite.

— Peut-être qu'en me témoignant sa gratitude, votre gouvernement pourra m'expliquer pourquoi il a infiltré deux agents à bord de mon Vaisseau Monde sans mon consentement.

L'agent hausse les épaules.

— L'Agence mondiale de renseignement a un millier d'yeux, monsieur Bianchi.

Le gangster serre les crocs. Mais il finit par acquiescer de la tête en grognant. Aussitôt, les hommes de l'AMR quittent le bureau en emportant Auri avec eux. Puis les gardes chelleriens s'emparent de Cat et moi, nous forçant à les suivre au milieu des morceaux de verre brisé. Nous laissons Bianchi se lamenter seul devant ce qu'il reste de son animal.

Nous sommes donc côte à côte derrière Auri et les hommes de l'AMR. Cat évite mon regard. Du sang coule de ma lèvre qu'elle a rouverte, jusque sous mon menton. Je perçois la respiration d'Auri et celle, électronique, des agents. La musique de la fête a laissé place à un silence glaçant.

Les émissaires de l'AMR s'entassent dans un turbolift et appuient sur un bouton pour rejoindre la zone d'embarquement. Nous entrons à notre tour et l'un des molosses qui nous escortent glisse son passe devant un scanner avant de sélectionner un étage lui aussi – sans doute celui de l'infâme prison de Bianchi, d'où on ne revient jamais.

Face à la porte, avec six Chelleriens dans mon dos et les deux agents de l'AMR derrière eux, j'ai mal partout. L'un des gardes s'adresse à moi dans sa langue, avec un petit rictus.

– Je ne parle pas chellerien, je grogne en léchant ma lèvre ensanglantée.

– IL DEMANDE SI TU ES STUPIDE, m'explique l'un des agents. ET COMMENT TU AS PU PENSER QUE TU ENTRERAIS ET SORTIRAIS DE CE BUREAU SANS TE FAIRE PRENDRE.

Je souris au garde, puis me retourne vers le masque sans visage.

– Dis-lui que ce n'est pas le cas.

L'homme de l'AMR dégaine alors son disrupteur et assomme le Chellerien d'une décharge en pleine tête. Le second agent fait de même avec deux autres gardes, visant l'un au visage, l'autre en pleine poitrine. Il y a une brève secousse, de nouveaux éclats de disrupteur et en quelques secondes les gorilles de Bianchi sont à terre dans l'ascenseur, inconscients. Ils ont la bave aux lèvres et leurs corps sont secoués de spasmes.

– OUF, lâche Scarlett en ôtant son masque de l'AMR et en recoiffant ses cheveux flamboyants. Ça n'a pas été du gâteau.

– C'est facile de critiquer, je réplique. Comment va Finian ?

– SON EXOCOMBI EST ABÎMÉE, MAIS IL EST EN VIE, répond Zila sous le second uniforme de l'AMR. KAL L'A RAMENÉ SUR L'ARBALÈTE.

— Ça aurait pu déraper, marmonne Cat. Ces salauds m'avaient promis d'attendre qu'on soit en possession de la clé avant de lancer l'assaut dans l'appartement.

— On a bien fait de ne pas nous fier aveuglément à l'Agence mondiale de renseignement, je commente en souriant.

Cat m'imite.

— S'ils avaient été malins, ils n'auraient pas demandé à un As de trahir son Alpha. Ils auraient dû se douter que j'allais m'empresser de tout te raconter.

Je lui prends la main et un large sourire embrase son visage. Elle est sauvage, triomphante, farouche comme la lumière d'un millier d'étoiles.

— Beau boulot, légionnaire Brannock.

— Toujours soutenir son Alpha, répète-t-elle. *Toujours*.

La porte du turbolift s'ouvre et Dariel nous attend à la sortie. Quand il nous voit, il cligne des yeux, perplexe, puis sa mâchoire se décroche.

— Bon sang, ça a vraiment marché ? demande-t-il en considérant les corps inconscients dans l'ascenseur.

— Ne jamais sous-estimer l'effet de surprise, je lance en le dépassant.

Nous empruntons le couloir qui mène à la zone d'embarquement, franchissons un sas et, une fois de l'autre côté, nous constatons les dégâts consécutifs à la coupure de gravité. Heureusement, les équipes de nettoyage sont déjà à pied d'œuvre. Nous avançons d'un pas rapide. À ma droite, Dariel traîne la patte, grimace et se gratte la tête. Je suis désolé pour ce que je vais dire, mais je crois que le cerveau dont

Finian a hérité provient de l'une des trois autres branches de sa famille.

— Heu, vous pouvez me réexpliquer ce qui s'est passé ? questionne Dariel.

— Ce sera la troisième fois, lui fait remarquer Zila avant d'ôter son casque.

— J'ai un grand cœur, mais un tout petit cerveau, rétorque le Traskien en lui lançant un clin d'œil. Au fait, est-ce que je pourrais avoir ton numé…

— C'était Finn qui avait raison, je le coupe. Pour atteindre notre but, on n'avait pas d'autre choix que de se faire prendre. Donc, quand l'AMR a essayé de corrompre Cat, j'ai décidé d'en profiter. Le plan initial était de dérober la clé de Bianchi pour s'introduire dans son bureau. L'AMR devait lancer l'assaut dans notre appartement au moment qui avait été convenu avec Cat. Alors Finn se serait fait arrêter, nos communications auraient été coupées, ils auraient averti Bianchi qu'on s'apprêtait à cambrioler son bureau et on se serait fait attraper. Pour l'AMR, ça n'aurait servi à rien de prévenir Bianchi plus tôt, car la sécurité nous aurait butés et ils n'auraient pas eu Aurora. En nous prenant la main dans le sac, les agents de l'AMR passaient pour des héros.

— Et pour les remercier, Bianchi leur livrait Auri pendant que nous nous faisions tous tuer, ajoute Cat.

— Sauf que l'AMR a débarqué plus tôt que prévu, objecte Dariel. Finn s'est fait tabasser.

— Voilà pourquoi on a dû traverser l'enclos de l'ultrasaure, j'explique. Et pourquoi Kal a dû filer chez toi pour anéantir les agents de l'AMR au lieu de leur tendre une embuscade.

— Il a été… terrifiant, murmure Dariel.

— Encore désolés pour le désordre, s'excuse Scar.

— Le plus important, c'était de mettre la main sur ces uniformes de l'AMR, je poursuis. On ne voit pas les visages sous ces masques. Et Scar est très forte quand il s'agit de marchander.

Dariel cligne des yeux.

— Donc… Vous avez pris ces risques… simplement pour vous faire attraper ?

— Ouais, je réponds. Mais il fallait coûte que coûte qu'on soit dans le bureau à l'arrivée de l'AMR. Après quoi, Cat et moi n'avions plus qu'à simuler une scène de ménage.

— Pour détourner l'attention de Bianchi, acquiesce Cat.

— Et pour s'assurer que personne ne m'observait, renchérit Auri.

Dariel se tourne vers elle et, avec un sourire triomphant, elle dégaine de sa ceinture de tulle rouge la fameuse statuette à trois doigts, ornée d'un diamant à la poitrine et d'une perle brillante à la place de l'œil droit.

— Technique classique de diversion, je conclus en haussant les épaules. Cours de tactique de base, second semestre.

— Combien de temps nous reste-t-il avant que Bianchi ne découvre le pot aux roses ? demande Dariel.

— Vu l'état dans lequel on a laissé son bureau, je dirais trois à quatre minutes, annonce Zila. Approximativement.

— Et le *Bellerophon* est toujours en route pour le Vaisseau Monde, ajoute Cat. Je ne pense pas que M. Princeps soit très content de l'état dans lequel Kal a laissé les deux seuls agents que l'AMR avait à bord.

— Tu n'imagines même pas, acquiesce Scarlett.

Auri fronce les sourcils.

— Alors… pourquoi est-ce qu'on n'est pas en train de courir ?

C'est une excellente question, à laquelle je ne trouve pas de réponse. Nous nous mettons donc à détaler comme des lapins, dépassant à vitesse grand V les grues de chargement et les passerelles d'embarquement, avant de traverser le labyrinthe des quais d'amarrage du Vaisseau Monde, puis d'emprunter la rampe vitrée qui mène à notre Arbalète. Le sas est ouvert et Kal nous attend. Son uniforme de livreur *Chez Enzo* est taché de sang et il a un disrupteur dans la main. Quand il nous aperçoit, je devine un sourire discret sur son visage éternellement calme de Syldrathi.

Puis Aurora croise son regard.

Et son sourire disparaît.

— Il faut filer, chef, dit-il.

Je hoche la tête, fais face à Dariel et lui serre la main en le remerciant.

— J'ignore comment Finian compte te dédommager, mais je te dois beaucoup, moi aussi. Si un jour tu as besoin de mon aide, fais-moi signe.

Scarlett embrasse Dariel sur la joue.

— Merci, Roméo, lui lance-t-elle avec un clin d'œil.

Dariel se tourne vers Zila, un petit rictus au coin des lèvres.

— Est-ce que j'ai droit à un bisou de ta part aussi ?

— Merci, au revoir, répond-elle en filant dans le vaisseau sans s'arrêter.

Aurora sort un second objet des plis de sa jupe – il s'agit d'une petite silhouette gravée dans une pierre verdâtre. Elle la tend à Dariel.

— J'ai volé ça pour toi. Pour couvrir tes frais de déménagement.

Il la glisse dans sa poche avec un grand sourire.

— Ce n'est pas une mauvaise idée, admet-il. Et merci, ces stalactites m'ont coûté une fortune.

Après un dernier signe à Dariel, nous fermons le sas derrière nous et rejoignons le pont en hâte. Finian est déjà à son poste. Sa combi est en piteux état et il est occupé à en réparer le bras droit à l'aide d'un petit soudeur à photon. Il a mauvaise mine, son visage est couvert de bleus, mais il semble retrouver le moral en nous voyant. Shamrock est posé sur ses genoux.

Cat lui fait les gros yeux tandis qu'elle s'installe à la place du pilote.

— C'est *mon* dragon, grogne-t-elle.

— Je le tenais en t'attendant, répond Finian en lui tendant la peluche.

— Pourquoi ? demande-t-elle en l'attrapant.

— Parce qu'il va nous falloir de la chance.

Cat sourit, embrasse le front de sa mascotte et s'active à saisir des données sur sa console.

— Ferme-la, Finian.

Nous bouclons nos ceintures, passons en revue la checklist prévol. Et tandis que mes mains survolent les commandes, une question me hante. Qu'est-ce qui nous attend ? Je sais que le *Bellerophon* est en route pour *Sempiternité*. Je sais que l'AMR ne nous lâchera pas tant qu'ils n'auront pas Auri. J'ignore qui elle est, ce qu'elle est, où elle nous conduit. Les cuirassés terriens qui patrouillent dans l'Ellipse sont certainement à nos trousses eux aussi. Enfin, je sais que Casseldon Bianchi compte désormais parmi les ennemis qui cherchent à nous tuer.

Mais ces problèmes appartiennent au futur. Pour l'instant, nous devons décoller avant que...

— ALERTE, crachent les haut-parleurs. ALERTE. TOUS LES DÉPARTS DU VAISSEAU MONDE SONT SUSPENDUS SUR ORDRE DE CASSELDON BIANCHI. VEUILLEZ COUPER VOS MOTEURS ET...

— Accrochez-vous à votre slip, les enfants ! s'écrie Cat en mettant les pleins gaz.

Les amarres grincent en essayant de nous retenir, mais les réacteurs s'embrasent et nous nous arrachons à la station pour rejoindre l'espace, laissant le Vaisseau Monde dans notre sillage. La poussée me plaque au fond de mon siège et pendant un instant j'ai du mal à respirer. Puis je me rappelle à quel point j'ai de la chance de pouvoir respirer tout court.

On s'en est sorti.

On a réussi.

J'observe mes coéquipiers sur le pont. L'escadron 312. Cette bande de ratés, de cancres et de sociopathes. Ces marginaux dont personne ne voulait à l'académie Aurora. Alors je prends conscience que nous venons de réaliser l'impossible.

Je les ai entraînés dans la gueule du monstre en leur demandant de croire en moi, et aucun d'eux n'a sourcillé. Mieux encore, ils ont littéralement *volé* pour m'aider.

Auri est recroquevillée dans le siège auxiliaire, les genoux sous le menton. Elle a des bleus et du sang partout, elle paraît fatiguée, mais ses yeux brillent. Serrant la Gâchette dans son poing, elle l'observe comme si la statuette détenait les réponses à ses questions.

Que suis-je ?

Pourquoi suis-je ici ?

Pourquoi faisons-nous cela ?

Et à présent, je ne peux m'empêcher de m'interroger moi aussi. Je sais que nous avons mis le pied dans quelque chose qui nous dépasse. Quelque chose qui se prépare depuis au moins deux siècles. Peut-être même plus. Les responsables de l'académie étaient au courant avant nous. L'AMR également.

J'ai la sensation d'être un pion que l'on pousse de case en case. Quoi que je fasse, je n'arrive pas à voir le reste de l'échiquier. Mais on ne passe pas cinq ans dans une académie militaire sans apprendre une chose ou deux sur le fonctionnement d'un flingue.

Si l'objet qu'Auri tient dans les mains est la Gâchette…

… où est l'Arme ?

Et par tous les astres de la galaxie, à quoi peut-elle bien servir ?

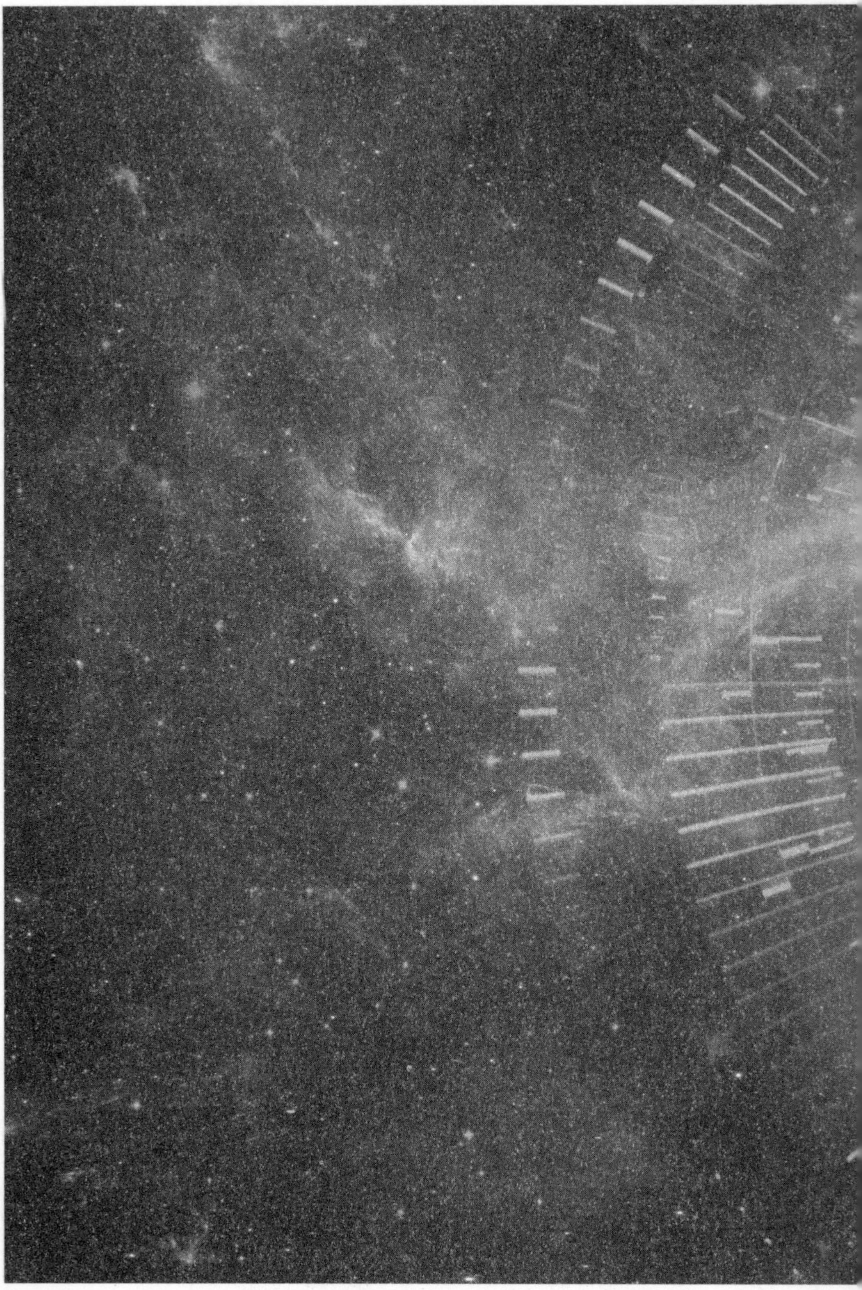

PARTIE 3

AU CŒUR DU TROU NOIR

L'univers

▶ **L'Ellipse**

▼ **Les risques**

On dit que la seule personne à saisir véritablement les fondements mathématiques du **voyage elliptique** est le **professeur RAmasculus Ch'far Si-Liento III de Voli VI** – un super-crack à l'esprit hors norme. Si-Liento a cloné son cerveau trois fois et l'a relié à un bio-réseau localisé capable de calculer à la vitesse d'un **exaFLOP**[3], or il n'est toujours pas en mesure d'analyser des calculs elliptiques et de **commander son petit déjeuner** en même temps. Bref, c'est un sujet très compliqué.

Heureusement, il n'est pas nécessaire de comprendre comment aller d'un point A jusqu'à un point B pour connaître les problèmes que l'on peut rencontrer en chemin. Parmi les risques liés au voyage elliptique, on peut citer :

- ▶ **Hallucinations**
- ▶ **Tempêtes cosmiques**
- ▶ **Lésions cérébrales durables**
- ▶ **Fermeture de porte imprévue**
- ▶ **Psychose**

Néanmoins, étant donné les distances qu'un vaisseau peut parcourir dans l'Ellipse, ces dangers sont minimes si l'on considère que vous mourrez inéluctablement de vieillesse en essayant de faire le même trajet à l'ancienne.

25

AURI

Voilà dix minutes qu'on s'est engouffrés dans l'Ellipse, et personne n'a dit un mot depuis.

Tout apparaît en noir et blanc et en nuances de gris. Les cheveux de Scarlett ont perdu leur couleur de feu et le brun intense de la peau de Zila a pris une teinte acier. Le vaisseau progresse en douceur. Je suis assise sur l'une des longues banquettes capitonnées situées à l'arrière du pont. Avec le poids de la Gâchette qui repose dans mes mains.

J'ai mal partout, des dents jusqu'aux orteils, mais bien qu'étourdie par la fatigue, je suis *en vie*. Et pas seulement regonflée à l'adrénaline du fait d'avoir survécu, mais aussi animée par l'idée que je suis sur la bonne voie. J'ignore quelle en sera l'issue – je ne connais même pas la prochaine étape. Pourtant, sans que je parvienne à l'expliquer, j'ai le sentiment de ne pas me tromper, de faire ce qu'on attend de moi.

« On » ? Qui ça ? Et pour quelle raison ?

Si je continue à suivre ce chemin-là, je découvrirai peut-être ce qui est arrivé à mon père et aux autres sur Octavia.

Je comprendrai peut-être pourquoi mon gouvernement veut me liquider.

Je saurai peut-être enfin ce que je suis ?

J'observe la statuette et la caresse du bout des doigts. Elle paraît vieille, polie par le temps. Elle me semble à sa place dans ma paume, comme si elle était *supposée* se trouver là. Sauf que je ne vois vraiment pas ce que je suis censée en faire.

C'est Tyler qui rompt le silence en débouclant son harnais pour se lever de son siège. Il porte toujours sa tenue de soirée, bien trop déchirée désormais pour répondre aux standards de la mode d'aujourd'hui.

— Il faut qu'on décide où on va ensuite, déclare-t-il.

Il marque alors un temps d'arrêt et regarde autour de lui dans la cabine. Il considère les visages fatigués des membres de l'escadron 312 de la Légion d'Aurora. Ses lèvres se courbent pour former un de ces sourires à fossettes dont il a le secret.

— Ce que je voulais dire, se reprend-il, c'est que vous avez été incroyables. Je ne pourrais pas être plus fier de servir la Légion qu'avec chacun d'entre vous.

Ce sont les mots justes. Presque imperceptiblement, les membres de l'escadron se redressent sur leurs sièges.

Ça n'empêche pas Finn de prendre son ton habituel pour lui répondre.

— Merci, Goldenboy. Mais tu as raison. On doit décider de notre prochaine destination si on ne veut pas finir en taule. Et pas question que je partage une cellule avec les dépravés que vous êtes.

Cat prend la parole sans tourner la tête, pourtant j'aimerais voir son visage.

— Si vous avez une idée du cap à suivre, ça pourrait m'être utile.

J'ouvre la bouche, puis la referme en regardant à nouveau la Gâchette dans ma main. Cet objet pour lequel nous venons de risquer nos vies. Tout le monde a les yeux rivés sur moi à présent – à l'exception de Kal, bien sûr, qui m'ignore toujours. Mais je sens bien que les autres attendent des réponses de ma part.

Je ne sais pas du tout où on doit aller.

Heureusement, Zila me sauve lorsqu'elle se détache et se lève à son tour.

— Je vais soigner les blessés, annonce-t-elle de son éternelle voix calme, comme si elle ne venait pas de dézinguer six molosses chelleriens de trois fois sa taille après avoir anéanti le système de gravité d'une station spatiale entière. Scarlett, tu peux accéder à nos provisions ? On ferait bien de se nourrir. Et de se changer.

L'idée de manger nous ravive. D'un commun accord, nous interrompons donc la conversation et les jumeaux Jones nous distribuent des rations alimentaires autochauffantes. La mienne indique *Cassolette de faux porc aux pommes et sa tourte !™*. Ne sachant pas trop si je dois m'inquiéter du « faux porc » ou du « et sa tourte ! », je secoue l'emballage jusqu'à ce que l'aluminium devienne chaud, puis je l'ouvre en suivant les pointillés.

Un bip désormais familier retentit à ma ceinture.

— TU ES AU COURANT QU'IL N'Y A RIEN QUI S'APPARENTE À DU PORC OU À DE LA POMME LÀ-DEDANS, PAS VRAI ?

Je scrute la barquette avec méfiance. Magellan a sûrement raison, mais je hausse les épaules et mange quand même.

— Ty, il faut qu'on parle, dit Scarlett.

— Houlà, répond Tyler, la bouche à moitié pleine. Dans l'histoire de l'humanité, aucune conversation commençant par ces mots ne s'est jamais bien terminée.

Zila est debout à côté de Finn, en train d'appliquer un produit sur son visage tailladé.

— Il faut qu'on parle de ce qu'on a vu dans l'appartement de Dariel. Cette information a peut-être son importance pour la suite.

— Pourquoi ? demande Cat en les dévisageant à tour de rôle. Qu'est-ce que vous avez vu ?

À côté de moi, Kal prend la parole à voix basse.

— Il y avait quelque chose d'anormal chez les agents de l'AMR. On s'en est rendu compte quand on les a déshabillés pour donner leurs uniformes à Scarlett et Zila.

Tyler le fixe.

— Quelque chose d'anormal ? Tu voudrais bien préciser ?

Scarlett pose sa barquette de *Boulettes de PresquePoisson*™.

— Je ne crois pas qu'on puisse l'expliquer. Il faut le voir pour comprendre, affirme-t-elle.

Encore vêtue de l'armure grise de l'AMR qui lui monte jusqu'au cou, elle actionne un bouton sur le plastron, sort son unicom de son corsage collant de sueur et pointe l'appareil vers le centre de la cabine où, soudain, un hologramme se déploie à la place des coordonnées de notre trajectoire.

L'escadron se fige.

Cat est la première à ouvrir la bouche et je ne reconnais pas le son de sa voix.

— Merde alors !

L'image est celle d'une femme – une humaine. Elle doit avoir la trentaine, bien que ce soit difficile à dire de prime abord. Elle est morte. Ses joues sont creusées, ses lèvres sont entrouvertes et sa peau est d'un gris terne et macabre. À la place de son œil droit, il y a… une plante ?

Elle me rappelle les herbes grasses que ma mère faisait pousser chez nous. D'épaisses feuilles en forme de losanges, pas plus grosses que mon pouce, jaillissent de son orbite en un bouquet compact. Elles sont bordées d'une frange sombre et sillonnées de nervures, leur couleur est fade, comme la peau de la femme.

Une sorte de mousse recouvre le côté droit de son visage. Un duvet surmonté de fines vrilles qui tapisse la moitié de son front et s'étend plus bas pour disparaître sous son maillot de corps noir. Les mêmes veines obscures que sur les feuilles courent également sous sa peau, tels les fils d'une toile d'araignée.

Elle semble en pierre, et les plantes et la mousse poussent en elle. C'est en effet « quelque chose d'anormal ». Le ventre noué, je songe que je n'ai jamais rien vu d'aussi aberrant. Je devrais juste trouver ça dégoûtant et bizarre, mais en fait, ça me met les nerfs à vif et me donne la chair de poule.

— J'ai une connaissance imparfaite des maux humains, déclare doucement Kal. Mais je présume que ce n'est pas une affection courante.

— Non, confirme Ty d'une voix presque tremblante. Cette femme était l'un des agents de l'AMR ? Tu l'as vue marcher et parler ?

Je regarde à nouveau les traits du cadavre. Je ne… Il dégage certes quelque chose d'anormal, mais aussi de *familier*. De la main, je cache son œil d'où jaillit la plante pour observer le reste de son visage.

Tout à coup, ma gorge se serre.

— Tyler, je… je la connais, je bredouille d'un ton rauque, à peine audible.

Ty me fixe en haussant son sourcil balafré.

— Tu l'as rencontrée sur *Sempiternité* ?

Je secoue la tête.

— Je l'ai connue *autrefois*. Avant même d'embarquer sur le *Hadfield*.

Les regards fusent entre mes compagnons.

— C'est impossible, intervient Scarlett. Si c'était le cas, elle aurait plus de deux cents ans. Tu as eu une chance inouïe de survivre à ta cryogénie, Auri. Tu suggères qu'il lui serait arrivé la même chose à bord d'un autre vaisseau dont personne n'aurait entendu parler ?

— Soit c'est ça, soit elle utilise beaucoup de crème anti-âge, tente Finn.

Mais sa blague ne fait rire personne.

— Je sais, j'acquiesce d'une voix faible. Mais c'est Patrice Radke. Elle faisait partie des colons d'Octavia III, elle était chef du service Explorations et Cartographie.

Lorsque je détourne les yeux de l'image, les autres me dévisagent. Certains sont dans l'expectative. D'autres sont sceptiques. Mais tous sont suspendus à mes lèvres.

— Elle aurait dû être ma responsable, je continue. J'allais faire mon apprentissage en Explorations et Cartographie sous sa direction. Mon père et elle… ils…

« Merci pour tes vœux d'anniversaire, papa.

Merci de m'avoir félicitée pour ma nouvelle victoire au championnat inter-États. Merci d'avoir pensé à envoyer un message à Callie pour son récital. D'ailleurs, elle a fait des étincelles. Mais surtout, merci pour ça. Si je comprends bien, comme maman n'a pas eu l'autorisation de venir sur Octavia, tu l'as tout simplement... remplacée ? *Bon sang, vous n'êtes même pas encore divorcés ! »*

Puis je lui ai raccroché au nez. Les derniers mots que j'ai adressés à mon père étaient une longue liste de reproches.

Et maintenant il est mort...

Accablée, je scrute à nouveau le visage sans vie de Patrice.

Mais si elle...

— Officiellement, il n'y a jamais eu de colonies sur Octavia III, indique Zila. Selon les archives, vous étiez en route vers Lei Gong.

— Les archives sont fausses, j'insiste.

Zila incline la tête et me sonde comme elle sait si bien le faire.

— Et cette... Patrice faisait donc partie des premiers colons de votre expédition, il y a de ça deux cent vingt ans.

Ça ne ressemble pas à une question. Elle fait juste le point sur la situation. Les autres sont moins catégoriques, même si personne n'a l'air complètement sceptique cette fois-ci – je crois qu'on a dépassé ce stade.

— Vous devez me prendre pour une folle, je reprends. Mais je sais que j'ai raison.

Sauf que Patrice Radke est morte depuis plus de deux siècles.

Après tout, j'ai moi-même deux cent trente-sept ans.

Et je suis dans un vaisseau aux côtés d'extraterrestres. Avec qui je viens de braquer une station spatiale.

Rien n'est impossible.

Mais il y a vraiment, *vraiment*, quelque chose d'anormal.

Les escadrons de la Légion d'Aurora

▶ Les membres d'un escadron

▼ Les Cellules Grises

Les Cellules Grises sont les agents scientifiques et médicaux affectés au sein des **escadrons de la Légion d'Aurora (L.A.)**. La plupart sont des boutonneux au QI hallucinant, qui ont leur carte au club des intellos anonymes et une tendance à se fourrer dans le pétrin sous prétexte que « ça peut être intéressant ».

Les Cellules Grises se chargent de soigner leurs coéquipiers blessés et de fournir à leur **Alpha** des données scientifiques relatives au vol. On peut aussi leur demander de se débrouiller pour **faire sauter un bâtiment** avec un cure-dent et un chewing-gum, par exemple…

Sans tomber dans les stéréotypes, ou quoi que ce soit, les personnes qui possèdent autant de neurones sont parfois un peu… **bizarres**.

INSIGNE DES CELLULES GRISES

26

KAL

— L'autre agent de l'AMR était comme ça aussi ? demande Tyler.

J'acquiesce d'un signe de tête. En me rappelant la texture de leur corps quand je les frappais. Le bruit qu'ils ont fait en tombant. Leur chair était… anormale sous mes mains. Fibreuse. Humide. Leurs os se pliaient comme de jeunes arbres verts au lieu de se casser comme du bois sec.

— J'ai combattu de nombreux Terriens durant ma formation à l'académie Aurora, dis-je. Ces agents n'étaient pas humains.

— Pourtant ils appartiennent à l'AMR, objecte Cat. L'élite du renseignement au sein de la Force de défense terrienne.

— Dans ce cas, votre Force de défense terrienne doit avoir des problèmes, je réponds.

Je sens Aurora, qui est assise près de moi. Sa présence est comme la lumière du soleil sur ma peau. J'ai l'impression de baigner dedans, même si je m'efforce d'en faire abstraction, de me concentrer sur le visage de mon Alpha et sur la situation délicate à laquelle nous sommes confrontés.

Mais elle exerce sur moi une attraction semblable à la gravité. Elle est telle une piscine sans fond où je me jetterais volontiers pour m'y noyer.

— Comment une colonisatrice d'Octavia vieille de deux cent soixante ans pourrait-elle entrer à l'AMR ? interroge Aurora.

Je perçois la détresse dans sa voix. Elle a connu cette femme. Peut-être même qu'elle tenait à elle.

— Mmh, j'ai une question un peu plus importante, intervient Finn. À ma connaissance, Clandestine ici présente… (Il désigne Auri de la tête.) est la seule personne à avoir survécu à une cryogénisation de plus de quelques décennies. Comment se peut-il que cette humaine ait vécu jusqu'à deux cent soixante ans ?

— Je ne crois pas que ce soit le cas.

Nous nous tournons vers Zila, penchée sur son unicom.

— Je n'ai pas eu beaucoup de temps pour effectuer des analyses, poursuit-elle. Mais ces deux agents de l'AMR présentaient des signes de dégradation épidermique imputable à une nécrose prématurée.

— Tu penses qu'ils étaient morts avant que Kal leur tombe dessus ? demande Tyler.

— C'est ce qu'indiquent les symptômes, en effet.

— Mais ils marchaient et ils parlaient ?

— Je ne peux pas l'expliquer. Peut-être que ces pousses y sont pour quelque chose, suggère-t-elle en montrant les feuilles argentées qui s'échappent de l'orbite de l'agent. Comme les polypes saski-traskiens ou les nématomorphes terriens.

Zila considère l'océan de regards perplexes autour d'elle.

— Les nématomorphes sont des parasites d'origine terrienne, explique-t-elle. Ils se développent à l'intérieur d'autres organismes, puis prennent chimiquement le contrôle du cerveau de leur hôte. Ils peuvent alors pousser celui-ci à se noyer dans des étendues d'eau où d'autres nématomorphes se reproduisent.

— Et vous avez quand même enfilé ces uniformes ? lance Cat, sidérée.

— Je les ai soigneusement irradiés au préalable, répond Zila, imperturbable.

— Elle *adooore* ce disrupteur, marmonne Finian.

— Si seulement on avait pu rapporter l'un de ces corps à bord pour l'étudier, soupire Zila.

— Non merci, réplique Tyler en regardant l'hologramme d'un air horrifié. Plus on mettra de distance entre nous et ces... choses, mieux on se portera. Et s'ils avaient contracté un virus sur le Vaisseau Monde ?

— J'en doute, rétorque Zila.

— Comment auraient-ils pu vivre assez longtemps pour l'attraper sur *Sempiternité* ? pointe Finn.

Aurora a les yeux dans le vague. Peut-être se remémore-t-elle des souvenirs de cette femme, autrefois compagne de son père, devenue désormais son ennemie.

— Auri, tu reconnais cet homme ?

Scar affiche l'hologramme du deuxième agent de l'AMR que j'ai tué. Il est semblable à la première : les mêmes rameaux étranges émergent de son orbite, une grappe de fleurs de couleur vive pousse dans son oreille et dans ses cheveux, le côté droit de son visage est tapissé de mousse.

Je distingue de fines nervures sur les feuilles qui parsèment ses joues. Écarlates comme du sang.

Aurora se mord la lèvre inférieure.

— Peut-être… Il me fait penser à un ingénieur.

— Un autre colon d'Octavia, dis-je.

— Qui aurait dû mourir il y a deux cents ans, ajoute Scar en hochant la tête.

— Il est bien conservé pour son âge, lance Finn. Tout bien considéré.

Sa blague périt dans le silence, mais quelque part j'admire Finian, qui essaie au moins de détendre l'atmosphère. Il n'y a pas un bruit sur le pont, à l'exception du ronronnement des moteurs et du bourdonnement des tableaux de commande autour de nous. Aurora observe l'hologramme principal, la peau terne de ces personnes qu'elle a connues, les pousses qui jaillissent de leur tête. Je sens les tremblements de son corps, la peur dans son âme. J'ai envie de lui tendre la main pour la soulager un peu. Mais je résiste à l'Attraction et tente de ne rien laisser transparaître dans ma voix lorsque je lui adresse la parole.

— La Gâchette, je demande en désignant la statuette qu'elle a en main. Est-ce qu'elle t'évoque quelque chose ?

Elle fait simplement non de la tête.

— On vient de risquer nos fesses pour ce truc, grommelle Cat. Et ça n'a servi à rien ?

— Je ne sais pas. J'ai l'impression que… cette statuette est à sa place ici, avec moi, explique Aurora. Mais je n'ai aucune idée de comment l'utiliser. (Elle secoue la tête, puis lève les yeux vers Tyler.) Écoute, pourquoi on n'irait pas sur Octavia III, pour voir ce qui s'y passe ? Si ces colons…

— On ne peut pas, la coupe Cat. C'est interdit, tu te souviens ?

— EXACT, confirme une voix numérique provenant de la ceinture d'Aurora. CETTE PLANÈTE EST INTERDITE D'ACCÈS PAR ORDRE DU GOUVERNEMENT TERRIEN DEPUIS PLUSIEURS SIÈCLES.

— Est-ce que quelqu'un sait pourquoi ? s'enquiert Aurora.

L'appareil émet un bip.

— SELON LES ARCHIVES, DES SONDES D'EXPLORATION ONT DÉCOUVERT UN AGENT PATHOGÈNE AGRESSIF DANS L'ATMOSPHÈRE D'OCTAVIA III. UNE INTERDICTION D'APPROCHER A ÉTÉ DÉCRÉTÉE À L'ÉCHELLE DE LA GALAXIE POUR EMPÊCHER LE VIRUS DE SE RÉPANDRE AU-DELÀ DE LA PLANÈTE.

— Pourtant, c'est ce qui s'est passé ! fait remarquer Aurora en pointant du doigt les cadavres des agents de l'AMR sur l'hologramme.

— On doit absolument signaler ça aux autorités, intervient Scarlett.

— Ces personnes *étaient* les autorités, je lui rappelle.

— En tout cas, on ne peut pas foncer tête baissée vers Octavia, rétorque Cat. Vous savez ce qu'on risque en violant ce genre d'interdiction ? Les sanctions font froid dans le dos.

— LA PEINE CAPITALE, TOUT BONNEMENT. ET DANS D'ATROCES SOUFFRANCES.

— Oui, merci Magellan, soupire Aurora.

— PAS DE SOUCI. JE ME SUIS PERMIS DE PRÉCISER, VU QUE PARFOIS TU N'AS PAS LA LUMIÈRE À TOUS LES É...

— Mode silencieux.

Aurora baisse la tête et examine la Gâchette entre ses mains. Je la sens tiraillée. Elle voudrait connaître la vérité, savoir ce que sont devenus celles et ceux qui lui sont chers. Ce qui est arrivé à cette colonie, qui n'aurait jamais existé. D'un autre côté, elle est bien consciente que notre escadron a déjà risqué gros pour elle. Qu'elle constitue un danger pour nous. Et elle semble réticente à l'idée de mettre à nouveau nos vies en péril.

— Auri, tu te souviens du combat devant le bureau de Bianchi ? lui demande Tyler. De ce que tu as fait à cet ultrasaure ?

— Non, répond-elle à voix basse.

Je perçois la peur qui grandit en elle. Je ne veux pas l'accuser de mentir, mais j'ai le sentiment qu'elle ne nous dit pas tout à fait la vérité. Que, peut-être, une partie d'elle se souvient. C'est le reste de son être qui refuse de l'avouer.

— Et s'il y avait un lien entre ce... pouvoir que tu as et la Gâchette ? suggère Tyler. Tu pourrais essayer de...

À cet instant, une alarme se déclenche sur le pont et une série de voyants lumineux clignotent sur les cadrans. Cat se tourne vers les commandes et Tyler se précipite à son poste. Ses doigts se mettent à pianoter à vitesse grand V sur la console.

— Un vaisseau vient de nous contacter via le LIDAR, annonce Cat. Ça se précise... Derrière nous, cap sept cent soixante A-12 gamma quatre.

— Hologramme principal, ordonne Tyler.

Cat s'exécute et affiche un visuel de l'appareil qui a déclenché nos alarmes de proximité. Je sens l'atmosphère se tendre sur le pont quand l'image se fixe après avoir clignoté quelques secondes.

Cela fait deux ans que je vis parmi les Terriens, mais j'ai toujours du mal à comprendre comment leurs vaisseaux peuvent être aussi singulièrement laids. Les vaisseaux syldrathis sont des modèles de beauté figés dans le titane et dans le temps. Avec leurs profils racés, leurs lignes douces et leurs revêtements luisants, ils témoignent de notre admiration pour le Grand Vide intersidéral dans lequel ils voguent.

L'escorteur qui nous poursuit est grossier en comparaison, avec son nez plat. Il a l'inélégance d'un objet conçu dans un but fonctionnel. Sa carlingue sombre est ornée du logo de la Force de défense terrienne. Son nom est peint en blanc.

— Le *Bellerophon*, lâche Tyler.

— On savait qu'il était en route pour le Vaisseau Monde, fait observer Cat en haussant les épaules. Il a fini par rattraper son retard.

Son ton est désinvolte et elle bluffe aussi bien que d'habitude, pourtant elle pense la même chose que nous. Princeps est à bord. Le premier de son espèce à pourchasser Aurora avec une telle ténacité.

— Au moins, on va pouvoir faire notre signalement aux autorités maintenant..., lance Finn.

— Cat, est-ce que tu peux leur échapper ? interroge notre Alpha d'une voix tendue.

Notre As secoue la tête.

— Il finira par nous rattraper sur une grande distance. Une Arbalète est plus lente qu'un escorteur, sans compter qu'il a nettement plus de carburant. Et sans vouloir vous casser les pieds avec ça, je vous rappelle qu'on n'a toujours pas de foutue destination. Pour le moment, je vole en ligne droite en essayant de faire bonne impression.

Scarlett hoche la tête, les bras croisés.

— Et si on reste trop longtemps dans l'Ellipse sans cryogénie, on va commencer à perdre la boule.

— Il nous faut une destination, opine Cat.

Les regards se tournent vers Aurora. Elle a les yeux rivés sur la Gâchette, qu'elle manipule comme un casse-tête.

— Je..., fait-elle en secouant la tête. Je ne sais pas...

BAM !

La lueur blanche d'un disrupteur éclaire le pont. Aurora est projetée en arrière par le choc. La Gâchette lui glisse des doigts et tombe par terre. En une fraction de seconde, je suis debout, soudain pris d'une fureur insurmontable. Zila se dresse devant Aurora, arme en main, et la toise d'un regard indéchiffrable.

— Oui, ce gadget lui plaît beaucoup, lâche Finn.

— Zila, tu as perdu la tête ?! s'écrie Scarlett.

— Je veux essayer quelque ch...

Zila n'ira pas plus loin. Je lui assène un coup à l'épaule qui lui paralyse le bras et envoie son arme au sol.

Ça suffit.

Mais l'Ennemi Intérieur est lâché à présent. La vue d'Aurora sans connaissance à terre libère la bête, qui pousse un hurlement sinistre. Le chant de la mort fait enfler mes veines tandis que je m'empare du pistolet. Mon cœur bat à toute allure. Mes yeux sont vifs comme l'éclair. Mon doigt se resserre sur la détente alors que je pointe l'arme sur la tête de Zila.

Ça. Suffit.

Quelque chose me heurte par-derrière, faisant tomber le disrupteur. Je me relève en roulant et quand je frappe mon ennemi, je sens ses os craquer sous mon poing. Alors j'entends la voix de mon père. Il m'encourage. Je sens sa main sur mon épaule, qui guide mon coup vers la gorge de Tyler. Je l'entends rire lorsque mon Alpha pousse un grognement, puis lorsqu'il recule en chancelant dans une gerbe de sang, le souffle coupé. Cat cherche à me frapper dans les côtes, mais je l'évite en tournant sur moi-même. Je lève mes poings ensanglantés.

Arrête.

À cet instant, je ne suis plus que l'Ennemi, libéré par l'Attraction. Même ici, dans l'Ellipse, je vois le monde en rouge. Je m'étouffe. Mon cerveau tourne en boucle : Aurora est blessée, elle est en danger, elle qui est tout pour moi, tout ce que j'ai, tout ce que…

– KAL, ARRÊTE ! hurle Scarlett.

Ça.

Suffit.

Je ferme les paupières. Lutte tant bien que mal. L'Ennemi est si fort. L'Attraction si puissante. Si intense. Pris isolément, l'un et l'autre sont déjà presque irrésistibles, mais ensemble, ils sont supérieurs aux énergies qui unissent mes cellules, qui gouvernent l'univers. Je n'ai jamais rien connu de tel. Je ne parviens ni à l'expliquer ni à décrire ce phénomène.

Mais je *dois* reprendre le contrôle.

Il n'y a pas d'amour dans la violence.

Il n'y a pas. D'amour. Dans la violence.

Aussi, lentement, je rouvre les paupières.

C'est le chaos sur le pont. Tyler se relève de l'endroit où il est tombé, le menton en sang. Au sol, Cat se tient les côtes. Zila, adossée au mur, observe cette confusion avec des yeux écarquillés en mordillant l'une de ses boucles noires.

— Il était en mode « Étourdissement », murmure-t-elle.

— Et puis, on s'entendait tous si bien, ajoute Finn avec un rictus.

Je suis auprès d'Aurora. Ce que je me suis efforcé de cacher fait maintenant surface. Les murs de glace qui répriment mes sentiments ont volé en éclats. Mon cœur tambourine contre mes côtes.

Le tir de disrupteur de Zila l'a assommée. Sa tête tombe sur le côté du siège très haute vitesse et ses yeux sont fermés, comme si elle dormait.

Mais elle va bien, je le vois.

Tout va bien.

— Rien de cassé ? demande alors Tyler d'une voix râpeuse à cause du coup que je lui ai porté à la gorge.

Pour seule réponse, il obtient quelques lents hochements de tête.

— Kal, tu m'avais promis que tu te maîtriserais ! me lance-t-il avec un regard furieux.

— Je suis désolé, dis-je.

Je suis horrifié de ce que j'ai fait. D'avoir ainsi perdu mes moyens.

— Je ne… voulais pas… je ne savais pas que l'arme était réglée pour l'assommer. Et quand j'ai vu qu'Aurora était en danger…

Je secoue la tête en cherchant les mots justes. Mais c'est comme si j'essayais de décrire ce qu'on ressent en volant à des personnes qui n'ont jamais vu le ciel.

— Je suis désolé, je répète à l'intention de Zila. *De'sai*. J'ai honte.

— Légionnaire Madran, explique-toi, ordonne Tyler en se tournant vers elle.

Zila cligne des yeux, prend quelques instants pour fixer son regard.

— Je me suis rendu compte que les pouvoirs d'Aurora se manifestaient toujours lorsqu'elle dormait ou qu'elle était inconsciente. Alors j'ai pensé que…

— Tu as pensé que ce serait une bonne idée de lui tirer dessus sans prévenir ?

— C'était un risque calculé, chef, explique Zila. Si j'avais averti Aurora, la probabilité d'un réflexe de défense fâcheux aurait augmenté de manière radicale.

Mes coéquipiers échangent des regards, ne sachant pas bien qui, de Zila ou de moi, constitue la plus grande menace. Mon comportement est inexcusable, sans doute, mais au moins, il y a une raison à la violence de ma réaction. Zila, elle… donne l'impression de ne pas être à sa place. D'être fondamentalement incapable de distinguer ce qui se fait de ce qui ne se fait pas.

Tyler ferme les yeux et se masse les tempes.

— Zila, tu es la personne la plus intelligente dans ce vaisseau. Peut-être même l'une des personnes les plus intelligentes de toute la Légion. Mais tu sais quel est ton problème ?

— Je... serais heureuse de connaître ton opinion, chef, répond-elle.

— C'est que tu comprends tout, sauf tes semblables.

Elle cligne des cils.

Je crois voir des larmes briller dans ses yeux.

— Je suis...

Soudain, Aurora se redresse et Cat bondit en arrière en poussant un juron. Les muscles d'Aurora sont tendus, son corps est rigide comme de l'acier. Elle a les paupières ouvertes et une lueur blanche illumine son iris droit. Ses cheveux se soulèvent comme sous une brise, tandis qu'un halo sombre auréole les contours de son corps. Tout près d'elle, je sens un courant électrique crépiter sur sa peau. Un goût de sodium sur ma langue. Je perçois une force qui vibre dans l'air et dans ma poitrine.

— Tiens, tiens, lance Finian à Zila en fronçant ses sourcils pâles. Tu l'as cherché.

— Aurora ?... dis-je.

Elle tend lentement les bras.

— *Nnno-o-oon*, fait-elle.

— Auri, tu m'entends ? l'appelle Tyler en s'avançant.

L'air est chargé d'électricité statique. Mes cheveux se dressent sur ma tête. L'Arbalète tremble, les lumières vacillent, un léger sifflement se répand dans la pièce. Aurora, enveloppée d'une lueur aux reflets noirs, braque ses yeux vairons et ardents sur Tyler.

Scarlett s'approche, sans donner l'impression d'avoir peur, les mains levées devant elle.

— Qui es-tu ?

Le vaisseau vibre de plus en plus fort, le sifflement s'intensifie et la lumière s'assombrit encore autour d'Aurora qui peine à parler.

— *P-pppasqui*, bafouille-t-elle. *Quoip-ppppasquipasq-q-qui-QUOI.*

— Tu es… quoi ? interroge Scarlett.

— *Eshvarennnnnnn-n-nn.*

Mon pouls s'accélère quand je l'entends prononcer ce mot. C'est le nom des Anciens, dont la lignée est éteinte depuis des centaines de milliers d'années. Les premiers d'entre nous à avoir découvert l'Ellipse. À avoir arpenté le ciel. Je jette à Finian un regard triomphant et vois le doute s'effacer dans ses pupilles noires. Aurora incline la tête et mon cœur fait un bond dans ma poitrine, car du sang se met à couler de son nez et à dégouliner sous son menton.

— Que veux-tu ? demande Tyler, qui s'efforce de garder l'équilibre malgré les mouvements du vaisseau.

Aurora ne répond pas. Scrutant la cabine autour d'elle, elle aperçoit la Gâchette qui a roulé sous le tableau de bord principal. Elle tend la main vers la statuette et cette dernière se met alors à s'élever au-dessus du sol en tremblant. Aurora plisse les yeux et serre le poing. La Gâchette se fissure, un bruit de métal qui se déchire résonne dans l'air.

Je m'avance, la main tendue. Nous avons risqué nos vies pour récupérer cette sculpture, nous avons…

— *Non !*

La Gâchette explose et des morceaux volent dans tous les sens sur le pont. Un éclat m'entaille la joue, un autre passe à deux doigts de ma gorge. Le sifflement dans mes oreilles s'intensifie encore. Et soudain, le diamant qui se trouvait dans la poitrine de la statuette flotte dans l'air devant Aurora. Il est plus gros que je ne le croyais, et je comprends qu'il était en grande partie caché, comme un iceberg sous l'océan. Il luit à présent, sa surface est parcourue d'un réseau complexe de spirales.

Aurora fait un signe de la main et la pierre glisse vers elle pour venir se poser dans sa petite paume. Au contact de sa peau, elle projette un rayon qui inonde le pont. Un kaléidoscope de minuscules rais de lumière, par millions, ainsi que des volutes, des spires et des motifs que même le pire élève de l'académie Aurora reconnaîtrait.

— C'est la Voie lactée ! s'écrie Cat par-dessus le sifflement de plus en plus fort.

Notre galaxie entière.

La pierre resplendit, vibre. Et dans le vaste ensemble de systèmes stellaires qui scintillent, malgré le noir et blanc de l'Ellipse, des dizaines de soleils virent au rouge. Ce sont les seules taches de couleur visibles, pourpres comme du sang humain. Le sifflement devient presque assourdissant. Je sens mon ventre se nouer de panique sans bien comprendre pourquoi. Je perçois la même chose chez mes coéquipiers, qu'un réflexe a emplis d'effroi. C'est une peur primitive. La peur du talaeni lorsque l'ombre des ailes du drakkan fond sur son dos.

La peur de la proie face à son prédateur.

J'observe la projection tout en luttant contre la terreur qui assaille ma poitrine. Notre galaxie se déploie devant et autour de nous, comme une longue spirale autour d'un immense trou noir en son cœur battu par la tempête.

La voûte céleste, inouïe, scintille de minuscules points de lumière rouge.

Et je prends alors conscience de ce que cela représente.

— C'est une carte stellaire ! je m'exclame.

La galaxie se met en mouvement. Comme si le temps progressait. Elle tourbillonne autour de ce cœur noir étincelant, de plus en plus vite. Dans une spirale sans fin, des milliards d'astres interagissent et fusionnent, explosent et meurent.

Les systèmes les plus proches du cœur, qui tournent plus rapidement, doublent les étoiles périphériques plus lentes, se faufilent entre elles et font ondoyer la lueur des astres qu'ils effleurent. C'est un véritable ballet cosmique. Des centaines de milliers d'années défilent en un clin d'œil. Puis, en partant de ces quelques étoiles lumineuses, le rouge commence à se propager, comme une tache de sang qui s'étend, jusqu'à ce que la galaxie entière baigne dans une mer pourpre.

Aurora me dévisage. Une lumière blanche scintille dans son œil et le sang goutte maintenant de son menton jusqu'à ses pieds. Je sens l'Attraction qui rugit dans mes veines en la voyant saigner. L'envie de la protéger me fait perdre toute capacité à penser et à raisonner. Elle pointe du doigt les images sur l'hologramme central. Les agents de l'AMR, leurs visages morts couverts de végétaux.

— *Ra'haam*, prononce-t-elle.

— Vous lui faites mal ! dis-je en m'avançant.

— *Gestalt*, reprend la chose en Aurora qui désigne la tache pourpre. *Attention. Ra'haaaaaa-a-ammm.*

— Libérez-la !

J'attrape sa main. Sa peau est tellement glacée qu'elle me brûle. Le sol se dérobe sous mes pieds. Je perçois l'immensité autour de moi, je comprends à quel point je suis minuscule, une infime particule de carbone et d'eau dans un océan infini.

Toutes les épreuves que j'ai traversées. Tout ce que j'ai dû endurer. La destruction de ma planète. L'extinction de ma culture. Le massacre de mon peuple. Ma mère. Ma sœur. Mon père. La guerre dehors et l'Ennemi Intérieur.

Tout cela me paraît insignifiant.

— *Tooooouuuut*, poursuit Aurora. *Brûûûûûllle.*

Puis elle ferme les yeux et s'effondre dans mes bras.

— Nom d'une nébuleuse en rut, est-ce qu'elle va bien ? demande Cat.

Zila accourt auprès d'Aurora et vérifie ses fonctions vitales avec son unicom. L'Arbalète ne tremble plus et cet horrible sifflement s'est arrêté comme si quelqu'un avait mouché une bougie. Tyler et les autres regardent les dernières étoiles de la carte s'effacer une à une, semblables aux taches qui restent derrière les paupières après qu'on a contemplé le soleil.

— Rythme cardiaque normal, annonce Zila, et je soupire de soulagement. Respiration normale. Tout est normal.

— Euh, fait Scarlett en levant la main. Je ne suis pas de cet avis.

— Moi non plus, renchérit Finn, les yeux écarquillés.

Tyler est encore absorbé par la carte du ciel qui se dissipe. La tache grandissante s'est largement estompée et les premiers systèmes stellaires ressortent en rouge feu dans le noir et blanc qui nous entoure.

Il secoue la tête, se tourne vers moi, puis considère la fille dans mes bras.

— Emmène-la à l'infirmerie. Zila, accompagne-le. Assure-toi qu'Auri va bien.

Je jette un coup d'œil vers Zila, qui semble à nouveau calme, malgré notre confrontation. Je hoche donc la tête et soulève Aurora comme je porterais un nourrisson en train de dormir. Tandis que nous quittons le pont et empruntons le couloir en direction de l'infirmerie, j'entends la voix de Scarlett chuchoter derrière moi.

— Bon sang, c'est quoi ce délire, Ty ?

Mais la porte se referme avant que je ne puisse entendre la réponse de notre Alpha.

Et je me retrouve confronté au silence.

27

ZILA

Je suis penchée au-dessus du corps inconscient d'Aurora, un médi-scan en main. Elle est étendue sur une table d'examen de l'infirmerie et je vérifie ses fonctions vitales. Ça fait presque cinq minutes que je l'ai assommée ; elle devrait se réveiller d'un instant à l'autre.

— Tout va bien ? demande Kal à voix basse, derrière moi.

— Il n'y a rien d'inquiétant dans ses analyses.

— Je parlais de toi, Zila…

Mon bras est encore un peu engourdi à cause du coup qu'il m'a asséné, mais je n'ai pas mal. Lorsque je me tourne vers lui, je ne lis que de l'inquiétude dans ses yeux. Mais elle se transforme en soulagement quand Aurora se met à remuer, avant de porter une main à son front en gémissant. À partir de cet instant, je n'existe plus pour Kal. Il fait un pas en avant, lèvres entrouvertes, le regard fixé sur elle.

— Qu… qu'est-ce qui m'a frappée ? murmure Aurora.

— Je vais vous laisser seuls, dis-je automatiquement.

— Zila…, m'interpelle Kal alors que je me dirige vers la sortie. Je suis vraiment désolé. Je voulais juste t'enlever ton arme.

— Je comprends, je réponds, bien que ce soit faux.

Pendant que la porte se referme en coulissant derrière moi, les paroles de mon Alpha résonnent dans ma tête.

« Ton problème, c'est que tu comprends tout, sauf tes semblables. »

C'est à la fois vrai et faux.

J'en ai trop appris sur le comportement des humains quand j'avais six ans.

Je sais ce que j'ai besoin de savoir.

Pour autant, je ne peux toujours pas dire que je les comprends.

28

KAL

J'aurais dû le voir venir.

Lorsque Aurora ouvre les yeux, la lumière fait briller son iris, qui devient une perle aux mille reflets. Je lâche un doux soupir de soulagement.

— *Be'shmai*…

Je l'aide à s'asseoir sur la table d'examen, la regarde cligner des cils tandis qu'elle reprend ses esprits. Le tir de disrupteur de Zila l'a sonnée. Depuis que je la sais hors de danger, l'ardeur qui me consumait sur le pont s'est éteinte. Sa simple présence à mon côté est comme une oasis dans un désert sans fin. Pourtant, jamais de ma vie je ne me suis senti aussi tiraillé. Parce que ça ne peut pas continuer de la sorte.

— De quoi te souviens-tu ? je lui demande.

Je la contemple, presque hypnotisé, quand un petit froncement de sourcils plisse son front.

— Zila… m'a tiré dessus.

— Elle ne te voulait pas de mal. Elle cherchait seulement à réveiller cette chose qui est en toi.

Aurora lève les yeux vers moi et quand nos regards se rencontrent, mon cœur s'accélère.

— Eshvaren, murmure-t-elle.

— Les Anciens, j'acquiesce en hochant la tête. J'ignore comment, mais ils sont impliqués dans tout ça. Et toi aussi, Aurora.

— Ça n'a aucun sens, dit-elle en fermant les yeux et en se massant les tempes comme si elle avait mal au crâne. J'ai vu ce qui s'est passé, même si j'étais assommée. J'avais l'impression d'être... en dehors de mon corps. D'assister à la scène sur un écran. Zila qui me tire dessus, et toi qui...

Nos regards se croisent à nouveau et mon cœur se serre. Je m'attends à des reproches. À juste titre. Pour la violence que j'ai déversée sur mes coéquipiers. Je sens encore l'Ennemi Intérieur, lové dans ma poitrine. L'ombre de mon père dans mon dos.

— Tu m'as défendue...

Je cligne des yeux. Secoue la tête.

— Non. Je me suis couvert de honte.

Elle me dévisage, me scrute de la tête aux pieds.

— Je ne te comprends pas, Legolas, souffle-t-elle. Mais alors, vraiment pas. Soit tu me traites de boulet, ou tu m'ignores complètement, soit tu fais tout sauter pour me sortir de prison et tu tabasses tes propres coéquipiers pour me protéger.

Elle soupire et secoue la tête.

— Qu'est-ce qui cloche chez toi ?

Je prends une grande inspiration et j'hésite avant de me lancer. Une fois que j'aurai prononcé ces mots, je ne pourrai pas les retirer. Mais je n'aurais jamais dû laisser les choses aller si loin. Et il faut que ça s'arrête.

— Il est grand temps que je t'en parle. Que je t'explique pourquoi je me conduis comme ça en ta présence.

— Tu veux dire, pourquoi tu te comportes comme un pauvre type ?

En dépit de la douleur dans ma poitrine, je sens un petit sourire soulever mes lèvres tandis que je cherche les mots justes.

— Tout est soumis à la gravité, Aurora, je commence enfin. Pas seulement les planètes. Pas seulement les astres. Chaque cellule de nos corps, chaque cellule qui a été créée exerce une attraction sur les objets et les personnes qui l'entourent. Et… c'est ce que je ressens. Pour toi.

Elle fronce légèrement les sourcils et ses yeux scintillent sous les lumières chaudes. L'espace d'un instant, sa beauté est telle que ma respiration se bloque. Mais je me force à la faire repartir, car si je ne m'exprime pas maintenant, je crains de ne jamais le faire.

— Les Syldrathis appellent ça l'Attraction. C'est une… attirance instinctive que nous ressentons. Un lien fondamental. Primitif. Exactement comme la gravité. Je n'avais jamais entendu dire qu'un Syldrathi pouvait éprouver ça pour une humaine. Mais… c'est mon cas.

Elle ouvre la bouche comme pour parler, mais mes mots se bousculent à présent.

— Je ne voulais pas que les autres l'apprennent. Et tu avais déjà assez de soucis. Comme tu m'avais vu en rêve avant de me rencontrer, j'ai pensé que… nous étions peut-être… unis par le destin, ou quelque chose comme ça.

(Me sentant ridicule, je secoue la tête.) Voilà pourquoi j'ai tenté de te protéger sans t'expliquer ce qui se passait. Je ne voulais pas que tu aies l'impression d'être soumise à une sorte d'engagement.

— Quel... genre d'engagement ? Si j'étais une Syldrathie...

Un long silence plane entre nous.

— L'Attraction est le lien qui unit des amants pour la vie, j'explique finalement. Des âmes sœurs.

Ne sachant quoi répondre, elle avale sa salive.

— Je n'aurais pas dû laisser les choses en arriver là, j'enchaîne en soupirant. Je n'aurais jamais dû mettre une humaine dans cette situation. Ce n'est pas juste envers toi, ni envers les autres. C'est un dilemme auquel tu n'es pas censée être confrontée.

Je prends à nouveau une grande inspiration, en repoussant l'angoisse qui me gagne. La griffure dans mon cœur est si forte, si profonde, qu'elle ne cicatrisera sans doute jamais, je le sais.

Mais c'est mieux ainsi.

— Je ne peux pas réprimer ce que je ressens pour toi, je continue. Mais je peux maîtriser mes actes. Dès que nous aurons découvert ce qui se cache derrière cette Gâchette et cette carte stellaire, je démissionnerai de mon poste dans l'escadron. Je néglige la guerre qui déchire mon peuple depuis trop longtemps. Je ne peux plus m'abstenir d'y prendre part. Quand tout cela sera fini, tu ne seras plus forcée de me voir.

Le silence entre nous est aussi vaste et froid que le Grand Vide intersidéral. J'ai l'impression qu'il va durer pour l'éternité. Mais tout à coup mon unicom sonne, remplissant ce gouffre abyssal et rompant le charme entre nous.

— Kal ? appelle la voix de Tyler. Tu me reçois ?

Je touche l'appareil à ma ceinture.

— Affirmatif.

— Auri est réveillée ?

Je scrute ses yeux vairons, alors que la douleur me fend le cœur comme une lame.

— Elle est réveillée.

— Je crois que vous feriez mieux de monter voir quelque chose.

— On arrive.

Je coupe la radio sur mon unicom. Mes pupilles sont encore rivées sur la fille assise en face de moi. Elle est à des siècles, à des années-lumière de tous les lieux et les scénarios qu'elle avait pu s'imaginer. Ma bouche a un goût de sang et de cendres.

Que dire quand aucun mot ne peut exprimer ce que l'on ressent ?

Que faire quand il n'y a plus rien à faire ?

— Allons-y, je déclare.

Sans répondre, elle descend de la table d'examen et se dirige vers la porte.

29

CAT

Je suis plongée dans l'ordinateur de vol quand O'Malley et Pixieboy reviennent sur le pont. La première a l'air complètement à l'ouest. Quant au second, on dirait que quelqu'un a décapité son chiot et déposé sa tête dans son lit. Mais on a d'autres soucis dans l'immédiat. Le *Bellerophon* nous rattrape petit à petit, et après ce que nous venons de découvrir…

— Auri, est-ce que ça va ? demande Scarlett, toujours très forte quand il s'agit de faire la lèche-bottes, contrairement à moi.

O'Malley jette un coup d'œil vers Pixieboy, et je lis dans son regard qu'elle va mentir.

— Ça va.

— Cat, montre-leur, me lance Ty.

— Bien reçu.

D'un geste de la main, je projette mes visuels de l'ordinateur de vol sur l'hologramme principal. O'Malley observe la spirale d'étoiles scintillantes qui tourne sur elle-même.

— Qu'est-ce que c'est que ça ? interroge-t-elle.

— La carte contenue dans ta Gâchette a fait ressortir vingt-deux astres au total, j'explique. J'ai reporté ces systèmes sur les segments répertoriés de la galaxie.

— Ça lui a pris un moment, ajoute Finian. Elle n'avait pas le plan en tête.

— Il y a environ deux cents milliards d'étoiles dans la Voie lactée, Gringalet. Je ne les connais pas par cœur.

Il renifle.

— Je croyais que c'était ton domaine de prédilection.

— Ferme-la, Finian, je réplique en pianotant sur les commandes pour éclairer en rouge les vingt-deux points minuscules parmi ces milliards de soleils. La plupart des systèmes qui ressortent sur la carte sont inexplorés. Et un grand nombre d'entre eux sont à une sacrée trotte d'ici, même en passant par l'Ellipse. Mais il s'avère qu'ils se trouvent tous sur des points elliptiques référencés.

— Tu veux dire qu'ils ont des portes naturelles ? s'étonne Pixieboy.

— Ça en donne l'impression, oui, j'acquiesce en saisissant une nouvelle série de commandes. Et vous ne devinerez jamais quel est le système le plus proche de notre position actuelle.

Kal hausse un sourcil interrogateur, et je projette la réponse sur l'hologramme principal, à la place des images flippantes de nos cadavres végétalisés. Une étoile éclatante apparaît alors au-dessus de la console centrale. Sept planètes gravitent autour d'elle, dans sa zone habitable. Le nom du système est inscrit en dessous, en lettres lumineuses.

— Octavia, murmure Aurora.

Je regarde Ty, puis Scarlett et chacun des membres de ce fichu escadron affecté à cette foutue mission pour laquelle on a sacrifié cinq ans de dur labeur à l'académie. Nous savons que ça ne peut pas être une coïncidence. Les archives officielles évoquent Lei Gong, pourtant d'après O'Malley ces agents de l'AMR, avec leur saleté de plante bizarroïde sur le visage, étaient d'anciens colons d'Octavia III. Son vaisseau, le *Hadfield*, était en route pour Octavia III quand il a disparu il y a deux cents ans. Et voilà que cette carte vieille d'un million d'années nous dirige droit vers cette satanée planète.

– J'ai une devinette pour vous, légionnaires, nous enjoint Tyler. Imaginons que vous êtes l'AMR et que vous ne voulez pas que les gens se rendent dans un système. Et imaginons que vous ne pouvez pas simplement en condamner l'accès, étant donné qu'il y a une porte naturelle de l'Ellipse à proximité. Comment faites-vous pour empêcher les gens d'y fourrer leur nez ?

– J'invente une histoire de virus atmosphérique létal, murmure Scarlett.

– Peut-être que ce n'est pas une invention, je fais remarquer. Zila nous a expliqué que ces colons en uniformes de l'AMR étaient morts avant l'assaut de Kal. Ils ont pu être infectés par le virus contre lequel cette Interdiction nous protège.

– Alors, pourquoi avoir modifié les archives pour orienter les gens vers Lei Gong ? demande O'Malley. Pourquoi avoir effacé toute trace de la colonie d'Octavia ? Et pourquoi pourchasser la dernière personne qui a encore un lien avec cet endroit ?

Tyler croise les bras devant sa large poitrine.

— Je ne sais pas vous, mais moi, j'ai de plus en plus l'impression qu'Octavia recèle quelque chose que l'AMR cherche à nous cacher. À nous, et surtout à Auri.

— *Ra'haam*, murmure Zila.

Kal hoche la tête.

— Prudence.

Je n'aime pas la direction que prennent les choses. Complots gouvernementaux, dissimulations… Sans compter qu'un problème plus pressant nous rattrape.

— Le *Bellerophon* est à portée de nos communications, annonce Scar. Ils essaient de nous contacter.

— Hologramme principal, ordonne Tyler.

L'image du système Octavia s'efface, remplacée par une silhouette en costume blanc, chemise blanche et gants blancs. Le blason ailé de la Force de défense terrienne apparaît en relief sur le mur derrière elle. Son visage est un masque-miroir immaculé qui dissimule ses traits.

— Bonjour, Princeps, salue Tyler.

— LÉGIONNAIRE JONES, répond la silhouette. VOUS ÊTES RESPONSABLE DU MEURTRE DE SOLDATS DE L'AGENCE MONDIALE DE RENSEIGNEMENT, ACCUSÉ DE COMPLICITÉ AVEC UNE FUGITIVE RECHERCHÉE ET DE VIOLATION D'INNOMBRABLES RÈGLES DE LA LÉGION D'AURORA.

— Je ne me suis pas ennuyé ces derniers jours, reconnaît notre chef.

— VOUS AUREZ PEUT-ÊTRE LA LANGUE MOINS BIEN PENDUE QUAND NOUS VOUS AURONS FAIT INCARCÉRER AU SEIN DE LA COLONIE PÉNITENTIAIRE LUNAIRE, réplique l'agent. JE VOUS ORDONNE DE COUPER IMMÉDIATEMENT VOS

MOTEURS ET DE MAINTENIR VOTRE POSITION EN ATTENDANT NOTRE SECTION D'ABORDAGE.

— Et si je refuse ?

— NOUS DÉTRUIRONS VOTRE VAISSEAU, annonce Princeps.

— Je suis désolé, dit Tyler en secouant la tête. Mais sauf votre respect, je ne vous fais pas confiance. Vous allez devoir nous suivre jusqu'au système Octavia, j'en ai bien peur.

Pour la première fois depuis que nous l'avons rencontré, Princeps hausse le ton.

— CE SYSTÈME EST INTERDIT D'ACCÈS PAR ORDRE DU GOUVERNEMENT TERRIEN !

— C'est excitant, hein ?

— VOUS ALLEZ...

Tyler fait mine de se trancher la gorge avec son doigt et je coupe la communication pour revenir à l'image du système Octavia. Sur le pont, on entendrait une mouche voler s'il n'y avait pas le ronronnement des moteurs. Scarlett fixe son petit frère avec de grands yeux et je ne peux m'empêcher de le dévisager aussi. Depuis que je l'ai rencontré, je n'avais jamais vu Tyler se rebeller contre un supérieur. Pas une fois. Mais ces derniers jours, il est passé du profil de premier de la classe à celui de fugitif recherché à travers toute la galaxie.

Et – que le Créateur nous vienne en aide – je crois qu'il commence à y prendre goût.

— Sacré coup de poker, bébé frangin, lance Scar.

— Pas tant que ça, rétorque-t-il. Depuis le début, l'AMR tente de capturer Auri et de tuer ceux qui sont au courant de son existence. Tout ça, pour *ça*. (Il désigne du doigt l'hologramme.) Visiblement, il y a quelque chose sur Octavia que l'AMR ne veut pas qu'on voie. Et à mon avis, cette chose n'est pas sans lien avec les nouveaux pouvoirs d'Auri. Grâce à ses transes, elle nous a conduits jusqu'à la Gâchette et maintenant la Gâchette nous mène à Octavia. Alors, j'ignore si la générale en chef de Stoy et l'amiral Adams savaient vraiment ce qui nous attendait, mais je suis convaincu qu'il devait en être ainsi.

Il nous regarde à tour de rôle.

— Sauf que là, on s'apprête à franchir une ligne rouge. Si certains parmi vous ne souhaitent pas aller plus loin, sachez que je ne leur en voudrai pas. On a déjà les Terriens aux basques, si on enfreint en plus une Interdiction intergalactique, les autres gouvernements de la Voie lactée seront aussi à nos trousses.

Tyler a raison, et tout le monde le sait. Il n'y a pas de réglementation plus stricte que ce type d'interdiction. On n'en trouve que dans les secteurs les plus dangereux de la Voie lactée : les systèmes dévastés par des pandémies ou infestés de parasites, qui constituent une menace imminente pour les autres civilisations. L'épidémie de Lysergia. La peste de Selmis. Les tempêtes temporelles. On ne plaisante pas avec l'AMR. Si vous enfreignez la loi, ils ne vous traduisent pas en cour martiale, non : ils vous pulvérisent. Et à distance, pour ne pas tacher leurs chaussures.

— Si l'un d'entre vous veut partir, insiste Tyler, il lui suffit de descendre au niveau 3, de monter dans le module de secours et d'abandonner le navire. Ce sera sans rancune.

Scarlett appuie son poing contre sa hanche.

— Tu rigoles, n'est-ce pas ?

— Je suis sérieux, Scar. On ne sait pas ce qu'on va trouver une fois sur Octavia. Aucun de nous n'a signé pour ça.

Elle traverse le pont, pose les deux mains sur les épaules de son frère et fait tourner son fauteuil pour qu'il soit face à elle. Côte à côte, leur ressemblance est frappante – bien que ce ne soit pas de vrais jumeaux. Je devine le lien indéfectible entre eux. Plus fort que ceux du sang.

Scarlett se penche pour embrasser la joue de son frère.

— C'est pour toi que j'ai signé, andouille.

— Un As soutient son Alpha, j'ajoute.

Je croise le regard de Tyler lorsqu'il lève les yeux vers moi.

— Toujours, répond-il.

Je souris en retour.

— Toujours.

— Je ne suis pas normale, lâche Zila dans le silence qui s'ensuit.

Nous la dévisageons. La tête baissée, elle joue avec les créoles en or qui pendent à ses oreilles. Je me rends compte qu'elles sont décorées de minuscules parts de pizza. Ses bouclettes forment un voile sombre autour de son visage et sa voix n'est qu'un murmure.

— Zila ? questionne Scar.

— Le seul endroit où je suis à ma place, c'est à l'intérieur de ma tête, poursuit-elle. Tu as raison, chef. Je ne comprends pas les gens. (Elle considère une à une les personnes présentes sur le pont.) Mais je me sens un peu mieux ici, parmi vous, que nulle part ailleurs.

Scar sourit.

— Je préfère les gens qui sont légèrement hors norme, au moins ça les rend exceptionnels, non ?

Zila la regarde et hoche la tête.

— Je reste.

Kal prend la parole à son tour depuis la console de commande des armes. Les articulations de ses mains sont couvertes de croûtes et il fixe O'Malley avec des yeux brillants.

— Je resterai jusqu'au bout de cette mission.

— Eh bien, bonne chance à vous, lance Finian. En ce qui me concerne, je trouve qu'on dépasse les bornes en enfreignant une Interdiction intergalactique. Pas question de me coller à dos les gouvernements de la Voie lactée pour une sale gosse de deux cents ans qui fait de la télékinésie et nous en fait voir de toutes les couleurs chaque fois que quelqu'un lui tape sur la caboche. Mais éclatez-vous bien avec votre mission suicide, les gars !

Nous sommes tous un peu stupéfaits, je crois. Chacun regarde Finian faire pivoter son siège, se lever et partir vers les portes dans son exocombi qui grince. Je ne peux pas vraiment lui en vouloir. C'est un Traskien, au fond, et notre problème ne concerne que la Terre. En coupant les ponts avec nous maintenant, il pourrait même avoir une chance de…

Finian se retourne soudain et pointe le doigt vers moi.

— Je t'ai eue, hein ?

— Quoi ?…

Il affiche un grand sourire satisfait.

— Avouez-le, les enfants. Vous avez cru que j'allais m'éjecter, pas vrai ?

Mes zygomatiques se soulèvent malgré moi. Je saisis Shamrock et le lui lance dessus. Il rebondit contre sa poitrine et retombe sur le sol.

— Espèce d'idiot intersidéral, soupire Scarlett.

— Ouais, répond-il. Mais je suis *votre* idiot.

Tyler sourit à son tour et considère un à un les membres de l'escadron 312. Pour la plupart, nous ne nous connaissons que depuis quelques jours. On en a déjà pas mal bavé ensemble, et on s'apprête peut-être à traverser l'enfer. Mais malgré cela, je ne changerais d'Alpha pour rien au monde.

— Mets le cap sur le système Octavia, Zéro.

Je lui fais un salut militaire, puis un sourire.

— Chef, oui chef !

. . . . .

Nous sommes presque arrivés à la porte de l'Ellipse qui mène à Octavia quand le *Bellerophon* se met à nous canarder.

Depuis une heure, Princeps essaie d'entrer en contact avec nous, mais Ty a ordonné à Scarlett d'ignorer ses appels. Le vaisseau est déjà assez bruyant comme ça, pas la peine d'avoir à supporter en plus les avertissements funestes de l'AMR. Nos alarmes hurlent depuis vingt minutes et le signal lumineux central nous alerte que nous approchons d'une zone frappée d'une Interdiction d'accès, qu'il est « extrêmement dangereux » de pénétrer dans le système Octavia, que cela pourrait avoir des « conséquences catastrophiques » et qu'il s'agit d'une « violation du droit intergalactique, comme stipulé par le Traité de Verduum IV et cosigné par bla-bla-bla ».

Je commence à détester la vie.

Puis un missile tiré par le *Bellerophon* nous prend pour cible, et je me souviens alors pourquoi j'y tiens tant.

Nous avons ôté nos tenues de soirée et remis nos uniformes – au moins, nos habits sont de circonstance. Je largue quelques leurres et je crie aux autres de s'accrocher pendant que j'augmente la combustion, en passant en mode furtif. Le missile explose juste derrière nous, illuminant nos écrans et embrasant l'Ellipse d'une lumière immaculée.

— C'était un missile atomique ? demande Scarlett, les yeux écarquillés.

— En tout cas, ce n'était pas une poche pleine de fleurs, je marmonne.

— C'est une référence à une chanson qui parle de la peste noire, explique Zila. Une poche pleine de fleurs était censée repousser…

— Oui, merci, légionnaire Petit Cœur, la coupe Finian. Mais poésie terrienne morbide mise à part, je crois que tes congénères sont en train d'essayer de nous buter, alors que notre intrépide chef nous avait promis le contraire !

Tyler examine ses cadrans avec incrédulité.

— Je ne pensais pas qu'ils iraient jusque-là.

— Moi qui croyais que tu étais un petit génie en stratégie militaire !

Ty fronce son sourcil balafré.

— Finian, ça m'embête beaucoup de briser l'image que tu as de moi, mais il faut que je t'avoue quelque chose…

— Accrochez-vous ! je hurle.

Trois nouveaux missiles filent droit sur nous, accompagnés d'une rafale d'obus tirés par les batteries de canons du

Bellerophon. Aussitôt, je balance une autre salve de leurres, en zigzaguant pour éviter les boules de feu. Je sens le moteur qui ronronne en dessous de moi. Mes doigts pianotent sur les commandes, aussi rapides que mes pensées. Les ondes de choc irradient l'Ellipse sur des milliers de kilomètres. Heureusement, notre Arbalète est plus agile. Elle tournoie et virevolte à travers la grêle des tirs de canons. Les obus effleurent la carlingue sans un bruit, mais le vaisseau en ressort sans une éraflure.

— Ils ne plaisantent pas, les salauds, je grommelle.

— Combien de temps avant qu'on atteigne la porte de l'Ellipse pour Octavia ? demande Tyler.

— Entrée dans quatre minutes trente et une secondes.

— Est-ce que tu peux les tenir à distance jusque-là ?

Je lève la tête et lui lance un clin d'œil.

— On ne m'appelle pas Zéro pour rien.

Et soudain, elle se dessine devant nous. C'est une porte naturelle, contrairement à celles en titane, hexagonales, que nous empruntons en général, nous autres les Terriens, ou celles en cristal en forme de goutte dont se servent les Syldrathis. On dirait que le tissu de l'Ellipse est déchiré à cet endroit – comme s'il avait été lacéré par les griffes d'un animal. La porte fait des dizaines de milliers de kilomètres de diamètre et ses bords présentent des ondulations de foudre quantique. Au-delà de son horizon, l'espace miroite comme un mirage en plein désert. Puis, au milieu de cette invraisemblable déchirure dans la peau de l'univers, on entraperçoit l'étoile Octavia, dont le rouge feu tranche avec les couleurs de l'espace réel.

Le *Bellerophon* nous mitraille désormais avec ses canons électriques. À ceux qui se poseraient encore la question de savoir si l'AMR cherche vraiment à nous tuer, la réponse surgit sous la forme d'une dizaine de projectiles qui fusent à moins de cent mètres de notre aile bâbord.

— Par le Créateur, on l'a échappé belle, souffle Finian.

— Ferme-la, j'ordonne. Je contrôle la situation. Entrée dans l'espace réel dans soixante secondes.

C'est alors qu'un obus atteint l'arrière de notre vaisseau, faisant un trou gros comme un ballon de foot dans la coque. De nouvelles alarmes se mettent à hurler. Les systèmes d'autoconfinement s'activent, isolant le niveau percé. Je jette un coup d'œil aux dégâts sur mon tableau de bord. C'est la salle des machines qui a été touchée.

Pas bon.

— Je croyais que tu contrôlais la situation ! s'écrie Finian par-dessus les signaux d'alarme.

— Je croyais t'avoir dit de la fermer !

Kal sourit, les yeux pétillants. Il a l'air dans son élément dans le tumulte de la bataille. Je ne l'ai jamais vu aussi détendu depuis notre rencontre.

— Tu n'as pas grand-chose d'un combattant, pas vrai, Finian ? se moque-t-il.

— Et toi, pas grand-chose d'un… (Le Traskien, à court d'imagination, s'interrompt en clignant de ses grands yeux noirs.) Attends, je te jure qu'hier j'avais trouvé une super réplique…

Un nouvel obus chargé d'uranium appauvri passe à trois mètres de notre flanc de tribord. J'ai beau slalomer dans tous les sens et à toute vitesse, il y a trop de canons qui nous tirent dessus. Les Arbalètes ne sont pas conçues pour se confronter à des vaisseaux de cette taille ; c'est comme si on envoyait un fox-terrier combattre un doberman. Bien sûr, le fox-terrier se défendrait un moment, mais en fin de compte, aussi rapide et furieux qu'il puisse être, le petit chien finira entre les crocs du gros.

— Entrée dans l'espace réel dans quinze secondes !

— Tenez-vous bien ! ordonne Tyler.

L'ouverture se dessine devant nous et nous éblouit. Je sens son attraction qui envahit mon corps, enveloppe ma peau. Nos alarmes continuent de retentir, nous répétant que nous allons violer l'Interdiction, que la carlingue est éventrée au niveau de la salle des machines, que de nouvelles salves d'obus filent dans notre direction. J'ai l'estomac noué. Et quand la galaxie entière s'inverse, un silence assourdissant s'installe. Puis, tout à coup, nous ressortons dans le décor coloré de l'espace réel et les moteurs se remettent à hurler, tandis que l'impact nous plaque au fond de nos sièges.

La bonne nouvelle, c'est qu'on est en un seul morceau.

La mauvaise, c'est que le *Bellerophon* est toujours juste derrière nous.

Il surgit de l'Ellipse telle une chauve-souris sortie de l'enfer et lâche une nouvelle salve de missiles atomiques. J'ignore comment Princeps comptait s'emparer d'O'Malley, mais on dirait qu'il a décidé de changer de méthode et de nous neutraliser purement et simplement. Mais pourquoi ? Octavia semble être un système on ne peut plus normal. Que peut-il vouloir cacher ou protéger coûte que coûte, quitte à renoncer à Aurora ?

Alors que nous nous en approchons, je repère Octavia III. C'est un rocher de classe M tout ce qu'il y a de plus banal. Une petite tache bleu-vert, composée de terre et d'eau. Soixante-quatorze pour cent d'océans. Un climat tempéré, quatre continents principaux. Autant avouer… l'ennui absolu.

Alors pourquoi est-ce qu'ils ne veulent pas qu'on…

— Chef, dit Zila en levant les yeux de ses instruments pour se tourner vers Aurora, puis vers Tyler.

— Que se passe-t-il, légionnaire ? demande Ty.

D'un petit geste du poignet, Zila envoie un scan du continent en dessous de nous sur l'hologramme principal. Là, nichés dans une vallée luxuriante en bordure d'un ruban d'eau scintillante, se dessinent trente ou quarante bâtiments.

— C'est le camp Butler, murmure Aurora. Le premier hameau de la colonie Octavia.

C'était donc vrai. Il y a bel et bien eu une colonie ici. Des gens ont vécu sur cette planète. Des familles. Des enfants. Puis quelque chose a mal tourné, et depuis deux siècles, la plus haute instance du renseignement de la Force de défense terrienne fait en sorte que cela ne s'ébruite pas.

— Les sales menteurs, je chuchote.

Je regarde l'image du *Bellerophon* derrière nous, puis me tourne vers Tyler, attendant ses ordres. Il a voulu parier que l'AMR n'oserait pas nous buter, et il a perdu. Désormais, deux fâcheuses options s'offrent à nous : essayer d'échapper à un vaisseau que nous ne pouvons pas distancer, ou combattre un vaisseau que nous ne pouvons pas vaincre. Nous sommes près d'Octavia III, mais les lance-missiles du *Bellerophon* sont braqués sur nous et leurs canons électriques sont prêts pour une nouvelle rafale. Par ailleurs, nous perdons de l'énergie :

ce tir sur la salle des machines a sans doute endommagé le cœur de notre réacteur. J'ai beau être une pilote-née, je ne sais pas si cela suffira pour remporter ce duel.

— Le *Bellerophon* tente encore de nous contacter, annonce Scarlett.

Tyler soupire et parcourt le pont du regard. Je lis la déception dans ses yeux. La peur pour son équipe. Nous sommes maintenant si près d'Octavia III que je distingue des volutes de nuages dans l'atmosphère et les formes irrégulières des continents au-dessous. Aurora, debout, observe l'hologramme de la colonie. Cet endroit où elle était censée passer le reste de ses jours.

Nous étions à deux doigts de réussir. Nous l'avons presque ramenée chez elle. Mais au bout du compte, peut-être que la foi qui animait Tyler était une vue de son esprit ? Peut-être que ce voyage touche à sa fin ?

— Ouvre un canal, ordonne-t-il à Scarlett.

L'image de Princeps apparaît sur notre hologramme central, avec son masque-miroir blanc, sa voix sourde et métallique.

— LÉGIONNAIRE JONES, gronde l'agent. C'EST MON DERNIER AVERTISSEMENT. SI VOUS NE COUPEZ PAS VOS MOTEURS IMMÉDIATEMENT, VOUS SEREZ...

Le bruit d'une explosion interrompt la transmission, momentanément parasitée. Deux alarmes retentissent en même temps sur le pont du *Bellerophon* et sur le nôtre. Je consulte les données qui défilent sur ma visière et... je n'arrive pas à y croire.

— Cat, au rapport ! aboie Ty.

— Le *Bellerophon*... se fait attaquer ?

— Par qui ?

Je secoue la tête.

— Je capte une demi-douzaine de signaux d'énergie, mais aucun profil ne sort sur le LIDAR. Les détecteurs les perçoivent à peine.

— Des images ?

J'affiche un visuel du *Bellerophon*. Je constate que ses moteurs de bâbord ont été salement touchés et qu'il a une fuite de liquide de refroidissement. Autour de lui grouillent une dizaine de vaisseaux fuselés en forme de croissant, à peine visibles dans l'obscurité. Ils sont noirs et leurs pilotes les orientent de manière à ce qu'ils présentent le profil le plus fin possible, si bien qu'ils sont pour ainsi dire indétectables au LIDAR. Ils ont attaqué par surprise, et ils ont fait fort : leurs canons à plasma fondent la coque de l'escorteur. Je ne peux déterminer si nous venons d'être sauvés par un miracle de dernière minute, ou si nous sommes encore plus dans le pétrin qu'il y a quelques instants.

— Ce sont des frégates furtives chelleriennes, déclare Kal.

La voix de Princeps retentit sur le canal de communication ouvert.

— AVIS AUX VAISSEAUX CHELLERIENS NON IDENTIFIÉS. VOUS TIREZ EN CE MOMENT SUR UN APPAREIL APPARTENANT À LA FORCE DE DÉFENSE TERRIENNE, SOUS LE COMMANDEMENT DE L'AGENCE MONDIALE DE RENSEIGNE...

— Je sais parfaitement sur qui je tire, huu-maiiin, répond une voix grondante en même temps que le visage du pire seigneur de guerre du secteur se matérialise en trois dimensions. Vous m'avez trahi, ordures ! Mais personne ne poignarde Casseldon Bianchi dans le dos sans le payer de sa vie.

— On dirait que quelqu'un veut récupérer sa Gâchette, soupire Scarlett.

— Euh…, fait Finian en jetant un coup d'œil vers Aurora. Qui se sent de lui expliquer qu'on l'a cassée ?

Nous avons désormais atteint le puits gravitationnel d'Octavia III et le liquide de refroidissement des moteurs bâbord du *Bellerophon* fuit en spirale dans les couches atmosphériques supérieures de la planète.

Rapides comme des colibris, les frégates chelleriennes se faufilent entre les tirs de canons électriques de l'escorteur pour mitrailler l'immense bâtiment, comme une colonie de fourmis qui s'attaquerait à un éléphant. Le *Bellerophon* lance ses chasseurs, qui sortent en flot continu par ses portes inférieures. La plupart partent combattre les petits vaisseaux chelleriens, mais une poignée d'entre eux se dirige droit sur nous.

Nos niveaux d'énergie chutent rapidement, mais je ne lâche rien. Je fais basculer notre Arbalète pour faire face aux chasseurs à l'approche, puis je me faufile entre leurs tirs telle une anguille dans le flot d'un cours d'eau. Toutes mes années d'entraînement, ainsi que mon instinct naturel, refont surface. Le rythme est effréné. Je ne sens plus mes mains tandis qu'elles survolent les commandes à toute vitesse. Je ne sens plus mon corps, secoué comme un prunier par les oscillations du vaisseau.

Je prends de l'élan pour nous extraire du puits gravitationnel d'Octavia III. Kal s'est installé au poste de tir secondaire et, à nous deux, nous parvenons à résister aux assauts de la FDT. L'euphorie est grande lorsque nous passons du statut de proie à celui de vainqueur. Lorsque les Chelleriens et le *Bellerophon* se détruisent mutuellement sous nos yeux. Nos obus anéantissent les chasseurs à nos trousses l'un après l'autre, dans d'immenses gerbes bleues.

Et soudain, je me rappelle que ma mère était pilote pour la FDT.

Je prends conscience qu'il y a des êtres vivants à l'intérieur de ces appareils.

Jusqu'à aujourd'hui, je n'avais jamais abattu de vaisseau pour de vrai. Toutes ces heures d'entraînement, dans le cockpit où j'ai gagné mon surnom… ce n'était qu'une simulation. Mais cette fois-ci, j'ai tué de vraies personnes. Des Terriens, qui se battent pour défendre leurs convictions.

Exactement comme moi.

Notre moteur commence à nous lâcher. Nos voyants d'énergie passent au rouge. Il faut dire qu'on a subi beaucoup de dégâts. Le *Bellerophon* est en flammes, de l'oxygène s'échappe de sa coque fondue et se consume dans l'espace. Les Chelleriens ont aussi été réduits en miettes : des morceaux de leurs vaisseaux furtifs noirs aux lignes pures brillent comme autant d'éclats de verre qui dérivent au loin. J'ai de la peine en pensant aux personnes à l'intérieur de ces cockpits.

Une explosion nucléaire illumine les couches supérieures de l'atmosphère d'Octavia III, tentative désespérée du *Bellerophon* à l'agonie. Pris dans la déflagration, Bianchi hurle dans les haut-parleurs. J'observe la boule de feu se former, l'onde de choc se déplacer vers nous.

J'essaie de relever le nez de l'appareil, mais les moteurs sont à plat et je manque de vitesse, car mon Arbalète chérie est trop amochée. L'impulsion électromagnétique nous rattrape, une vague de lumière et de bruit, et les instruments devant moi se mettent à clignoter à tout-va.

Je suis projetée de côté dans mon harnais. J'entends Finn qui pousse un cri. Les alarmes hurlent. La température monte. Nous atteignons l'atmosphère de la planète et notre vaisseau rebondit dessus comme un caillou qui ricoche sur l'eau. Je m'efforce de résister à l'aspiration en tirant de toutes mes forces sur les commandes. Mais nous perdons trop d'énergie.

Nous avons subi trop de dégâts.

— Accrochez-vous, on plonge !

Aucun résultat pour la recherche : Ra'haam

Votre recherche n'a donné aucun résultat, chef.
Je n'ai rien trouvé. C'est très gênant.

Mes suggestions :

Vérifiez que tous les mots sont correctement écrits.

Essayez avec d'autres mots-clés.

Essayez avec des mots-clés moins spécifiques.

Éteignez-moi et rallumez-moi.

30

FINIAN

— Ty, active les stabilisateurs ! Les gars, accrochez-vous, et priez si vous savez le faire !

Cat manie ses commandes comme une Chellerienne à quatre bras : ses mains sont partout à la fois. Elle tourne des commutateurs, appuie sur un tas de boutons pour tirer un maximum d'énergie de son coursier blessé.

— Tout le monde s'attache, ordonne Ty.

Aurora s'arrime sur un siège très haute vitesse libre au fond de la cabine, et mes coéquipiers bouclent leurs harnais.

— Parés pour l'impact.

L'Arbalète se met à trembler, puis s'incline vers la droite et Zila se paye le mur avant d'avoir pu atteindre son siège. Aucun d'entre nous n'est en mesure de l'aider, et Cat continue de marteler des ordres. Goldenboy est notre Alpha sur le terrain, mais il est formé pour l'assister dans les moments comme celui-ci, et son joli visage est hyper concentré.

— Stabilisateurs déployés, annonce-t-il.

— On ne dirait pas ! crie Cat alors que le vaisseau tremble à nouveau comme si on empruntait une piste de 4 x 4 pied au plancher.

Et il faut s'imaginer que la piste en question est horriblement raide et qu'elle se termine par une falaise.

Nom d'une nébuleuse cosmique, on va tous mourir.

— Je te dis qu'ils sont déployés ! insiste Ty alors que Zila réussit à attraper son siège et à se hisser dedans.

Aussitôt installée, elle tape sur le bouton du harnais, de sorte que les sangles glissent sur ses épaules et se fixent automatiquement.

— Il y a des poches d'atmosphère partout, grommelle Cat.

Alors que nous rencontrons à nouveau des turbulences, je perçois une vibration insistante au niveau de mes poignets : c'est mon exocombi qui essaie de me prévenir. Le niveau de gravité change si vite qu'elle n'arrive plus à suivre.

— Poursuite ? demande Ty.

Un bout de ciel bleu traverse l'écran principal en tourbillonnant et pendant une demi-seconde nous apercevons un fragment du continent qui se trouve en dessous de nous.

Il est bien plus proche qu'il y a un instant.

— Pas encore ! crie notre As par-dessus les alarmes de proximité et d'Interdiction. Tiens-toi prêt à activer le circuit électrique auxiliaire, on risque de ne plus avoir de jus si le niveau de carburant baisse encore…

C'est ce qui se produit avant qu'elle n'ait le temps de terminer sa phrase. Le courant vacille et se coupe, les lumières s'éteignent, les sirènes et les alarmes autour de nous se taisent en même temps. Et nous comprenons désormais pourquoi voler sans stabilisateurs n'est pas une bonne idée.

Les lèvres de Ty remuent en silence tandis qu'il active le circuit électrique auxiliaire et je crois entendre Kal murmurer aussi quelque chose, même si son joli minois reste imperturbable. Mes poignets ont cessé de vibrer, car mon exocombi est enfin soumise à une gravité constante. Sauf que notre chute effrénée me scotche à mon siège. Ce pourrait bien être la dernière fois que ma combi doit compenser quoi que ce soit.

Tout le monde garde le silence et affiche la même mine sombre. Personne ne voudrait déconcentrer Cat et Ty.

— Circuit auxiliaire enclenché, déclare notre Alpha.

— Confirmé, répond Cat alors que les voyants du tableau de bord se rallument en tremblotant. Circuit auxiliaire à cent pour cent.

Cela nous laisse un petit sursis. L'Arbalète est trop endommagée pour pousser ses moteurs, trop mal en point pour aller plus loin, mais le circuit auxiliaire va nous offrir un bref moment de répit. Assez pour que notre pilote reprenne un vague contrôle du vaisseau.

Assez, peut-être, pour que Zéro nous sorte de là.

— Atterrissage dans une minute, cinquante-cinq secondes ! annonce-t-elle.

J'ai envie de fermer les yeux, de supplier le Créateur, de brandir ma foi bien haut et de lui demander une sorte de retour sur investissement pour toutes ces années de dévotion.

Malheureusement, ça ne marche pas comme ça, et en plus, je ne peux pas fermer les yeux. L'horizon apparaît à nouveau en clignotant et je devine un océan bleu-vert houleux, un rivage, le miroitement d'une rivière qui défilent sur l'écran à vitesse grand V.

— Circuit auxiliaire à soixante-dix pour cent, prévient Ty d'une voix tendue.

Désormais, il a fait tout ce qu'il pouvait. Comme le reste d'entre nous, il a les yeux rivés sur son As, qui essaie tant bien que mal de contrôler la descente de l'Arbalète.

— Atterrissage dans soixante secondes, lance-t-elle.

Va-t-on avoir du courant jusqu'au sol ? Ou va-t-il se couper quelques secondes avant ?

Je me force à détacher mon regard de l'écran pour considérer les autres membres de mon escadron. On dirait qu'Auri se retient de vomir et Kal la surveille, ses yeux violets remplis d'inquiétude. Zila a la tête légèrement penchée sur le côté, comme si elle était occupée à calculer nos chances de survivre. Scarlett fixe Cat en remuant les lèvres en silence, même si je doute qu'elle soit en train de prier.

— Circuit auxiliaire à quarante pour cent, indique notre Alpha d'une voix plus douce.

— Quarante-cinq secondes avant l'atterrissage.

Je vois la cime des arbres s'agiter sous le vent, le feuillage bleu-vert onduler comme une vague. Dans ma tête, l'Arbalète est un caillou qui s'apprête à ricocher à leur surface.

— Quinze secondes.

— Treize pour cent.

— Si je peux me permettre de donner mon avis...

Sept voix crient en chœur :

— Mode silencieux !

— Accrochez-vous ! hurle Cat sans ciller, luttant de tout son corps pour orienter le vaisseau vers une longue langue de sable clair parsemée de rochers noirs devant nous.

Dans un vacarme retentissant, nous rebondissons sur les cailloux en une série de chocs saccadés qui éventrent la coque de l'Arbalète.

Nos pilotes ont cessé le décompte, mais les chiffres défilent dans ma tête.

Sept. Six. Cinq.

Les lumières du tableau de bord s'éteignent et Cat lâche un juron en repoussant le manche à balai de ses bras tremblants.

Quatre. Trois. Deux.

Nous heurtons le sable, qui nous renvoie en l'air, puis nous finissons au sol dans une glissade incontrôlée. Les vibrations sont telles que j'arrive à peine à respirer. Dans le vacarme assourdissant, le ventre de l'appareil fait des bonds le long de la rive. L'Arbalète percute quelque chose et l'arrière chasse à quatre-vingt-dix degrés jusqu'à ce que le vaisseau arrête enfin sa course folle. J'aperçois la tranchée que nous avons creusée dans le sable derrière nous. N'importe qui la verrait depuis le ciel. C'est comme si une énorme flèche indiquait « VOUS ÊTES ICI ».

Mais nous sommes en vie.

Le silence n'est troublé que par le crépitement de notre coque qui refroidit. Je suis hors d'haleine. Une dizaine d'alarmes muettes sur ma combinaison m'informent que mon corps est dans un état de choc physique extrême – merci, je n'avais pas remarqué. Personne ne parle. Lentement,

Tyler et Cat font pivoter leurs sièges. Ils nous dévisagent un à un, pour vérifier que nous sommes en un seul morceau.

— Eh bien, je lance en m'efforçant de garder une voix ferme, sans vouloir casser l'ambiance, je ne pense pas qu'on récupère notre caution pour cet engin.

Scarlett est la première à rire, avant de déboucler son harnais avec des doigts tremblants. Puis elle se penche en avant et pose ses coudes sur ses genoux, sa tête entre ses mains. Alors, les autres l'imitent : ils se détachent, s'extirpent de leur siège, s'étirent et remuent.

Sauf moi. Je demeure immobile, car j'attends d'avoir retrouvé assez de motricité pour pouvoir lever la main et appuyer sur le bouton de déverrouillage au milieu de ma poitrine. Mais personne ne semble se rendre compte que ce n'est pas par choix.

— Est-ce qu'il nous reste un peu d'électricité ? demande Goldenboy, qui n'a pas l'air d'y croire.

— Pas même assez pour faire redémarrer mon joujou préféré, répond Cat en passant la main sur son tableau de bord. Et pourtant, il a une autonomie exceptionnelle.

Il lui décoche un sourire en lui serrant l'épaule.

— Waouh, Cat… C'est ce qui s'appelle du pilotage !

Elle lui sourit en guise de réponse, puis lâche une expiration tremblotante.

— On dit qu'il faut tout essayer une fois. Eh bien, une fois, ça m'a suffi. Plus jamais ça !

Tout le monde rigole, car nous sommes encore tellement tendus que chacun éclate de rire au moindre prétexte. Mais Tyler se remet déjà au travail.

— Zila, distribue les biocombis. Personne ne respirera la moindre molécule d'air sans protection. Kal, sors les armes lourdes. Sans radar, on va devoir guetter nos poursuivants à l'ancienne. Il faut aussi surveiller l'Arbalète, trouver ce dont on a besoin pour la réparer et repartir dans l'espace.

Aurora s'est levée. Elle scrute ce monde qui nous attend dehors avec des yeux écarquillés, le visage livide.

Zila nous donne donc nos combinaisons. Kal, Ty et les autres doivent se contorsionner pour les enfiler. Mais en voyant que je n'ai pas bougé de mon siège depuis l'atterrissage, Scar s'assoit contre le tableau de commande central devant moi. Avec un clin d'œil, elle se penche en avant pour ouvrir mon harnais. Les sangles glissent le long de mes épaules pour venir se rétracter dans mon siège.

— Tu as toujours su appuyer là où ça me fait du bien, je lui fais remarquer, fidèle à moi-même.

C'est une Négociatrice hors pair, aussi experte dans son domaine que son frère. Bien sûr, c'est elle qui a remarqué que j'avais un problème.

— Besoin d'un coup de main pour mettre ta biocombi ? me demande-t-elle.

— Quoi, maintenant tu cherches à me faire enfiler encore plus de vêtements ? C'est l'inverse de mon plan initial.

— Ne t'en fais pas, ajoute-t-elle en baissant la voix pour que les autres ne nous entendent pas. Dans quel état est ton exocombi ?

À vrai dire, elle fonctionne au ralenti. Elle réagit trop lentement à mes mouvements. L'impulsion électromagnétique qui a bousillé les systèmes de notre Arbalète a aussi touché ma combinaison. Elle est protégée contre ce genre de chose, mais apparemment pas à cent pour cent – je ne l'avais jamais exposée à une explosion nucléaire spatiale auparavant. Et à l'évidence, je ne vais pas avoir le temps de la réparer.

— Tout va bien, dis-je.

— Finn ?

Elle n'y croit pas une seconde, mais sa voix reste douce. Et c'est ça qui me fout en l'air. Je ne veux pas qu'elle me plaigne. Surtout pas elle. Si elle essaie de me réconforter, je vais…

Pourtant, quand je lève la tête, ce n'est pas la pitié que je lis dans ses yeux bleus. Ils n'expriment rien de plus qu'un peu d'inquiétude. Je crois que c'est ce qui me convainc de poursuivre la conversation. Et si je murmure, moi aussi, c'est que je tiens à lui dire quelque chose que je n'ai encore jamais exprimé à haute voix.

— Scarlett, je ne veux pas avoir le rôle de l'assisté de service. Chaque fois que j'ai dévoilé ce que les autres considèrent comme une faiblesse, j'en ai payé le prix. J'ai du mal à supporter la gravité absolue ? On m'envoie loin de Trask, de mes amis et de ma famille. J'ai besoin d'une gravité limitée la nuit pour pouvoir me reposer ? On me colle dans une chambre de l'académie sans coloc', contrairement aux autres cadets. Maintenant, ma combi déconne ? Ton frère va vouloir me ménager, au risque de vous mettre en danger. Une fois que les gens en ont décidé ainsi, ils ne reviennent pas en arrière, crois-moi. Alors, s'il te plaît, n'en fais pas une histoire. Et si tu pouvais m'épargner tes scarcasmes habituels, ça aussi, ce serait super.

Scarlett fronce ses beaux sourcils ciselés.

— Mes « scarcasmes » ?

— Ouais, ça te va bien, non ? J'ai trouvé ça hier soir.

Par le Créateur, Finian, je rêve ou tu viens de lui avouer que tu as pensé à elle avant de te coucher… ?

— Tu ne baisseras dans l'estime de personne ici en acceptant de l'aide, Finn, me lance-t-elle.

— Facile à dire pour toi, je marmonne en montrant mon exocombi. Ce n'est pas pour rien que j'ai été le dernier Mécano à être choisi lors de l'Affectation.

Très lentement, Scar pince les lèvres en grimaçant.

— Finian ?

— Ouais ?

— Et si ce n'était pas à cause de ta combi que tu avais été sélectionné après les autres ? me demande-t-elle en me clouant du regard. Tu t'es déjà posé la question ? Je ne sous-entends pas que les gens ne la remarquent pas. Mais peut-être… et j'insiste sur ce *peut-être*, que tu as été choisi en dernier parce que tu passes ton temps à essayer de convaincre la galaxie entière que tu es un salaud insupportable ?

Alors là, elle m'a mouché. Je ne sais pas quoi répondre.

— Ce n'est pas grave, Finn, poursuit-elle. « La famille isole la tanière », n'est-ce pas ?

À cet instant, je comprends qu'elle m'a cerné. Un Traskien cherche toujours à appartenir à un groupe – c'est presque un instinct de survie. Chez nous, ça n'a rien de culturel, c'est inscrit dans notre ADN. J'ai beau faire semblant, je ne suis pas fait pour être seul.

Et même si je préférerais danser le tango avec l'ex-toutou de Casseldon Bianchi que de l'avouer à voix haute, depuis le début, une partie de moi a envie de tisser des liens.

Je ne peux pas m'en empêcher – je tends vers ça, comme un tournesol suit le soleil. En regardant mes coéquipiers, je me rends compte que, peut-être, seulement *peut-être*, j'ai trouvé mon clan dans cet escadron.

Je tape donc ma main dans la sienne et, avec discrétion, elle m'aide à me relever. Pendant un instant, nous ne sommes qu'à quelques centimètres l'un de l'autre. Ses grands yeux bleus scrutent les miens.

Nom d'un trou noir, cette fille me fait un effet de dingue.

Alors elle me lance un clin d'œil et s'empare d'une biocombi. Le tissu argenté brille comme de l'eau dans nos mains. Puis, en faisant semblant de se baisser pour ajuster son ourlet, Scarlett m'aide à passer une jambe dedans sans que personne ne s'en rende compte.

Sauf qu'une fois la biocombi enfilée, je m'aperçois qu'il y a un vrai problème. J'ai du mal à bouger, plus encore à marcher. Différentes sortes de voyants d'avertissement clignotent sur ma combinaison et je dois les faire taire en appuyant sur des boutons.

À ce moment-là, Zila annonce qu'il n'y a rien d'hostile dans le ciel au-dessus de nous. Cat et moi nous dirigeons vers le ventre de l'Arbalète pour vérifier l'état de la salle des machines. Elle semble moins mal en point que moi. Je scrute la pièce et remarque que la coque a été transpercée comme du carton-pâte. Le trou est réparable, mais l'obus a salement amoché le cœur de notre vaisseau chéri.

— Comment ça se présente là-dedans ? demande Tyler, qui traîne derrière nous.

— C'est pas beau à voir, lui répond Cat. Le noyau du réacteur est complètement bousillé.

— Je ne suis pas du genre optimiste, mais tout n'est pas si noir, je nuance. Les systèmes de réparation automatique vont reboucher la carlingue. Quant au noyau, c'est une pièce indépendante, donc on peut le remplacer assez facilement. En supposant qu'on mette la main sur des matières radioactives lourdes pour changer les piles à combustible.

— D'accord, mais où est-ce qu'on va trouver ça ? interroge Tyler.

— J'avais mis le cap sur la colonie quand on s'est posés, affirme Cat. Elle doit être à une dizaine de kils d'ici.

Je suis bluffé qu'elle ait réussi à atterrir si près. En tout cas, notre plan a l'air de tenir la route.

— Il faut qu'on repère la base de lancement de la colonie, je reprends. Je suppose qu'ils en avaient une, et il y a de bonnes chances pour que les gens d'ici n'aient jamais évacué la planète, sinon le bruit aurait couru que cette Interdiction n'avait pas lieu d'être. Donc, leurs vaisseaux sont certainement toujours au sol. Si les conditions sont favorables, avec un peu d'huile de coude, on devrait pouvoir récupérer un noyau de réacteur fonctionnel.

— Ça me plaît, acquiesce Ty.

— Ouais, carrément, renchérit Cat. Enfin, même si ça implique une marche forcée de dix kils en territoire hostile avec un coéquipier boiteux vers une colonie qui n'est pas censée exister. En essayant de semer les chasseurs de la FDT susceptibles de nous tomber dessus à tout moment.

— Cat, fait Tyler en affichant un sourire à fossettes qui pourrait faire exploser des ovaires à vingt pas. Je te le dis sans arrêt. Il faut avoir la foi.

. . . . .

Vingt minutes plus tard, nous sommes réunis sur la rampe de chargement de l'Arbalète, presque prêts à nous mettre en route. Bien sûr, c'est moi le boiteux auquel Cat faisait référence – visiblement, mon handicap est plus évident que je ne l'espérais –, mais c'est aussi moi qui ai le plus de chances de pouvoir récupérer un noyau fonctionnel, donc au moins, on ne va pas me laisser poireauter dans le vaisseau. Le bruit des vagues me paraît incongru.

— Dans quelle direction se trouve la colonie ? demande Ty.

Cat pince les lèvres et tapote contre la visière de sa biocombi.

— Je dirais vers l'ouest ? Même si, maintenant que j'y pense…

— C'est par là, déclare Aurora en pointant le doigt.

— T'es sûre ? fait Ty.

Elle hoche la tête et, quand elle prend la parole, il y a une assurance dans sa voix que je ne lui connaissais pas :

— J'ai étudié cette planète pendant deux ans pour avoir ma place sur le *Hadfield*. J'étais censée travailler au service Explorations et Cartographie à mon arrivée. On se trouve à environ douze kilomètres à l'ouest de la colonie. Le terrain est accidenté. On devrait y être d'ici trois bonnes heures de marche.

Ty acquiesce, impressionné.

— On ferait bien de ne pas traîner, alors.

Quand nous atteignons le bas de la rampe, il règne un silence inquiétant parmi les dunes, sur cette planète presque sans relief et au ciel infini. L'air est empli de ce que j'ai d'abord pris pour de la neige, et qui recouvre aussi le sol, mais en sortant de l'Arbalète, je me rends compte que c'est en réalité…

— Du pollen, constate Zila en observant la poussière légèrement lumineuse qui tombe du ciel.

Ma gorge se serre et je tends la main vers les flocons bleus.

Aurora mène le groupe parmi les dunes et nous nous éloignons du fracas des vagues et de notre vaisseau endommagé. Mon exocombi grince à chaque pas et je peine dans la pente, car le sable glisse sous mes bottes. Scarlett reste à proximité, assez près pour me faire savoir qu'elle est là si j'ai besoin d'elle. Mais je continue d'avancer, jusqu'à ce que j'arrive enfin au sommet de la butte d'où je peux contempler le paysage.

— Par le Créateur…

Au-delà de la plage, les rochers, le sol, tout est recouvert de broussailles aux feuilles épaisses, en forme de gouttes… exactement les mêmes que celles qui poussaient dans l'orbite de feue Patrice Radke. On dirait presque qu'il s'agit d'une seule et même plante, une sorte de tapis continu et rampant. Elle étouffe les arbres, avec ses longues vrilles qui s'enroulent et envahissent leur écorce. Il y a aussi de vastes étendues d'une herbe plate et argentée. Elle me rappelle la mousse qui recouvrait les visages de ces agents de l'AMR.

— C'est censé ressembler à ça ? interroge Tyler.

— Non, répond Aurora en secouant la tête. Non, pas du tout.

Une ancienne tour de communication se dresse à quelques centaines de mètres, seule trace visible de la colonie qui a un jour existé ici. Mais elle est tapissée de la même végétation, plus dense encore et dont les tiges épaisses s'enroulent autour de ses pieds tels les tentacules d'un seldernaute osphérien. Les plantes paraissent sur le point d'emporter la structure sous terre, comme un navire qui sombrerait en mer.

Elles s'apparentent à des champignons. Et elles recouvrent absolument tout.

— J'ai..., commence Aurora en clignant des yeux. J'ai déjà vu ça quelque part.

— Moi aussi..., dis-je à voix basse, les jambes tremblantes.

Mes coéquipiers me lancent des regards interrogateurs. Je porte la main vers l'emblème du Créateur à mon col, mais il est recouvert par ma biocombi. Mon cœur bat fort dans ma poitrine.

— J'ai rêvé de ça, j'ajoute en m'adressant à Auri. Je croyais que c'était de la neige bleue qui tombait du ciel. Il y en avait partout... comme ici. Mais ce n'était pas le même décor, ce n'était pas Octavia. La planète dont j'ai rêvé... (Je secoue la tête et me tourne vers les autres.) C'était ma patrie. Trask.

— Je vous déconseille de toucher quoi que ce soit, lance Kal.

— Entendu, assure Tyler, le visage blême. Soyez aux aguets et ne touchez à rien. En route, ajoute-t-il en soulevant son fusil disrupteur.

Sans un mot de plus, nous repartons à travers les dunes bleu-vert. Les traits fermés, Aurora scrute le sol et les plantes devant elle. Kal la suit d'un pas raide, ses yeux violets ardents, lui aussi armé d'un fusil. De temps à autre, Auri tourne juste assez la tête pour vérifier qu'il est près d'elle. Mais leurs regards ne se croisent pas.

Scarlett marche nonchalamment à côté de moi, comme si sa superbe biocombi argentée était un modèle original de la maison Feeney et qu'elle défilait sur un podium. Cat, elle, traîne un peu les pieds devant nous ; elle se remet sans doute de ses émotions après avoir réussi à poser l'Arbalète. Tyler et Zila ferment le groupe. Lui porte le module de confinement dont nous avons besoin pour les éléments de remplacement du noyau ; quant à elle… eh bien, sans surprise, elle est stoïque. Au lieu de regarder devant, elle marche avec une paire de jumelles télescopiques collée aux yeux et levée vers le ciel. Bonne nouvelle : elle n'a pas l'air d'avoir l'intention de tirer sur qui que ce soit.

La végétation devient plus dense, et nous marchons désormais dans ce qui devait autrefois être une forêt clairsemée avant d'être envahie par ce… cette chose, quelle qu'elle soit. J'avance en silence, songeant toujours à mon rêve, et soudain – peut-être parce que je suis à l'écoute des petits grincements de ma combi – je crois entendre un bruit.

Derrière nous.

Un frou-frou.

Je m'arrête pour regarder par-dessus mon épaule en plissant les paupières.

— Ça va, Finian ? s'enquiert Goldenboy en arrivant près de moi.

— Est-ce qu'on sait s'il y avait une faune locale ici ?

Zila jette un coup d'œil vers moi.

— Pourquoi tu poses cette question ?

— J'ai cru entendre quelque chose, j'explique, le pouls un peu trop rapide.

— L'essentiel de la faune sur Octavia était assez élémentaire, nous explique Auri devant nous. Du moins, d'après les premières études et les comptes rendus du service Biologie. Mais il y avait des souris au labo. Et des chimpanzés aussi. Mon père travaillait avec eux.

— Il y avait quoi ?

Un flot continu d'animaux qui pourraient porter ce nom défile dans ma tête, la plupart munis de griffes et de crocs que je n'aimerais pas spécialement rencontrer.

Aussitôt en alerte, Kal serre plus fort son fusil disrupteur dans ses mains.

— Des chimpanzés, répète Auri.

— *Pan paniscus*, précise Zila.

— Ils font presque la taille d'une personne normale, poursuit Auri. Même morphologie, même arbre généalogique. Ils sont couverts de poils noirs, par contre. Et ce sont de très bons grimpeurs.

— Alors ce sont simplement des humains poilus ? je demande. Quelle est la différence entre un chimpanzé et… Tiens, vous voyez qui est O'Donnell ? Le type assis derrière moi en cours d'ingénierie mécanique… Eh bien, je peux vous dire que…

— Ils ne sont pas humains, me coupe Tyler. Ils sont très intelligents, mais ce sont des animaux. Que faisaient-ils dans la colonie, Auri ?

— Ils servaient de cobayes pour les tests environnementaux. Ce sont les êtres les plus proches des humains.

Notre ADN est presque identique. C'est pour ça qu'on en trouvait dans les premières fusées lancées depuis la Terre.

— Attends, je reprends, ces bestioles sont assez futées pour piloter des engins spatiaux ?

Kal tient son fusil disrupteur en joue et tourne lentement sur lui-même.

— Ils présentent un danger mortel, si je comprends bien...

— Non, rétorque Auri. Écoutez... Ils ne sont pas dangereux. Et ils ne pilotaient pas ces vaisseaux, ils étaient seulement passagers. On les a envoyés dans l'espace pour observer les effets que ça aurait sur eux. Parce que, physiologiquement, ils sont très proches des humains.

Pixieboy et moi échangeons un long regard.

— Mais si ces chimponzés...

— Chimpanzés.

— S'ils ne pouvaient pas piloter ces vaisseaux... comment faisaient-ils pour se poser ?

— L'atterrissage était automatisé, précise Auri.

— Donc, fais-je avec prudence, vous autres Terriens, vous avez mis ces animaux presque aussi intelligents que vous dans des fusées et vous les avez envoyés dans l'espace pour voir si ça leur ferait fondre les tripes ?

— Ce n'était pas nous *personnellement*, réplique Cat, sur la défensive.

On sent une certaine tension s'installer parmi les Terriens de la bande.

— Ouah, je continue en regardant les membres du groupe. Est-ce que mes congénères traskiens étaient au courant de ce massacre de chimpouzés quand on s'est alliés avec vous ?

— Ça suffit, Finian. Même s'il y a eu des chimpanzés ici, c'était il y a deux siècles, et…

Tyler s'interrompt, pensant certainement la même chose que le reste d'entre nous. Patrice Radke et son ami au visage couvert de feuilles étaient là aussi, il y a deux cents ans. Et ça ne les a pas empêchés de parcourir la galaxie.

Par le Créateur…

— Armes, conclut Kal.

Et quand nous repartons, tout le monde serre son fusil.

Le frou-frou s'est tu.

Aurora nous conduit parmi les frondes épineuses, les arbres asphyxiés, le pollen épais qui tombe autour de nous comme une pluie bleue collante. Nos biocombis en sont bientôt couvertes, et nous devons aussi nous méfier des branches coupantes : les combinaisons sont solides, mais pas indestructibles. Après environ deux heures à batailler au milieu des broussailles, nous franchissons la crête d'une colline et le camp Butler apparaît devant nous.

Du moins, les vestiges du camp. Chaque bâtiment est enveloppé de ces plantes rampantes au feuillage bleu-vert, jusque dans ses moindres recoins. La végétation recouvre le béton aussi bien que l'acier. Les spores qui envahissent le ciel me font penser à une pluie de lumière qui tourbillonne au gré du vent.

C'est plutôt joli. Jusqu'à ce que je me souvienne de mon rêve, dans lequel ce même pollen bleu tombait sur ma planète natale. Je revois la carte stellaire d'Auri. Le rouge qui s'étend comme une tache de sang en partant de cet amas d'étoiles.

Alors mon cœur se met à battre à vive allure dans ma poitrine.

Je fais plusieurs pas en boitant avant de me rendre compte qu'Auri s'est arrêtée au sommet de la butte. Elle observe la colonie en contrebas, et le long de ses joues coulent des larmes qu'elle ne peut sécher à cause de la visière devant son visage. Je reste à ma place, mais Scarlett me délaisse pour la rejoindre.

— Si le *Hadfield* était arrivé à destination, je serais là en bas, chuchote Auri, mais sa voix porte loin, car il n'y a aucun bruit pour la couvrir.

— Mais tu es ici, souligne gentiment Scarlett. Et tu es avec nous. Je n'ai pas connu ta famille, mais je suis certaine qu'ils auraient été contents de savoir que tu as trouvé un escadron auquel appartenir.

Aurora renifle un grand coup, sans faire de manière.

— Mon père a quitté ma mère quand on a refusé qu'elle participe à la mission Octavia. D'une certaine façon, ma sœur et elle l'avaient déjà perdu. Mais quand le *Hadfield* a disparu, elles ont dû avoir l'impression de nous avoir perdus tous les deux, déclare-t-elle en secouant la tête. Et je… je ne pourrai jamais les aider. Je ne pourrai jamais revenir en arrière et leur dire que je m'en suis sortie.

Elle renifle à nouveau, puis poursuit d'une voix chevrotante.

— La dernière fois que j'ai parlé à mon père avant de quitter la Terre… on s'est disputés. J'ai balancé des choses que je ne pensais pas. Et ce sont les dernières paroles qu'il m'a entendu prononcer. On ne réfléchit pas à ça sur le moment. On croit que la famille sera toujours là.

Personne ne parle. La brise soulève le pollen qui flotte dans l'air et souffle les étranges plantes qui nous entourent en les faisant frissonner.

Je ne sais vraiment pas quoi répondre. Nous sommes des centaines dans ma famille, alors l'idée d'être seul m'est tout simplement… inconcevable. Même si je me suis souvent senti isolé, mis à l'écart, ou différent des autres, je n'ai jamais été seul comme Aurora l'est maintenant.

– Je crois, affirme Zila (et je me prépare à une réponse pas très délicate…) que si ta sœur et ta mère avaient eu le choix, elles auraient préféré que tu restes en vie sans qu'elles le sachent, plutôt que tu meures. Si le prix pour que ma famille soit vivante était mon ignorance, je serais prête à le payer.

Que peut-on répondre à cela ?

Par miracle, Aurora adresse un petit sourire à Zila.

Notre fille hors du temps ne fait pas seulement le deuil de ses proches, elle fait aussi le sien : aucun de nous ne sait ce qu'elle est, alors même que nous suivons la piste qu'elle trace pour nous. Mais elle doit aspirer à un semblant de normalité. Et chacun de nous connaît très bien cette sensation.

L'ambiance est disons… amicale quand nous reprenons la route tous les sept. Nous sommes une drôle de brochette en vérité – des marginaux qui se retrouvent à randonner sur une planète abandonnée envahie de plantes flippantes et assiégée par des forces armées. Mais il reste environ vingt minutes de marche jusqu'à la colonie. J'ai l'impression que mon ventre est lourd d'avoir mangé trop de glace, tandis que tout le monde demeure muet comme une tombe. Il est temps de détendre l'atmosphère.

— Bon, dis-je. En ce qui concerne ces chimpouzés…

— Chimpanzés, corrige Tyler, d'une patience à toute épreuve.

— N'importe. Est-ce qu'il y en a encore sur Terre ?

— C'est une espèce disparue, réplique Cat. Comme toi très bientôt.

— Très drôle, Zéro. Bref, vous êtes sûrs que vous n'essayez pas de nous faire marcher ? Ces animaux m'ont l'air ridicules. Enfin, voyons, des Terriens poilus qui pilotent des engins spatiaux et qui ont presque le même ADN que vous ? J'ai du mal à croire que ça existe.

C'est à ce moment-là qu'une sorte d'humanoïde à poils longs, entièrement noir et aux dents jaunes sérieusement abîmées – à faire rougir un ultrasaure – surgit des broussailles en hurlant et se jette sur moi.

[Aucun résultat pour cette recherche]

▶ [Inconnu]

▼ [Inconnu]

Erreur de type 4592.

Liaison montante introuvable. Vous êtes trop loin d'un émetteur.

Débrouillez-vous seul, chef.

31

AURI

Finn roule par terre lorsque le plus gros chimpanzé que j'ai vu de ma vie atterrit sur lui. Une épaisse mousse verte sort des yeux de l'animal, dont le dos est couvert d'un tapis de jolies fleurs enchevêtrées. Alors qu'il ouvre la bouche en grognant dans une attitude de défi, je distingue des feuilles d'un vert rougeâtre jusqu'au fond de sa gorge.

Alors la terreur m'envahit, car le chimpanzé tape des deux mains sur la visière de Finn, une fois, deux fois, et lui cogne la tête contre le sol. Aussitôt, Kal braque son fusil sur le singe, mais comme pour se protéger, celui-ci attrape Finn par les épaules et se jette sur le côté en l'entraînant telle une poupée de chiffon.

— Débarrassez-moi de cette bête ! gémit Finn.

— *Aee'na dō setaela !* crache Kal qui tombe à genoux en se débattant.

Je m'aperçois avec horreur que les plantes rampantes les plus proches de lui se sont mises à s'enrouler autour de ses chevilles et de son fusil, l'empêchant de s'approcher du singe. Je hurle, et Scarlett vient se poster à côté de moi pour anéantir les végétaux d'un coup de disrupteur.

Pour ne pas risquer de blesser Finn avec son pistolet, Tyler envoie un grand coup de pied dans la tête du chimpanzé. L'animal lâche un cri strident, puis Cat lui balance une autre décharge. Un vif éclair traverse l'air, une nouvelle plainte lugubre retentit, mais le tir ne semble pas arrêter la créature. Elle se relève aussitôt en roulant sur elle-même et se jette à nouveau sur Finn en criant. Zila fait deux pas rapides en avant, lève son disrupteur et attend d'avoir une fenêtre de tir.

Scarlett est toujours en train d'essayer de pulvériser les plantes accrochées à Kal, tandis que je tente de le tirer pour libérer ses jambes. Pendant une seconde qui dure une éternité, nous nous fixons. Depuis ses confidences à l'infirmerie du vaisseau, il nous reste tant de choses à nous dire que, tout à coup, je suis prise de panique en comprenant que nous n'en aurons peut-être jamais l'occasion. J'entends un cri et je me retourne à l'instant où Finn parvient à s'écarter de la bête. Il s'effondre au sol, sa combinaison claque et je me précipite pour le soutenir.

L'animal fonce alors sur Ty, le projetant dans les airs – mon père m'a toujours répété qu'un chimpanzé était quatre fois plus fort qu'un humain et qu'il ne fallait jamais baisser la garde. Cat hurle son nom au moment où il retombe au sol. À nouveau, elle tire sur le singe, mais il lui fait face et lui bondit dessus avec ses mains couvertes de mousse et ses dents jaunies. Elle part dans un roulé-boulé et quand elle s'arrête finalement, elle reste immobile, étendue sur le flanc.

— Abattez-le, bon sang ! hurle Ty pendant que Zila leur tourne autour pour trouver un angle de tir qui ne mette pas en danger ses coéquipiers.

Je lève les mains au ciel en implorant désespérément la chose, peu importe ce dont il s'agit, qui m'a aidée jusqu'à présent. L'air tremble autour de moi. Mais ensuite mon esprit devient incontrôlable : il se dérobe et me crie de m'enfuir, d'abandonner mes amis et de *partir*, *partir*, de me sauver de cet endroit.

La bête pivote vers moi, et malgré les plantes qui sortent de ses orbites, je sais qu'elle me regarde, je sais qu'elle me voit… Elle retrousse les babines pour montrer ses dents, puis pousse un cri et me saute à la gorge.

En voyant cela, Kal rugit, presque méconnaissable derrière la visière de son casque. Il abandonne son fusil pris au piège, se dégage des plantes en les arrachant et vient à mon secours sans autre arme que ses mains nues.

Il me libère du chimpanzé et tous deux tombent à terre dans un combat au corps à corps. Kal roule, ramène ses jambes contre l'animal, puis lui plante ses deux bottes dans la poitrine et pousse de toutes ses forces. La bête est propulsée en l'air et à cet instant Kal crie le nom de Zila.

Et Zila ne rate pas son tir.

BAM !

La tête du singe a simplement… disparu. Une infinité de spores microscopiques flottent dans l'atmosphère. La brise les emporte dans un tourbillon en même temps que son corps s'effondre par terre.

Toujours roulée en boule sur le flanc, Cat gémit, et Ty se précipite vers elle. Mais Zila est déjà à genoux à ses côtés, en train de sortir son kit de pharmacie.

À bout de souffle, Kal s'accroupit au-dessus des restes de l'animal. Mon cœur bat à vive allure. J'aide Finn, qui gémit de douleur, à se mettre à quatre pattes. Scarlett a fini de réduire en cendres les plantes rampantes. Les mains tremblantes, elle garde son arme levée en scrutant le paysage autour de nous, sur le qui-vive.

— À trois..., ordonne doucement Zila.

Avec une grande délicatesse, Tyler et elle basculent Cat sur le dos pour examiner ses blessures.

Oh non. Non.

— Par le souffle du Créateur..., souffle Finn, et malgré la douleur qui le tétanise, il tend le bras vers le sac de Zila.

Sur tout le côté gauche, la combinaison de Cat a été déchirée. Je vois du sang, de la chair ouverte jusqu'à l'os, je vois ses côtes, je vois...

Sa peau est en contact avec l'air.

Et tandis que je la regarde, paralysée par la terreur, une minuscule spore vient se poser au ralenti sur son flanc.

— Le pollen, dis-je, la gorge nouée, en posant les deux mains sur son ventre pour couvrir sa blessure.

En quelques secondes à peine, mes gants argentés sont nappés de sang.

— Peu importe le pollen, il faut d'abord arrêter le saignement, déclare Zila.

Finn, tremblant, lui tend un spray, et elle se penche pour pulvériser la plaie.

— Là-haut !

C'est Kal. Il vient de se relever près du corps du chimpanzé et nous montre du doigt une navette blanche qui traverse le ciel à vive allure. Le *Bellerophon* serait-il encore en orbite autour de la planète ? En tout cas, une chose est sûre : quelqu'un a survécu à la bataille entre la FDT et les chasseurs de Bianchi. L'appareil file droit vers la plage, où notre Arbalète a laissé une longue trace lors de son atterrissage forcé, comme pour indiquer notre position.

Et il commence à perdre de l'altitude.

Cat pousse des geignements. Zila est en train de recoudre sa combinaison avec une sorte de bande en plastique collante. De précieuses secondes s'écoulent. Tyler considère Cat, figé comme une statue à côté d'elle. On dirait qu'il évalue ses chances de survie.

— Zila, appelle-t-il à voix basse. Elle a besoin de soins plus poussés, n'est-ce pas ?

— Oui, confirme la Cellule Grise. Son état est critique.

— On ne peut pas retourner à l'Arbalète, explique Ty en jetant un œil vers la navette de la FDT qui poursuit sa descente, puis vers la colonie dans la vallée en contrebas. Auri, des suggestions ?

Je ferme les yeux en essayant de me rappeler ce que je sais sur le camp Butler, de visualiser ces cartes que j'ai étudiées mille fois. Mon cerveau épuisé, surmené, met un long moment à y parvenir.

— Il y a un centre médical, j'affirme finalement. Du côté ouest de la colonie.

Tyler se lève et fouille du regard l'étrange couche de végétation gris-vert qui recouvre le camp.

— Je crois que je le vois. Finn, tu peux marcher ?

— Oui chef, répond Finn.

Il se redresse en grimaçant et son exocombi émet un long chuintement. Il fronce les sourcils à cause de la douleur, mais ne se plaint pas.

— Bien, lance Tyler. Scar, Zila, on emmène Cat au centre médical. Kal, tu accompagnes Finn à la base de lancement de la colonie et vous vous débrouillez pour trouver un noyau de réacteur de rechange.

— Je connais le chemin, j'affirme d'un ton plus vaillant que je ne le suis réellement.

Ty hoche la tête.

— Prenez Auri avec vous, et restez joignables. Prévenez-moi dès que vous aurez trouvé ce qu'il nous faut.

Kal se lève avec grâce et m'adresse un hochement de tête. Je frotte mes mains dans l'herbe moussue pour nettoyer le sang de Cat, et mon ventre se noue quand tout à coup l'herbe change de couleur : elle perd sa teinte verdâtre pour virer au cramoisi. Quelque chose dans ma tête tente de me mettre en garde. Je le sens dans mes os. Je le sens sous mes pieds, mais aussi dans le ciel plein de spores qui virevoltent au-dessus de moi.

Il y a une chose d'horriblement anormale ici.

J'entends un murmure. Un écho de ma propre voix dans mon esprit.

Prends garde.

Ra'haam.

Cat serre les dents. Elle ne lutte pas pour empêcher que le groupe se divise, n'essaie pas non plus de participer à la conversation, et je me dis que sa blessure doit être grave. Je prends la main de Kal qui m'aide à me relever et nous restons quelques instants côte à côte, à regarder cette fille au sol, ses amis autour d'elle.

C'est moi qui les ai fait venir ici.

Tout ça est ma faute.

— Allons-y, décide Tyler sans lever les yeux. Bonne chasse.

Kal récupère son fusil disrupteur parmi les cendres. Nous nous mettons en route derrière Finn, qui avance en boitant, et je m'autorise un dernier coup d'œil derrière nous.

Au fond de moi, un pressentiment me souffle que je ne reverrai plus jamais Cat.

. . . . . .

Il nous faut bien plus de vingt minutes pour atteindre l'étendue plate où est installée la base de lancement, car Finn se déplace péniblement. Il doit se concentrer pour marcher en portant le module de confinement jusqu'à notre nouveau noyau de réacteur. Même à quelques mètres de distance, j'entends grincer son exocombi sous sa combinaison. Kal et moi nous tenons prêts à faire feu, même si je ne suis vraiment pas sûre de savoir me servir de mon arme. Nous nous efforçons tous les trois de ne pas sursauter à chaque bruit que nous nous inventons.

Nous longeons le pourtour de la colonie en ruine – ce serait plus rapide en la traversant par le milieu, mais d'après Kal le risque d'embuscade serait trop grand. Sa voix est ferme, ses mouvements assurés, et je me surprends à me rapprocher un peu de lui.

Mes pensées tourbillonnent dans ma tête. Je songe à la navette qui a désormais disparu au-dessus de nous, au visage blême et au flanc ensanglanté de Cat, pour revenir ensuite à des souvenirs vagues à bord du Vaisseau Monde, à ce monstre que j'ai anéanti sans même le toucher. J'ai dit aux autres que je ne m'en souvenais pas, mais j'ai menti. Comme je l'ai avoué à Kal à l'infirmerie, je le vois dans ma tête à présent. C'est comme si j'étais une passagère dans mon propre corps, regardant à travers l'écran de mes yeux. Je me souviens d'avoir tué l'ultrasaure et d'avoir fait exploser la Gâchette après que Zila m'a tiré dessus. Je me rappelle aussi le mot que j'ai prononcé quand la carte stellaire est apparue sur le pont de l'Arbalète. Ce mot, je me le répète en rêve depuis que je me suis réveillée deux siècles trop tard.

Eshvaren.

Il m'attire, m'appelle, exactement comme cette planète me repousse. Je veux à tout prix en savoir plus sur cette espèce soi-disant éteinte. C'est la seule chose qui revient sans cesse, éloignant mes peurs et mes doutes.

Enfin, ce n'est pas la seule chose.

Kal avance avec cette étrange grâce aérienne, à l'affût à côté de moi, son fusil disrupteur levé. Chacun de ses mouvements est précis et souple. C'est un guerrier-né. Cela me paraît si évident désormais. Je n'oublierai jamais comme il s'est jeté sur le chimpanzé quand celui-ci s'en est pris à moi. Sans se soucier de sa propre sécurité. Comme un être féroce qui ne connaît pas la peur.

Il me regarde. Puis détourne aussitôt les yeux.

Il ne ressemble à rien ni personne que j'ai connu jusque-là. Je suis déjà sortie avec des garçons, mais il y a un monde de différence – une galaxie, même – entre un séducteur qui vous invite au cinéma un vendredi soir et un type qui vous affirme qu'il est lié à vous pour la vie.

Mais quand il m'a parlé à l'infirmerie... C'est comme si je m'étais retrouvée téléportée dans un lieu inattendu et que je ne savais pas du tout quoi dire. Jusqu'alors, puisqu'il était glacial avec moi et qu'il passait son temps à me tenir à l'écart de la moindre action ou responsabilité, j'étais persuadée qu'il me prenait pour un boulet. Qu'il ne me défendait que par sens du devoir vis-à-vis de Tyler.

Sauf que je sais maintenant que son devoir était justement de me protéger. Il m'a défendue pour une autre raison.

À présent, il marche à côté de moi, le regard droit devant lui, aux aguets. Et malgré le chaos et l'atmosphère démente qui nous entourent, je suis heureuse d'être avec lui.

Il me procure un sentiment de sécurité.

Nous arrivons à la base de lancement, franchissons le portail ouvert envahi par les plantes grimpantes, et je suis terrifiée en découvrant le spectacle qui s'offre à nous. Les quais d'arrimage, la tour de contrôle et les vaisseaux sont recouverts par la même végétation qui semble avoir infesté l'ensemble du camp. Les skiffs, les gros-porteurs, les orbitales, tout. Leurs carlingues sont ensevelies sous de longs enchevêtrements de plantes rampantes et de fleurs étranges, et tapissées d'une couche de ce pollen bleu collant qui tombe comme de la pluie.

Cette base est immense. Comment va-t-on trouver ce dont on a besoin pour réactiver l'Arbalète ?

— Purée de putois, je souffle.

— Je ne sais pas ce que c'est que ça, commente Finian. Mais ça m'a l'air dégueu. Enfin, on n'est pas encore perdus,

Clandestine. Les éléments qu'on cherche sont obsolescents de plusieurs millions d'années. S'ils sont quelque part ici, ce ne sont pas quelques mauvaises herbes qui vont les abîmer.

— Il y aura ce qu'il faut dans les réacteurs de ces vaisseaux ? demande Kal.

— Ça, je n'en sais rien, réplique Finn. Ces appareils sont plus vieux que mon quatrième grand-père, et je ne sais pas à quel genre de carburant ils marchent. Mais ces agents de l'AMR sont toujours à nos trousses, alors il vaut mieux qu'on se sépare. On sera plus rapides et efficaces. Si vous dégotez un vaisseau avec un noyau actif, envoyez-moi une image sur mon uni.

— Très bien, acquiesce Kal. On reste en contact.

— Ne t'en fais pas. Si je vois un autre de ces chimpouzés, vous m'entendrez crier sans mon unicom.

Kal fronce les sourcils.

— Tu n'as pas grand-chose d'un combattant, pas vrai, Finian ?

— Et toi, pas grand-chose d'un..., commence Finn, avant de grimacer et de soupirer. Ah, laisse tomber...

Il part en boitant vers le plus gros vaisseau en portant péniblement le module de confinement. Kal et moi nous dirigeons vers les skiffs, lui en tête avec son fusil levé, moi dans son sillage. Il me tend la main pour m'aider à enjamber des taillis, tout en regardant derrière nous pour vérifier que Finn va bien. Je me rends maintenant compte qu'il surveille en permanence où je suis, qu'il veille sans relâche sur moi.

— Kal..., je murmure.

Je ne sais pas vraiment quoi dire. Je suis seulement sûre de vouloir parler de tout cela. Il se montre aussitôt attentif, sans pour autant quitter des yeux les bâtiments et les vaisseaux qui nous entourent.

— Qu'y a-t-il, *be'shmai* ?

— J'ai beaucoup réfléchi. À ce que tu m'as confié.

Il garde le silence, ce qui me semble légitime – il a déjà mis son cœur à nu. À sa place, je ne m'y risquerais pas non plus une deuxième fois.

— Je suis contente que tu te sois livré à moi, je déclare. Ça n'a pas dû être facile.

Il reste muet pendant quelques instants, mais je vois bien qu'il réfléchit à mes paroles et non qu'il refuse de répondre. Il attend que Finn soit hors de portée de voix pour s'exprimer.

— En effet, c'était difficile. Mais je te devais la vérité.

Alors que nous approchons prudemment du premier skiff, je contemple les ruines de ce lieu qui aurait dû être mon monde. Kal dirige son unicom vers les moteurs pour prendre des mesures. Au bout de quelques instants, il soupire et secoue la tête : négatif. Le noyau du réacteur est mort. On passe au suivant.

— Je suis désolée de ne pas avoir répondu tout de suite, je reprends. J'ai été… surprise. Enfin, toi aussi, je suppose. Quand ça t'est apparu…

— C'est vrai, admet-il avant de marquer une pause. Vous, les Terriens, vous dites qu'on n'est vraiment bien que là où est notre cœur. Quand mon monde est mort, j'ai pensé que mon cœur était peut-être mort avec lui. Je n'imaginais pas pouvoir un jour ressentir ça. Pour personne. Encore moins pour une humaine.

— Mais c'est le cas.

— C'est le cas..., reconnaît-il.

— Et pourtant tu vas partir quand tout ça sera terminé.

— Oui, fait-il en continuant de marcher non loin de moi avec son fusil levé. Je me suis engagé dans la Légion parce que je cherchais à fuir... Fuir la guerre parmi les miens. La guerre dans mon âme. Mais en rejetant mon côté obscur, je n'ai fait que le renforcer. En l'enfermant dans une cage, en refusant d'admettre qu'il fait partie de moi... Je ne peux cesser d'être ce que je suis. À la place, je dois trouver la rage nécessaire pour dompter cette facette de moi-même.

Il hausse les épaules.

— Le peuple de ma mère a un dicton : *Ke'tma indayōna be'trai*. Ça signifie... « On ne marche pas seul quand on suit sa voie véritable. » Je pourrai suivre la mienne si je sais que tu as trouvé la tienne. En honorant tes souhaits, j'honore l'Attraction qui m'a appelé. Et ma voie me ramène auprès de mon peuple. À la guerre qui nous déchire.

Je vois bien ce que ces mots lui coûtent. Ce que l'idée de partir lui coûte. Je vois bien que c'est un prétexte. Il n'est pas très bon menteur, et maintenant je sais ce que je cherche.

Je baisse les yeux sur le disrupteur dans ses bras. Le sang sur ses mains.

— Tu es sûr que c'est ça, ta voie véritable ?

Il suit mon regard, serre plus fort son fusil.

— Un guerrier, voilà tout ce qu'on m'a appris à être, Aurora.

Je le dévisage pendant quelques instants, espérant qu'il se tourne vers moi, mais il reste concentré sur ce qui nous entoure. Et tandis que le silence se prolonge et que je réfléchis à ses paroles, je prends soudain conscience qu'il n'est pas seul à avoir besoin de trouver sa voie.

Je dois être honnête : j'ai peur de ce que je suis en train de devenir. Je le sens en moi à présent, si j'y prête attention. Il y a quelque chose qui me dépasse complètement. Et même s'il s'agit d'une part de moi-même, je crains de me perdre dedans. Mais si je maîtrisais cette chose, si j'avais pu mobiliser ce pouvoir énigmatique que je possède, j'aurais pu mettre fin à ce combat avant que Cat soit blessée.

Et ce risque ne vaut-il pas la peine d'être pris pour protéger mes amis ?

Je commence à penser que je dois choisir entre surfer sur cette vague – tant bien que mal, mais au moins j'essayerai de me diriger – ou la laisser me submerger. Et m'enfoncer jusqu'à me noyer.

En regardant Kal, je perçois à quel point nous sommes semblables. Seuls. Sans foyer. Nos voies sont dictées par des forces qui échappent à notre contrôle. Il m'a avoué qu'il n'avait jamais entendu parler d'un Syldrathi qui aurait ressenti l'Attraction pour une humaine. Être à la merci du guerrier qui se trouve en lui… ça doit être très dur.

– Je suis désolée, je réponds enfin. Que tu ne puisses pas choisir par toi-même.

Il lève un instant les yeux vers le ciel et le soleil se reflète dans ses yeux violets.

– Les lunes choisissent-elles les planètes autour desquelles elles tournent ? Les planètes choisissent-elles leurs étoiles ? Qui suis-je pour aller à l'encontre de la gravité, Aurora ? Quand tu brilles plus que toutes les constellations du ciel ?

J'observe ce curieux jeune homme à côté de moi. Ce serait si facile de le considérer comme une simple arme. Une belle arme, certes. Mais quand même, un jeune homme plein de violence, aux poings couverts de croûtes, à la grâce arrogante et au regard froid. Maintenant, ici, dans ce monde incompréhensible, j'entrevois les perspectives possibles. Pour lui. Pour moi.

Pour nous.

— On t'a peut-être élevé comme un guerrier, Kal, dis-je. Mais tu es plus que ça.

Je glisse ma main libre dans la sienne et la serre. Il tressaillit d'abord un peu, de surprise. Mais ensuite, doucement, il étreint la mienne à son tour. Il pose les yeux sur moi, puis les détourne.

— Que veut dire le nom que tu me donnes ? je demande.

— *Be'shmai ?* Il... Il n'y a pas de terme humain approprié pour le traduire.

— Un terme inapproprié, alors ?

Il me répond tout bas :

— Bien-aimée.

Il y a deux biocombinaisons et une pluie de pollen bleu entre nous, et je regrette soudain que nous ne soyons pas quelque part loin d'ici. Dans un endroit calme et accueillant. Un endroit intime.

— Kal, je chuchote.

D'une infime pression de la main, je le force à s'arrêter.

Il scrute les alentours pour s'assurer que nous sommes en sécurité avant de me regarder à travers la visière de son casque.

Je garde mon pistolet à la main – c'est une conversation importante, mais je n'ai pas envie de mourir en plein milieu – et je lâche la sienne pour pouvoir poser ma paume contre sa poitrine, là où se trouve son cœur. Puis je reviens un instant à la réalité en me rendant compte que je ne sais même pas si c'est le cas chez les Syldrathis.

Toutefois, ce n'est qu'une chose de plus que je veux apprendre.

— Je te remercie pour ce que tu as fait, je poursuis. Éviter que je me sente liée par une sorte d'engagement. Ça a dû être terriblement difficile pour toi. C'est très honorable de ta part.

Il avale sa salive, un peu décontenancé.

— Bien sûr, murmure-t-il. Pour toi, j'aurais…

Je sens sa respiration s'accélérer sous ma main plaquée contre ses côtes, mais il demeure de marbre.

J'ai l'impression que je pourrais l'obliger à rester là, du bout du doigt.

— Je me demande, j'ajoute, toujours à voix basse, si tu pourrais encore faire une chose pour moi.

— Ce que tu voudras, assure-t-il.

Je ne peux m'en empêcher. Je souris, à peine.

— Pourrais-tu envisager de me laisser me faire ma propre idée sur toi ? Je ne veux pas te faire de promesses que je ne puisse tenir, mais as-tu déjà songé que si tu me laissais te connaître, je pourrais t'apprécier, moi aussi ?

Ses yeux sont plongés dans les miens, et à travers sa visière, je vois qu'il rougit très légèrement.

— Non, reconnaît-il. Je n'y ai jamais songé.

Tout en douceur et en délicatesse, je ferme mes doigts sur le tissu de sa biocombi et le tire vers moi. Des sillons de larmes séchées marquent mes joues, et je distingue les nuances de violet dans ses yeux, la trace de sang sur sa pommette là où un éclat de la Gâchette l'a coupé en explosant. Au moment où nos casques se touchent, nous sommes si proches que je peux compter ses cils.

Et il ne bouge pas.

— Je ne sais pas ce qui nous attend, dis-je. Mais pourquoi ne pas voir où nous conduit ce chemin ? On pourrait le découvrir ensemble.

— Tu voudrais...

Ses mots s'éteignent, pleins d'espoir.

— Je ne suis pas une Syldrathie. Je ne peux pas tomber folle amoureuse comme ça. Mais si tu arrêtais...

— De me comporter comme un crétin ? suggère-t-il avec un petit rictus.

Je ne peux retenir un rire.

— Peut-être. Alors on aurait l'occasion de voir ce qui se passe. Ça te paraît envisageable ?

Ce n'est pas une question facile, et je le sais. Je lui demande d'exposer son cœur, juste pour voir si une fille d'une autre espèce pourrait l'aimer comme lui l'aime. Je lui demande de laisser un lien déjà impérissable se renforcer davantage, si bien qu'il souffrira encore plus s'il part, sans que je sache ce que je pourrai lui offrir en retour.

Mais nous avons tant de points communs. Quelque chose d'inexplicable.

Je crois que le jeu en vaut la chandelle.

Il détourne les yeux en réfléchissant à ma question. Cette fois-ci, c'est moi qui attends, et je respire aussi vite que lui à présent. Je fais le décompte des battements de mon cœur.

J'en suis à dix quand il me regarde à nouveau, toujours aussi près, le verre de sa visière contre la mienne.

— Oui, murmure-t-il.

— Oui, je murmure en écho.

Son sourire est empreint d'une douceur qui ne me laisse pas indifférente. C'est alors que la voix de Finian grésille dans l'unicom de Kal.

— Pixieboy, tu es là ?

Nous nous écartons l'un de l'autre. Ramenés à la réalité. Mon cœur bat la chamade et mes mains tremblent. Kal touche l'appareil à sa ceinture.

— Je te reçois, Finian, répond-il en clignant des yeux comme s'il se réveillait après un envoûtement.

— Bien, ne me demandez pas un autographe tous en même temps, mais je crois que j'ai trouvé la solution. Je suis dans le vieux gros-porteur de classe D à l'extrémité sud de la base, venez jeter un œil.

— On arrive.

Kal m'adresse un sourire doux et chaleureux. Je prends une grande inspiration et hoche la tête. Il me tend la main, et en la saisissant, je sens sa force. Il dresse son fusil, le guerrier, le soldat en lui ressurgissant une fois de plus. Mais je m'aperçois qu'il est autre chose désormais.

Il est à moi.

Les droits entrelacés, nous repartons dans la neige bleue.

. . . . .

— Vous voulez la bonne ou la mauvaise nouvelle ?

Finn est appuyé contre les commandes de l'ancien gros-porteur, qu'il a miraculeusement réussi à ramener à la vie avec l'aide de son unicom, d'un tournevis enfoncé entre deux panneaux du tableau de bord, et de ce qui ressemble à un système d'alimentation de fortune. Toutes les surfaces sont recouvertes d'une épaisse couche de pollen bleu collant et les plantes rampantes se sont glissées de force partout sous la coque. Je suis épatée que Finn ait réussi à rallumer le courant dans cet endroit délabré, et encore plus qu'il ait des informations à nous livrer.

— La bonne nouvelle, je réponds.

— La mauvaise nouvelle, dit Kal en même temps.

Finn affiche un petit sourire en coin en remarquant que nous nous tenons la main.

— Eh bien, ça fait plaisir de voir que nos deux tourtereaux ont encore de quoi s'occuper. La mauvaise nouvelle, c'est qu'aucun des vaisseaux ici présents n'a un noyau compatible avec le nôtre. (Il me regarde et hausse les épaules.) Tout porte à croire que vous autres, les Terriens, utilisiez encore des réacteurs au plutonium à l'époque. Mais la bonne nouvelle, c'est que je devrais quand même pouvoir synthétiser ce dont on a besoin. Il me suffit de relancer le réacteur de la colonie.

— Ils nne devrrraient paassss être làââ.

La voix vient de derrière nous. Nous nous retournons brusquement et découvrons trois silhouettes enveloppées dans l'obscurité. Le premier homme est large et costaud, le deuxième plus pâle, plus jeune aussi – il doit avoir environ mon âge. Enfin, la dernière silhouette est celle d'une femme à la peau mate, dont la tignasse noire lui tombe jusqu'à la taille. Des grappes de fleurs sortent de leurs yeux, et de la mousse pousse sur les côtés de leur visage. Elle disparaît au niveau de leur cou, sous les plantes rampantes dont ils sont revêtus, qui enveloppent leurs jambes et leurs bras. Les agents de l'AMR présents sur le Vaisseau Monde étaient touchés par la même… maladie, mais ces personnes-ci semblent être au dernier stade de la contamination.

— Nom d'un flan, je laisse échapper tout bas.

La femme se tourne vers moi, la tête inclinée.

— Aurora ? demande-t-elle d'une voix presque affectueuse.

Kal s'interpose entre nous et lève son arme.

— N'approchez pas.

Le jeune homme fait un pas en avant. Les plantes autour des bras de la femme s'agitent, mais c'est sa voix qui retient mon attention. Ses yeux sont des fleurs, néanmoins je sais qu'elle me regarde, qu'elle me *voit*.

— Elle sssse livre à nous ? susurre-t-elle comme un serpent.

— Jayla, je prononce lentement, tentant ma chance. Jayla Williams.

Une autre colonisatrice. Elle avait été choisie pour faire partie de l'équipe de Cartographie de Patrice l'année avant moi. Elle penche la tête, comme si elle essayait de comprendre qui je suis. Comme si j'étais la dernière personne dans la galaxie qu'elle s'attendait à voir. Les yeux bleus et brillants du plus trapu des deux hommes sont rivés sur Kal, tandis que le plus jeune se balance sur ses talons en sifflant. Autour de nous, les plantes qui recouvrent la base de lancement se mettent à bouger de concert, lentes et ondoyantes, et à se diriger vers nous à travers le pont.

— Pas quesssstion qu'ils empêchent la propagattttion, lâche la femme en secouant la tête et en montrant des dents noires. Ils ne devraient paassss être là !

— Je ne vous avertirai pas deux fois, gronde Kal.

Le jeune homme lui lance un regard interrogateur. Et avance d'un pas.

— … Qu'est-ccccce que c'est, « je » ?

Vifs comme l'éclair, ils se jettent en même temps sur nous. Leur vitesse est fulgurante. Kal ne parvient à tirer que deux coups : le premier arrache la tête du plus costaud dans un nuage de spores bleues, le second laisse un trou béant dans la poitrine du plus jeune, qui s'effondre au sol. Mais Jayla est maintenant sur Kal, enserrant son disrupteur de ses doigts pleins de mousse.

Je lève mon arme, mais elle est si rapide qu'elle réussit d'un coup de pied à faire voler le fusil de mes mains et à me faire tomber à genoux. Elle frappe Kal, qui parvient à lui attraper le poignet et à l'immobiliser.

Ils luttent de toutes leurs forces. Elle est minuscule à côté de Kal, mais je remarque ses mâchoires contractées et les veines de son cou gonflées. J'essaie désespérément de ramper jusqu'à mon disrupteur, tandis que les plantes m'agrippent les mains, s'accrochent autour de mes chevilles, comme avec Kal quand le chimpanzé l'a attaqué un peu plus tôt.

Ces mêmes plantes remontent le long des bottes de Kal comme des serpents, s'enroulent autour de ses tibias et le clouent sur place. Ses yeux s'écarquillent d'incrédulité quand la femme se penche vers lui. Elle s'empare de son fusil avec une force incroyable, puis dirige le canon sous le menton de Kal. Il serre les dents. Les doigts de la femme se rapprochent de la gâchette.

— *Be'shmai*, lance-t-il d'une voix entrecoupée. Va-t'en !

BAM !

BAM !

BAM !

La femme recule en chancelant. Le premier coup de disrupteur lui troue les côtes, le deuxième lui arrache l'épaule et le dernier traverse son œil en fleur pour ressortir de l'autre côté de son crâne.

Une matière verdâtre gicle jusque sur le mur derrière elle. Elle lâche un cri étrange et tangue sur ses jambes. Finalement, Jayla Williams tombe au sol. Les plantes qui l'entourent s'immobilisent aussitôt.

Kal jette un œil derrière lui. Finn se tient là, son pistolet disrupteur entre les mains. Le Syldrathi fronce ses sourcils argentés en toisant son camarade, plus petit que lui.

— Carton plein, constate-t-il à voix basse, en s'efforçant visiblement de retrouver son calme habituel.

Finian affiche un grand sourire et range son pistolet dans son étui.

— Ouais. Pas grand-chose d'un combattant, tu disais ?

32

SCARLETT

— Cat, tiens bon, tu m'entends ? On y est presque.

C'est Tyler qui parle. La fille qu'il tient dans ses bras, ma coloc', sa meilleure amie, gémit pour seule réponse.

— I-ils arrivent...

— Scar, le centre médical est encore loin ? demande mon frère.

— À huit cents mètres environ, je déclare d'une voix tremblante.

Je l'aperçois désormais à l'horizon, au milieu du tourbillon de pollen. Du haut de ses trois étages, c'est probablement la plus grande structure du camp, si on met de côté le réacteur. Les croix vertes sur ses côtés sont à peine visibles sous les vrilles des plantes grimpantes, les fleurs écarlates, les feuilles aux reflets d'argent. Cet endroit pourrait se trouver sur Terre – un site en ruine, délaissé par les hommes des siècles auparavant et dont la nature aurait pris possession. Sauf que mon petit doigt me dit que les gens d'ici n'ont rien abandonné. Et qu'il n'y a rien de naturel dans tout ça.

Tyler porte Cat – sa blessure est trop grave pour qu'elle puisse avancer d'elle-même. Zila ferme la marche, glaciale comme à son habitude. Je suis en tête, plutôt en ébullition en ce qui me concerne. Mon regard fuse dans tous les sens. Je suis en nage sous ma biocombi et j'ai le souffle court. Les végétaux recouvrent chaque chose, ils s'enroulent et tanguent comme des vagues à la surface de l'océan. Toujours en nous faisant face. Le pollen est épais et collant, si bien que je dois m'arrêter à intervalles réguliers pour essuyer le dôme de mon casque en verre. Je pense à Cat, à sa combinaison déchirée, et je me demande…

— Mouvement ! s'écrie Zila, le nez dans son unicom. À trois cents mètres !

Je les vois se dessiner dans la brume, qui s'avancent à grandes enjambées. Leur pelage est envahi d'herbes folles et de plantes grimpantes, mais en dessous je devine les chimpanzés qu'ils étaient autrefois. Ils sont rapides et se déplacent tantôt en escaladant les surfaces verticales des bâtiments du camp telles des araignées, tantôt en nageant à travers les broussailles comme dans de l'eau. Ils vont nous attaquer avant qu'on atteigne le centre médical.

— Ouvrez le feu ! rugit Tyler.

Je mets un genou à terre et commence à les canarder avec mon disrupteur, mes bras absorbant le recul. En vérité, je vise assez mal. En dernière année, j'ai passé l'essentiel de mes cours de tir à flirter avec mon voisin de stand (Troi SanMartin. Ex-petit copain n° 48. Point fort : aime sa mère. Point faible : m'appelle par le nom de sa mère). Par chance, Tyler a fini dans le dixième centile supérieur et Zila dort probablement avec son disrupteur sous son oreiller.

Nos tirs résonnent dans les rues désertes. C'est peut-être mon imagination qui me joue des tours, mais chaque fois qu'une de ces créatures tombe, je jurerais entendre les plantes autour de nous… chuchoter. Les feuilles tremblent comme si le vent soufflait alors qu'il n'y a pas la moindre brise. Du sang bleu gicle dès qu'un animal chute en poussant un cri perçant. Mais ils sont en nombre.

Je vois l'un d'eux me foncer dessus, ses babines retroussées couvertes de mousse, ses yeux pleins de fleurs. Je verrouille ma cible, en essayant de me souvenir de ce qu'on m'a appris, mais mes mains tremblent. Je tire une fois, deux fois. Au troisième coup de feu, je fais mouche, atteignant le chimpanzé au bras. Il tourne sur lui-même, mais repart de plus belle. Bientôt il n'est plus qu'à quarante mètres. Puis vingt.

Il bondit sur moi en hurlant, la gueule grande ouverte. Et à cet instant, sa tête… s'ouvre.

Ses babines s'écartent pour laisser sortir son visage.

Son visage se déchire pour accoucher de son crâne.

De sa poitrine éclot toute la partie supérieure de son corps comme une fleur hideuse sur le point de m'avaler d'une seule bouchée.

La terreur me cloue sur place. Il n'est plus qu'à cinq mètres désormais et je ne peux m'empêcher d'hurl…

BAM !

Touchée au flan par un tir de Tyler, la bête explose comme une bombe à eau, éclaboussant la végétation autour. Au contact du sang, les plantes frissonnent et sifflent, mais Zila les réduit en cendres d'un coup de disrupteur avant qu'elles n'aient le temps de nous attaquer. Mon cœur tambourine dans ma poitrine, mes jambes flageolent et j'aimerais lâcher une insulte bien sentie, ou quelque chose du genre, mais je n'y parviens plus. Ty s'est déjà relevé et il avance après avoir repris Cat dans ses bras. Sur la biocombi de cette dernière, j'aperçois les taches de sang, l'entaille rafistolée à la va-vite, le pollen bleu qui colle au tissu argenté.

Ty essuie sa visière et je croise les yeux de mon amie. Ils sont bleus.

Ils ont toujours été marron.

— T-Tyler, gémit-elle. Ils a-rrivent.

— Scar, il faut filer, m'ordonne mon frère. Maintenant.

Sa voix est d'acier, mais je sens qu'au fond de lui, il a peur. On est nés ensemble, lui et moi. Je le connais mieux que quiconque. Et je sais que derrière cette façade qu'il affiche, derrière son ton monocorde et ses gestes assurés en toutes circonstances, il est terrorisé.

Pour nous.

Pour *elle*.

Je ferme les yeux. Hoche la tête. Quand je les rouvre, je suis debout de nouveau. Nous courons à travers les rues envahies par la végétation, à travers le feuillage qui ondule, jusqu'à ce qu'enfin le centre médical se dessine devant nous.

Nous nous frayons un chemin pour entrer en faisant feu sur les plantes grimpantes. Je ne sais même pas ce que Ty espère trouver là. Quand bien même il n'aurait pas été englouti par cette… infection, le bâtiment est vieux de deux siècles. C'est seulement maintenant, une fois sur place, que je comprends à quel point notre plan est désespéré.

L'intérieur est sombre, puisque les fenêtres sont bouchées par les plantes et qu'il n'y a plus de courant depuis bien longtemps. Nous allumons les projecteurs de nos biocombis, dont les faisceaux percent l'obscurité. L'endroit est entièrement colonisé – le plancher par un tapis de mousse, les murs par des lianes et des fleurs gluantes.

— Zila, de quoi a-t-on besoin ? demande Tyler.

Zila observe Cat en secouant la tête. Je vois les yeux bleus grands ouverts de notre As derrière la visière de sa biocombi. Elle cligne des paupières. Sa peau est couverte de sueur et je jure apercevoir un léger reflet argenté.

— J'hésite, chef, répond Zila. C'est la première fois que je suis confrontée à ce genre de symptômes.

— Improvise, alors. Tu es ma Cellule Grise. J'ai besoin de toi. Maintenant.

— Il faut trouver la pharmacie, déclare-t-elle. Je ne sais pas quels produits ils utilisaient ni ce qui sera encore exploitable, mais je peux essayer de bricoler une sorte d'agent antibactérien ou d'inhibiteur.

— Entendu, acquiesce Tyler. Allons-y.

Nous nous enfonçons d'un pas raide dans le ventre sombre du centre médical, le tapis de plante couinant sous nos pieds. Chaque surface en est recouverte. La chaleur est oppressante, on se croirait dans un sauna. J'entends le souffle court de Cat, mon cœur qui frappe ma poitrine. Nous fouillons chaque pièce, l'une après l'autre, mais tout est envahi, inutilisable, méconnaissable. De vagues formes, peut-être des lits et des ordinateurs, se profilent au milieu des minuscules particules de pollen bleu qui dansent dans l'air.

Cat se redresse dans les bras de Tyler, lui attrape l'épaule.

— Tyler…

— Cat, détends-toi, d'accord ? lui dit-il. On va te sortir de là.

— T-tu… (Elle secoue la tête, avale sa salive.) N-ne comprends… pas.

— Cat, ma chérie, s'il te plaît, j'interviens en la suppliant presque. Essaie de ne pas parler.

— Je… v-vois, murmure-t-elle.

— Qu'est-ce que tu vois ? l'interroge Zila.

— Des agents. (Cat ferme ses yeux nouvellement bleus.) Ils ap-prochent.

— La navette qu'on a vue, fait Zila en regardant Tyler. Des survivants du *Bellerophon*.

— Zila, qu'est-ce qui lui arrive ? je lance.

Notre Cellule Grise se met à réfléchir, le front plissé, les lèvres pincées. Je devine le cerveau génial au travail derrière ses orbites. Sa capacité de détachement lui permet de garder la tête froide, et je ne peux que l'envier. Je me demande ce qui l'a rendue ainsi. Comment elle est devenue celle qu'elle est aujourd'hui.

Après quelques instants d'intense réflexion, elle se tourne et tire un coup de disrupteur dans le mur – quand rien ne marche, il faut revenir aux bonnes vieilles méthodes éprouvées. La décharge brûle une partie des plantes qui se transforment en braises, tandis que le feuillage bleu-vert est réduit en cendres. Alors, de même qu'avec les chimpanzés un peu plus tôt, les autres végétaux autour de nous ondulent, chuchotent, frémissent. Et mon cœur se serre, car je vois Cat frissonner elle aussi.

— Ohhh, gémit-elle. *Oooohhh*.

Zila balaie son corps avec son unicom. L'appareil émet un bip, puis une série de cliquetis quand Zila fait danser ses doigts dessus à la manière d'une pianiste interprétant une symphonie.

— Légionnaire Madran ? interroge Tyler.

Zila secoue la tête.

— Il y a très peu de données. Et tellement de variables. Mais il semble y avoir une congruence entre ces végétaux, ces animaux infectés et le reste... Quand l'un d'eux souffre, on dirait que les autres aussi.

Je repense à la scène sur le pont de l'Arbalète. Au mot prononcé par Aurora lorsqu'elle a pointé du doigt ces points rouges lumineux sur la carte du ciel.

— *Gestalt*, je chuchote.

Zila acquiesce.

— Une Gestalt désigne une entité unifiée. Une multitude d'organismes qui ne sont en fait qu'un seul et même être vivant. Comme si, sur cette planète, les choses qui ont été contaminées par cette fleur... étaient connectées entre elles.

Le corps de Cat se met à convulser dans les bras de Tyler. Elle serre les dents, mais comme elle se débat trop fort, il doit la poser par terre, les larmes aux yeux.

— Cat ? l'appelle Tyler. Cat, tu m'entends ?

— *Ra'haam*, grogne-t-elle, en répétant les mots qu'Auri a prononcés sur le pont.

— Tiens bon, on va trouver une solution, je te le promets.

Cat gronde, la tête rejetée en arrière. Ses muscles se contractent tandis que son dos se soulève du sol, cambré dans un arc parfait.

— *Ra'haaaaa-a-a-aam !*

Je voudrais crier tellement je me sens impuissante. Chaque once de terreur, d'horreur qui parcourt mon corps se retrouve sur celui de Tyler, dans la façon qu'il a de se pencher au-dessus d'elle, de caresser désespérément son bras, comme s'il pouvait la guérir en la touchant.

J'ai compris ce qui s'était passé entre eux, au cours de cette fameuse permission à terre. Ils ne m'en ont jamais parlé, mais je l'ai deviné. Tous deux sont rentrés avec de nouveaux tatouages et une gêne qu'il n'y avait pas auparavant. Je voyais bien que Cat cherchait à se rapprocher, à l'inverse de Tyler – et j'ai aussitôt su ce qui l'en dissuadait. Peut-être était-ce une erreur. Ou au contraire la plus belle chose qui leur soit arrivée. Parce que Ty a beau être amoureux de l'idée même d'être un Alpha, un soldat, quelqu'un qui ferait la fierté de notre père, je sais qu'au fond de lui, il est aussi amoureux de Cat.

C'est juste qu'il ne sait pas encore comment s'y prendre.

Mais que fera-t-il s'il la perd ?

— Je le sss-senns, susurre Cat, le front luisant de sueur. Je les ss-sens. Cet endroit, cette planète… Je s-sais ce que c-c'est.

Elle soupire et se laisse retomber sur le sol couvert de mousse. Ses paupières sont ouvertes et ses iris brillent de la même lueur bleue que le pollen qui flotte dans l'air autour de nous. Et, en retenant un cri d'horreur, je m'aperçois que ses pupilles ne sont plus rondes…

Elles sont en forme de fleurs.

— Cat ? lance Zila, agenouillée à son côté. Que veut dire *Ra'haam* ?

Notre As se tourne vers elle, les cils étincelants de larmes.

— *Nous* sommes.

— Par le Créateur, chuchote Tyler. Tes yeux…

Soudain, avec la vivacité d'un serpent, la main de Cat attrape le bras de Tyler et le comprime si fort qu'il tressaille.

— Sssoors-les d'ici, Tyler, marmonne-t-elle, les dents serrées. Auri, surtout. Vous seriez tous morts si vous l'aviez empêchée de venir jusqu'ici. Mais maintenant qu'elle est là… vous ne… devez pas le laisser… s'emparer d'elle.

— Cat…

— Je le s-sens. (Elle secoue la tête et des larmes dégoulinent le long de ses joues.) Je le sens en moi, Ty. Pour l'amour du Créateur… Sors… Sors-la d'i-ici.

Mes mains tremblent, ma respiration n'arrive pas à suivre. Les sanglots me nouent la gorge et m'empêchent de parler. Mais Zila s'exprime pour moi.

— Mais la carte des étoiles à l'intérieur de la Gâchette nous a conduits ici, objecte-t-elle.

— Vous ne… comprenez donc pas ? rétorque Cat en secouant la tête, tandis que son dos se soulève à nouveau. Ce n'était pas une invitation. C-c'était un… *avertissement*…

Puis elle se tait et ferme les paupières, grelottante comme si elle était prise d'une poussée de fièvre. Je me tourne vers mon frère. Son visage est aussi pâle que de vieux os blanchis par le temps. Je lis le désespoir dans ses yeux. La douleur. Cette même détresse qui grandit dans ma propre poitrine. Il n'y a rien d'exploitable dans ce centre médical. Des ennemis se dirigent vers nous – des agents de l'AMR avec leurs armures grises, leurs masques sans visage et que sais-je encore. Tyler doit se souvenir de ce qui est prioritaire.

Il doit placer les intérêts du groupe avant ses propres sentiments. C'est ce que ferait un bon chef.

Il croise mon regard. Et je lui parle sans avoir à prononcer un mot.

Montre la voie, bébé frangin.

Il s'empare de l'unicom de Cat, à sa ceinture.

— Kal, quelle est ta position ?

— On est allés jusqu'à la base de lancement, sans succès, répond notre Gros Bras. Mais Finian veut accéder au réacteur de la colonie. Il dit qu'il est capable de synthétiser les composants nécessaires afin de créer un nouveau cœur pour l'Arbalète. On s'y rend en ce moment.

— Tout le monde va bien ?

Kal baisse d'un ton, comme s'il ne souhaitait pas être entendu.

— Aurora est… perturbée. On a croisé d'autres colons, infectés par la même maladie que les chimpanzés. L'un d'eux a parlé de… propagation ?

— Ouuuui, soupire Cat en se tordant de douleur.

Quand je lui prends la main, elle ouvre les yeux et me dévisage. Je voudrais détourner le regard de ces pupilles bleues en forme de fleurs. Mais au lieu de cela, je serre les doigts de ma coloc' en me forçant à sourire.

Tyler prend une inspiration hésitante.

— On suppose qu'au moins un agent de l'AMR était à bord de ce vaisseau. Il provient certainement du *Bellerophon* et se dirige vers notre position.

— Le réacteur de la colonie est la structure la mieux protégée du camp, chef. Si nous voulons nous barricader et planifier une stratégie de défense, c'est là-bas que nous devrions nous rassembler.

— Bien reçu, on vous rejoint.

— Je réfléchis à des moyens de dissuasion en attendant.

— On sera là dès que possible. (Sa gorge se noue.) Kal... assure-toi que tout le monde veille à l'intégrité de sa biocombi. Il ne faut pas qu'elle se perce, sous aucun prétexte, compris ?

— Zéro, est-ce qu'elle est...

— Contente-toi d'obéir, légionnaire. On sera là bientôt. Terminé.

Ty coupe son unicom, puis s'agenouille à côté de Cat et tente de la redresser en passant son bras autour de ses épaules. Mais Cat secoue la tête, une main posée contre la poitrine de son Alpha.

— N-non, chuchote-t-elle. Laisse-moi, Ty.

Mon frère fronce son sourcil balafré et pendant un instant, son instinct de séducteur refait surface.

— Je ne savais pas que tu te lançais dans une carrière d'actrice ?

— Je suis... sérieuse. Laisse-moi p-partir.

— Hors de question.

Il se lève sans effort en la portant dans ses bras. Mais le corps de Cat est inerte et sa tête bascule en arrière. Elle lutte pour le regarder dans les yeux.

— Je l-le vois, Ty, chuchote-t-elle. Et il vous voit... à t-travers moi. (Elle secoue la tête, et une sorte d'émerveillement s'instille dans sa voix.) Il est tellement grand, Ty. Tellement g-grand. Je suis en train de tomber dedans, tu dois me laisser p-partir.

— Non, dit-il.

— S'il te plaît.

— Écoute-moi bien, Brannock, reprend Ty d'une voix dure comme de l'acier en dépit des larmes qui scintillent dans ses yeux. On est la Légion d'Aurora, et on n'abandonne jamais nos camarades. Tu m'entends ?

Elle passe sa langue sur ses lèvres tandis que ses paupières se ferment.

— Légionnaire Brannock, je t'ai posé une question ! hurle-t-il.

Cat bat des cils et ses yeux se rouvrent. Elle prend une profonde inspiration tremblante.

— Par ailleurs, poursuit Tyler en faisant son possible pour paraître autoritaire, je ne devrais pas avoir à te le rappeler, mais je suis ton supérieur. Donc, si tu envisages de rester étendue ici, je vais te botter les fesses si fort que ma putain de chaussure va te remonter en travers de la gorge, est-ce que c'est bien compris ?

Tyler Jones, chef d'escadron, légionnaire d'élite, ne jure pas. De même qu'il ne boit pas, qu'il ne prend jamais de drogue, qu'il n'a pas les mêmes plaisirs, les mêmes divertissements que nous autres, simples mortels. Je ne me rappelle pas la dernière fois où je l'ai entendu prononcer un gros mot. Je doute que Cat s'en souvienne, elle non plus.

— Est-ce que c'est compris ?! rugit Tyler.

L'effet escompté se produit. Cat déglutit et ses yeux retrouvent une lueur d'humanité. Elle serre un peu plus fort l'épaule de Ty, puis tente d'articuler d'une voix faible.

— Chef, ou...

— Je ne t'entends pas, légionnaire Brannock !

Cat cligne une nouvelle fois des paupières, hoche lentement la tête.

— Chef, oui chef.

Ty se tourne alors vers Zila et moi, déterminé. Je reconnais le chef en lui, il me fait penser à notre père, dont le souvenir brûle d'un feu si ardent dans tout mon être que les larmes me viennent. Je voudrais ouvrir les bras et le serrer contre moi, lui dire à quel point je suis fière de lui. Mais à la place, je me mets au garde-à-vous. Car c'est ce que font les légionnaires.

— Scar, passe devant, ordonne Ty. Zila, surveille nos arrières. Direction : la tour du réacteur de la colonie. Et on ne traîne pas. On va rejoindre le reste de l'escadron. On liquide tout ce qui croise notre chemin. Aucun membre de cette unité ne mourra ici aujourd'hui, est-ce que c'est clair ?

En chœur, nous crions :

— Chef, oui chef !

— Bien. Alors, c'est parti.

33

AURI

Autour de moi, Tyler et son escadron s'activent à transformer la salle du réacteur en une place forte où nous tiendrons le siège. Ils se servent des meubles pour bloquer les entrées, brûlent les plantes grimpantes qui bouchent les ouvertures et mettent tout en œuvre pour renforcer nos moyens de défense.

Je lutte pour faire basculer devant Cat une lourde table, sorte d'ultime bouclier au cas où ils nous attaqueraient par les fenêtres. Chaque minute, je jette un œil sur Kal – bien qu'il soit occupé à ses tâches je rencontre toujours son regard sur moi.

J'ai les nerfs à vif. Les agents de l'AMR viennent pour moi, mais je sais qu'ils comptent éliminer ceux qui se trouvent ici. Avant de pouvoir retourner à notre Arbalète pour la réparer, puis nous enfuir, il va falloir nous battre. Et c'est ici que cela va se passer. Je suis terrifiée.

— La navette de l'AMR est en route vers notre position. (À la fenêtre, Zila baisse ses jumelles, toujours aussi impassible.) Arrivée prévue dans trois minutes.

— J'ai une idée, lance Scarlett. Et si on se servait de leur vaisseau pour quitter cette planète ?

À ces mots, Finian sort la tête de l'énorme unité centrale qu'il est en train de bricoler et ses servomoteurs émettent un petit couinement. Il a installé son module de confinement sur le cœur du réacteur, dans un enchevêtrement de câbles et de gaines qui tiennent comme par miracle grâce à quelques bouts de scotch. Apparemment, ses processeurs synthétisent en ce moment même les éléments dont on a besoin pour réparer le réacteur de l'Arbalète une fois qu'on sera sortis d'ici.

Si on en sort un jour.

Il rejoint la fenêtre en boitant, puis observe l'aéronef qui s'approche au loin et secoue la tête.

— Ce n'est qu'un petit coucou de rien du tout, constate-t-il. Ce genre de vaisseau assure seulement le transit entre l'atmosphère et la surface, sur de courtes distances. Si on veut rejoindre l'Ellipse, il nous faut l'Arbalète. (Il se tourne vers Tyler.) Par contre, cette navette pourrait nous permettre de retourner à notre vaisseau en un temps record. À condition, bien sûr, d'avoir un tacticien surdoué avec une super coupe de cheveux et une stratégie du tonnerre pour s'en emparer.

Tyler lève les yeux du fusil disrupteur que Kal et lui sont en train de monter sur un trépied de fortune devant la fenêtre.

— J'y travaille, marmonne-t-il.

— Pendant que tu cherches ta brosse à cheveux, je vais voir à l'étage supérieur, là où se trouve le centre de commande, déclare Finn. Je vais essayer d'augmenter la puissance de sortie en forçant les protocoles de sécurité du générateur de courant.

— Pour quoi faire ? demande Scar.

— Je voudrais électrifier les éléments métalliques de la structure. Les portiques, les cages d'escalier, ce genre de choses. Ça nous permettrait de condamner les points d'accès.

— Ça ne risque pas de nous électrifier aussi, au passage ?

Il fait non de la tête.

— Tant qu'on reste sur le béton, on ne craint rien, réplique-t-il. Avant de me retrouver dans cette équipe de losers, je passais mon temps libre à faire toutes sortes d'expériences dans les laboratoires de propulsion de l'académie. J'ai élevé la puissance des systèmes électriques fondamentaux de DeBray de sept pour cent et j'ai repéré quelques composants similaires ici.

— Les laboratoires de propulsions dont tu parles… ce ne serait pas ceux que tu as *irradiés* ? objecte Tyler.

— Eh, arrête de chouiner. Toi aussi, ça t'a permis d'échapper à l'examen de dynamiques cosmiques.

Il esquisse son rictus habituel, mais personne n'a le cœur à sourire.

— Ça ne m'a pas l'air d'être une super idée, marmonne Ty.

— Exact, mais on n'en a pas d'autres. Je peux y arriver, Goldenboy.

Tyler se mord la lèvre en soupirant.

— Zila, vas-y avec lui. Peut-être que tu pourras l'aider.

— Oui, chef, acquiesce Zila en se détournant de la fenêtre.

Au moment où Finian passe devant Tyler, ce dernier l'attrape par le bras. Il me regarde et baisse la voix.

— Écoutez-moi. Ces agents sont là pour Auri. (Il jette un œil à Cat, puis revient vers Finn.) Il ne faut pas qu'ils s'emparent d'elle, sous aucun prétexte. Est-ce que tu peux bricoler quelque chose en vitesse ? Au cas où… Je veux dire, si on en vient à devoir choisir entre se faire capturer et…

Finian croise le regard de Tyler, mais il ne semble plus d'humeur à plaisanter ou à fanfaronner.

— Je m'en occupe.

Tyler hoche la tête. Et sans un mot de plus, Finn et Zila montent à l'étage supérieur.

Ma respiration est trop rapide et j'ai le cœur qui tambourine dans ma poitrine. Les nouvelles parties de mon être tentent de faire surface, mais je ne parviens ni à les contrôler ni à les laisser s'emparer de moi.

Si on en vient à devoir choisir entre se faire capturer et…

Que s'est-il passé pour qu'on se retrouve dans cet enfer ?

Je serre les poings en essayant de me dominer, et je contourne la table pour aller m'asseoir en tailleur à côté de Cat.

Autour de moi, tout me met à cran. Je ressens des picotements dans mes membres et un bourdonnement dans mon cou, annonciateur d'un danger. Je suis certaine que les plantes nous surveillent, que le pollen qui entre et sort par les fenêtres cassées est un moyen pour la planète d'épier le moindre de nos mouvements.

Mon courage atteint ses limites, même si j'éprouve autre chose, la sensation d'être poussée jusqu'au bord d'un précipice.

Je suis sur le point de…

Cat remue à côté de moi et je lui serre doucement la main. Lorsque ses paupières se soulèvent, ses pupilles en forme de fleurs et ses iris bleu azur se posent sur moi. Nous nous dévisageons pendant un long moment, puis elle pousse un petit soupir qui finit en gémissement.

— Je le sens, chuchote-t-elle.

Je ne sais pas quoi lui répondre, car je le sens moi aussi s'emparer de moi.

— On ne va pas le laisser faire, je lui réponds à voix basse.

Elle me cloue de son regard envahi par la crainte et la douleur, l'air de dire : « Arrêtons de nous mentir, pas de ça entre nous », et mon cœur se brise en voyant sa peau s'imprégner lentement de cette pellicule argentée, car jamais une fille de mon âge ne devrait endurer cela.

Même si, au bout du compte, nous n'avons pas le même âge...

Alors que le feuillage autour de nous miroite sans le moindre coup de vent, je devine les siècles sous ma peau. La puissance qu'ils recèlent.

En passant devant moi, Kal pose une main sur mon épaule, à peine une seconde. Le temps d'un souffle. Et je réfléchis à ce qu'il m'a confié. À la nécessité de suivre sa voie véritable. J'ignore comment c'est possible, mais je sais que cette histoire a un lien avec moi. Avec cette force qui vit à l'intérieur de moi.

Ce n'est pas un hasard si l'existence même de cette colonie est cachée aux yeux du monde.

Pas un hasard non plus si l'AMR me recherche pour me faire disparaître.

Si je suis en train de devenir autre chose qu'une humaine.

Si je nous ai conduits jusqu'au Vaisseau Monde, à la Gâchette.

Et si la Gâchette nous a entraînés jusqu'ici.

D'une façon ou d'une autre, nous sommes tous connectés. C'est terrifiant, certes, mais à l'heure qu'il est, plus rien ne m'effraie vraiment.

Ce processus qui ne cesse de me transformer… je ne peux l'arrêter.

Alors il me faut rassembler la rage nécessaire pour le maîtriser.

Je pense à cet endroit. À ce qui est arrivé aux gens qui vivaient ici. Je pense à ma famille. À ma mère et à Callie, au jour où elles ont appris que j'avais disparu. À mon père quand il l'a su lui aussi, aux choses qu'on aurait dû se dire lors de notre dernière conversation. Je pense à ce que j'ai perdu. Au fait que je suis désormais cette fille hors du temps, dotée de ce pouvoir qui me dépasse. Et quand je baisse les yeux vers les fleurs dans les pupilles de Cat, au milieu de ces plantes malfaisantes, tandis qu'un frisson parcourt ma colonne vertébrale, que je sens l'urgence grandir à l'intérieur de moi…

… quelque chose change.

Comme un feu faisant fondre la glace. Comme des charges positive et négative plaquées l'une contre l'autre. Comme si je me réveillais pour la première fois depuis deux cents ans. Mon esprit s'étire, mes muscles s'allongent après autant de temps passé à dormir, la puissance qui gronde en moi s'intensifie. Brusquement, je suis plus grande, plus forte, en restant pourtant la même – je suis toujours assise à côté de

Cat, je tiens sa main dans la mienne. Mais tout prend une autre dimension.

J'ai enfin la sensation de le dominer.

Tant pis si j'ignore ce dont il s'agit. Ce que j'ai pu accomplir pendant mon sommeil – ce qui faisait de moi une passagère, une prisonnière de mon propre corps –, désormais je me le suis approprié. C'est quelque chose de plus grand, de supérieur, que mes deux mains ont arraché au néant.

Je tourne la tête pour passer en revue les membres de l'escadron. Je lis l'empathie dans les yeux de Kal – une présence agitée, empreinte de violence. La chose est presque noyée dans le reste de sa nature. Elle traverse son corps comme de fins filons d'or au cœur d'un rocher, presque cachée. Elle change de forme et frissonne quand mon esprit l'effleure.

Je la décèle aussi en Scarlett. Et en Tyler, quoique avec moins d'évidence, flottant sous la surface de son cerveau. Les jumeaux Jones sont des humains, et l'espace d'une seconde je suis frappée par le doute – est-ce que cette planète les aurait touchés, eux aussi ? –, mais l'instant d'après, je sais que la réponse est non. La force qui se promène entre les plantes et les feuilles autour de nous, les connectant au sein d'un flux que j'entends désormais crépiter tel un courant électrique, n'a rien à voir avec celle qui nous habite, Scarlett, Tyler, Kal ou moi.

Mais quand je baisse à nouveau la tête, j'observe la chose se frayer un chemin à travers le corps de Cat. C'est un enchevêtrement complexe de plantes rampantes, comme un réseau de capillaires qui envahissent chaque parcelle de son organisme.

Comment démêler ce nœud ? Par où dois-je commencer ?

Je sais, bien que je refuse de me l'avouer, que c'est impossible.

La chose est trop puissante, trop profonde.

Elle s'est emparée d'elle.

J'essaie quand même. Pour cela, j'attrape mentalement une poignée de l'énergie psychique qui la relie et je la réduis en cendres à la seule force de mon esprit. Elle gémit. Je vois la chose aux reflets argentés verts, gris et bleus s'insinuer en elle pour combler aussitôt le trou comme s'il n'avait jamais existé.

À l'instar des parasites végétaux, la chose est omniprésente.

Je tente une autre approche, en me concentrant sur l'esprit de Cat. Peut-être que j'y arriverai si je balaie en partant d'ici, en nettoyant ses pensées. Mais alors que je la sonde de l'intérieur, je suis submergée par un vortex d'émotions. Sa douleur, sa peur, sa colère coulent jusqu'à moi, et l'espace d'un instant je recule, en luttant contre l'envie de fuir. Puis je me penche plus près, car personne ne devrait rester seul avec de tels sentiments.

Je suis là, je suis là.

Je lui serre la main, repoussant les défenses tranchantes comme du barbelé. Et au fond de son être, je découvre la véritable Cat. Un tourbillon de vie, d'amour et d'énergie. Les teintes rouge, orange et or de sa signature mentale virevoltent et dessinent des motifs complexes qui me rappellent les tourbillonnements du vent, cette sensation indescriptible que l'on éprouve en volant.

Je trouve son amour pour Scarlett, son chagrin pour sa mère défunte, mais aussi la joie farouche qu'elle ressent chaque fois qu'elle prend son envol. Je rencontre aussi son amour pour Tyler, intense et inébranlable, quoique teinté de frustration.

Et sans même le vouloir – très naturellement, comme si cela allait de soi – mon esprit entame une danse avec le sien.

Nous ne sommes plus dans la tour du réacteur. Il n'y a personne autour de nous.

Nous sommes ailleurs, juste elle et moi, et plus rien d'autre n'a d'importance.

Mes pensées sont bleu nuit, avec une traînée argentée, une lueur d'étoile et les couleurs de quelques nébuleuses volant au gré de vents impétueux. Pour la toucher, je dois m'ouvrir, révéler mes propres amours, mes propres souvenirs, les libérer comme elle le fait elle-même. Elle découvre alors mon amour pour ma sœur, Callie, elle sent le parfum du soleil sur les rochers et des feuilles mortes au sommet de mon sentier de randonnée favori. Elle entre dans mon jardin secret. À travers moi, elle connaît le goût des piments avec lesquels mon père aime assaisonner ses plats. Elle découvre le chagrin que je ressentais chaque fois que j'observais ma mère après le départ de mon père. Et puis, elle cesse de regarder. Elle se saisit de ce souvenir et le repousse.

Je reste un long moment perplexe. Mais sans un mot, avec les images pour seul langage, elle m'explique pourquoi : elle ne souhaite pas connaître ces secrets, parce qu'elle ne veut pas avoir à les révéler.

Quand la chose se sera emparée d'elle.

Nous fixons l'une et l'autre la porte qui nous sépare – elle tire, tandis que je pousse – et ensemble nous la fermons en la faisant claquer. Mes yeux s'ouvrent alors brutalement. J'ai le souffle court et de la sueur dégouline le long de mon dos.

Elle me contemple.

– Tu n-ne d-devrais pas... ê-être ici, me chuchote-t-elle.

Des voix résonnent derrière moi.

– Essayez maintenant ! crie Finn depuis l'étage.

– Ça marche, répond Kal en penchant la tête en arrière pour s'adresser au plafond.

– Je sais, dis-je à Cat à voix basse. Tout ce qui touche à ce lieu est mauvais. Pourtant, la carte des étoiles nous a conduits ici, la Gâchette...

– Oh, Auri... t-tu ne vois donc p-pas ? La G-gâchette... c'est...

Soudain, ses yeux s'écarquillent et elle pousse un hurlement de surprise qui m'avertit juste à temps avant que son esprit se rue sur le mien. Mais les rouges ont viré au cramoisi – la couleur du sang – et les jaunes sont trop vifs, trop criards. C'est l'esprit de Cat, mais ce n'est pas elle qui est à la barre.

Je déploie mes défenses et la force à reculer en construisant des murs mentaux aussi résistants que possible. Je les imagine en pierre, comme si je réfugiais mes pensées au cœur d'une minuscule forteresse. Mais mon ennemi m'encercle désormais, je sens une forme de conscience qui essaie d'atteindre mon esprit.

Un être.

Simple, colossal, inconcevable.

Il surgit de tous les côtés. C'est un réseau infini, réparti sur la planète entière. Il se compose de chaque plante, de chaque fleur, de chaque spore flottant dans l'air. Je découvre son histoire, son objectif et son potentiel. Et comme si le temps n'existait pas, je lis son avenir.

Minuscule grain de sable en plein désert, je tente de saisir la temporalité de ce grand voyage. Des souvenirs me reviennent : le plafond de la salle de bal de Casseldon Bianchi, le lent ballet des galaxies qui se croisent et s'évitent à l'échelle du cosmos.

Cette... *chose* a pris le temps de se préparer. D'abord allongée, elle s'est petit à petit éveillée jusqu'à se révéler aujourd'hui au sommet d'une vague vieille d'un million d'années. Cette planète, de même que toutes les planètes de la carte stellaire, va grossir, mûrir jusqu'à enfin exploser, telles les cosses d'un fruit, libérant leurs spores, répandant l'infection par les portes naturelles de l'Ellipse, qu'on ne peut condamner, jusqu'à l'Ellipse elle-même, et de là...

De là, à toute la galaxie.

C'est l'instant qui précède le tsunami.

C'est le Ra'haam.

— Tu peux l'arrêter.

La voix suffocante de Cat me tire de ma torpeur et les images de ma forteresse assiégée se dissipent, les teintes rouge et or prennent ses couleurs à elle, avant de s'effacer. Du sang coule de son nez, sa poitrine se soulève à intervalles réguliers, ses yeux bleus sont braqués sur moi.

— Ils y sont déjà parvenus par le passé. Tu peux l'arrêter à ton tour, Aurora.

— Oui, dis-je dans un souffle.

Parce que j'ai compris à quel point cette histoire était ancienne. Il faudrait être bien arrogant pour penser que, au cours des 13,8 milliards d'années qui se sont écoulées depuis le début de l'expansion de l'univers, c'est la première fois que la vie doit mener ce combat. En cet instant, au cœur de la Voie lactée.

Je vois la dernière fois que le Ra'haam s'est éveillé.

La dernière fois qu'il a essayé de phagocyter la galaxie.

Et qu'il a échoué.

Après cela, il s'est caché. Il était blessé. Presque mort. Car malgré ce déluge et en dépit du bruit que fait cette chose inouïe autour de moi, au plus profond de moi-même, je perçois autre chose. La voix m'appelle. Cette même voix qui m'interpelle depuis le début.

Pour me dire qui je suis.

Qui *ils* étaient.

Ceux qui se sont battus. Qui ont vu de quoi le Ra'haam était capable si on le laissait faire et qui ont lutté pour défendre leur individualité.

Les Anciens.

Les Eshvarens.

Bien qu'ils soient morts depuis une éternité

ils ont laissé

l'arme qui allait leur permettre

de le vaincre

à nouveau.

La Gâchette n'est ni cette ancienne statue ni le bijou enfoui à l'intérieur. Ce n'est pas cette carte du ciel en pierres précieuses, volée dans le repaire d'un bandit.

La Gâchette…

— Auri, lâche Cat d'une voix suffocante.

— La Gâchette… c'est *moi*.

Les feuilles ondoient autour de nous et je reconnais le bruit d'un moteur dehors. J'entends le vaisseau qui perd de l'altitude, puis son train d'atterrissage touche le sol. Je sais que Tyler va parler.

— Ils sont là.

Cat serre les dents. Elle essaie d'endiguer cette chose qui est en train de l'accaparer. Je le sais, car je connais ses pensées. La voix qui s'élève au-dehors est calme, puissante, sans genre, sans âge.

— Nous sommes ici pour Aurora O'Malley.

Princeps.

— Quelqu'un se sent de dire à Son Altesse qu'il faut ajouter « s'il vous plaît » pour être poli ? demande Finn d'une voix traînante.

Scarlett laisse son frère et s'empresse de prendre ma place auprès de Cat.

— Vas-y, me murmure-t-elle.

Alors je lui laisse la main de notre pilote et je rejoins Tyler près de la fenêtre. Les plantes autour de lui ont été entièrement calcinées, mais je repère une vrille brûlée qui bouge sur le rebord, à la recherche d'une nouvelle prise, alors même que je m'accroupis à côté de Ty. En restant derrière le mur, je peux observer la scène sans que les silhouettes en contrebas ne m'aperçoivent.

Une navette s'est posée sur les broussailles non loin du réacteur. Elle est frappée du nom du *Bellerophon* et une rampe d'atterrissage descend de son fuselage. Princeps est là, au pied de l'appareil, dans son costume d'un blanc immaculé, au milieu d'une pluie de pollen. À sa droite se trouve un autre agent de l'AMR, vêtu du traditionnel uniforme gris foncé, et autour de la navette sont alignées des dizaines et des dizaines d'autres silhouettes.

Ce ne sont pas des agents de l'AMR. Et ils sont extrêmement nombreux.

Parmi la foule, je repère aussi quelques chimpanzés au pelage couvert de mousse et de tubercules. Mais sous le voile des végétaux argentés, je reconnais les autres, avec leurs cheveux pleins de fleurs et les plantes jaillissant de leurs yeux.

Des humains.

Des colons.

— Ah, Aurora. (Bien que je sois cachée derrière le rebord de la fenêtre, Princeps regarde droit dans ma direction.) Te voilà.

Je me risque à écarter une vrille de mon esprit bleu nuit, constellé d'étoiles dans le bourbier verdâtre des plantes à l'extérieur. Je cherche l'âme de Princeps, car j'aimerais en savoir plus sur lui, mais la liaison est comme parasitée – les sensations sont si nombreuses que je n'arrive pas à trouver ma cible.

Quand il reprend la parole, sa voix est toujours aussi inexpressive – à croire qu'il n'a même pas senti ma présence.

— Nous t'avons attendue si longtemps, Aurora.

— Et vous allez m'attendre encore un peu, je m'écrie d'une voix ferme. Essayez à nouveau dans deux cents ans.

— Nous t'avions perdue de vue. Nous ne savions pas où te trouver.

— Vous n'auriez jamais dû me trouver !

— Tu étais dissimulée dans l'Ellipse. Nous le savons désormais. Les Eshvarens sont des lâches de t'avoir cachée là. Ils ont toujours été ainsi.

LEUR FAIBLESSE EST LA MÊME QUE CELLE QUE NOUS PERCEVONS AUJOURD'HUI EN TOI. TU AURAIS MIEUX FAIT DE NOUS LAISSER TE BRÛLER EN ORBITE. TU AS ÉTÉ IMPRUDENTE EN TE LIVRANT À NOUS.

Derrière moi, Ty pose une main sur mon épaule, comme s'il craignait que je me montre à la fenêtre pour me défendre. Mais je reste immobile et je continue d'observer, car Princeps place ses mains sur son casque et le déverrouille du bout des pouces.

Je reste figée sur place pendant que lentement, très lentement, dans un mouvement qui prend deux battements de cœur et 13,8 milliards d'années, il soulève son casque et dévoile le visage qui se trouve en dessous.

L'instant d'avant, je sais.

Et pourtant, c'est comme si je me prenais un coup en plein ventre – mon souffle se coupe, mes pensées, ma force sont réduites à néant.

Malgré les grosses feuilles qui sortent de son œil droit, malgré la mousse argentée qui recouvre sa peau grisonnante et disparaît dans le cou de sa combinaison, je reconnais les traits de son visage. Ses joues rondes, les rides qui parcourent son front et dont maman disait qu'elles dataient de ses quinze ans, parce que depuis cet âge-là il avait les yeux grands ouverts sur le monde.

— Papa…

Les mots, affreux stigmates encore à vif, enflent dans la nébuleuse argentée de mon esprit. C'est comme si je revivais notre dernière conversation.

Merci pour tes vœux d'anniversaire, papa.

Merci de m'avoir félicitée pour ma nouvelle victoire au championnat inter-États.

Mais surtout, merci pour ça.

Je lui ai raccroché au nez avant qu'il n'ait pu me répondre. Mais j'ai compris que je lui avais fait de la peine. J'ai visé juste.

— Tu m'as manqué, Jie-Lin, déclare-t-il.

Mon cœur implose, puis se recroqueville sur lui-même.

— Ça a été si difficile, enchaîne-t-il en secouant la tête. D'être séparé de toi alors que tu aurais dû être avec nous depuis le début. Il nous restait tant de choses à vivre ensemble.

Je m'entends sangloter. Je sens ma forteresse mentale qui commence à s'effondrer, pierre par pierre. Moi qui le croyais disparu pour toujours. Moi qui pensais être entièrement seule. Voilà qu'il est là, et mon chagrin m'écrase pour de bon cette fois-ci, il m'ensevelit comme une avalanche à laquelle je ne peux résister. Les larmes troublent ma vision, ma respiration s'accélère à tel point que l'intérieur de mon casque se couvre de buée.

Le casque qui me sépare de lui.

— Nous sommes tous connectés, ajoute mon père en me tendant la main. Reliés, nous sommes parfaits. Nous serons au complet dès que tu nous auras rejoints.

— Auri, me souffle Ty. Ce n'est pas ton père.

— Mais si, c'est lui, je parviens à articuler. Tu ne comprends donc pas ? Je les s-sens tous dans mon esprit. Si ce n-n'était pas lui, ce serait facile.

Mais c'est tellement, tellement difficile. Car, désormais, au milieu des teintes vertes, argentées, bleues ou grises de ce lieu, je le sens, je vois les superbes nuances de rouge et d'or de Cat qui prennent la couleur de la boue en se mélangeant à la Gestalt qui nous entoure.

Et je vois bien plus de choses encore.

Mon père me tend les bras. Il m'invite à les rejoindre. Il me vante l'éclat du lien qui les unit. Sa complexité et sa beauté. Et bien que toutes ces vies, tous ces esprits que cette chose a avalés au cours des millénaires ne forment qu'un seul et même système, je le sens *lui* parmi la multitude.

Je vois les fils de l'étoffe qui le constituait autrefois. Je retrouve les morceaux qui le composent au sein de cette meute à laquelle il appartient.

Il est encore là. Je pourrais lui demander pardon. Le sentir me serrer contre lui dans un éclat de rire. *Tu te tracasses pour une si petite chose depuis autant de temps ?* me dirait-il.

— Jie-Lin, m'appelle-t-il. J'ai besoin de toi.

Kal, assis contre le mur, me surveille de loin et je croise ses yeux violets. Je sais qu'il l'ignore, mais les vrilles dorées de son esprit s'étendent vers moi et me donnent de la force en s'entremêlant avec mon bleu nuit.

— Je sais ce que c'est que de perdre un membre de sa famille, *be'shmai*.

Sa compassion est infinie, alors que son visage reste sombre. Je ressens la douleur de ce souvenir – il révèle une histoire que j'aimerais connaître.

Le deuil qu'il porte et le mien sont semblables.

C'est une histoire à propos de gens que l'on perd alors qu'ils ne sont pas encore partis.

— Quand on sera loin d'ici… (Et Kal insiste sur ce mot, « quand »), on cherchera à savoir ce que sont devenues ta sœur et ta mère. Peut-être qu'une partie d'elles coulent encore dans tes veines. Mais tu n'as pas de famille ici, *be'sh-mai*. Et ce n'est pas ton père.

Dans un moment de quiétude, je sais qu'il a raison. Mon père a vécu ici autrefois. Il a été emporté par le Ra'haam. Il a été assimilé à cet ensemble.

Mais ce n'est pas lui qui est là aujourd'hui.

Son image n'est qu'un écho.

Je hoche la tête, les joues couvertes de larmes, et je mets tout ce qui me reste de force pour consolider ma forteresse mentale, repoussant les assauts de cette planète et de la chose qui l'a envahie.

Il n'a jamais été question que je sois une Ra'haam. Je ne les rejoindrai pas.

Je suis une Eshvaren, désormais.

— Jie-Lin, m'appelle cette chose au-dehors. Viens avec nous.

— Non ! je crie.

— Inutile de résister. Rejoins-nous.

— Jamais !

Et enfin, la douce voix de Princeps, de cette chose qui était autrefois mon père, se transforme. Elle est lourde de regrets et de détermination quand il remet son casque et reprend la parole, pour prononcer un seul mot.

Un chuchotement.

— CAT.

34

CAT

Je suis tout.

Je ne suis rien.

Je suis moi.

Je suis…

« CAT. »

Je suis un nouveau-né enveloppé dans un drap blanc, lové contre la poitrine de sa maman. J'ai froid, j'ai peur, c'est la première voix que j'entends, et d'une certaine manière je vais bien parce que c'est quelqu'un qui m'aime.

« Catherine, mais je l'appellerai CAT. »

Je suis une petite fille au premier jour de crèche, un garçon me pousse dans le dos, je me retourne et je vois des cheveux blonds et un sourire à fossettes, alors je m'empare d'une chaise et je la lui casse sur la tête, et d'une certaine manière je vais bien, parce que je sais qu'un jour il m'aimera.

« Aïe, CAT ! »

J'ai quinze ans, je suis devant l'écran vidéo, je vois la mort dans les yeux de maman et bien qu'elle se trouve à soixante mille années-lumière de moi et que ce soit la dernière fois que je lui parle, d'une certaine manière je vais bien, parce que je sais qu'elle m'aime.

« Je suis fière de toi, CAT. »

On a dix-huit ans et les verres vides s'empilent sur la table, de nouveaux tatouages ornent notre peau, on comprend où cela va nous mener et d'une certaine manière je vais bien, parce qu'au fond de moi, je sais que tu m'aimes.

« Oh, CAT… »

Le lendemain matin, je suis au lit et bien qu'il soit parti il y a dix minutes je sens encore son goût sur mes lèvres et son odeur sur ma peau, et même si je comprends parfaitement tout ce qu'il m'a expliqué je ne peux m'empêcher de pleurer

parce qu'il

ne

m'aime

pas.

Je suis capable de voir aussi loin. Je suis un millier d'yeux. Les yeux dans le crâne que j'avais à ma naissance, ma chair succombant lentement au poison

corruption

infection

salut

dans mon sang.

Mais au-delà de ça, je vois à travers *elles*. Les frondes qui s'entortillent le long du bâtiment à l'intérieur duquel mon corps subit sa lente érosion. Les graines qui dansent dans l'air autour de nous, formant des tourbillons d'un bleu irisé. Les peaux qu'il habite, simples primates ou agents de l'AMR en uniformes, ou encore colons.

Tout le monde est touché.

Absorbé.

Pris au piège.

Je suis tout.

Je ne suis rien.

Je suis moi.

Je suis…

… *nous.*

« CAT. »

J'entends la voix du Ra'haam par le biais des fils qu'il tisse à l'intérieur de mon corps. Je sais à quel point il est immense. Et incroyablement ancien. Une vaste conscience qui s'étend sur une infinité d'astres. Une légion unique composée de milliards d'êtres, qui s'agrandit avec chacun des esprits qu'il étreint.

Qu'il encercle.

Qu'il invite.

« POURQUOI EST-CE QUE TU NOUS COMBATS, CAT ? demande-t-il à l'intérieur de ma tête.

— Parce que j'ai peur, je réponds. Parce que je ne veux pas me perdre.

— RIEN NE SE PERD LORS DE CETTE COMMUNION. TOUT LE MONDE Y GAGNE. TU SERAS TELLEMENT SUPÉRIEURE UNE FOIS À L'INTÉRIEUR DE NOUS. JAMAIS TU NE TE SENTIRAS INDÉSIRABLE OU MAL AIMÉE. TU SERAS NOUS. NOUS SERONS TOI. POUR TOUJOURS.

— Mais les autres… Scarlett et…

— ILS NOUS REJOINDRONT. UN JOUR, NOUS ENGLOBERONS TOUT. ABSOLUMENT TOUT.

— Engloberons ? (Je secoue la tête.) Engloutirons, plutôt.

— NOUS NE SOMMES PAS DES DESTRUCTEURS. NOUS SOMMES DES LIBÉRATEURS. NOUS DÉLIVRONS DES GEÔLES DE L'INDIVIDUALISME POUR OFFRIR LA LIBERTÉ DANS L'UNION. NOUS SOMMES L'ACCEPTATION. NOUS SOMMES L'AMOUR. »

C'est la même voix que celle que j'ai entendue à ma naissance, quand j'avais froid et peur, quand je regardais le monde pour la première fois, suspendue au sein de ma mère.

Mais je n'ai plus froid ni peur désormais.

J'ai chaud.

Je me sens bienvenue.

Annihilée.

Assimilée.

Et je suis étendue sur le plancher d'une salle de réacteur dans une colonie oubliée au fin fond d'un secteur perdu, et tout ce que j'étais et que je serai jamais est en train de m'échapper, et d'une certaine manière je vais bien, parce que je sais

je sais

JE SAIS

que cette chose

m'aime.

. . . . .

NOUS SOMMES DEBOUT. À L'INTÉRIEUR DU CORPS QUI ÉTAIT CELUI DE CAT.

ELLE NOUS APPARTIENT ET NOUS LUI APPARTENONS.

Un jour, nous engloberons la galaxie. Nous communierons avec des systèmes entiers. Mais pour l'instant, ce qu'il reste de nous est minime. Appauvri, notre réseau est bien loin de refléter sa grandeur d'autrefois. Nous sommes restés assoupis pendant une éternité. Si peu d'entre nous se sont réveillés – juste assez pour insinuer de petites vrilles dans les minuscules corps de ceux qui sont tombés sur ce berceau il y a des siècles. Déployées pour nous protéger tandis que nous dormions quelques siècles de plus.

MAis voilà que nous nous propageons. Que nous repartons de zéro.

Éclosion et explosion.

Nous regardons au-dehors par les yeux de la peau prénommée Cat. la peau prénommée Scarlett nous observe. Petit être apeuré, enfermé dans la prison de sa propre chair.

— Cat ?...

Nous l'ignorons. C'est l'autre que nous regardons.

L'ennemi.

Nous disons :

— Aurora.

Nous sentons la trace de notre ancien adversaire dans ses gènes. dans son esprit. Les derniers Eshvarens sont morts il y a un million d'années. Mais nous savions qu'ils trouveraient un moyen de nous frapper depuis leurs tombeaux, là où est leur place. Un mécanisme endormi depuis bien longtemps, dissimulé dans l'Ellipse. Qui attendait le bon moment. Qui attendait un catalyseur.

Qui l'attendait, elle.

Nous sommes Cat. Cat est nous. Et nous savons donc que les peaux prénommées Finian et Zila sont à l'étage, en train de régler le réacteur pour qu'il implose plutôt que de laisser Aurora se faire dévorer. Si nous l'avons elle, nous avons la clé de l'arme des Eshvarens. Si nous l'avons elle, nous pouvons déployer cette arme. La seule qui sait ce que nous sommes, où nous dormons et comment il est possible de nous arrêter.

Si nous l'avons elle, la galaxie est à nous.

— Cat ?

C'est la peau prénommée Tyler qui parle. Au sommet de leur stupide hiérarchie. Il nous regarde depuis l'endroit où il se trouve, près de la fenêtre. Il est seul.

Ils sont tous seuls.

Une solitude inimaginable.

— Ce n'est plus Cat, murmure Aurora.

Nous frappons. nous nous déplaçons sous les nombreuses peaux que nous avons assimilées depuis que les colons d'Octavia nous ont découverts, dans les profondeurs du manteau de la planète. Nous nous contorsionnons. Nous plions. Nous coulons. Celui qui porte le nom de Kaliis est notre premier objectif – il est le protecteur d'Aurora. Les plantes rampantes et les feuilles, leurs épines comme des barbelés, serpentent en s'accrochant à ce qu'elles trouvent. Nous sommes en nombre, il est seul. Et bien qu'il soit supérieur à nous, en raison de notre état naissant, il nous suffit d'une petite déchirure sur le tissu de sa combinaison pour qu'il nous rejoigne.

Il le sait. Il coule et s'écrase comme une chute d'eau. Les autres membres de l'escadron s'activent dans tous les sens. La peau prénommée Scarlett lève son arme. Nous la lui ôtons des mains d'un coup. À l'étage, les peaux prénommées Finian et Zila hurlent en nous voyant attaquer. Nous leur arrachons leurs outils des mains. Nous les recouvrons de nos vrilles et d'un manteau de fleurs.

La peau prénommée Tyler est comme paralysée. Il voit seulement ce que la peau prénommée Cat n'est plus. Incapable de voir ce qu'elle est devenue.

Quelque chose de supérieur.

— Cat, arrête !

Dehors, la peau prénommée Princeps lève les bras en l'air. Nos plantes sur le bâtiment du réacteur frissonnent. Agrippent. tirent. La structure en béton frémit et gronde, les fissures se propagent. Le courant électrique que la peau prénommée Finian a fait courir dans le métal crépite et nous brûle. Mais nous sommes en nombre – ceux d'entre nous qui se consument disparaissent, aussitôt remplacés par de nouveaux. Le bâtiment s'ouvre en deux, les murs s'écartent, le toit s'effondre. Les peaux crient alors que la structure s'effrite dans une averse de poussière de béton et avec des crissements de métal tordu.

Les portiques tombent.

La coque s'écroule.

Le sol se dérobe sous leurs pieds.

Mais ils ne chutent pas.

— Non.

La peau prénommée Aurora flotte dans les airs. Son œil droit brille d'une lueur blanche. Elle étend les bras et sa lumière nous brûle. Le pouvoir des Eshvarens vibre en elle. Ce n'est qu'une fraction de son véritable potentiel.

Mais quelle puissance.

Quel éclat.

Nous nous jetons sur elle – les peaux prénommées Cat, Princeps, Agent, ainsi que les nombreuses formes que nous avons soumises et assimilées depuis que nous sommes ici. Elle réplique avec des ondes de choc de rage psychique, nous déchirant, arrachant nos vrilles accrochées à ses peaux amies pour les reposer délicatement au sol.

Mais aussi féroce qu'elle soit, son pouvoir s'est réveillé seulement depuis peu. Elle n'en saisit pas l'ampleur. Ne comprend pas ce qu'elle pourrait devenir. Et elle est seule.

Nous sommes nombreux.

Trop nombreux.

Nous la frappons. L'attrapons. La griffons. Le tir de disrupteur de ses peaux amies n'est rien de plus qu'une averse estivale aux yeux de notre grand tout. Pour chaque morceau de nous qu'ils brûlent, un autre repousse à la place. Gestalt. Myriade. Hydra.

Elle nous regarde, et notre ancien adversaire rayonne dans ses yeux.

Et elle supplie.

— CAT, AIDE-MOI !

NOUS RIONS. RESSENTONS LE COURANT D'ÉNERGIE PSYCHIQUE QU'ELLE TRANSMET À L'ESPRIT DE LA PEAU PRÉNOMMÉE CAT. POURTANT, IL N'Y A PLUS DE CAT. ELLE EST ASSIMILÉE ET AIMÉE, ENVELOPPÉE DANS NOTRE CHALEUREUSE SINGULARITÉ, DANS LA COMPLÉTUDE QUI VIT ET RESPIRE À L'INTÉRIEUR DE NOUS.

IL N'Y A PLUS QUE LE RA'HAAM.

... MAIS

ALORS...

...

... NON.

NON.

. . . . .

Je ne suis rien.

Je suis tout.

Je suis nous.

Mais bien qu'il soit à l'intérieur de moi désormais

désespérément imbriqué dans chacune ou presque de mes cellules

une toute petite étincelle subsiste dans un coin sombre

et c'est

ce qui reste de

moi.

Je suis dans le simulateur de vol de l'académie. Le jour où je me suis qualifiée pour intégrer l'unité d'entraînement des As. Je m'enfonce dans la toile sans fin avec une telle rapidité qu'aucun d'eux ne m'atteint. J'entends les voix des autres cadets dans ma tête. Les hourras s'amplifient alors que le décompte des cibles que je touche ne cesse de grimper. Je zigzague parmi les mains couvertes de mousse qui m'agrippent pour me retenir.

Je les attrape. Et je serre fort, les immobilisant tous – Princeps, l'autre agent, les chimpanzés, les colons, les vrilles... Ils sont si nombreux. La chose est tellement énorme. Tellement supérieure. Tellement lourde, aussi.

Alors je les observe à travers mes yeux qui, je le sais, ne m'appartiennent plus pour très longtemps, car bientôt ma lueur va s'éteindre pour toujours.

Ces personnes qui étaient ma famille. Mes amis. Auri et son esprit aiguisé. Zila, toujours si calme. Finn, le chambreur de la bande. Kal, le ténébreux. La douce Scarlett et mon Tyler, si beau, si triste. Je tends vers eux une main tremblante.

Je sens l'obscurité qui s'approche. Prête à m'avaler d'une seule bouchée. Et je me rappelle les adieux de l'amiral Adams, lorsqu'il a prononcé la devise de la Légion en me regardant droit dans les yeux. À cet instant, ces mots, ce souvenir aveuglent mon esprit.

Nous sommes la Légion
La lumière
Un feu brûlant dans la nuit.

— Tu ne peux pas nous battre, Cat.

Regardez-moi bien.

— Tu ne pourras pas nous retenir éternellement.

Ce n'est pas la peine.

— Nous sommes légion.

Et

moi

donc.

Je m'infiltre dans leur réseau. Les vrilles d'énergie relient tout au grand ensemble. Chacun de nous. La force du nombre doit se retourner contre elle-même. Il faut juste gagner du temps. Le temps de courir, de fuir. De se tirer de ce rocher infesté, de nous regrouper, de comprendre ce qu'est vraiment Auri et quel rôle elle doit jouer.

Cette défaite est une victoire.

Je sens sa présence dans mon esprit. Elle s'approche de moi, tel un halo bleu nuit éclatant face à nos teintes vertes et ternes.

Je ne vais pas pouvoir les retenir longtemps, O'Malley...

— Cat, je...

MAINTENANT !

Princeps et les autres tremblent. Luttent contre la minuscule armée que je constitue. Aurora les sent s'écraser contre moi, suffocants, vague après vague. Elle sait mieux que quiconque qu'il n'y a rien à faire. Alors elle se tourne vers Tyler, qui me fixe avec des yeux horrifiés.

— Tyler, il faut partir, indique-t-elle.

Il cligne des paupières, comprend le sens de cette phrase.

Tyler, il faut la laisser.

Je puise dans le muscle qui était le mien. Des larmes débordent de mes nouveaux yeux bleus tandis que je force la cage thoracique à se soulever, la bouche à articuler.

— Je te l'ai dit, Ty, je chuchote. Tu dois me laisser partir.

— Cat, *non*.

— S'il te plaît…

Je les sens. Tous autant qu'ils sont. Ces personnes qui étaient ma famille. Mes amis. Ils sont membres de la Légion d'Aurora, et ils n'abandonnent pas leurs camarades. Mais chacun d'eux sait, à sa façon, que je ne suis plus leur camarade pour très longtemps.

Mon pouvoir m'échappe. Je perds prise. Les broussailles, Princeps, les colons se jettent sur moi et Aurora lève les mains, endiguant la marée à l'aide d'une sphère d'énergie télékinétique à l'état pur. Je n'arrive plus à les retenir. Je parviens à peine à conserver ce minuscule fragment de moi-même – ce dernier îlot dans le sombre océan aux eaux tièdes et douces.

Je ne veux pas les quitter. Pourtant, quand je considère le Ra'haam – ce qu'il englobe, mais aussi son potentiel –, je prends conscience avec effroi que je ne veux pas l'abandonner lui non plus.

Je regarde Tyler. La cicatrice que je lui ai faite quand on était enfants. Les larmes dans ses yeux. Et je vois ce que j'ai toujours voulu voir. Ici, enfin. Brillant d'une lueur vive dans la nuit.

— Cat…, chuchote-t-il. Je…

— Je sais, dis-je dans un souffle.

Je frissonne.

Sentant la chose se refermer sur moi.

— Pars, je répète en le suppliant. Pendant que tu le peux encore.

Ils se mettent à courir. En boitant. En sanglotant. Finian s'empare du carburant qu'il a synthétisé, Kal et Zila l'aident à avancer. Scarlett, au bras de son frère jumeau, comprend sans doute mieux que lui ce qui se passe. Aurora, les bras tendus, les conduit vers la navette de l'AMR. Sa bulle d'énergie télékinétique repousse les vrilles ondulantes, les mains épineuses, alors que l'ensemble que nous formons s'apprête à les avaler tous les six.

Je les suis à distance à travers la végétation tourmentée qui griffe et mord, à travers l'épave du réacteur endommagé, à travers les ruines de cette colonie détruite. Un vent bleu virevolte dans l'air. Il s'insinue en moi, empiète sur ma minuscule lueur. La dernière étincelle. Ce qu'il reste de moi.

Je sens son pouvoir.

Sa chaleur.

Il m'accueille avec bienveillance.

J'ôte mon casque.

Alors j'ai dix-neuf ans et un million d'années. Je suis entre les vagues d'une mer livide. Pendant ce temps, les personnes qui étaient mes amis se regroupent à l'intérieur du petit vaisseau. Je sens les spores qui dansent dans l'air et bouillonnent dans le manteau sous mes pieds. Cet ensemble homogène qui est en train de m'assimiler. Je suis à un million d'années-lumière de l'endroit où je suis née et pourtant je me sens chez moi. Exaltée autant que terrifiée, je ris et je crie, je suis tout et rien à la fois, je suis Cat et le Ra'haam, et quand la porte de la navette se referme, je les observe avec les yeux qui sont les miens pour la dernière fois. Je le vois qui se tourne pour me chercher du regard.

Et d'une certaine manière, je vais bien.

— Au revoir, Tyler.

Parce que

je

sais

qu'il

m'aime.

35

TYLER

Elle a disparu.

Nous nous trouvons dans l'espace, en orbite autour d'Octavia III. Mon souvenir du trajet dans la navette volée depuis le camp est confus. Comment avons-nous quitté la planète dans notre Arbalète endommagée ? C'est encore plus flou. Les épaves du *Bellerophon* et des vaisseaux furtifs de Bianchi dérivent dans le Grand Vide obscur, réverbérant la lumière des étoiles.

Je suis sur le pont, installé dans mon fauteuil de copilote et je regarde le siège du pilote à côté de moi. Shamrock est posé là. Sa fourrure est usée, ses coutures éventrées. Il me fixe de ses yeux en plastique accusateurs. Dans ma tête, une pensée se consume.

J'aurais pu la sauver, et maintenant elle a disparu.

La carte stellaire d'Aurora est projetée au-dessus de la console centrale. Un hologramme de la Voie lactée, en rotation autour de son trou noir central pour l'éternité. Sur ses bras en spirale, vingt-deux planètes rougeoient dans l'obscurité. Vingt-deux avertissements. Vingt-deux points d'interrogation.

Finian et Zila ont terminé les réparations – l'Arbalète est à nouveau en mesure d'emprunter l'Ellipse. Il me suffit de saisir les coordonnées dans l'ordinateur de vol, d'entrer quelques commandes et nous serons en route. Pourtant, je n'en fais rien. Je reste assis là, les coudes sur les cuisses, immobile.

Les autres sont rassemblés autour de moi. Éreintés à la suite du combat que nous avons dû mener. Couverts d'hématomes et de sang. Silencieux dans leur deuil.

Nous étions sept, nous ne sommes plus que six.

Ils me regardent.

Et je ne sais pas quoi faire.

Nous sommes toujours en fuite. Un escadron renégat, poursuivi par la FDT, par l'AMR et probablement aussi par le reste de la L.A. Et même si nous n'étions pas des ennemis publics à abattre, nous ne pourrions pas rentrer à l'académie Aurora – l'AMR nous y attend à coup sûr. Avec ce que nous avons découvert sur Octavia, sur le Ra'haam, sur ces vingt-deux planètes où cette chose est en phase de… d'incubation, nous ne pouvons prendre le risque qu'Aurora tombe entre leurs mains. Pas après tous les sacrifices que cela a déjà engendrés.

Impossible, donc, de rentrer chez nous.

– Cette défaite est une victoire.

C'est Auri qui vient de parler. Étrangement, notre fille hors du temps semble avoir pris quelques années. Son visage est un peu plus dur. Une force farouche brûle derrière ses yeux vairons. Elle est petite, menue, mais elle se tient droite, avec Kal à ses côtés. Et elle me regarde, les poings serrés.

— Quoi ? je demande.

— C'est ce que Cat m'a dit.

Le chagrin luit dans ses pupilles et c'est d'une voix tremblante qu'elle évoque le souvenir de leurs ultimes moments.

— L'une des dernières choses qu'elle m'a dites, Tyler : « Cette défaite est une victoire. »

Scarlett secoue la tête, les joues trempées de larmes.

— Pourquoi ? (Elle s'essuie les yeux, étalant son mascara.) *Pourquoi ?*

— On connaît notre ennemi, maintenant, répond Auri en pointant du doigt la carte. On sait où somnole le Ra'haam. On sait qu'il cherche à accaparer chaque être vivant de la galaxie. On sait que les Eshvarens lui ont fait la guerre, il y a un million d'années, et qu'ils l'ont *battu*. On sait qu'ils se doutaient qu'il reviendrait, et qu'ils ont laissé une arme pour le combattre. On sait que je suis la Gâchette de cette arme. (Elle nous observe, à tour de rôle.) On sait enfin qu'il faut l'arrêter.

— Comment ? questionne Finian. Tous les agents de l'AMR qu'on a rencontrés sont infectés. Qui sait jusqu'où ce truc s'est répandu ? Désolé de casser l'ambiance, les amis, mais votre gouvernement terrien est sacrément suspect.

À ces mots, le visage d'Aurora blêmit. Je devine qu'elle repense à son père – à ce qu'il est devenu –, qu'elle le revoit lui tendre la main, juste là, sur cette planète.

Jie-Lin, j'ai besoin de toi.

Mais son regard se durcit. Elle secoue la tête.

— Les symptômes de l'infection sur un organisme sont visibles. Les colons touchés sur Octavia ont dû infiltrer l'AMR, puis interdire l'accès à la planète pour que ça ne s'ébruite pas. Mais si cette gangrène se transmettait de personne à personne, il ne resterait plus aucun humain après deux siècles de propagation. (Elle se tourne vers la carte, où clignotent les points rouges.) Je ne pense pas que le Ra'haam soit assez puissant pour se répandre en dormant. À mon avis, il peut seulement infecter les personnes qui mettent les pieds sur l'une des planètes où il couve. Heureusement, il est en grande partie assoupi. Il est faible. On a encore une chance.

— De faire quoi ? interroge Zila d'une voix posée. Comment on lutte contre une chose pareille ?

— Avec l'Arme que les Eshvarens nous ont laissée. Avec moi. Si on endigue sa propagation, si on arrive à empêcher l'infection présente sur ces vingt-deux planètes de se répandre par les portes de l'Ellipse, peut-être qu'on pourra arrêter cette chose une fois pour toutes.

— On est des criminels recherchés, fait remarquer Scarlett. On a attaqué des vaisseaux militaires terriens et violé une Interdiction d'accès intergalactique. On va avoir tous les gouvernements de la Voie lactée aux fesses. On ne peut compter sur personne pour nous aider.

Kal croise les bras.

— Alors, on s'en occupe seuls.

— Nous six ? s'esclaffe Finian. Contre le reste de la galaxie ?

Je cherche l'anneau de mon père sous mon tee-shirt, suspendu à la chaîne autour de mon cou. Au contact du métal contre ma peau, je me demande ce qu'il dirait s'il pouvait me voir. Je fixe la carte stellaire, en pensant au destin qui joue contre nous. Il me paraît dément, inconcevable.

Est-ce que je crois encore ?

— Il faudrait un miracle, je réponds finalement à voix basse.

Nous restons muets pendant un long moment. Je jette un œil vers Shamrock, en passant mon doigt sur la cicatrice que Cat m'a laissée à l'arcade. Ma poitrine me fait terriblement souffrir – je dois même vérifier que je ne saigne pas. Le pont est calme, on n'entend que le vrombissement des moteurs. Et le pouls de nos cœurs en peine.

Et dans ce silence, Zila prend la parole :

— Chaque particule de l'univers, ou presque, provient d'une étoile. Chaque atome de notre corps. Le métal de cette chaise, l'oxygène dans nos poumons, le carbone dans nos os. Ces atomes ont été forgés dans une fournaise cosmique d'un million de kilomètres de diamètre, à des milliards d'années-lumière d'ici. La succession d'événements qui a mené à cet instant est d'une complexité inouïe. (Elle pose une main sur mon épaule et c'est étrange, car on dirait qu'elle ne sait pas bien comment s'y prendre, mais elle la serre doucement.) Notre existence même est un miracle.

— Qu'est-ce que tu es en train de dire ? je lui chuchote.

Son regard plonge dans le mien.

— Je te rappelle de sages paroles que tu as déjà partagées avec nous.

— Lesquelles ?

— Parfois, il faut avoir la foi.

Je la dévisage. Je me tourne vers mon escadron. La place vide de Cat me fait l'effet d'un trou dans la poitrine.

Mais alors, je regarde ma jumelle, dont les yeux sont remplis de larmes et de douleur autant que les miens. Et elle me parle sans prononcer un mot.

Montre la voie, bébé frangin.

Je me lève. Scrute les visages de ces cinq jeunes personnes qui se sont engouffrées avec moi dans la gueule de la bête. Toute la galaxie a ses canons braqués sur nous. On ne tiendra peut-être pas un jour de plus. Mais en m'avançant vers le siège du pilote, je ramasse Shamrock et le dépose sur les écrans de la console de Cat. Je sais qu'ils pensent comme moi. Nous devons combattre cette chose pour Cat. Avec nos tripes. Nous le lui devons.

— On ne sera pas seuls, Kal, je souffle.

Je les passe en revue un par un.

— On va le faire ensemble.

Aurora esquisse un sourire timide, mais sincère.

— Escadron 312, pour toujours.

Kal me fixe. Et lentement, il acquiesce.

— Nous sommes la Légion, affirme-t-il.

— La lumière, répond Scarlett.

— Un feu brûlant dans la nuit, nous scandons à l'unisson.

Je m'assois dans le siège du pilote, saisis les coordonnées de l'Ellipse. Le pont tremble et se met en mouvement, mon escadron s'installe, les moteurs crachent et leur lumière arc-en-ciel se reflète sur nos consoles.

— Où va-t-on, Goldenboy ? demande Finian.

Je fixe la carte du ciel devant moi.

Vingt-deux avertissements.

Vingt-deux points d'interrogation.

Vingt-deux *cibles*.

— On dirait bien qu'on a une guerre à mener, je lance avec un signe de tête à l'intention d'Aurora. Et on a déjà notre Gâchette.

Nos moteurs flambent dans l'obscurité.

— Allons trouver notre Arme.

Les différents membres de l'escadron

▶ **Dettes de sang**

▼ **Remerciements**

On dit souvent qu'écrire un livre requiert plus de cerveaux que le collectif Hajji d'Een II et plus de mains qu'une symphonie galactique pour piano et orchestre. Les auteurs de cet ouvrage, n'étant pas dotés d'autant de cerveaux ni de mains, ont eu recours à une aide précieuse. Les formes de vie identifiées ci-dessous ont contribué à l'existence de cette histoire :

Les membres de l'escadron : Depuis le début de cette aventure avec *Illuminae*, nous devons beaucoup à l'étonnant escadron qui s'est formé en cours de route. libraires, bibliothécaires et lecteurs – nous vous sommes extrêmement reconnaissants. Grâce à vous, nous inventons les histoires qui nous plaisent et c'est un plaisir de les partager avec vous. Un immense merci également à tous les vloggers, bloggers, tweetos, bookstagrammers et à tous ceux qui nous ont aidé à faire parler de nos livres – sans vous, nous n'en serions pas là !

Les experts : À tous les experts sur les sujets médicaux, culturels, scientifiques et sociaux, entre autres, qui nous ont fait bénéficier de leurs connaissances, un énorme, énorme merci – et comme toujours, nous restons les seuls responsables d'éventuelles erreurs. À ceux qui ne sont pas nommés ici, ainsi qu'à Jess Healy Walton, Amy Mcculloch, Yulin Zhuang, C. S. Pacat, dr kate Irving, Lindsay « LT » Ribar, et Claerie Kavanaugh : nous vous devons une fière chandelle. Merci beaucoup. Professeur Brian Cox, professeur Carl sagan, dr Neil Degrasse Tyson, commandant Scott Kelly, commandant Chris Hadfield, ainsi que Hank

Green et les équipes de SciShow Space : vous avez changé ce livre sans le savoir. Merci pour votre inspiration !

Les éditeurs : À l'amirale Barbara Marcus et à toute l'équipe de Random House : merci, merci et merci. Notre éditrice de génie, Melanie Nolan, la merveilleuse Karen Greenbert Ray Shappell, Kathleen Go, Artie Bennett, Aisha Cloud, John Adamo, Josh Redlich, et Judith Haut, ainsi que toutes les légendes du service des ventes, du marketing, de la publicité, de la production, de la révision et bien d'autres ont permis à ce livre de voir le jour. Nous vous ferions confiance pour monter le casse du siècle, les yeux fermés. À l'échelle internationale, nous avons la chance incroyable d'être représentés par de fantastiques maisons d'édition, notamment Allen & Unwin, où nous remercions Anna McFarlane, Radhiah Chowdhury, Jess Seaborn et toute l'équipe australienne, ainsi que Rock the Boat, où la capitaine Juliet Mabey est à la tête d'un équipage fantastique. Un immense merci à ces équipes, ainsi qu'aux traducteurs qui permettent à nos livres d'être lus dans d'autres langues.

Les agents : Notre Arbalète n'aurait jamais décollé si Josh et Tracey Adams, Cathy Kendrick et Stephen Moore n'avaient pas été à bord. Merci pour tout ce que vous faites pour nous et pour toutes les fois où vous allez bien au-delà de vos rôles respectifs – et un immense merci aux merveilleux agents étrangers qui ont contribué à faire voyager la Légion d'Aurora autour du monde.

Les créateurs de musique : La bande-son de ce livre a été réalisée par les génies suivants : Joshua Radin, Matt Bellamy, Chris

Wolstenholme, Dominic Howard, Buddy, Ben Ottewell, The Killers, Weezer, The Scissor Sisters, Marcus Bridge & Northlane, Ludovico Einaudi, Oliver Sykes & Bmth, Ronnie Radke & Fir, Trent Reznor & Nin, Danny Worsnop & AA, Maynard James Keenan & tool, Winston Mccall & Pwd, Ian Kenny & The Vool, Robb Flynn & Mh, Chris Motionless & Miw, Anthony Notarmaso & Atb, Jamie Hails & Polaris, et en particulier Sam Carter, Tom Searle & Architects.

Équipe d'assistance et de maintenance : Nous serions prêts à braver le Grand Ultrasaure d'Abraaxis IV pour les personnes suivantes : Meg, Michelle, Marie, Leigh, Kacey, Kate, Soraya, Eliza, Peta, Kiersten, Ryan, Cat, The Roti Boti Gang, The House of Progress Crew, Marc, Surly Jim, B-money, The Goddamn Batman, Rafe, Weez, Sam, Orrsome, et The Hidden City Rollers. Comme toujours, merci à Nic pour nous avoir présentés et avoir mis les choses en train, ainsi qu'à Sarah Rees Brennan, extraordinaire instigatrice d'histoires.

Unités familiales : comme toujours, merci à nos familles pour leur soutien sans faille et leur enthousiasme, et pour tout ce que vous faites pour nous, que nous l'ayons demandé ou non. Notre reconnaissance est éternelle. Nous vous aimons. Même un Traskien perdrait le compte des faveurs que nous vous devons.

Conjoints : Amanda et Brendan – sans vous, ce livre n'aurait pas été possible et nous n'aurions probablement pas eu envie de l'écrire. Vous avez tout notre amour et notre gratitude. Nous sommes secrètement surpris que vous continuiez à nous supporter. Merci de nous avoir choisis dans vos escadrons.

DÉCOUVREZ UN EXTRAIT DE

AURORA SQUAD

ÉPISODE_Ø2

AU FORMAT POCHE EN 2023 !

1

TYLER

Le tir de disrupteur frappe la Traskienne en pleine poitrine.

Elle pousse un cri strident et son matos high-tech vole dans les airs tandis qu'elle s'écroule, l'écume aux lèvres. Je l'enjambe d'un bond, tête baissée pour éviter une autre décharge qui siffle à quelques centimètres de mon oreille. Le bazar est bondé. De nouveaux tirs retentissent derrière nous et la foule prise de panique se fend sous mes yeux. Scarlett me colle aux talons. La sueur plaque ses cheveux flamboyants contre ses joues. À son tour, elle saute par-dessus la Traskienne inconsciente et les miettes de son attirail.

— Désoléééée ! lance-t-elle.

Une nouvelle déflagration fait vibrer l'air. Les gangsters qui nous poursuivent beuglent à la foule de s'écarter. Nous bondissons sur le comptoir d'une boutique de sempter sous les yeux du propriétaire médusé, avant de filer par la porte arrière. Elle donne sur une rue pleine de monde. L'atmosphère est moite. Véhicules volants et drones hélicos. Autour de nous, des murs vert pâle. Au-dessus, un ciel de feu. Sous nos pieds, un tapis de plascrite jaune. Et devant nous, des costumes et des peaux multicolores.

— À gauche ! hurle Finian à la radio. Prenez à gauche !

À gauche, donc, nous nous enfonçons dans une ruelle sordide à l'écart de l'artère principale. Vendeurs à la sauvette et tordus en tout genre nous regardent détaler, bouche bée. La boue gicle à chacun de nos pas et déjà les gangsters modèles réduits à nos trousses surgissent dans le passage. BAM ! BAM ! Le souffle des particules chargées frôle mon oreille. Nous nous abritons derrière une benne pleine de débris de machines.

— Je t'avais dit que c'était une mauvaise idée ! gronde Scarlett, hors d'haleine.

— Je te répète que je n'ai *jamais* de mauvaises idées ! je réplique avant d'ouvrir une porte d'un grand coup de pied.

— Vraiment ? fait Scar en tirant une rafale sur nos poursuivants.

— Oui ! (Je la traîne à l'intérieur du bâtiment.) C'est juste que certaines sont moins géniales que d'autres !

. . . . .

Bon, revenons un peu en arrière.

Environ quarante minutes plus tôt, avant que ça se mette à canarder dans tous les sens. Je sais, ça sent le déjà-vu, mais c'est plus palpitant comme ça. Faites-moi confiance. Les fossettes, vous vous souvenez ?

Donc. Quarante minutes plus tôt, je suis assis dans le box bondé d'un bar plein à craquer. La musique fait vibrer mes tympans. Je porte une veste noire moulante et un pantalon encore plus moulant. Une tenue censée être classe, j'imagine, puisque c'est Scarlett qui l'a choisie. Pressée contre moi, ma sœur est en civil elle aussi : costume écarlate près du corps et tailleur hyper court, comme elle les aime.

Je compte une douzaine de Ploucs assis en face de nous.

Le bar est un tripot. La lumière pulse dans un nuage de fumée qui monte jusqu'au plafond. Un large trou occupe le centre de la pièce – sans doute le ring d'un quelconque sport sanglant. Par chance, pour l'instant personne ne tue personne. Autour de nous, les gens achètent et vendent de la drogue, des peaux… C'est le pain quotidien des petits voyous de la station. Et au milieu de la fumée de caillou, malgré les basses assourdissantes des haut-parleurs, une seule question résonne dans ma tête.

Par le Créateur, qu'est-ce que je fiche ici ?

Les Ploucs, avec leurs petites silhouettes poilues, sont entassés en face de nous, de l'autre côté du box. Leurs paupières fendues sont rivées sur l'unicom que Scarlett a posé sur la table. C'est une sorte de vitre en silicium transparent, qui tient dans la main et qui projette des hologrammes. Quelques centimètres au-dessus de l'appareil, l'image en 3D de notre Arbalète tourne sur elle-même. Notre vaisseau. Pointu comme une flèche. Rutilant de titane et de carbure. Sur sa coque ornée du sceau de la Légion d'Aurora, on peut lire notre numéro d'escadron : 312.

Un petit bijou de technologie, d'une beauté à se damner. Notre compagnon de galère.

Et voilà qu'on doit s'en séparer.

Les Ploucs échangent quelques mots à voix basse dans leur langue sifflante et ronflante. Leurs moustaches frémissent. Leur cheffe doit mesurer un peu plus d'un mètre, ce qui est grand pour son espèce. Pelage tacheté entretenu avec soin, tailleur blanc qui lui donne des airs de gangster chic. Une lueur brille dans ses yeux vert pâle cernés de poudre noire. Elle a le regard de quelqu'un qui file des humains à manger à ses animaux de compagnie juste parce que ça l'amuse.

— C'est risqué, Terrienne. (Sa voix est un doux ronronnement.) Trrrès rrrisqué.

— On nous a raconté que Skeff Tannigut n'avait pas froid aux yeux, lui répond Scarlett avec un sourire. Votre réputation vous précède, dans le coin.

Tannigut pianote sur la table du bout de ses griffes. Puis elle lève les yeux de l'hologramme pour les plonger dans ceux de ma sœur.

— Il y a des risques acceptables, Terrienne, et il y a celui de prendre vingt ans de Colonie pénitentiaire lunaire. Trafic de matériel volé à la Légion d'Aurora, ça peut coûter cher.

— Mais ça peut rapporter gros, dis-je.

Aussitôt, douze paires d'yeux se braquent sur moi. Et douze mâchoires se décrochent. Skeff Tannigut dévisage ma sœur avec étonnement. Ses oreilles frétillent sur sa tête.

— Tu laisses ton mâle parler en public ?

— Il est... fougueux, s'excuse Scarlett avant de me fusiller d'un regard qui signifie : « ferme-la ».

— Si tu veux, je peux te vendre un collier de torture ? lui propose la cheffe de gang. À ta place, je le dresserais...

Je plisse le front.

— Merci, mais... *Aïeuu !*

J'attrape mon tibia endolori sous la table, furieux contre Scarlett. Elle se penche en avant comme pour défier Tannigut.

— Puisque tu es si généreuse, allons droit au but. (Elle pointe du doigt l'hologramme de notre Arbalète.) Cent mille et il est à toi. Avec les mots de passe pour les armes.

Tannigut s'entretient un instant avec ses complices. Pas hyper enthousiaste à l'idée de me prendre un autre coup de pied, je décide de la boucler cette fois-ci. J'en profite pour observer le club où nous nous trouvons.

Des bouteilles remplies de liquides multicolores sont alignées sur le bar. Aux murs, des hologrammes retransmettent des matchs de jetball, mais aussi les dernières tendances financières en provenance du Central et des infos sur les vaisseaux d'Invaincus naviguant en Zone neutre. Je suis surpris par la diversité des espèces sur cette station, pourtant si loin du Cœur.

Depuis notre accostage deux heures plus tôt, j'en ai compté une bonne vingtaine. Des Traskiens au teint pâle, des Ploucs à fourrure, d'énormes Chelleriens à la peau bleue. Comme si tous les rebuts de la Voie lactée avaient été relégués ici, dans une sorte de melting pot suborbital pour le moins douteux.

La planète au-dessus de laquelle nous flottons est une géante gazeuse, un peu plus petite que Jupiter chez nous. La station se maintient dans sa stratosphère, à la verticale d'une tempête de vingt mille kils d'envergure qui fait rage depuis quatre siècles. L'air qu'on y respire est filtré. La ville en apesanteur est hermétiquement confinée à l'intérieur d'un dôme transparent de particules ionisées, dont le léger crépitement est visible dans le ciel. Pourtant, l'atmosphère garde un petit goût de chlore gazeux – un élément auquel la tempête doit sa couleur, et la station son nom.

J'avale une gorgée d'eau et l'inscription sur le dessous-de-verre m'interpelle :

BIENVENUE À EMERALD CITY ! NE REGARDEZ PAS EN BAS !

Les Ploucs ne causent plus. Les yeux luisants de Tannigut sont plantés sur Scar. D'une patte, elle se lisse les moustaches.

— Je t'en propose trente mille, décrète-t-elle. C'est mon dernier prix.

Scar hausse un sourcil maquillé à la perfection.

— Depuis quand les Ploucs font de l'humour ?

— Depuis quand les légionnaires d'Aurora vendent leurs vaisseaux ? rétorque Tannigut.

— On pourrait l'avoir volé. Qu'est-ce qui vous fait penser qu'on fait partie de la Légion ?

— Sa coupe de cheveux, répond Tannigut en me pointant du doigt.

— Qu'est-ce qu'elle a, ma... *Aïeu !*

— Sauf votre respect, on ne vous doit pas d'explication, poursuit Scarlett d'une voix calme. Les laboratoires d'Aurora sont à la pointe de la technologie dans la galaxie. Cent mille crédits pour ce vaisseau est une affaire, et vous le savez très bien. (Elle écarte une mèche rougeoyante de ses yeux et parvient à donner l'impression que nous ne sommes absolument pas désespérés.) Sur ce, je vous souhaite une bonne journée, madame.

Mais au moment où elle se lève pour partir et où Tannigut tend la main pour la retenir, une grande agitation s'empare du bar. Quand je me retourne pour voir de quoi il s'agit, les matchs de jetball et les rapports boursiers ont été remplacés par un flash spécial.

Je découvre le message qui défile en bas des écrans et mon ventre se noue.

UN ATTENTAT TERRORISTE COMMIS PAR LA LÉGION D'AURORA

Un Terrien aux allures de géant demande au barman de monter le son. Un Chellerien encore plus costaud braille de remettre le match. Une bagarre éclate, le gérant baisse le volume des basses et transfère le son dans les haut-parleurs du pub.

« *... plus de sept mille réfugiés syldrathis ont trouvé la mort dans l'attaque. Les gouvernements terrien et traskien ont exprimé leur indignation devant ce massacre...* »

Les images m'assènent le coup de grâce. Sur la vidéo apparaît la coque déchiquetée d'une plate-forme minière gris acier, nichée sur le flanc d'un immense astéroïde au milieu d'une mer d'étoiles.

Je reconnais aussitôt la station Sagan, sur laquelle notre escadron s'est rendu lors de sa première mission loin de l'académie Aurora. Là-bas, nous avons été faits prisonniers par un escorteur terrien, puis par l'AMR – l'Agence mondiale de renseignement. Ses agents ont détruit Sagan pour réduire au silence les témoins qui les ont vus capturer Auri. Aujourd'hui, il ne reste de la station que des débris spatiaux.

Dire que c'était il y a quelques jours à peine...

Les hologrammes retransmettent maintenant l'image d'un vaisseau en piqué bombardant Sagan, qui prend feu. Mais lorsque la caméra zoome dessus, je ne reconnais pas l'énorme escorteur terrien au nez retroussé. L'appareil a la forme d'une flèche et sa coque en titane et en carbure reflète la lumière des astres. Sur ses flancs, il arbore le sceau de la Légion d'Aurora et le numéro de l'escadron qui l'occupe.

312.

— Au nom du Créateur...

Je me tourne vers Scarlett. Le brouhaha monte encore d'un cran dans le bar, couvrant presque la voix du journaliste.

« Les responsables du massacre de Sagan sont aussi recherchés pour avoir violé une Interdiction d'accès galactique alors qu'ils étaient poursuivis par les forces terriennes. Le commandant conjoint de la Légion d'Aurora, l'amiral Seph Adams, a fait la déclaration suivante il y a tout juste quelques instants... »

Voilà qu'apparaît le portrait si familier de l'amiral Adams, le commandant d'Aurora, paré de l'uniforme de la Légion. Sa large poitrine est lourde de médailles. Ses bras cybernétiques sont croisés, son visage est sombre. Il tapote nerveusement sa manche avec l'un de ses doigts artificiels et le métal émet un petit tintement.

« Nous condamnons avec la plus grande fermeté les exactions commises par l'escadron 312 de la Légion d'Aurora sur la station Sagan, déclare-t-il. *Nous ne sommes pas en mesure de les expliquer, mais une chose est certaine : cet escadron est désormais hors la loi. Ses membres ont trahi notre confiance. Violé notre règlement. Le commandement de la Légion d'Aurora offre son assistance au gouvernement terrien dans la*

poursuite de ces meurtriers. Nos pensées et nos prières vont aux familles des réfugiés massacrés. »

Puis une série de photos défile à l'écran. Les portraits des membres de mon équipe, avec leurs noms.

Finian de Karran de Seel.
Zila Madran.
Catherine Brannock.
Kaliis Idraban Gilwraeth.
Scarlett Jones.
Tyler Jones.

Et sous chacun de nous, deux lignes :

FUGITIF RECHERCHÉ.
RÉCOMPENSE OFFERTE : 100 000 CR

Je crois que je vais rendre mes tripes…

Je jette un œil à ma sœur sans prononcer un mot. Il faut qu'on se tire d'ici, et vite. Scar a déjà récupéré son unicom sur la table, mais les griffes de Tannigut se referment sur son poignet.

– Tout bien réfléchi… (La cheffe des gangsters ébauche un sourire qui laisse apparaître ses dents pointues.) Cent mille crédits, ça me semble être un bon prix.

Scarlett me dévisage. Je me répète, mais avoir une sœur jumelle est quelque chose d'assez mystérieux. Il m'arrive de savoir ce qu'elle va dire avant même qu'elle ait ouvert la bouche. Et à l'inverse je vous jure qu'elle lit dans mes pensées d'un simple coup d'œil. Bref, à ce moment-là, mon petit doigt me dit qu'on doit coûte que coûte s'arracher de ce bar puant et partir très loin de cette station miteuse.

Genre, maintenant.

Scar plante sa main dans le nez de Tannigut, en mode karaté. Un craquement sourd retentit, suivi d'un gémissement de douleur, et quelques gouttes magenta se mettent à couler. J'attrape la main ensanglantée de ma sœur pour la tirer hors du box, mais les Ploucs nous sautent dessus en hurlant.

À l'autre bout du bar, une mêlée s'est formée autour de la télécommande. Parfait, un peu plus de confusion ne peut pas faire de mal. Je dégaine mon disrupteur et atteins l'un des Ploucs en pleine face tout en refaisant la dentition d'un autre d'un revers de semelle et en entraînant Scar vers la sortie.

— Allez ! Allez !

Quelqu'un pousse un cri et l'un des types du bar s'encastre dans le mur au-dessus de ma tête. La seconde d'après, trois Ploucs se jettent sur moi et se mettent à m'écorcher à coups de crocs et de griffes. Je les repousse en battant des pieds et en vidant sur eux mon disrupteur, puis je m'échappe en roulant et je file par la porte principale derrière ma sœur. Le labyrinthe des rues d'Emerald City se déploie devant nous.

La station s'étend sur huit niveaux et cent kilomètres de large. Les étages inférieurs sont occupés par une forêt d'éoliennes inversées, qui transforment en énergie les puissants courants de la tempête en contrebas. Les transports publics sont assurés par un vaste réseau de tubes transparents qui parcourent la ville. C'est dans l'un de ces tubes que ma sœur et moi nous jetons tête la première.

— Au Grand Bazar ! crie Scarlett.

— REÇU, répond l'ordinateur de bord.

Et une fraction de seconde plus tard, nous sommes propulsés à travers le conduit dans un coussin d'oxygène ionisé.

— Finn ? Tu me reçois ? je hurle dans mon émetteur radio, à cause de la vitesse.

— Hmm, ouais. Tu as vu les infos, Goldenboy ? Pas très flatteuse, cette photo de moi.

— Oui, on est au courant. Comme la moitié des habitants de cette ville, y compris le gang à qui on essayait de vendre l'Arbalète.

— J'en déduis que vous n'avez pas fait affaire ?

Derrière nous, les Ploucs s'apprêtent à nous buter dès que nous aurons posé un pied hors du tube pressurisé.

— Bravo, Sherlock. Bon, on va vous rejoindre en passant par le bazar, je vais avoir besoin que tu nous guides. Que Kal et Zila se préparent au lancement. À partir de maintenant, les chasseurs de prime, les flics et les boy-scouts de ce bled ne vont plus nous lâcher.

— Je t'avais dit que c'était une mauvaise idée.

— Je te répète que je n'ai pas de mauvaises idées.

— Ah oui... C'est juste que certaines sont moins géniales que d'autres, c'est ça ?

Emerald City défile à vive allure derrière les parois du tube. Des dizaines de niveaux, des milliers de secrets, des millions de gens. Les nuages autour de nous dessinent de splendides arabesques, tels des pinceaux d'aquarelle sur une toile humide. Sous le dôme ionisé, les murs, les porches et les tours aux formes élancées reflètent les lueurs vert pâle de la tempête de chlore en contrebas. Le ciel a la couleur du sang coagulé.

Je savais que nous prenions un risque en nous rendant sur cette station, même si elle est loin de tout. Tôt ou tard, les gens apprendraient que nous sommes des fugitifs. Je savais aussi que depuis l'épisode d'Octavia III, l'Agence mondiale de renseignement cherchait à nous mettre la main au collet. Mais jamais je ne me serais douté qu'ils nous feraient un coup aussi tordu. Nous faire passer pour les auteurs d'un massacre qu'ils ont eux-mêmes commis... Il faut avoir balancé son sens de l'éthique au fond d'un recycleur pour oser un truc pareil. Je dois reconnaître que c'est rusé. En nous accusant d'avoir tué des réfugiés innocents et violé une Interdiction d'accès galactique, l'AMR nous a de fait exclus de l'académie Aurora. Désormais, on ne peut plus compter sur personne.

Je n'en veux pas à Adams de nous avoir reniés. Mais il nous a pris sous son aile, Scar et moi, à la mort de papa, et ça me fait beaucoup de peine de l'entendre nous traiter de meurtriers. Je comprends qu'il nous abandonne – on est accusés de terrorisme galactique –, cependant je suis triste qu'il ait avalé ces salades.

— Attention, bébé frangin ! s'exclame Scar, me tirant de mes pensées.

— Prochain arrêt, le Grand Bazar, annonce l'ordinateur.

— Tu es prête ? je demande.

— Je suis une Jones, me répond ma sœur avec un clin d'œil.

Nous sommes ralentis par un souffle d'air qui nous arrête pile devant les portes du tube. Dès qu'elles s'ouvrent, nous fonçons tête baissée dans l'immensité du Grand Bazar d'Emerald City, parmi un océan d'étals et un tumulte étourdissant.

J'aurais bien fait une pause pour admirer la vue, mais notre espérance de vie à cet instant étant de quelques secondes, je crains que ça ne soit vraiment pas le moment.

. . . . .

Nous défonçons la porte arrière d'un boui-boui tenu par des Traskiens et faisons irruption dans la cuisine. Une délicieuse odeur d'huile de noix de luka et de javi frit se dégage des fourneaux. Le chef s'apprête à nous sermonner quand il aperçoit nos pistolets disrupteurs. Alors, ses commis et lui décident sagement de partir en pause.

Les Ploucs surgissent derrière nous une seconde plus tard, et Scarlett et moi déchargeons nos armes sur eux. J'en descends quatre (pour rappel, j'ai eu quatre-vingt-dix-huit pour cent à mon examen de tir). Les autres se replient dans la ruelle. Sans leur laisser le temps de reprendre leurs esprits, nous traversons en courant le restaurant bondé et filons par l'entrée principale.

Un humain d'environ notre âge est en train de garer sa moto-jet devant le snack. Je le fauche avant même que ses pieds aient touché le trottoir, puis je récupère son électro-passe et bondis sur l'engin, suivi de Scar qui prend place derrière moi.

— Désoléééе, lance-t-elle alors que nous décollons.

La suite est un long zigzag entre des skiffs et des machines volantes diverses qui font des embardées dans tous les sens pour nous éviter. La circulation est un chaos sans nom, avec des véhicules qui fusent sur trois niveaux. J'ai bon espoir d'avoir semé nos poursuivants dans cette cohue. Jusqu'à ce qu'un tir de disrupteur derrière nous me fasse comprendre que…

— Ils sont toujours là ! s'écrie Scar.

— Descends-les !

— Tu sais que je suis nulle en tir ! (Du bout des ongles, elle écarte une mèche de ses yeux.) Je passais les cours à draguer mon voisin de stand !

— Rappelle-moi pourquoi tu es dans mon escadron, déjà ?

— Parce que je l'ai bien voulu, gros malin !

La voix de Finian nous interrompt à la radio :

— Tourne au prochain croisement, Goldenboy, tu arriveras sur les quais.

— Hey, salut, Finian !

— Heu… coucou, Scarlett.

— Qu'est-ce que tu fais de beau ?

— Euh, je… (Mon Mécano s'éclaircit la gorge.)

— Scar, boucle-la ! je crie en prenant la bifurcation alors que des tirs retentissent derrière nous. Finn, est-ce que la sécurité de la station a déjà été avertie ?

— Aucune annonce n'a été faite pour l'instant.

— Les moteurs sont en marche ?

— Prêts au lancement, on vous attend. (Finn toussote à nouveau.) En fait, sans toi… on n'a pas vraiment de pilote…

À ces mots, le monde qui défile à cent vingt kilomètres-heure passe au ralenti.

Je sens les bras de Scar se serrer autour de ma taille. Ma respiration se bloque. *Elle*. J'essaie de chasser les souvenirs qui se bousculent. Son nom. D'oublier le chagrin qui me comprime la poitrine et d'aller de l'avant, car ce n'est pas le moment de flancher. Et pourtant…

Cat.

— On sera là dans soixante secondes, dis-je. Ouvrez les portes du quai. Chaud devant.

— Reçu.

Nous percutons de plein fouet la rampe de sortie et manquons de basculer de l'autre côté. Les véhicules nous frôlent à folle allure. Je risque un coup d'œil derrière moi : un patrouilleur volant se fraie un passage au milieu du trafic. Il y a un bataillon de Ploucs accroché à ses flancs. Comment Tannigut a-t-elle fait pour réunir des renforts aussi vite ? Je l'ignore, mais une chose est sûre : ils n'ont pas l'air commodes.

La rampe est encombrée par des engins de chargement et des skiffs lourds. Scar canarde à l'aveuglette jusqu'à ce que la batterie de son disrupteur tombe à plat. Par chance, son dernier tir atteint un Plouc à l'épaule. Elle pousse un cri de triomphe en le voyant chuter sur la chaussée.

— J'en ai eu un ! hurle-t-elle en me secouant. Non mais t'as vu ça ? La vache, je l'ai…

À cet instant, j'active le mode « Tir létal » de mon disrupteur et je vise le ventre d'un énorme drone à déchets qui file dans la voie au-dessus de nous. La décharge fait voler en éclats ses stabilisateurs et il s'écrase dans un nuage de fumée. Je dois faire un écart pour l'éviter. L'engin tournoie sur lui-même et des tonnes de déchets recyclables se répandent sur la rampe derrière nous. Des klaxons retentissent, des aérofreins s'enflamment, le patrouilleur volant transportant les Ploucs s'encastre dans le drone et ses occupantes sont projetées en l'air, fourrure fumante, dans une volée de jurons.

Toute la bande, mise hors-jeu avec un seul tir.

Avec un petit rictus, je souffle au bout du canon de mon disrupteur avant de le ranger dans son étui.

— Personne n'aime les frimeurs, tu sais, bébé frangin ? marmonne Scarlett.

— Je déteste quand tu m'appelles comme ça, je réplique avec un sourire.

Une fois sur les quais, nous nous faufilons au milieu des piétons et des engins de transport de marchandises. Devant nous, la base de lancement d'Emerald City resplendit de mille feux. Sous le ciel vrombissant, des appareils divers aux fuselages élancés sont amarrés les uns derrière les autres. Je reconnais notre Arbalète juste en face, parquée entre un gigantesque long-courrier traskien et un vaisseau de plaisance rigellien flambant neuf, à peine sorti des chantiers spatiaux de Talmarr.

Au pied de la rampe de chargement, Finn scrute les quais d'un air inquiet. Sa peau livide réfléchit les lumières de l'Arbalète. Ses cheveux sont dressés en pics sur sa tête et son exocombi scintille autour de ses membres et dans son dos.

Il agite les bras lorsqu'il nous aperçoit.

— Je te vois, Goldenboy. Magne tes fesses, il faut qu'on...

— CECI EST UNE ALERTE DE SÉCURITÉ, crache un haut-parleur sur le quai. TOUS LES VAISSEAUX ACTUELLEMENT AMARRÉS AUX QUAIS D'EMERALD CITY SONT CONFINÉS JUSQU'À NOUVEL ORDRE. JE RÉPÈTE : CECI EST UNE ALERTE DE SÉCURITÉ...

— Tu crois que c'est pour nous ? me crie Scarlett dans l'oreille.

Je repère un drone de sécurité dans le ciel parmi la nuée d'engins de chargement et d'appareils de levage.

— Oui... C'est pour nous.

Le sol se met à trembler et d'énormes pinces d'arrimage s'élèvent sous nos yeux. Elles se fixent autour des navires à quai. Une bordée de jurons se fait entendre parmi les manutentionnaires et les équipages des vaisseaux. Je mets les pleins gaz dans l'espoir de regagner notre appareil à temps. Trop tard. Les pinces se referment sur notre Arbalète et je dois freiner de toutes mes forces. Nous nous arrêtons juste devant Finn.

Scar saute de la motojet. Dans la base de lancement, le message d'alerte passe en boucle. J'écarte de mon front une mèche blonde collée par la transpiration et j'examine les pinces luisantes de graisse. Elles sont gigantesques. En titane renforcé, avec adhérence électromagnétique.

— Impossible de s'en extirper, on n'aura jamais assez de puissance, je soupire.

Finn acquiesce.

— Elles arracheraient la coque.

— Tu peux pirater le système et nous faire sortir d'ici ?

Mon Mécano a déjà dégainé son unicom et une dizaine de petits hologrammes lumineux apparaissent quand il se met à pianoter.

— Donne-moi cinq minutes.

— Je ne voudrais pas vous alarmer, intervient Scar, mais on n'a pas cinq minutes.

Je regarde dans la direction que pointe ma sœur jumelle. Deux camionnettes volantes blindées remontent les quais à pleine vitesse, gyrophares hurlants. La foule s'écarte. Elles viennent droit sur nous.

Derrière les pare-brise, j'aperçois une vingtaine de robots de sécurité lourdement armés de canons disrupteurs. Sur le capot du camion et les plastrons des robots, il est écrit : SÉCURITÉ D'EMERALD CITY.

Scarlett me foudroie du regard.

— Alors, grogne-t-elle, d'autres idées géniales ?